Francisca Dwaine

# Bis zum Canyon

*und darüber hinaus*

W0354270

Copyright © 2023 Francisca Dwaine

Alle Rechte vorbehalten.
Dieses Werk ist urheberrechtlich geschützt und darf nur mit ausdrücklicher Genehmigung der Autorin ganz oder in Auszügen vervielfältigt oder kommerziell genutzt werden.
Alle handelnden Personen wurden frei erfunden.

Cover © Francisca Dwaine

ISBN: 9798864860229
Imprint: Independently published

# Kapitel 1

»Von allen Menschen auf dieser Welt hätte ich am wenigsten von dir erwartet, auf eine solche Reise zu gehen.«

Sobald er seine Reisetasche in den Kofferraum gepackt hatte, hielt James inne. Er drehte sich zu seiner Noch-Ehefrau um, die ihn nun mit einem tiefen Stirnrunzeln betrachtete. Ihre kinnlangen Haare fielen ihr dabei ins Gesicht und wie immer, wenn sie ein unangenehmes Thema ansprach, fuhr sie sich unablässig durch die schwarzen Strähnen, als wüsste sie nicht, was sie sonst mit ihren Händen anstellen sollte. Diese Angewohnheit war nur eine von vielen, die James über die Jahre kennengelernt hatte. Sie waren nie ein perfektes Paar gewesen, doch sie wussten mehr übereinander als jeder andere.

Daher überraschte es ihn wenig, wie sehr seine Entscheidung sie verwirrte. Selbst für seine Ohren klang es lächerlich. Für gewöhnlich war er etwa so spontan wie ein Faultier und doch war er letzte Woche in das Büro seines Chefs spaziert und hatte darum gebeten, seinen angesammelten Urlaub antreten zu dürfen. Diesem waren vor Freude sofort die Tränen in die Augen geschossen. Schließlich hatte er James seit Jahren geraten, mehr Zeit mit seiner Familie zu verbringen. Von der Scheidung wusste er allerdings noch nichts.

James schloss den Kofferraum und drehte sich Maya mit ganzem Körper zu. »Womöglich ist es dumm … etwas, das junge Menschen machen, die noch keine Verantwortung tragen müssen und nichts, was ein Mann in meinem Alter tun sollte. Aber ich denke, ich brauche das. Wenn vielleicht auch nur, um genug Zeit zum Nachdenken zu haben.«

»Das sollte keine Kritik sein. Ich finde deinen Plan sogar gut. Er hat mich bloß überrascht. Und um deine Eltern mache ich mir Sorgen. Bist du dir sicher, dass wir ihnen nichts sagen sollen? Die Sache aufzuschieben, macht es nicht leichter.«

Er schüttelte den Kopf. Natürlich hatte sie recht, aber er konnte sich ihnen nicht stellen. Noch nicht. »Das hat Zeit. Die beiden sind im Moment mit dem Umbau ihrer Terrasse beschäftigt. Wenn du allerdings doch Hilfe beim Umzug brauchen solltest ...«

Maya stieß ein lautes Lachen aus. »Mach dich nicht lächerlich. Meine Brüder können die Schlepperei erledigen. Alleine schon, weil sie mir am Telefon verklickern mussten, wie sehr sie sich darüber freuen, mir endlich ihr 'wir haben es dir doch gesagt' entgegenwerfen zu können.«

James richtete den Blick zu Boden. Wie so oft in letzter Zeit breitete sich ein brennendes Gefühl von Schuld in seinem Magen aus. Von Anfang an hatten die drei Brüder gewusst, was er sich lange nicht eingestehen konnte. Vor allem Jack, der selbst ja auch ...

Rasch stoppte er diesen Gedanken, bevor sich die eigentlichen Worte in seinem Kopf bilden konnten, sah auf und Maya direkt in die braunen Augen. Anschließend versuchte er, so viel Aufrichtigkeit wie möglich in seine Stimme zu legen. »Ich weiß, dass ich mich wiederhole, aber es tut mir wirklich-«

»Leid, ja. Du wiederholst dich tatsächlich und es wird langweilig.« Maya trat auf ihn zu, legte die Hände auf seine Unterarme und lächelte. »Du bist nicht allein an der Situation schuld. Im Grunde bin ich sogar diejenige, die sich entschuldigen müsste. Ich wusste die ganze Zeit, dass du mich nicht liebst und doch habe ich an unserer Beziehung festgehalten. Obwohl ich gesehen habe, wie unglücklich du warst.« Sie starrte zu Boden, biss sich auf die Unterlippe. »Hätte ich die

Hoffnung, du würdest dich irgendwann doch noch in mich verlieben, nur früher aufgegeben. Erst wollte ich es mir nicht eingestehen und dann wurde unser Leben so … normal. Es wurde ein Teil von mir. Ich wollte die Wahrheit nicht sehen. Genauso wenig wie du.«

James lächelte. »Wenigstens in der Beziehung waren wir ein perfektes Paar«, sagte er und brachte sie damit zum Lachen. Dieses Geräusch war eines der Dinge, die er vermissen würde. Er hatte Maya zwar nie geliebt, wie es ein Ehemann tun sollte, doch als gute Freundin bedeutete sie ihm umso mehr. »Die Frage ist wahrscheinlich dreist von mir, aber … bleiben wir in Kontakt? Auch nach der Scheidung noch?«

Sie betrachtete ihn zunächst zögernd, nickte jedoch im Anschluss. »Ich werde erst etwas Abstand brauchen. Sobald wir aber beide die Sache ein für alle Mal hinter uns gelassen und vielleicht sogar neue Partner haben … warum nicht? Unsere Gespräche werde ich auf jeden Fall vermissen. Ich glaube nicht, dass es jemanden auf dieser Welt gibt, der mich besser versteht als du. Außerdem kann ich es kaum erwarten, zu sehen, wer am Ende dein Herz gewinnt. Das muss ein ganz besonderer Mann sein.«

Augenblicklich wandte James den Blick ab. Nach wie vor fiel es ihm schwer, über dieses Thema zu reden. Solche Worte aus ihrem Mund zu hören … das allein reichte, um ein unangenehmes Gefühl in seinem Magen auszulösen. Wegen Jack war sie an derartige Gespräche gewöhnt. Mit ihm hatte sie oft genug über seine Abenteuer geredet, denn er sprach offener über seine Bekanntschaften, als es den meisten Leuten lieb war. James konnte hingegen kaum den Gedanken an eine richtige Beziehung mit einem Mann zulassen.

Selbst nach seinem Coming-out verspürte er noch diese Scham und gleich darauf schämte er sich für diese Gefühle. Es war etwas, das James nicht abschalten konnte. Vielleicht brauchte er nur Zeit. Das hoffte er jedenfalls.

»Seien wir mal nicht so voreilig. Ich ... kann es kaum aussprechen. Es ist schon ein Wunder, dass ich dir überhaupt die Wahrheit sagen konnte. Wie soll ich so jemanden kennenlernen?«

Ein sanftes Lächeln legte sich auf ihre Lippen. »Ach, ich weiß nicht. Liebe findet einen, wenn man es am wenigsten erwartet. Zumindest habe ich das gehört.«

Rasch sah er sie erneut entschuldigend an. Durch ihn hatte sie so viel Zeit verloren. Wenn er nur früher den Mut gefunden hätte, ihr die Wahrheit zu sagen, dann wäre sie womöglich längst in einer liebevollen Beziehung. Vielleicht hätte sie sogar eine richtige Familie gründen können. »Maya, ich-«

»Lass stecken.« Härter, als es nötig gewesen wäre, schlug sie ihm mit der flachen Hand auf den Rücken. Sie war zwar eine zierliche Frau, doch sie konnte schon immer ordentlich mit anpacken und besaß eine erstaunliche Kraft. Womöglich lag es an den Brüdern, gegen die sie sich von klein auf behauptet hatte. »Jetzt sieh lieber zu, dass du Land gewinnst. Oder möchtest du auf Jack treffen? Er ist nach wie vor nicht gut auf dich zu sprechen.«

Er schenkte ihr ein schwaches Grinsen. Nein, dem Riesen von einem großen Bruder wollte er tatsächlich nicht begegnen. Genauso wenig wie den anderen beiden. So einvernehmlich ihre Trennung auch war, Mayas Familie fiel es um einiges schwerer, sein spätes Geständnis zu akzeptieren.

So ging er um seinen VW Bus herum, strich liebevoll über die hellblaue Lackierung und öffnete die Fahrertür. Der Oldtimer hatte ursprünglich James' Vater gehört und war ihm zur Hochzeit geschenkt worden. Eigentlich, damit James ihn für neue Möbel verkaufen konnte, doch er hatte sich nicht von ihm trennen können. Stattdessen hatte er Unsummen investiert, um seine Technik zu modernisieren und ihn im bestmöglichen Zustand zu halten.

»Und du bist dir sicher, das Ding packt eine solche Reise?«, fragte Maya ihn zweifelnd, ging um den Bus herum und blieb neben ihm stehen. »Vielleicht wäre es doch besser, wenn du dir ein Wohnmobil mietest. Dann hättest du auch eine Dusche und Toilette.«

»Natürlich schafft er das! Warte es nur ab, sobald ich dieses Schätzchen starte, schnurrt der Motor wie ein Kätzchen.« Er stieg ein, kurbelte das Fenster herunter und steckte den Schlüssel in das Zündschloss. Mit einem breiten Grinsen drehte er ihn um und ...

Ein armseliges Stottern ertönte, das gleich darauf verstarb.

Während sich eine unangenehme Wärme auf seinen Wangen ausbreitete, hörte er Maya lachen. »Klingt, als wäre das Kätzchen krank.«

James' Augenbrauen zogen sich zusammen. Er drehte den Schlüssel ein weiteres Mal um und wieder ertönte bloß ein Stottern. Das wiederholte er dreimal, bis der Motor endlich lief. »Siehst du? Gut Ding will Weile haben.«

»Sagst du das auch, wenn du irgendwo im Nirgendwo auf dem Highway liegenbleibst? Tu mir bitte den Gefallen und schau in der Werkstatt vorbei, bevor du die Stadt verlässt.«

Er rollte mit den Augen, lächelte aber. Sie hatte ja recht. Bei dem heißen Wetter war auch er nicht scharf darauf, irgendwo auf der Straße zu stranden. »Dann fahre ich jetzt los. Wenn etwas sein sollte, kannst du mich jederzeit auf dem Handy erreichen. Besonders, wenn meine Eltern doch noch nerven sollten. Falls sie es herausfinden und auf dich losgehen, dann-«

»Schiebe ich natürlich *dir* die ganze Schuld zu«, erwiderte sie mit einem Lächeln. »Dass auch ich nicht unschuldig bin, müssen sie ja nicht wissen.«

»So langsam erkenne ich doch die Ähnlichkeit zwischen dir und deinen Brüdern.« James stieß ein Seufzen aus. »Aber in Ordnung. Ich habe es ja verdient. Dann sehen wir uns, sobald ich zurück bin.«

Maya nickte. »Fahr vorsichtig und ... ich hoffe, du findest, wonach du suchst.«

Damit fuhr James endlich los. Bevor er jedoch die Interstate 71 nach Süden nahm, befolgte er Mayas Rat und schaute in Bobs Werkstatt vorbei, um den Wagen durchchecken zu lassen. »Sammler würden dir inzwischen ein halbes Vermögen für den Bus zahlen«, meinte Bob wie immer, wenn James den Oldtimer bei ihm reparieren ließ. Er war ein Mann im mittleren Alter mit Halbglatze, der vor Ewigkeiten einmal mit Mayas Tante zusammen gewesen war. Seitdem kannten sie sich und inzwischen traute James niemand anderem seinen Bus an. Ein wenig konnte er zwar selbst an dem Wagen machen, aber den Motor und andere wichtige Teile überließ er lieber einem Profi. »Oder wir schlachten ihn aus. Für die alten Vordersitze zahlen Liebhaber eine Menge.«

Der Vorschlag allein brachte James' Herz zum Bluten. »Du weißt, dass ich mich nicht von ihm trennen kann.« Ungeduldig verschränkte James die Arme. »Und jetzt sag schon. Was hat er?«

Bob antwortete nicht sofort. Er betrachtete den Bus von jedem Winkel, inspizierte akribisch das Innenleben und tauchte schließlich mit einer Trauermiene unter der Haube hervor. »James, ich fürchte, die Zeit des Abschieds ist gekommen.«

James' Augen weiteten sich. »Sag mir bitte nicht, dass-«

Ein Nicken des alten Mannes bestätigte zunächst alle seine Befürchtungen, aber dann erschien ein Grinsen auf Bobs Lippen. »Doch, ganz sicher. Du brauchst eine neue Batterie.«

Erleichterung durchfuhr James. Im Anschluss betrachtete er Bob jedoch skeptisch. »Du hast doch sicher eine Passende auf Lager, oder?«

»Habe ich tatsächlich. Allerdings ist die noch in Akron. Ich kann Nobby losschicken, um sie zu holen, aber das dauert etwa eine Stunde und kostet natürlich einen Aufschlag. Möchtest du einen Kaffee, während du wartest?«

Und so war James bereits vor Beginn seiner Reise um 300 Dollar leichter und lag über eine Stunde hinter seinem eigentlichen Zeitplan. Als Datenanalyst hatte er es sich natürlich nicht nehmen lassen, die ganze Strecke vollständig durchzuplanen. So spontan seine Entscheidung auch gewesen war, was seine Ziele anging, die wollte er nicht dem Zufall überlassen. Es gab nur so viel Spontanität, die er in seinem Leben ertragen konnte.

Während er seine Heimatstadt über die Interstate 71 verließ, wurde es allmählich wärmer im Wagen. Nicht eine Wolke stand am Himmel und so heizte sich der Bus schnell auf. James schaltete die Klimaanlage an, die er erst seit dem letzten Jahr besaß und das machte die Hitze erträglicher, doch die kühle Luft ließ ein unangenehmes Gefühl auf seiner verschwitzten Haut zurück.

Allein das weckte in James bereits den Wunsch, sofort umzukehren und sich wieder in sein gewohntes Zuhause zurückzuziehen. Nur ... es war nicht mehr sein Zuhause. Ihr kleines Häuschen hatten sie verkauft, die wenigen Dinge, die er behielt, waren eingelagert und, sobald er diese Reise hinter sich gebracht hatte, würde er nach einem Apartment suchen müssen. Sein Leben, wie er es bisher gekannt hatte, war vorbei.

Nicht zum ersten Mal fragte er sich, ob er einen Fehler gemacht hatte. Maya war eine tolle Frau, die ihm zwar nicht das geben konnte, was er wirklich wollte, aber spielte das überhaupt eine Rolle? War es dieses neue Leben wert, alles hinter sich zu lassen und ganz neu anzufangen?

Seine Hände umklammerten das Lenkrad fester. Wenn er nur an die Reaktion seiner Eltern dachte ... wie oft hatten sie sich vor ihm abfällig über Homosexuelle geäußert? Sie waren nie besonders liebevoll gewesen. Selbst der kleinste Fehler, den James gemacht hatte, war streng bestraft worden und sie schossen gegen alles, das ihrer Meinung nach nicht mit der Bibel vereinbar war. Dazu kamen seine Freunde, die Kollegen ... jeder, den er kannte. Bisher wussten es nur Maya und ihre Familie. Würden die anderen Menschen in seinem Leben ihn so akzeptieren, wie er war? Oder verlor er durch diese Entscheidung alles?

Während sich seine Brust schmerzhaft zusammenzog, betätigte James den Blinker und hielt am Straßenrand. Er legte die Stirn auf das Lenkrad, biss die Zähne aufeinander. Diese Reise war mehr eine Flucht als ein Versuch, sich über seine Zukunft klar zu werden. Er lief vor den Konsequenzen davon ... wie ein kleiner Junge, der seinen Eltern einen Streich gespielt hatte und sich nun vor der Bestrafung fürchtete.

Dabei hatte er sich nicht einmal bewusst dazu entschlossen, diese schreckliche Scharade aufzugeben. Er hatte es schlichtweg nicht mehr ausgehalten, eine Lüge zu leben. Eine schriftliche Einladung ihrer Freunde war der Auslöser gewesen. Elliot, einer ihrer Nachbarn, der als Grafikdesigner Grußkarten und Ähnliches entwarf, ließ es sich nicht nehmen, immer wieder eine davon in ihren Briefkasten zu stecken, wenn er mit ihnen und seiner Frau einen lustigen Pärchen-Abend verbringen wollte. James hatte die Zeichnung des Mannes, der glücklich den Arm um seine Partnerin gelegt hatte, angestarrt und als Maya in diesem Moment die Treppe hinuntergekommen war, da war es passiert.

Mit großen Augen hatte er zu ihr aufgeschaut und drei Worte ausgesprochen, die ihrer 20-jährigen Ehe ein jähes Ende bereitet hatten: »Ich bin schwul.«

Die Tränen waren zu erwarten gewesen, aber sicher nicht das erleichterte Lächeln, das sich auf ihren Lippen ausgebreitet hatte. Es war eine Erlösung für sie beide gewesen. Für Maya, die es die ganze Zeit über geahnt und dennoch die Hoffnung auf erwiderte Gefühle nicht aufgegeben hatte und für ihn, der sich die Wahrheit so lange nicht eingestehen konnte.

Warum also zweifelte er schon wieder an seiner Entscheidung? War er bloß zu feige, die Konsequenzen dafür zu tragen? Er kam nicht mit Veränderungen zurecht, klar. Damit hatte er immer Probleme gehabt. Und doch ... zumindest in diesem Moment sollte er sich frei fühlen. Während der Reise wollte er alles vergessen. Vielleicht sogar bereits den ersten Schritt machen, in eine entsprechende Bar gehen und ...

Während er noch mit der Stirn auf dem Lenkrad lag, atmete James tief ein. Lächerlich. Er konnte sich nicht einmal *vorstellen*, mit einem Mann zu flirten. Und dafür hatte er seine Frau verlassen?

Mit zusammengebissenen Zähnen lehnte sich James zurück und startete den Motor erneut. *Vergiss es,* sagte er sich. *Vergiss einfach alles für den Moment und fahr. Immerhin hast du ein Ziel. Darauf musst du dich konzentrieren.*

Nachdem er etwa eine Stunde gefahren war, fühlte er sich etwas besser. Zwar saß immer noch eine unangenehme

Leere in seiner Brust, doch mit der zunehmenden Entfernung zu Cleveland nahm der Druck, der immerzu auf ihm gelastet hatte, ein wenig ab.

Rasch warf er einen Blick auf die Uhr. Die Pause am Straßenrand hatte seinem Zeitplan nicht gut getan. Nun lag er fast anderthalb Stunden zurück. Etwa drei würde er noch bis nach Louisville brauchen.

Was er dort tun würde, wusste James allerdings nicht. Es gab einige Sehenswürdigkeiten, von denen er sich aber für keine sonderlich begeistern konnte. Weder für das Baseballschläger-Museum noch für die Tropfsteinhöhle oder das Kentucky Derby. Lediglich der schöne Park, den er von seiner ausgiebigen Internetrecherche kannte, wäre von Interesse. Vielleicht fiel es ihm dort, weit weg von zuhause, leichter, seine Gedanken zu sortieren.

Noch während er sich vorstellte, wie er am Wasser saß und sich entspannte, fielen seine Augen auf eine einsame Person, die vor ihm am Straßenrand entlanglief. Der dünne Mann, der mit einem riesigen Rucksack auf dem Rücken neben der Absperrung spazierte und dabei einen gewissen ... Schwung in seinen Schritten besaß, wirkte vollkommen fehl am Platz in dieser Einöde.

James wusste zunächst nicht, was ihn an diesem Bild so faszinierte. Dennoch verringerte er die Geschwindigkeit. Als er so an dem Mann vorbeifuhr, fielen seine Augen auf eine Regenbogenflagge, die auf seinem Rucksack aufgenäht war.

Er fuhr weiter, warf dabei immer wieder einen Blick in den Rückspiegel. Wenn er sich nicht täuschte, war der einsame Wanderer recht jung gewesen. Was machte so jemand alleine auf der Interstate? Das war nicht einmal erlaubt. Zudem musste die nächste Stadt noch etliche Kilometer entfernt sein! Wartete er etwa auf eine Mitfahrgelegenheit? Was, wenn er jemandem begegnete, der ihn verletzen wollte? Bob hatte ihm genug Horrorgeschichten über Anhalter erzählt, die verschleppt, vergewaltigt, gequält oder sogar getötet worden waren. Es war sein liebstes Thema, wann immer er an dem Bus herumschraubte.

Der Gedanke ließ James nicht los. Zunehmend verlangsamte er sein Tempo, bis er schließlich ganz hielt. Obwohl er ein weites Stück vorausgefahren war, holte ihn der junge Mann schnell ein. Mit einem breiten Lächeln blieb dieser neben dem Bus stehen und klopfte sachte gegen die Scheibe. Als er einen genaueren Blick auf das Gesicht des Fremden werfen konnte, machte James' Herz einen kaum merklichen Sprung. Er war sehr dünn und blass, aber wirklich ...

Kurz schloss James die Augen. Bisher hatte er sich niemals den Gedanken erlaubt, einen Mann als 'heiß' zu betiteln, und so wehrte er sich innerlich auch dieses Mal automatisch gegen die Bezeichnung. Sein Körper war allerdings weniger aufrührerisch und reagierte sofort auf den Anblick. Mit nun rasch klopfendem Herzen, das vor allem seiner aufkeimenden Nervosität zu verdanken war, lehnte sich James über den Beifahrersitz, um das Fenster herunterzukurbeln.

Der Mann steckte den Kopf hinein und sah sich mit begeisterter Miene um. »Das ist ja ein krasser Wagen. Ein richtiger Oldtimer, oder? Ich glaube, so einen habe ich noch nie auf der Straße gesehen.« Nachdem er sich sattgesehen hatte, stierte er James allerdings mit ernsterer Miene an. »Was ich fragen wollte: Ist alles in Ordnung? Das ist eine ungewöhnliche Stelle für eine Pause. Ich glaube, nicht viel weiter liegt ein Diner.«

»Ich ... nein. Es geht mir gut. Eigentlich habe ich wegen *dir* gehalten.«

Augenblicklich legte sich ein besorgter Ausdruck auf das Gesicht des Fremden. Er lehnte sich zurück, sodass nur noch seine Hände auf dem heruntergekurbelten Fenster ruhten. »Und ... warum?«, fragte er mit offensichtlichem Misstrauen.

James konnte es ihm nicht verdenken. Zweifellos hatten bereits Männer mit fragwürdigen Absichten neben ihm gehalten. »Ich ... habe mich nur gefragt, ob du vielleicht mitfahren willst. Laut meiner Recherche gibt es auf der Strecke keinen Diner oder zumindest ist er noch weit weg, wenn man zu Fuß geht. Die nächste Stadt ebenfalls.« Da der junge Mann ihn weiterhin mit gerunzelter Stirn anstarrte, fügte James rasch hinzu: »Ich habe wirklich keine Hintergedanken.« Sogar für seine Ohren klang das in etwa so ehrlich, wie die Worte eines Räubers, der mit geschultertem Diebesgut beteuerte, nichts gestohlen zu haben.

Der Fremde suchte James' Gesicht ab, als könnte er auf diese Weise die Wahrheit in seinen Zügen erkennen. Schließlich entstand ein Lächeln auf seinen vollen Lippen. »Wenn das so ist, warum nicht? Mir tun eh schon die Füße weh.« Er öffnete die Beifahrertür, nahm sich den riesigen Rucksack ab und legte ihn in den Fußraum. Anschließend warf er sich mit Schwung auf den Sitz. Sobald er die Tür hinter sich geschlossen hatte, reichte er James die Hand. »Mein Name ist Noah Brown. Freut mich sehr, dich kennen zu lernen.«

James schüttelte sie. Trotz des warmen Wetters fühlte sie sich erstaunlich kühl an. »James Wilson. Freut mich auch.« Daraufhin wollte er seine Hand zurückziehen, doch Noah ließ ihn nicht los.

»Das ist nicht alles, oder? Der Name klingt, als fehle ihm was. Du hast sicher einen zweiten Vornamen.«

Mit einem merkwürdigen Flattern in seiner Brust sah James ihn an. Noah war um einiges forscher, als er gewohnt war. »Henry«, meinte James ein wenig heiser und räusperte sich, um seine Stimme zu festigen. »James Henry Wilson.«

»James H. Wilson, hm? Allein wegen des Namens solltest du Autor werden«, meinte Noah mit einem Lachen. Er ließ endlich James' Hand los, schnallte sich an und lehnte sich mit einem breiten Lächeln zurück. »Also? Wohin geht's?«

»Geplant war Louisville in Kentucky. Wo wolltest du denn hin?«

»Och, ich habe kein richtiges Ziel. Bin einfach losgezogen und lasse mir dann von den Leuten, die ich treffe, neue Orte empfehlen. Mache ich schon seit ...« Mit gerunzelter Stirn richtete Noah den Blick zur Decke. »Welchen haben wir heute? Ist es noch Juni?«

Fassungslos starrte James ihn an. Er selbst plante sogar seine Abstecher in den Supermarkt zwei Tage vorher. So blindlings über längere Zeit zu reisen, kam ihm unmöglich vor. »Wir haben den 28. Juni, ja. Du hattest keine Ahnung? Was ist mit deiner Arbeit? Du musst doch bestimmt irgendwann zurück.«

Noah schenkte ihm ein schwaches Lächeln. »Du bist neugierig, hm, James? Meine Arbeit liegt schon länger auf Eis. Ich hoffe, dass ich wieder in meinem alten Job arbeiten kann, aber ... das hat erstmal Zeit. Und was den Grund dafür angeht ... von dem kann ich dir erzählen, sobald wir in Louisville sind. Für so ein Gespräch braucht man nämlich ein riesiges Stück Kuchen.«

Nun war James erst recht neugierig, doch er nickte und startete den Bus. Zu seiner Erleichterung fuhr der Wagen auch dieses Mal ohne Stottern los. Wie immer hatte Bob gute Arbeit geleistet. »Warum warst du eigentlich mitten auf der Interstate?«

»Ah, das war Pech. Ein LKW-Fahrer hat mich mitgenommen, dann aber auf halber Strecke die Anweisung von seinem Chef bekommen, zurückzufahren, weil offenbar etwas mit der Lieferung nicht gestimmt hat. Er hat mir die Wahl gelassen. Entweder nimmt er mich mit bis zu dem Ort, an dem wir gestartet sind, oder er lässt mich an Ort und Stelle raus. Ich dachte, der Diner müsste bereits in der Nähe sein und habe mich daher für Letzteres entschieden.« Noah zuckte mit den Achseln. »War vielleicht ein Fehler. Obwohl ich immerhin dich dadurch getroffen habe.« Aus den Augenwinkeln bemerkte James, wie Noah ihn von oben bis unten ansah. »Was möchtest du eigentlich in Louisville? Der Wagen wirkt nicht gerade, als wärst du damit beruflich unterwegs. Baseballfan?«

James schüttelte leicht den Kopf. »Nicht wirklich. Ich … bin heute im Grunde zu einer ähnlichen Reise wie du gestartet. Obwohl ich zumindest meine Ziele geplant habe.«

»Oh? Und vor was rennst *du* davon?«

Bevor er antwortete, lächelte James ihn an. »Das ist ebenfalls eine Sache, die man besser bei Kaffee und Kuchen bespricht«, erwiderte er und gab Gas.

## Kapitel 2

Noah betrachtete James nachdenklich. Noch konnte er sich keinen Reim auf diesen Mann machen. Er wirkte wie eine ehrliche Haut, aber so gut Noahs Intuition für gewöhnlich auch war, er könnte damit falschliegen. Er wusste noch nicht einmal, warum er zu James in den Bus gestiegen war. Womöglich erinnerte er ihn ein bisschen an die Kinder, mit denen er gearbeitet hatte. Seine Unsicherheit und die Nervosität waren ihm mehr als vertraut.

Und sonst? Okay, er war ganz süß mit seinem braunen Haar, den wenigen grauen Strähnen und seinen blauen Augen. Eigentlich Noahs Typ ... wenn es auch einen gewissen Altersunterschied zwischen ihnen gab. Normalerweise stand er nicht auf ältere Männer, aber ... Unauffällig warf Noah ihm einen genaueren Blick zu, biss sich dabei leicht auf die Unterlippe. Starke Unterarme, markantes Kinn, ein charmantes Lächeln und was sich da an seinem Schritt abzeichnete ... mehr als vielversprechend. Oh ja, Altersunterschied hin oder her, er stand jetzt schon auf ihn.

»... keine Sorgen?«

»W-was?«, fragte Noah, sah verwirrt auf. Hatte James gerade mit ihm geredet? Er war zu beschäftigt damit gewesen, den Anblick zu genießen.

James lächelte und verursachte sogleich ein Stolpern von Noahs Herzen. Ungewöhnlich ... sonst geschah das nicht so schnell. »Ich habe dich gefragt, ob sich deine Familie denn keine Sorgen macht. Du scheinst noch recht jung zu sein.«

Noah wandte sich ab, verschränkte die Arme. »Sie *machen* sich Sorgen und genau das ist das Problem.«

»Oh? Überfürsorglich?«

»So … kann man es ausdrücken. Aber das ist-«

»Ein Gespräch für Kuchen?«

Noah lächelte. »Genau das.« Sachte schüttelte er den Kopf. »Sieh uns an, James. Wir kennen uns erst seit wenigen Minuten und schon weißt du, wie ich ticke.«

Daraufhin vertrieben sie sich die Zeit mit Gesprächen über Noahs bisherigen Reiseziele. Seine letzten großen Städte waren Chicago und Detroit gewesen, wo er vor allem das Nachtleben genossen hatte.

»Eigentlich wollte ich mich auf der Reise zurückhalten, aber … du hättest die Clubs sehen müssen! So einen Spaß hatte ich seit Jahren nicht mehr. Außerdem habe ich in Chicago diesen richtig coolen Rausschmeißer getroffen. Fitzgerald. Glaub mir, der Name passt überhaupt nicht. Er war so ein großer Bodybuilder, hatte eine Glatze und ein dafür überraschend süßes Läch-« Noah stoppte sich gerade noch rechtzeitig, warf James einen nachdenklichen Seitenblick zu. Unter normalen Umständen erkannte er schnell, ob ein Mann für sein Team spielte oder nicht. Bei James war es allerdings schwierig. Er wirkte so … verschlossen. »Bevor ich weiterrede: Ich bin übrigens schwul. Du hast damit kein Problem, oder?« Sobald er diese Frage ausgesprochen hatte, umgriffen James' Hände das Lenkrad fester. Automatisch platzierte Noah seine Finger auf den Türgriff. Sie fuhren zwar schnell, doch er wusste bestens, wozu Menschen fähig sein konnten, wenn sie wütend wurden. Je nachdem, wie sehr er sich in James getäuscht hatte, könnte es daher die klügere Entscheidung sein, die Tür aufzureißen und sich auf den Grasstreifen draußen zu werfen, als hier drinzubleiben.

Kurz darauf stieß James jedoch einen raschen Atemzug aus und sagte: »Nein. Nein, ich habe kein Problem damit. Ich bin … nein.«

Als sich James' Finger wieder entspannten, ließ Noah ebenfalls den Türgriff los. So war das also ... Nun meinte er zu wissen, wovor James flüchtete. Schließlich hatte er genug Leute wie ihn in seinem Leben getroffen. Wenn die meisten von ihnen auch wesentlich jünger gewesen waren. »Sicher, dass du nicht *jetzt* darüber reden willst? Sobald wir uns besser kennen, könnte es dir schwerfallen. Es ist immer leichter, Fremden ein Geheimnis anzuvertrauen.«

James behielt den Blick starr auf die Straße gerichtet. »Wenn wir angekommen sind. Ich ... brauche Zeit. Erzähl mir mehr über Fitzgerald. Er war also ... s-süß?«

Ein Grinsen schlich sich auf Noahs Gesicht. So, wie James dieses Wort ausgesprochen hatte, könnte es genauso gut ein unverzeihliches Schimpfwort sein. »Sein Lächeln war es zumindest. Der Rest eher weniger. Insbesondere, als er mich mit zu sich nach Hause genommen hat. Da hat er mich überraschend hart rangenommen. Es war ... toll.« Noah musste nur an diese Nacht zurückdenken und schon wurde ihm wieder heiß. Wie sich diese starken Finger auf seinem Körper angefühlt hatten ... Als er zu James sah, bemerkte er, dass auch dieser erstaunlich große Hände besaß, die sich zweifellos herrlich auf seiner Haut anfühlen würden.

»Dann ... machst du so etwas öfter?«, fragte James ihn zaghaft und unterbrach damit sofort die Fantasie, die sich Noah aufgedrängt hatte. »Du gehst ... einfach mit fremden Männern mit?«

»Früher habe ich das ständig getan, ja. In letzter Zeit weniger. Das aber eher, weil ich keine andere Wahl hatte. Und du wohl nicht? Falls die Frage ins Kuchenterritorium eindringt, musst du nicht antworten.«

James schüttelte allerdings sachte den Kopf. »Ich ... war bis vor kurzem verheiratet.«

»Ah. Mit einer Frau?«

James nickte steif. Er öffnete den Mund, als ob er noch etwas hinzufügen wollte, schloss ihn jedoch rasch wieder. Also gehörte mehr zu der Geschichte, aber darüber wollte er nicht reden. Noch nicht zumindest.

Daher streckte sich Noah, stieß ein herzhaftes Gähnen aus und fuhr mit seiner Erzählung fort: »Jedenfalls: So gut und hart der Sex mit Fitz auch war, danach hat er mir doch tatsächlich Pancakes gemacht! Es war so ... surreal dabei zuzusehen, wie sich so ein riesiger Kerl eine Schürze umbindet, um mir etwas in der Küche zuzubereiten. Ich meine, ich habe den Anblick genossen. Hm, dieser muskulöse Hintern ... Die Schürze war nämlich das einzige, was er getragen hat. Trotzdem ungewöhnlich. Auch sonst war er richtig fürsorglich ... bis es dann noch einmal unter der Dusche abging, aber mit vertauschten Rollen dieses Mal. Ich sag dir, für einen so großen Kerl war er verdammt gelenkig.«

Als er James einen Blick zuwarf, erkannte er einen deutlichen Rotton auf dessen Wangen und, sobald dieser auch noch ein wenig auf dem Fahrersitz herumgerutscht war, entdeckte Noah außerdem eine Kleinigkeit an einer Stelle weiter unten ... okay, keine Kleinigkeit. Das, was sich dort in seiner Hose abzeichnete, war ganz sicher nicht klein. »Du kannst mir übrigens ruhig sagen, dass ich die Klappe halten soll. Ich teile manchmal mehr, als ich sollte«, meinte Noah und konnte sein Grinsen dabei nicht zurückhalten. Fitz war vielleicht süß gewesen, aber definitiv kein Vergleich zu James' unerfahrener Art.

»Nein, mich interessiert, was du sagst. Ich bin nur noch nicht daran gewöhnt.« James warf ihm einen flüchtigen Seitenblick zu. »Obwohl du etwas weniger ... detailreich in deinen Beschreibungen sein könntest.«

In diesem Moment musste Noah mit sich kämpfen. Ein großer, aufdringlicher Teil von ihm hätte James zu gerne befohlen, an den Straßenrand zu fahren, um dann ... nun, er wusste noch nicht so recht, was er getan hätte, doch es käme sicherlich an die Erfahrung mit Fitzgerald heran.

Allerdings behielt Noah dieses plötzliche Verlangen für sich, biss sich auf die Unterlippe und richtete den Blick rasch zum Fenster. Nein, Schluss! Aus! Daran durfte er nicht einmal denken. James hatte bereits Probleme, nur über Sex zu reden. Sicher war er gerade dabei, eine Menge mit sich auszumachen und das Letzte, was er gebrauchen konnte, war ein notgeiler Mitfahrer, der sich ihm aufdrängte.

So räusperte sich Noah stattdessen. »Okay, ja, tut mir leid. Ich verspreche dir, ich bin nicht sexsüchtig oder so. Ich konnte nur für eine lange Zeit nicht ausgehen und musste einiges nachholen. Teilweise muss ich das immer noch. Außerdem ... will ich mein Leben genießen. Ohne etwas zu verpassen und später vielleicht zu bereuen. So viele Erfahrungen wie möglich machen.«

»Mir macht es nichts aus, über solche ... Dinge zu reden. Es könnte mir sogar helfen. Ich muss ... nein, ich *will* offener werden. Anderen und mir selbst gegenüber.«

»Ein guter Vorsatz. Dann hast du den schwersten Schritt bereits hinter dich gebracht.« Noah zuckte mit den Achseln. »Aber was Fitz angeht: Viel mehr gibt es da nicht zu erzählen. Wir beide hatten unseren Spaß und sind unserer Wege gegangen. Hast du so etwas denn früher gemacht? Vor deiner Ehe?«

James schüttelte leicht den Kopf. »Das hätte ich mich nie getraut. Mir ist es schon immer schwergefallen, mich anderen gegenüber zu öffnen. Vielleicht habe ich deshalb meine beste Freundin geheiratet. Es war ... einfach.«

*Okay, das ist ganz sicher Kuchenterritorium,* dachte Noah und erwiderte daher nichts dazu. Stattdessen erzählte er James mehr über Chicago, ohne allerdings seine restlichen Schlafzimmer-Abenteuer zu erwähnen.

Nach etwa zwei Stunden überquerten sie endlich die Grenze von Louisville. Zunächst folgten sie weiter der Interstate 71, fuhren anschließend am Ohio-River entlang, bis sie ein hübsches Café in der Nähe des Waterfront Parks fanden.

Da die meisten Menschen inzwischen Mittagspause hatten, war der Laden gebrochen voll, doch sie hatten Glück, weil eine Gruppe soeben einen der Tische draußen auf der Terrasse verließ.

Noah bestellte sogleich zwei Stücke Erdbeerkuchen für sie. »Die gehen auf mich«, sagte er mit einem breiten Lächeln zu James. »Als Dankeschön für das Mitnehmen und gleichzeitig als Entschuldigung für mein loses Mundwerk.«

»Das ist doch nicht nötig«, meinte James kopfschüttelnd. »Ohne dich wäre die Fahrt viel langweiliger gewesen. Ich habe dir gerne zugehört.« Er warf einen raschen Blick auf die Karte. »Aber wenn du den Kuchen übernehmen willst, dann bezahle ich die Getränke. Was möchtest du? Kaffee?«

»Lieber kein Koffein. Limonade wäre gut.«

James bestellte sich allerdings einen Espresso und nur wenig später konnten sie ihren Kuchen bei einer herrlichen Brise genießen. Während Noah James immer wieder Blicke zuwarf, fragte er sich, wer von ihnen den ersten Schritt machen würde. Am besten wäre es sicherlich, wenn James von sich aus anfing, aber es sah nicht so aus, als könnte er den Mut dafür aufbringen.

So nahm Noah einen großen Schluck von seiner eiskalten Limonade und sagte: »Okay, dann fange ich am besten an. Du wolltest ja den Grund für meine Reise wissen.«

»Wenn es dir nichts ausmacht«, erwiderte James mit einem Nicken. Vielleicht bildete es sich Noah bloß ein, doch er meinte, eine gewisse Erleichterung in seinen Zügen zu erkennen. Nach wie vor schien er nicht darauf erpicht zu sein, über seine Probleme zu reden.

Noah lehnte sich zurück, streckte sich und verschränkte anschließend die Arme hinter seinem Kopf. Mit einem schwachen Lächeln sagte er: »Vor einem Jahr wäre ich fast gestorben. Ich hatte Leukämie. Akute myeloische Leukämie, um genau zu sein.«

Wie erwartet weiteten sich sofort James' Augen. Es war fast schon witzig, wie ähnlich jeder, dem er auf seiner Reise davon erzählte, auf diese Worte reagierte. »Oh ... das tut mir leid. Ich dachte, du hättest vielleicht eine unangenehme Beziehung hinter dir, aber niemals hätte ich etwas so schlimmes erwartet.«

Noah schüttelte den Kopf. »Ich habe überlebt. Das ist das Wichtigste. Die ganze Sache hat mein bisheriges Leben in ein neues Licht gerückt. Ich habe gemerkt, dass ich im Grunde nur für andere gelebt habe. Nie habe ich mir Zeit genommen, mich ein bisschen um mich selbst zu kümmern. Deshalb die Reise.«

Nun betrachtete James ihn eingehend. Auch diese Reaktion war nicht neu für ihn. Stets versuchten die Leute nach seinem Geständnis, ihm den Krebs anzusehen. Dabei blieb ihr Blick natürlich besonders auf seinen Haaren hängen, die jedoch längst nachgewachsen waren. »Aber ... bist du denn wirklich fit genug dafür? Wenn deine Behandlung erst ein Jahr her ist ...«

Noah lächelte. »Der Arzt hat gesagt, es wäre in Ordnung. Mein Immunsystem ist stark genug. Außerdem achte ich sehr auf meinen Körper. Deshalb trinke ich selten etwas mit Koffein und so gut wie keinen Alkohol. Wenn ich müde werde, mache ich eben Pause. Ob ich mich in einem Hotelzimmer erhole oder zuhause, das spielt keine große Rolle, oder? Meine kleine Wanderung auf der Interstate war eigentlich der bisher einzige wirklich anstrengende Teil meiner Reise ... wenn man von Fitzgerald einmal absieht, natürlich.«

»Ich verstehe, aber ... deine Familie macht sich doch sicher Sorgen. Das dachte ich ja schon, bevor ich das von deiner Erkrankung wusste, aber jetzt ...«

»Das ist genau der Grund, warum ich losgezogen bin«, meinte Noah und zog eine Grimasse. »Du hättest sehen sollen, wie ... erdrückend meine Eltern geworden sind. Sie sind ständig um mich herumgeschwirrt, wollten mich von morgens bis abends bedienen und das, obwohl es mir längst wieder gut geht. Irgendwann habe ich es nicht mehr ausgehalten. Mein Onkel hat mir das Geld für die Reise gegeben und ich bin losgezogen. Natürlich melde ich mich immer wieder bei ihnen, aber ich brauchte Abstand.« Noah nahm die Arme runter und begann, mit der Gabel in seinem Kuchen herumzustochern. »Sie haben es gut gemeint. Das weiß ich, aber sie haben mich dadurch ständig an den Krebs erinnert. Ich wollte ... nein, ich *musste* an etwas anderes denken. Die ganze Geschichte vergessen. Wenigstens für eine Weile.«

»Verstehe ... dann willst du jetzt sicher auch nicht darüber reden.«

Noah schüttelte den Kopf. »Mit dir ist es schon in Ordnung. Du kommst mir nicht wie jemand vor, der unendlich auf ein Thema herumreitet oder unangenehme Fragen stellt. Außerdem will ich ja auch etwas von *dir* wissen und ich habe das Gefühl, dir wird es noch um einiges schwerer fallen, über deine Probleme zu reden.« Er stützte sich mit den Ellbogen auf dem Tisch ab, lehnte sich vor. »Also? Quid pro quo?«

James starrte nach unten. Er öffnete zwar den Mund, schien aber kein einziges Wort herauszubringen. Zunächst wollte Noah ihm sagen, was er bereits vermutete, um ihm die ganze Sache ein wenig zu erleichtern, doch dann entschied er sich dazu, stattdessen abzuwarten. Das war eine Hürde, die James alleine nehmen musste. Eine von vielen.

Schließlich sah dieser auf und Noah so direkt an, dass dessen Herz einen überraschten Sprung machte. Diese tiefblauen Augen ... wenn er nicht aufpasste, könnte er sich in ihnen verlieren. Nicht nur wegen ihrer schönen Farbe, sondern vor allem wegen der Intensität, mit der James ihn betrachtete. Wie konnte ein Mann so verschlossen sein und dabei solche Augen besitzen? »Von meiner Frau habe ich dir ja erzählt«, begann James schließlich. »Ich ... habe sie nie geliebt. Zumindest nicht so wie ein Ehemann und erst recht nicht, wie sie es verdient. Meine Familie ist streng katholisch – war sie schon immer. Von klein auf habe ich gehört, wie sich meine Eltern abfällig über Menschen unterhielten, die ihrer Meinung nach nicht im Sinne Gottes lebten und als ich als Teenager ... als ich gemerkt hatte, dass ich ...« Er verstummte, fuhr sich sichtlich frustriert durch die vollen Haare.

Noah betrachtete ihn traurig. »Es ist in Ordnung, wenn du es noch nicht sagen kannst. Manche Dinge brauchen Zeit. Dass du es weißt und es akzeptiert hast, ist das Wichtigste.«

»Dann ... weißt du bereits, was ich sagen will?«

»Ich habe es schon auf der Fahrt vermutet.« Ein Lächeln breitete sich auf Noahs Lippen aus. »Es muss Schicksal gewesen sein, dass du gerade mich getroffen hast. Vor meiner Erkrankung war ich Sozialarbeiter. Ich habe mich um Jugendliche gekümmert, die auf der Straße gelandet sind. Nicht wenige davon wurden von ihren Eltern wegen ihrer Homosexualität rausgeworfen. Ich weiß also genau, wie jemand aussieht, der gerade viel mit sich auszumachen hat. Du bist vielleicht etwas älter als meine üblichen Schützlinge, aber das bedeutet nicht, dass ich dir nicht helfen kann.«

James lächelte. »Machst du den Trip nicht, damit du dich um dich selbst kümmern kannst?«

Noah zuckte mit den Achseln. »Ich kann beides. Bisher hatte ich mit dir eine Menge Spaß und ich hatte ohnehin vor, mir bald ein Auto zu mieten, weil mir die Lauferei auf den Geist geht. Das wäre aber ein schwerer Schlag für mein nicht mehr allzu üppiges Budget gewesen.« Er stützte sein Kinn mit einer Hand ab und lächelte James an. »Also, wie wär's? Ich begleite dich von jetzt an auf deiner Reise und helfe dir dabei, dich in dieser schönen neuen Welt zurechtzufinden.« Während er sich leicht auf die Unterlippe biss, sah er James von oben bis unten an. »Sobald du dafür bereit bist, könnte ich dir sogar einige Dinge zeigen, anstatt nur mit dir darüber zu reden.«

Wie er erwartet hatte, weiteten sich James' Augen. Zudem lehnte er sich zurück, als würde er den Abstand zwischen ihnen vergrößern wollen. »Das ... das wäre ... ich bin noch nicht ...«

Noah schmunzelte. »Ist schon okay. Es ist nur ein Angebot, das du im Hinterkopf behalten kannst. Alles richtet sich nach deinem Tempo.« Er versenkte noch einmal die Gabel in seinem Kuchen und genoss anschließend, wie der Geschmack auf seiner Zunge explodierte. Süßes war schon immer seine Schwäche gewesen ... vielleicht war das auch der Grund dafür, dass er James überhaupt dieses Angebot machte. »Aber ich meine es ernst. Ich will dir wirklich helfen. Wenn du lieber ohne mich weiterfahren willst, um mit deinen Gedanken allein zu sein, dann verstehe ich das natürlich, aber ... ich denke, von meiner Erfahrung könntest du profitieren.«

Ohne ein Wort zu sagen, starrte James auf seinen Kuchen, den er bisher kaum angerührt hatte. Es dauerte beinahe zwei Minuten, bis er endlich sprach. »Ich ... hätte dich gerne dabei. Bisher weiß ich nicht einmal, was ich tue. Da sind ständig diese schrecklichen Gedanken in meinem Kopf. Als würde mir jemand zuflüstern, alles, was ich mache, wäre falsch. Allein die Scheidung ...«

»Weiß es deine Familie schon?«, fragte ihn Noah mit gerunzelter Stirn, obwohl er die Antwort bereits zu wissen glaubte.

James schüttelte den Kopf. »Nur meine Frau und ihre Brüder bisher. Ich hoffe, dass ich auf dieser Reise den Mut finden werde, mich ihnen zu stellen.« Daraufhin sah er Noah wieder direkt in die Augen. »Als du mir von deinen Erfahrungen erzählt hast, habe ich gemerkt, wie schwer es mir immer noch fällt, das alles zu akzeptieren. Es ist nicht so, als würde ich selbst Homo- ... Homosex- ...« Er stieß einen frustriert klingenden Atemzug aus. »Ich verurteile es nicht, aber ich kann nicht ...«

»Dir wurde dein Leben lang erzählt, es wäre falsch, homosexuell zu sein«, flüsterte Noah. »Dass es eine Sünde wäre und du deswegen nicht in den Himmel kämest. Dir wurde gesagt, es wäre abartig, etwas, worüber man nicht redet, woran man nicht einmal denken darf und das über sehr lange Zeit. Diese Angst wurde dir eingepflanzt. Wenn du auch keine Lüge mehr leben willst, es dauert, diese Furcht hinter sich zu lassen.«

»Genau.« James faltete seine Hände auf dem Tisch. »Deshalb denke ich, deine Gegenwart kann mir helfen. Ich habe nicht nur diesen Teil von mir ignoriert, ich habe versucht, erst gar nichts davon an mich heranzulassen. Ich habe keine ... Männer angeschmachtet oder ... oder ... P-Porn-« Er stoppte, schüttelte den Kopf. »Mir entsprechende Videos angesehen. Zumindest bis zu meinem Coming-out nicht. Jeder Verlockung bin ich aus dem Weg gegangen. Als ich einen meiner Kollegen auf einmal attraktiv fand, habe ich mich sogar in eine andere Abteilung versetzen lassen. Das alles ist für mich also so weit weg von der Realität, wie es nur sein kann.« Wieder sah er Noah direkt an. »Aber du machst es normal. Deine Offenheit hilft.« Ein Grinsen schlich sich auf sein Gesicht. »Wenn ich dein Angebot auch nicht ... ich meine, du bist wirklich-« Als seine Stimme ein wenig heiser klang, räusperte James sich rasch. »Es liegt nicht an dir. Ich bin nur nicht bereit dafür und du bist außerdem so viel jünger als ich. Ich meine, wie alt bist du? 24?«

Noah grinste. »28.«

»Oh, okay ... aber ich bin 42. Zwischen uns liegen also immer noch 14 Jahre. Du musst verstehen, für jemanden, der im Grunde nur mit seiner Frau zusammen gewesen ist und noch nie mit einem ... das wäre ...«

»Etwas viel für den Anfang?«

James nickte und einen Moment lang schien er erleichtert zu sein, dass Noah verstand, was er sagen wollte. »Ich möchte schon gerne ein paar Erfahrungen auf dieser Reise sammeln, aber ... noch ist es zu früh.«

»Gut. Dann sind wir uns ja einig.« Noah reichte ihm die Hand. »Reisegefährten?«

James schüttelte sie mit einem überraschend festen Griff. Anschließend wandte sich Noah wieder grinsend seinem Stück Kuchen zu und bestellte sich gleich darauf sogar noch ein zweites. Er verstand James' Zurückhaltung bestens und würde seine Gefühle natürlich respektieren, doch ein kleiner Teil von ihm hoffte dennoch, er würde derjenige sein, mit dem er seine ersten Erfahrungen sammelte. Schließlich gefiel er ihm immer mehr. Er war schüchtern und verschlossen, ja, aber allein der

Mut, den er hatte aufbringen müssen, um sich nach so vielen Jahren von seiner Frau zu trennen ... und James wusste trotz der Indoktrination seiner Eltern genau, was er wollte. Wenn es ihm auch nach wie vor schwerfiel, danach zu greifen.

»Du wirst das packen«, meinte Noah mit einem Lächeln, sobald er auch das zweite Stück Kuchen verdrückt hatte. »Ich habe viele wie dich gesehen, denen die Aussicht auf ein ganz neues Leben Angst gemacht hat, aber allen ist es früher oder später gelungen, ihren Platz zu finden. Das kannst du auch. Ich meine, wie das Gespräch mit deinen Eltern auch ausgehen wird, es ist immer noch besser, als eine Lüge zu leben, oder? Sich ewig verstecken zu müssen, seine Gefühle zu unterdrücken und nie sagen zu können, was man wirklich ...« Als Noah auf einmal nicht mehr wusste, ob er hier über James oder sich selbst sprach, leerte er rasch seine Limonade und lächelte seinen neuen Reisegefährten an. »Jedenfalls bist du stark genug dafür. Wir kennen uns zwar noch nicht gut, aber was das angeht, bin ich mir völlig sicher.«

## Kapitel 3

Nach dem Gespräch mit Noah spürte James eine gewisse Erleichterung. Innerlich hatte er bereits gehofft, der junge Mann würde ihn länger begleiten. Vielleicht war das der eigentliche Grund, warum er ihn am Wegrand aufgelesen hatte. Er kam James wie ein Wegweiser vor, der ihm die Richtung in einem für ihn unüberwindbaren Labyrinth aufzeigte.

Nachdem sie das Café verlassen hatten, stellten sie allerdings recht schnell fest, dass Louisville auch für Noah wenig interessante Sehenswürdigkeiten beherbergte. »Ich fasse zusammen«, meinte dieser, während sie neben dem Bus standen, und hielt seine Hand hoch, um mit den Fingern zu zählen. »Wir interessieren uns beide weder für Baseball noch für Pferderennen oder Tropfsteinhöhlen. Was gibt es hier sonst?«

»Der Waterside Park, der hier ganz in der Nähe liegt, soll nett sein. Oder ist es dir zu langweilig, spazieren zu gehen?«

Noah grinste. »Eigentlich habe ich nichts dagegen, aber ich bin ja schon vorhin so viel gelaufen. Meine Füße könnten eine längere Pause gebrauchen. Was ist mit dir? Du hast den Ort doch nicht umsonst ausgesucht, oder?«

James wusste nicht sofort, was er darauf antworten sollte. In Wahrheit hatte er sich gerade deshalb für das eher ruhige Louisville entschieden, weil er Zeit zum Nachdenken brauchte. Allerdings hatte er vor dem Zusammentreffen mit Noah gemerkt, dass ihm genau das nicht guttat und nun, wo er interessante Gesellschaft hatte … »Ich hatte nichts Besonderes vor«, gab er letztlich zu. »Es sollte ein gemütlicher Start werden.«

»Ah, und zumindest das habe ich dir versaut, hm?« Für einen Moment wirkte Noah nachdenklich. »Vielleicht ist der Park wirklich die beste Idee. Am Abend schleppe ich dich in eine der Bars, da gibt es nichts zu diskutieren, aber bis dahin können wir uns ausruhen. Wie wäre es mit einem Picknick? Ich bin ohnehin am Verhungern.«

»Du hast doch gerade erst zwei Stücke Kuchen verdrückt«, erinnerte James ihn überrascht. Er selbst hatte nur mit Mühe sein eigenes aufbekommen und im Gegensatz zu ihm war Noah ausgesprochen dünn.

»Ja, aber wenn du fast zwei Jahre lang den ganzen Tag über kaum etwas anderes getan hast, als dir die Seele aus dem Leib zu kotzen, genießt du so viele Mahlzeiten, wie du kannst. Außerdem konnte ich schon immer viel essen.«

Ah, richtig. Noah wirkte so fit und gesund, dass man seine kürzlich überstandene Krankheit schnell vergaß. Zudem versuchte James, nicht an die Implikation seiner Pläne für den Abend zu denken. Mit Bar meinte Noah sicherlich ... Gott, er wurde bereits nervös, wenn er nur daran dachte. Nun, nervös, aber auch neugierig. »Für ein Picknick müssen wir erst einkaufen. Der Bus hat eine kleine Kochecke, aber keinen Kühlschrank.«

»Kein Ding. Wir flitzen in den nächsten Supermarkt und dann mache ich dir ein mega-geniales Sandwich. Meine Schwester hätte früher dafür getötet.«

»Du hast eine Schwester?«, fragte James, ging um den Wagen herum, um die Fahrertür zu öffnen. Nachdem er Noah von innen aufgemacht hatte, stieg dieser ebenfalls ein und sah traurig auf seinen Schoß.

»Hab ich. Sie ist aber erst 16 und ... wir verstehen uns im Moment nicht besonders gut.« Er sah James an. Obwohl ein Lächeln auf seinen Lippen lag, erreichte es nicht seine Augen.

»Sie war fast 14, als ich die Diagnose erhalten habe, und danach waren meine Eltern so fixiert auf alles, was meine Krankheit betrifft, dass ...« Er schüttelte den Kopf. Anschließend wurde sein Lächeln breiter. »Ach, vergessen wir das. Dieses Thema ist zu deprimierend. Jedenfalls habe ich ihr immer Sandwiches für die Schule gemacht, weil Mom und Dad wegen der Arbeit morgens nicht viel Zeit hatten. Ich habe also jede Menge Übung.« Er beugte den Arm und fasste sich mit einem Grinsen auf den kaum vorhandenen Bizeps. »Sobald du davon gekostet hast, willst du mich nicht mehr gehen lassen. Glaub's mir ruhig.«

»Ich weiß nicht ... ich bin selbst eine Art Sandwich-Connaisseur. Zuhause habe ich fast immer das Kochen übernommen und da Maya und ich nicht viel Zeit hatten, gab es oft genug Sandwiches am Abend. Ich kenne mich also aus.«

»Maya heißt deine Frau also. So, wie du bisher von ihr geredet hast, muss sie toll sein.«

James betrachtete ihn überrascht. Er hatte von Noah nicht erwartet, das Gespräch in diese Richtung zu lenken. Mit einem tiefen Seufzen lehnte er sich zurück. »Das ist sie. Sie hat mein Geständnis mit einem Lächeln akzeptiert und mich genauso unterstützt, wie sie es immer getan hat.«

»Ich hätte das nicht gemacht. Von mir hättest du mit Sicherheit entweder einen Tritt in die Eier kassiert, oder ich hätte dich sofort rausgeworfen.« Mit verschränkten Armen nickte Noah. »Vielleicht auch beides.«

»Verdient hätte ich es, aber ... ich glaube, sie hat all die Jahre nur darauf gewartet, dass ich es endlich ausspreche. Sex hatten wir seit Ewigkeiten nicht mehr. Sie muss gemerkt haben, dass ich ...«

»Dass du währenddessen an heiße Kerle gedacht hast?«

Sobald Noah diesen Satz ausgesprochen hatte, durchflutete eine unangenehme Wärme James' Gesicht. Er wünschte sich, er könnte diese Tatsache abstreiten, aber Noah hatte leider recht. Als junger Mann war es ihm noch leichter gefallen, mit Maya zu schlafen, doch mit den Jahren hatte er sich immer öfter dabei erwischt, beim Sex an Schauspieler oder Sänger, die er mochte, zu denken. Die Scham wurde immer größer und irgendwann konnte er sie gar nicht mehr anfassen. »Ich habe es so sehr versucht. Sie ist wirklich schön. Jeder Mann wäre überglücklich, eine solche Ehefrau zu haben. Nur eben keiner, der ...« Erneut brach James ab, biss die Zähne aufeinander und ballte die Hände zu Fäusten. Wegen ihm hatte Maya gelitten. Sie hatte sich hässlich und unattraktiv gefühlt, immer wieder neue Kleider und Dessous gekauft, um ihm zu gefallen, und nun konnte er es nicht einmal aussprechen?

Plötzlich fühlte er Noahs Hand auf seinem Knie. Wie beim Händeschütteln von zuvor war sie angenehm kühl. »Babyschritte. Dass du diese Entscheidung getroffen hast, heißt nicht, dass du sofort zu America's Number One Gay Playboy werden musst.« Er lachte laut auf. »Der Titel gehört eh mir. So schnell lasse ich ihn nicht los.«

James entfuhr nun ebenfalls ein Lachen. Kein Wunder, dass Noah zuvor Sozialarbeiter gewesen war. Er wusste, wie man ein Gespräch in eine positive Richtung lenkte. »Danke, aber zumindest diesen Schritt habe ich schon einmal gemacht und deshalb sollte ich ihn wieder tun können. Also ...« Er drehte sich Noah zu, sah ihm direkt in die Augen und, als Blau auf Braun traf, sagte er: »Noah, ich ... bin schwul.«

Ein glückliches Lächeln erschien auf Noahs Lippen, das James' Herz augenblicklich schneller schlagen ließ. »Gut gemacht. Wenn du in dem Tempo weitermachst, muss ich meinen Titel verteidigen, noch bevor wir den Grand Canyon erreicht haben.«

Überrascht runzelte James die Stirn. »Woher wusstest du, dass der zu meinen Reisezielen gehört?«

Noah zuckte mit den Achseln. »Gehört der nicht zu so ziemlich jeden Roadtrip? Ich habe den zumindest fest eingeplant. Dachte nur nicht, ich würde ihn tatsächlich erreichen … so, wie mein Budget inzwischen zusammengeschrumpft ist.« Er grinste. »Wahrscheinlich hätte ich mir mehr Getränke ausgeben lassen sollen, aber es bestellen alle immer nur Alkohol.«

»Du kannst dich vor Angeboten sicher nicht retten, hm?«

Sachte schüttelte Noah den Kopf. »Tatsächlich gehe ich in Gay-Bars und -Clubs eher unter. Du allerdings …« Er sah James von oben bis unten an, wodurch dieser erneut eine gewisse Hitze in seinem Gesicht spürte. »Dich werden sie lieben. Vor allem die Twinks.«

Twinks … den Begriff meinte er schon einmal gehört zu haben, konnte ihn aber nicht einordnen. Unsicher sah er Noah an, wusste nicht, ob er ihn danach fragen sollte, bis dieser wortlos sein Smartphone herausholte und eine Internetseite aufrief. Anschließend reichte er James das Handy.

Während dieser mit großen Augen über Twinks, Bären und Otter las, beugte sich Noah nach seinem Rucksack und wühlte darin herum. »Ich hätte auch ein Buch für dich, wenn du magst. Der erste Schwulenroman, den ich je gelesen habe. Er ist an Jugendliche gerichtet und deshalb wenig explizit, beschreibt aber gut die ersten Erfahrungen des Protagonisten.« Nach einer Weile sah Noah mit einem Grinsen auf. Dadurch, dass er den Kopf so lange unten gehalten hatte, waren seine Haare nun komplett durcheinander. »Vielen meiner Schützlinge hat es geholfen, sich wohler in ihrer Haut zu fühlen. Dir vielleicht auch.« Er beugte sich erneut und zog schließlich ein recht mitgenommen aussehendes Taschenbuch heraus. »Ah. Ich muss mir unbedingt ein Hardcover besorgen. Ist nur schwer, zu bekommen, weil es nicht mehr gedruckt wird.«

James warf einen Blick auf das Cover. Es zeigte einen jungen Mann, der mit einem Lächeln die Augen geschlossen hatte. 'Zum allerersten Mal' stand auf dem Umschlag.

Sobald er zurück auf das Smartphone sah, schwirrte ihm der Kopf. Erst in diesem Moment wurde ihm bewusst, wie viel er zu lernen hatte. Es waren nicht nur seine Gefühle, mit denen er in Einklang kommen musste. Es war diese gesamte neue Welt, die sich vor ihm wie eine gewaltige Wüste erstreckte, in der er sich jederzeit verlaufen konnte. Wenn er in Noah auch einen guten Führer gefunden hatte, würde das reichen?

»Ich denke, dein Titel ist erst einmal sicher«, murmelte James und gab ihm das Smartphone zurück. »Ich weiß jetzt schon nicht mehr, wo mir der Kopf steht.«

»Das kommt noch. Gewöhnung ist alles.« Noah reichte ihm das Buch, über das James anschließend mit den Fingern strich. Es wirkte wirklich sehr mitgenommen ... als wäre es durch unzählige Hände gegangen.

»Wie oft hast du es gelesen? Oder verliehen?«

»Verliehen tatsächlich nicht so oft. Die Taschenbücher lassen sich noch gut finden. Deshalb habe ich eher neuere Exemplare verschenkt. Und gelesen ... vor allem während der letzten Jahre. Es ist mein Wohlfühlbuch. Diese Seiten lassen mich an eine Zeit zurückdenken, als ich nicht ...« Noah beendete den Satz nicht. Wie James schien es Dinge zu geben, die er noch nicht aussprechen konnte. Stattdessen tippte er auf das Buch. »Jedenfalls solltest du es versuchen. Es ist zumindest ein besserer Anfang, als sofort in die nächste Schwulenbar zu stolpern.«

Überrascht sah James ihn an. »Dann wolltest du heute Abend nicht mit mir ...?«

Noahs Augen weiteten sich. »Was? Hast du das etwa gedacht? Ich werde dich doch nicht gleich ins eiskalte Wasser werfen. Wie gesagt: die Kerle würden sich um dich reißen. Wenn ich dich traumatisieren wollte, hätte ich mich längst selbst an dich rangemacht. Wahrscheinlich noch, bevor wir in der Stadt gewesen wären.«

Leicht öffnete sich James Mund. Dann hatte er sich Noahs Blicke nicht eingebildet? Niemals hätte er gedacht, ein junger Mann wie er würde tatsächlich auf ihn stehen. »Du findest wirklich, dass ich ...?«

»Ich habe dir das Angebot vorhin jedenfalls nicht aus Mitleid gemacht.« Noah schüttelte den Kopf, lächelte verschmitzt. Ein freches Glitzern lag in seinen Augen. »Durch meine Geschichten hast du vielleicht den falschen Eindruck bekommen. Ich steige nicht mit jedem ins Bett. Ein Kerl muss mich schon verdammt umhauen und du ...« Erneut warf er James einen durchdringenden Blick zu, biss sich daraufhin auf die Unterlippe und drehte den Kopf zum Fenster der Beifahrertür.

In diesem Moment glaubte James, zwischen ihnen eine elektrisierende Spannung in der Luft zu spüren. Sie ließ sein Herz schneller schlagen, machte es schwer zu atmen. »Also ... Sandwiches«, meinte er mit einem nervösen Lachen. »Welche Art magst du am liebsten? Schinken? Käse? Oder lieber Thunfisch?«

»Ich mag eigentlich alles, was scharf ist«, antwortete Noah und drehte James den Kopf mit einem Grinsen zu.

»... du lässt mich nicht einfach so das Thema wechseln, was?«

»Leider nicht, nein. Mit jemandem wie mir als Reisepartner ist das Weglaufen vorbei. Ich kann dir nur versprechen, das Flirten ein wenig einzudämmen. Vielleicht lasse ich hin und wieder einen Kommentar fallen, um dich daran zu gewöhnen, aber ich werde zumindest nicht meine Hardcore-Flirtnummer bei dir abziehen. Noch nicht.«

Während James sich fragte, wie sowas bei Noah aussehen würde, spürte er ein starkes Kribbeln in seinem Magen. *Das passiert wirklich,* dachte er. Ein *Mann*, der mit ihm flirtete. Noch vor ein paar Monaten wäre so etwas undenkbar gewesen und doch war er nun hier, neugierig und aufgeregt. Etwas Angst war auch dabei, aber längst nicht mehr so viel wie kurz nach seinem Aufbruch. Wenn Noah ihm bereits jetzt eine solche Sicherheit gab, wie würde sich James nach ein paar Tagen, wenn nicht Wochen, fühlen?

»Du denkst darüber nach? Gut. Hauptsache, du läufst nicht vor dem Thema weg. Wenn du tatsächlich irgendwann in eine Gay Bar gehen willst, schadet es nicht, sich an dieses Gefühl zu gewöhnen. Sonst erlebst du nur einen Kulturschock.« Mit einem neuerlichen Glitzern in den Augen wandte sich Noah James so weit zu, wie er es im Sitzen konnte. »Und nun zu den Sandwiches. Das vorhin war nicht gelogen: Ich mag es wirklich scharf, muss aber leider im Moment ein bisschen aufpassen, weil mein Magen noch nicht viel verträgt. Trotzdem sollten wir zumindest etwas Pfeffer besorgen. Dazu Mayonnaise, Ketchup, Salat ... alle möglichen Arten von Fleisch. Eine Kühlbox hast du bestimmt?« Fragend sah Noah James an, bis dieser nickte. Anschließend fuhr er fort. »Gut, und Eis brauchen wir natürlich. Das sollte die Sachen über Nacht kühl halten. Und dann brauchen wir noch-«

Mit einem Lächeln hörte James ihm weiter zu. Noah schien sich für viele Dinge begeistern zu können. Selbst für etwas so simples wie Sandwiches. Das dachte er zumindest, bis sie auf einer Decke im Waterfront Park saßen und er den ersten

Bissen von Noahs Clubsandwich genommen hatte. Anschließend wusste er: Es war alles andere als simpel. Es war göttlich!

»Ich wusste, dass es dir gefällt«, meinte Noah sofort mit einem Grinsen. »Jeder ist bisher beim ersten Bissen schwach geworden. Selbst, wenn ich dich nicht mit meinen Flirtkünsten rumbekommen kann, damit ganz sicher!«

»Machst du Witze? Selbst Julia Child hättest du damit rumgekriegt!«, erwiderte James, sobald er den ersten Bissen verdrückt hatte. Anschließend nahm er sofort einen weiteren.

»Julia Child? Ist die berühmt oder so?«

James betrachtete ihn mit großen Augen. »Sie war eine der berühmtesten TV-Köchinnen der Welt. Wenn nicht *die* berühmteste. Es gab kürzlich sogar einen Film über sie und ... ah, ja, richtig. Ich war selbst noch ein Kind, als ihre Sendung ausgestrahlt wurde. Kein Wunder, dass du sie verpasst hast.«

»Ich habe ohnehin schon immer wenig ferngesehen. Bewegung war mir lieber, als die ganze Zeit vor der Glotze zu sitzen.« Daraufhin sah Noah James mit einem Grinsen an. »Wenn ich dich so anschaue, geht es dir nicht anders. Du trainierst, oder?«

»Ja, aber das kam erst später«, meinte James mit einem schwachen Lächeln. Allmählich fragte er sich, ob Noah absichtlich mit ihm flirtete oder das ganz automatisch passierte. »Erst mit Anfang 30 fing ich an, regelmäßig ins Fitnessstudio zu gehen. Vielleicht auch nur, weil ich mich von meinen Gefühlen ablenken wollte. Gerade dadurch musste ich aber einsehen, wie ich wirklich bin. Die anderen Männer ...«

»Es ist schwer, die Augen nicht schweifen zu lassen, hm? Vor allem im Umkleideraum.«

James stieß ein nervöses Lachen aus. »Das kann ich nicht abstreiten, aber ich habe immer nur den Spind angestarrt.«

»Und dabei wahrscheinlich selbst einige Blicke verpasst. Ich war auch eine Zeit lang im Fitnessstudio Gast.« Noah grinste. »Dort habe ich ein paar der besten Bekanntschaften gemacht.«

Um sich davon abzuhalten, daran zu denken, wie das ausgesehen haben könnte, biss James rasch wieder in sein Sandwich. Nach einigen Minuten schien es Noah doch zu langweilig zu werden, nur auf der Decke herumzusitzen und zu reden. Daher begann er, mit dem Hund einer älteren Dame, die ganz in ihrer Nähe auf einer Bank saß, zu spielen. Lachend rannte er mit ihm über die Wiese, kämpfte mit dem schwarzen Labrador um einen Stock und verlor dabei den Halt. Nachdem er gefallen war, stürzte sich der Hund sogleich auf ihn und leckte ihm durchs Gesicht.

James, der sich kurz erhoben hatte, als Noah zu Boden gegangen war, hörte ein Lachen und setzte sich erleichtert. Er lehnte sich gegen den Baum, unter dem sie ihre Decke ausgebreitet hatten, und schloss für ein paar Sekunden die Augen.

Trotz der Raufgeräusche von Noah und seinem neuen Freund, der inzwischen immer wieder bellte, empfand er dabei eine Ruhe, die er seit ... er wusste gar nicht, wann er das letzte Mal so entspannt gewesen war. Wenigstens für ein paar Sekunden schienen diese ständigen Stimmen, die ihn in seinem Kopf für seine Entscheidung verurteilten, zu verstummen.

Erst eine feuchte Zunge, die ihm plötzlich durchs Gesicht fuhr, riss ihn aus dieser wohligen Stimmung heraus. James lachte, kämpfte gegen den überglücklichen Labrador, der nun schwanzwedelnd auf ihm saß.

»Mika wollte dich kennenlernen«, meinte Noah mit einem Grinsen, als 'Mika' endlich von ihm abgelassen hatte und stattdessen einen Corgi begrüßte. Sie kannten sich anscheinend, da ihre Besitzerinnen nun ausgelassen miteinander redeten.

»Du kennst dich gut mit Hunden aus, hm?«, fragte James ihn und wischte sich den Sabber aus dem Gesicht. Als sich seine Haut im Anschluss unangenehm klebrig anfühlte, zog er eine Grimasse.

»Meine Familie hatte immer welche, ja.« Noah betrachtete ihn abschätzend. »Deine auch? Du scheinst zumindest nichts gegen sie zu haben.«

»Ich wollte einen, aber meine Eltern waren dagegen. Sie meinten, ein Hund macht zu viel Dreck und als ich mit Maya verheiratet war, konnte ich keinen haben, weil sie eine Allergie hat. Dafür bin ich dann hin und wieder mit dem der Nachbarn spazieren gegangen.« Sobald er diese Worte ausgesprochen hatte, betrachtete James Noah genauer. Dessen Gesicht war leicht gerötet, die Brust hob und senkte sich rasch, seine Haut war verschwitzt und ein glückliches Lächeln lag auf seinen Lippen. Schnell wandte James den Blick ab, denn seine Gedanken bewegten sich längst in eine ganz andere Richtung.

Er sah erst wieder auf, als Noah ihm eine Haarsträhne von der Stirn strich. Ein noch breiteres Grinsen lag nun auf den Lippen des jüngeren Mannes. Er schien genau zu wissen, woran James soeben gedacht hatte. »Du bist wirklich verdammt süß.«

James öffnete den Mund. Bevor er etwas sagen konnte, unterbrach Mika den Moment jedoch, indem sie mit einem Stöckchen von hinten direkt in Noahs Beine rannte. Noah fiel nach vorne und nur James' schnelle Reaktion hielt ihn davon ab, mit dem Gesicht direkt gegen den Baum zu knallen. Er war halb aufgesprungen, hatte eine Hand auf Noahs Brust und die andere auf seine Hüfte gelegt.

So hielt er ihn aufrecht, bis eine Stimme sagte: »Das tut mir so leid. Dir ist nichts passiert, oder?«

Sie drehten sich zu Mikas Besitzerin um. Noah betrachtete sie mit einem Lächeln. »Nein, keine Sorge. Scheint so, als würde Mika weiterspielen wollen. Haben Sie noch etwas Zeit?«

Während Noah mit der Frau redete, bemerkte James, dass er nach wie vor eine Hand auf Noahs Hüfte hatte und zog sie rasch fort. Eine Wärme legte sich in seine Wangen, die dieses Mal nichts mit dem heißen Wetter oder seiner Scham zu tun hatte.

# Kapitel 4

Nachdem Noah eine ganze Stunde lang mit Mika gespielt hatte, war er komplett verschwitzt. Daher suchten sie nach einem Ort, wo er duschen konnte, doch die Optionen waren nicht sonderlich gut.

»Ich hatte vor, in meinem Fitnessstudio zu duschen. Das ist einer der Gründe, warum ich meine Ziele so ausgesucht habe. Die Kette hat ein Studio in so ziemlich jeder größeren Stadt«, erklärte ihm James. »Aber dich werden sie bestimmt nicht ohne Mitgliedschaft reinlassen.«

»Ja, und ich hatte eigentlich nicht vor, eine abzuschließen. Normalerweise übernachte ich in billigen Motelzimmern oder schlafe draußen in meinem kleinen Zelt und mache Katzenwäsche in öffentlichen Toiletten. Aber nach deinem Angebot ...« Als James ihm vorgeschlagen hatte, Noah könnte direkt in der ersten Nacht mit ihm im Bus schlafen, hatte ihn das überrascht. Womöglich dachte James noch gar nicht darüber nach, was so etwas bedeutete. Ausreden wollte Noah ihm das aber auch nicht. Schließlich könnte dieser Schritt verdammt wichtig für James sein und ihm dabei helfen, sich an die Nähe anderer Männer zu gewöhnen.

Bevor er fortfuhr, stieß Noah ein Seufzen aus. »Na gut. Ein Abo wäre wahrscheinlich wirklich die einfachste Möglichkeit. Ich wollte ohnehin wieder anfangen, Sport zu machen. Vielleicht haben sie ein Aufbauprogramm ... und du könntest mir einige Tipps geben«, meinte er und sah zu James auf.

Dieser lächelte. »Das kann ich tatsächlich. Ich habe in Cleveland einen tollen Trainer. FitKing macht auch Physiotherapie, soweit ich weiß.«

Daraufhin begann er ausgelassen über die Angebote zu reden, was Noah zum Grinsen brachte. Offenbar war James glücklich darüber, endlich über ein Thema sprechen zu können, von dem er Ahnung hatte. Allerdings drifteten seine Erklärungen rasch in detaillierte Beschreibungen von Statistiken ab, wodurch Noah ihm irgendwann nur noch mit einem Ohr zuhörte.

»Ich unterbreche dich nur ungern, aber mir ist gerade eingefallen, dass ich dir eine wichtige Frage bisher noch nicht gestellt habe: Was machst du eigentlich beruflich?«

James betrachtete ihn überrascht. »Ich bin Datenanalyst in einer Softwarefirma. LnB Electronics.«

Ah. Das erklärte so einiges. »Uff. Du arbeitest also viel mit Zahlen? Das könnte ich nicht. Sobald es nur ein bisschen um Mathe geht, schaltet mein Gehirn ab.«

»Wirklich? Dabei können Statistiken so spannend sein. Sie machen Zusammenhänge sichtbar. Einmal, als unsere Verkäufe plötzlich drastisch gesunken sind, da-«

Begeistert redete James von seiner Arbeit und Noah ließ ihn machen, bis sie ihre Sachen zusammengepackt und alles in dem Bus verstaut hatten. Anschließend brachen sie zu FitKing auf, wo ein Kerl, der sie wahrscheinlich beide mit einem Arm hochheben könnte, einen Vertrag mit Noah abschloss.

Enthusiastisch wollte der Bodybuilder direkt einen Trainingsplan für ihn erstellen, was Noah aber ablehnte. »Ein andermal. Wir wollen heute Nacht ausgehen und ich will nicht zu ausgepowert sein.«

Der Muskelprotz starrte daraufhin so enttäuscht auf sein Klemmbrett, dass er Noah direkt leidtat. Dieser Gedanke verpuffte allerdings, sobald er sah, wie intensiv James ihm nachstarrte. »Dein Typ?«, fragte er mit einem Stirnrunzeln, denn bisher hatte er einen anderen Eindruck gehabt.

Überrascht sah James ihn an, wirkte gleich darauf verlegen. »N-Nein, das kann man nicht sagen. Ich habe keinen Typ, denke ich. Ich habe mich nur gefragt, ob er vielleicht auf dich ... dass er womöglich ...«

Bevor James weitere sprachliche Verrenkungen machen musste, um auszudrücken, was er dachte, unterbrach Noah ihn rasch. »Oh, nein. Der ist hetero. Ganz sicher.«

»Woran merkt man das?«, fragte James ihn und vor Neugier schien er zumindest für den Moment seine Nervosität zu vergessen.

»Ganz einfach: weil er ständig durch den Hintern der Lady auf dem Stepper abgelenkt war«, meinte Noah mit einem Grinsen und wies auf eine Frau in besonders engen Leggings. »Den Typen neben ihr hat er dagegen komplett ignoriert. Das hat es eindeutig gemacht.« Daraufhin drehte er sich James grinsend mit ganzem Körper zu. »Aber jetzt: duschen. Ich kann es kaum erwarten, mir den Schweiß abzuwaschen.« Damit ging er in Richtung Umkleide und fühlte dabei James' Nervosität, die ihn inzwischen wellenartig zu verlassen schien.

Besonders schlimm wurde es, sobald Noah begann, sich auszuziehen. Obwohl außer ihnen niemand dort war, richtete James den Blick starr auf seinen Spind und zuckte sogar zusammen, als Noah ihm die Hand auf den Rücken legte. »Du kannst ruhig gucken. Mir macht das nichts.«

James schüttelte rasch den Kopf, wühlte unentwegt in seiner Sporttasche herum und brauchte dabei so lange, dass er unmöglich etwas suchen konnte. »Ich ... nein. Geh du schon mal vor.«

Nichts anderes hatte Noah erwartet und so tappte er mit einem Handtuch zu den Duschen. Kurz, bevor er hineinging, warf er allerdings noch einmal einen Blick zurück und konnte immerhin James' starken Rücken sehen. Er war keinesfalls so gut trainiert wie der Trainer von vorhin, doch er schien ausgesprochen fit zu sein.

Rasch biss sich Noah auf die Unterlippe, musste sich dazu zwingen, die Augen abzuwenden, und betrat endlich den Duschraum. Wahrscheinlich wäre die ganze Reise wesentlich leichter für ihn, wenn James etwas weniger sein Typ wäre. Stattdessen könnte er, wenn er ein Klemmbrett mit Liste wie der Kerl von eben besäße, so ziemlich jeden Punkt darauf abhaken.

Nachdem er fertig mit Duschen war und in den Umkleideraum zurückkehrte, hatte James nur noch ein Handtuch um die Hüften gewickelt. So sehr Noah auch versucht war, ihn genauer zu mustern, zwang er sich doch, die Augen abzuwenden. Nicht nur, weil er James' Privatsphäre respektierte, sondern auch, weil sich inzwischen zwei weitere Mitglieder des Fitnessstudios im Umkleidebereich umzogen und dabei ausgelassen über ihre Trainingserfolge unterhielten.

Rasch ging James an ihm vorbei, richtete den Blick währenddessen mit rotem Kopf starr auf den Fußboden und, sobald er fort war, stieß Noah ein Seufzen aus. Wenn er diesem Mann dabei helfen wollte, sich wohler in seiner Haut zu fühlen, hatte er verdammt viel Arbeit vor sich.

Im Anschluss brachten sie ihre Sachen zurück in den Bus und, da inzwischen der Abend angebrochen war, suchte Noah für sie eine Bar im Internet aus. »Live-Musik ist ein Muss«, sagte er zu James, der bereits jetzt ausgesprochen nervös wirkte. »Und kein Stand-up. Ich darf immer noch keinen Alkohol trinken und das ertrage ich nüchtern nicht. Hm, das lässt nicht viele Möglichkeiten übrig. Hast du irgendwelche Wünsche?«

James schüttelte den Kopf. »Nur ... nur nicht ... du weißt schon.«

Noah nickte. »Keine Schwulenbar, klar. So weit bist du eindeutig noch nicht. Aber im Gegensatz zu mir könntest du etwas Alkohol vertragen, denke ich. Also ... ah, hier haben wir eine mit Happy Hour. Das wäre genau das Richtige für uns. Und sie ist nicht einmal weit weg. Wir müssen nur die Straße hinuntergehen und dann nach links.«

Gesagt, getan. Als sie die Bar erreichten, gab es zwar eine kleine Schlange vor der Tür, aber da es mitten in der Woche war, kamen sie dennoch schnell hinein. Sobald sie den Eingang hinter sich gelassen hatten, erstreckte sich ein großer Saal mit unzähligen Tischen vor ihnen. Auf einer beleuchteten Bühne spielte eine Bluesband und die Leute redeten ausgelassen, während sie ihr Feierabendbier genossen.

James betrachtete ihn überrascht. »Eine Blues-Bar?«

»Ist das so überraschend?«, fragte Noah ihn grinsend.

»Ich dachte nur nicht, du würdest so eine Musik mögen.«

»Weil ich zu jung bin?«, fragte Noah und zuckte mit den Achseln. »Ich mag jede Art von Musik, solange sie nicht langweilig ist. Gerade Blues berührt irgendwie ... die Seele, weißt du? Das sagt mein Dad zumindest immer.« Lächelnd griff er nach James' Arm und zog ihn mit sich zur Bar. »Komm, ich will dir was ausgeben.«

Sie bestellten sich ein Glas Wasser für Noah und ein Bier für James, suchten sich daraufhin einen Tisch und sahen sich die Show an. Es dauerte nicht lange und James' Nervosität schien wie weggeblasen zu sein. Das lag sicher auch an den Bieren, von denen er nach dem ersten noch zwei weitere bestellte.

So hatte er selbst dann noch gute Laune, als ein Paar sie darum bat, sich zu ihnen setzen zu dürfen. Nachdem er James einen Blick zugeworfen und dieser genickt hatte, wies Noah auf die freien Plätze, wofür sich die Frau erleichtert bedankte. »Oh, was für ein Glück. Es ist hier doch voller, als wir erwartet haben. Kein Wunder eigentlich. Eine berühmte Band soll gleich spielen. Das hat zumindest der Barkeeper gesagt.« Sie reichte ihnen die Hand. »Ich bin übrigens Valerie und das ist Alex. Wir sind auf Hochzeitsreise.« Unaufgefordert zeigte sie ihnen den riesigen Klunker an ihrer linken Hand.

»Lass sie sich erst einmal vorstellen, bevor du ihnen unsere Lebensgeschichte erzählst«, meinte Alex mit einem schwachen Lächeln und schüttelte ihre Hände ebenfalls.

Noah stellte sie vor. »Wir kennen uns auch erst seit heute. Er hat mich wie einen Streuner am Straßenrand aufgelesen.«

»Oh, wirklich? Ich dachte mir schon, ihr seid ein ungewöhnliches Gespann. Und jetzt wollt ihr zusammen weiterreisen? Obwohl ihr kaum etwas übereinander wisst? Wie aufregend!«

Gerne hätte Noah Valerie erklärt, dass sie wahrscheinlich bereits mehr übereinander wussten als die zwei Turteltauben, denn sicher kam Alex nicht oft bei ihr zu Wort, aber er selbst hatte Probleme, sich Gehör zu verschaffen. So unterbrach er sie nach geschlagenen acht Minuten einfach, indem er sich an Alex wandte. »Hochzeitsreise also. Louisville ist ein recht ungewöhnliches Ziel dafür.«

Alex, der sichtlich überrascht wirkte, plötzlich angesprochen zu werden, lächelte. »Valerie ist Baseballfan. Nach der kostspieligen Hochzeit hat uns das Geld für eine Luxusreise gefehlt. Also besuchen wir stattdessen Ziele wie diese, um etwas Interessantes über die Geschichte des-«

»Baseballs zu lernen, ja«, unterbrach Valerie ihren Mann und plapperte daraufhin munter weiter. Die zwei Minuten Stille waren offenbar ihr Limit gewesen. »Und es ist wirklich faszinierend, was wir in dem Museum alles erfahren haben! Ihr würdet nicht glauben, was-«

So ging es weiter. Über eine Stunde redete Valerie über nichts anderes als die verschiedenen Arten von Baseballschlägern und ihr Lieblingsteam: die Boston Red Sox.

Sie ertrugen den Großteil des Vortrags stillschweigend, doch Noah ließ es sich nicht nehmen, sie hin und wieder barsch zu unterbrechen, damit auch Alex und James ein Wort einbringen konnten. Dennoch hielt ihr Schweigen nie lange an und mit zunehmendem Alkoholkonsum wurde ihre Stimme von Sekunde zu Sekunde schriller.

Da James sich nach einer Weile deutlich unwohl in seiner Haut zu fühlen schien, leerte Noah sein Glas und stand mit einem Ruck auf. »Okay, Zeit zu gehen«, meinte er mit einem Lächeln. »James hat für uns einen engen Zeitplan aufgestellt und wir müssen morgen früh raus.« Demonstrativ sah er zu James, der nun mit großen Augen zu ihm aufsah. »Wollen wir?«

Dieser bemerkte offenbar den fordernden Ton seiner Stimme, nickte und stand ebenfalls auf. Besonders Valerie schien darüber enttäuscht zu sein. Sie hatte gerade erst damit angefangen, ihnen zu erzählen, wie sie mit 15 hinter der Sporthalle mit dem 18-jährigen Quarterback herumgemacht hatte. Ein Thema, das Alex sicher brennend interessierte, denn diesem schien inzwischen ebenso unbehaglich zumute zu sein wie James.

Zum Abschied reichte er beiden von ihnen ein weiteres Mal die Hand. »Das ist schade, aber ich kann es verstehen.« Als er die von Noah schüttelte, warf er ihm einen intensiven Blick zu und wiederholte noch einmal mit Nachdruck: »Ich kann es *wirklich* verstehen.«

*Bitte rettet mich,* fügte er mit den Augen hinzu, doch Noah konnte nur müde lächeln. Da musste er alleine durch. Wie lautete das Sprichwort noch mal? Wie man sich bettet, so liegt man.

Sobald sie die Bar verlassen hatten und eine kühle Brise sie umgab, meinte James nach wenigen Schritten: »Danke. Ich hätte das keine Sekunde länger ausgehalten. Das hast du bemerkt, oder?«

Noah lachte. »Sagen wir einfach, so wie ich mich gefühlt habe, das hat man dir angesehen. Valerie ist wirklich ... gesprächig.«

»Sie erinnert mich an Mika, aber nicht auf gute Weise«, meinte James mit einem düsteren Blick, der Noah abermals zum Lachen brachte.

»Hey, immerhin hat sie uns nicht durchs Gesicht geleckt. Obwohl das vielleicht noch gekommen wäre. So, wie allein das zweite Bier ihre Zunge gelockert hat ...«

Sichtlich angewidert verzog James das Gesicht. »Da bevorzuge ich den Hund. Wenn ich vorher nicht gewusst hätte, dass ich schwul bin, wüsste ich es spätestens jetzt.« Sobald er diese Worte ausgesprochen hatte, blieb er ruckartig stehen und starrte Noah mit großen Augen an. »Ich, ähm ... der Alkohol muss meine Zunge ebenfalls gelockert haben.«

»Oder du bist langsam dazu bereit, offener zu werden«, schlug Noah ihm vor. »Das war doch ein guter Anfang.« Er sah zum Himmel hoch. Durch die Lichter der Stadt konnte man nur wenige Sterne sehen, aber zumindest der Mond leuchtete ihnen entgegen. »Gehen wir noch eine Weile spazieren? Die Luft ist hier draußen so angenehm und es könnte dir helfen, einen klaren Kopf zu bekommen. Ich meine, wie viele Drinks hast du gehabt? Acht?«

»Ich glaube, es waren sogar zehn.« Sichtlich geniert rieb er sich den Hinterkopf. »Ich bin vielleicht unerfahren in vielen Dingen, aber zumindest Alkohol vertrage ich gut.«

»Definitiv besser als ich«, erwiderte Noah. »Selbst vor meiner Krankheit konnte ich höchstens fünf Bier an einem Abend trinken. Danach war mit mir nichts mehr anzufangen. Aber ich hatte auch immer gute Freunde dabei, die auf mich aufgepasst haben.« Er schüttelte den Kopf. »Andere hatten nicht so viel Glück. Ich habe bereits eine Menge Scheiß mitbekommen.«

James sagte nichts dazu, doch er nickte und wirkte nachdenklich, während sie durch die Straßen spazierten. Hin und wieder kamen ihnen Betrunkene entgegen, die vermutlich dieselbe Idee wie sie gehabt hatten.

Nach etwa einer halben Stunde gingen sie zum Bus zurück, wo sie eine wichtige Frage klären mussten. »Okay, wo soll ich schlafen?«, fragte Noah James. »Ich weiß dein Angebot von zuvor natürlich zu schätzen, aber da wir uns noch nicht besonders gut kennen, würde es mir nichts ausmachen, irgendwo mein Zelt aufzuschlagen. Dazu müssten wir nur aus der Stadt herausfahren. Im Park wäre es bestimmt nicht erlaubt.«

James schüttelte allerdings den Kopf. »Im Bulli ist genug Platz. Es macht mir nichts aus, wenn wir nebeneinander schlafen. Also falls ... falls es dir auch nichts ausmacht ...«

Noah warf ihm einen zweifelnden Blick zu. »Das wäre natürlich super, aber bist du dir wirklich sicher? Du wirst ja bereits nervös, wenn du nur über Homosexualität redest. Jetzt schon neben einem schwulen Mann zu schlafen, das wäre ein ziemlich großer Sprung. Ich will nicht, dass du wegen mir kein Auge zumachst.«

Ein Lächeln legte sich auf James' Lippen. »Das wird nicht passieren. Keine Sorge. Ich kann immer und überall schlafen. Besonders, wenn ich getrunken habe.«

Noah blieb skeptisch, doch sobald sie sich nacheinander im Bus umgezogen und auf den überraschend großzügigen Schlafplatz gelegt hatten, war James tatsächlich innerhalb von wenigen Sekunden eingeschlafen.

Mit zusammengezogenen Augenbrauen betrachtete Noah ihn. Das kratzte schon etwas an seinem Stolz. Machte er James denn kein bisschen nervös? Er hatte sich die sexuelle Anziehung zwischen ihnen nicht eingebildet, oder?

Während er James, dessen Lippen ein wenig geteilt waren, musterte, biss sich Noah auf die Unterlippe und drehte sich um. Von seiner Seite aus hatte er sich zumindest rein gar nichts eingebildet und, ganz wie erwartet, war er derjenige, der kein Auge zumachte.

## Kapitel 5

Während James in dieser Nacht bestens geschlafen hatte, schien Noah längst nicht so ausgeruht zu sein. Ununterbrochen gähnte er beim Frühstück in einer Bäckerei, die gleichzeitig ein Café war. Sie hatten sich Kaffee und Tee bestellt, aßen dabei aber die restlichen von Noah gemachten Sandwiches. Zuvor hatte ihnen die Besitzerin, wenngleich zähneknirschend, die Erlaubnis dazu gegeben.

»War der Schlafplatz zu unbequem für dich? Ich hatte erst neue Polster einbauen lassen, aber sie sind vielleicht härter, als du gewöhnt bist«, sagte James mit gerunzelter Stirn.

Noah winkte jedoch ab. »Unsinn. Ich habe oft in meinem Zelt auf dem Boden geschlafen. Damit habe ich kein Problem. Es war eher ...« Er wandte den Blick ab, wirkte ein wenig verlegen. »Die Luft. Die Luft war im Bus nicht so gut, ja.«

»Wirklich?« Nachdenklich nahm James einen Schluck von seinem Kaffee. »Ist mir nicht aufgefallen. Aber ich bin auch direkt eingeschlafen. Dann sollten wir heute Nacht mehr Fenster öffnen.«

»Ja, das wird mir helfen«, erwiderte Noah mit einer überraschenden Portion Sarkasmus in der Stimme. Gleich darauf schien er sich jedoch zu fangen, schüttelte den Kopf und betrachtete ihn mit einem Lächeln. »Tut mir leid. Ich bin unausstehlich, wenn ich nicht ausgeschlafen habe. Vielleicht sollte ich eine Ausnahme machen und doch einen Kaffee trinken ...«

»Kommt nicht infrage. Wenn Koffein nicht gut für dich ist, verzichtest du lieber.«

Noah grinste ihn an. »Du bist der fürsorgliche Typ, hm? Interessant.« Nachdem James mit erhitzten Wangen den Kopf abgewandt hatte, fuhr er fort. »Aber es ist nicht so, als wäre

Koffein *wirklich* schlecht für mich. Ich vertrage es nur nicht mehr so gut wie früher. Durch die Medikamente ist mein Magen überempfindlich geworden. Im schlimmsten Fall sitze ich eben ein paar Stunden auf dem Pott und versaue dir deinen Reiseplan noch weiter.« Er zuckte mit den Achseln, hob gleich darauf die Hand und bat die Kellnerin darum, ihm eine Tasse Kaffee zu bringen.

Die Magenprobleme blieben zum Glück aus, wodurch sie im Anschluss in Ruhe ihr nächstes Reiseziel besprechen konnten. »Geplant war Nashville«, meinte James und schaute dabei auf seinem Smartphone die Route nach. »Sofern sich die Verkehrslage nicht ändert, sollten wir in spätestens drei Stunden dort sein.«

Noah streckte sich genüsslich. »Aber vorher bitte noch eine Dusche im Fitnessstudio. Ich muss meine neue Mitgliedschaft ausnutzen.«

»Ja, das ist bereits fest eingeplant«, erwiderte James mit einem Grinsen. »Training inklusive. Ohne Bewegung könnte ich die lange Fahrt nicht aushalten.« Er warf Noah einen genaueren Blick zu. »Dir könnte das auch nicht schaden. Du darfst doch Sport machen, oder?«

»Solange ich nicht übertreibe, ja. Ob ich will, ist die Frage.«

Seinem angewiderten Gesichtsausdruck zufolge wollte er das garantiert nicht, was James überraschte. »Ich dachte, du magst Bewegung? Als du gestern mit dem Hund gespielt hast, war das schon fast ein richtiges Workout.«

»Das hat ja auch Spaß gemacht, aber stattdessen stumpfsinnig auf Geräten zu trainieren ...« Er schüttelte den Kopf. »Das ist mir viel zu langweilig. Aber zieh du ruhig dein Ding durch. Ich stell mich dann daneben, genieße den Anblick und feuere dich an.«

Und Noah hielt sein Wort. Während James seine Gewichte stemmte, stand Noah mit geballten Fäusten daneben und stieß zur Belustigung der anderen Trainierenden Rufe aus wie: »Gut, nur weiter so!«, »Du packst das!« oder »Zeig's dem Ding, Baby!«.

Am Ende betrat James mit hochrotem Kopf den Umkleideraum und das hatte sicher nichts mit dem anstrengenden Training zu tun. »Könntest du beim nächsten Mal etwas weniger enthusiastisch sein? Das ganze Studio hat uns zugesehen.«

»Na und? Es hat ihnen gefallen. Alle waren am Grinsen. Was ist schon dabei, sich vor Fremden ein wenig zu blamieren, wenn man ihnen damit den Tag versüßt?«

»Dann gefällt es dir, in den sozialen Medien zu landen?«, fragte James ihn mit verzogenen Mundwinkeln. Er hatte zumindest zwei Männer und eine Frau gesehen, die Noah mit ihren Handys gefilmt hatten.

»Ist doch lustig. Vielleicht geht eines der Videos viral. Dann werden wir berühmt, besuchen Talkshows, ich bekomme meine eigene Kochshow und du machst eine Fitnessstudio-Kette auf.«

Während er sich das verschwitzte T-Shirt über den Kopf zog, schlich sich nun doch ein Grinsen auf James' Gesicht. »Du hast unsere Karrieren bereits durchgeplant, hm?«

Noah nickte. »Klar. Man muss früh damit anfangen und ich-« Abrupt brach er ab, sah James mit großen Augen an.

Dieser, der gerade dabei gewesen war, seine Shorts nach unten zu ziehen, stoppte halb in der Bewegung, riss sie sich direkt wieder nach oben. Einen Augenblick lang starrten sie einander an. Dann schnappte sich James ein Handtuch aus seiner Sporttasche und drehte sich von Noah fort in Richtung

Duschen. »Ich ... ich gehe schon mal vor«, meinte er und verschwand so schnell, wie er konnte.

Mit rasendem Herzen zog er sich im Duschbereich die Shorts aus, legte sie zusammen mit dem Handtuch auf eine Bank und trat unter eine der Duschen. Dort stemmte er eine Hand gegen die kalten Fliesen und drehte das Wasser auf. Während das kühle Nass über seinen Körper lief, verfluchte er sich selbst. Durch das Gespräch mit Noah war er doch tatsächlich so abgelenkt gewesen, dass er einen Augenblick lang vergessen hatte, mit wem er redete.

Noah war ... schwul. Ein schwuler Mann, der eindeutig Interesse an ihm hatte. Genauso wie James, der mit jeder weiteren Sekunde in seiner Gegenwart mehr feststellte, dass, sofern er überhaupt einen Typ besaß, Noah diesem genau entsprach.

Er war heiß, süß, frohmütig, interessant ... außerdem wahnsinnig nett und stellte die Interessen von anderen Menschen über seine eigenen. Und das, obwohl er so viel durchgemacht und diese Reise eigentlich angetreten hatte, um sich einmal um sich selbst zu kümmern.

Tief atmete James ein, drehte das kalte Wasser noch weiter auf und wickelte sich nach dem Abtrocknen das Handtuch so feste um die Hüften, wie er konnte. Als er zurück in den Umkleideraum kehrte, redete Noah allerdings ausgelassen mit einem anderen jungen Mann. Ein glückliches Funkeln lag in seinen Augen und als James sah, wie sein Gegenüber die Hand auf Noahs Unterarm legte, wandte er rasch den Blick ab.

Er ging zu seinem Spind und versuchte dabei, möglichst nichts von ihrem Gespräch mitzubekommen, doch das war natürlich unmöglich. »... fahren wir nach Nashville weiter.«

»Ach ja? Was gibt es da denn außer Countrymusik? Du siehst mir nicht gerade wie jemand aus, der auf diese Art von Musik steht.«

»Ich stehe eigentlich auf alles, solange es nur ordentlich Rhythmus hat.«

James hörte, wie der junge Mann ein Lachen ausstieß. »Dann sollte ich an dieser Stelle vielleicht erwähnen, dass ich Tänzer bin ...«

»Ach wirklich?«

Daraufhin versuchte James erst recht, die Worte auszublenden, aber es war alleine deswegen schon unmöglich, weil er kaum glauben konnte, dass ein Mann so offen in dem Umkleideraum eines Fitnessstudios mit Noah flirtete. Er bezweifelte, dass Noah ihn vor dem Fremden geoutet hatte, also konnte er nicht wissen, dass James ebenfalls auf Männer stand. Trotzdem tat er es und verspürte dabei nicht das geringste bisschen Scham? Für James war allein die Vorstellung, so etwas zu tun, unmöglich.

Daher kehrten seine Gedanken auch sofort zu seinen Eltern zurück. Er erinnerte sich daran, wie sie über den sogenannten Verfall der Gesellschaft geschimpft hatten, wenn ein offen schwuler Mann oder eine lesbische Frau im Fernsehen zu sehen gewesen waren. In seiner Kindheit war das eher selten passiert, da sich damals noch nicht so viele Menschen geoutet hatten. Als Erwachsener später dafür umso mehr. Er erinnerte sich an unzählige Abendessen, während derer sie über Lesben und Schwule geschimpft hatten. Irgendwann war es so schlimm geworden, dass Maya der Kragen geplatzt war. Da sie mit diesen Aussagen auch ihren Bruder Jack beleidigten, hatte sie es einfach nicht mehr ausgehalten.

*»Was sollen diese ständigen Kommentare? Es ist ihre Sache, wen die Menschen lieben.«*

*»Lieben? Ich bitte dich ...«,* hatte James' Vater damals erwidert und seine Mutter hatte Maya mit einem milden Lächeln betrachtet.

*»Es ist fehlgeleitete Lust, die dieses Pack verspürt, meine Gute. Aber bitte versteh uns nicht falsch. Wir verurteilen dich nicht. Jeder hat ein schwarzes Schaf in der Familie.«*

Daraufhin war Maya sofort aufgestanden und gegangen. James war ihr natürlich nachgeeilt und im Bus hatte sie ihn frustriert gefragt: *»Du denkst nicht so wie sie, oder? Dass Jack ein schwarzes Schaf ist? Ich meine, er hat sicher seine Fehler, aber auf Männer zu stehen, macht ihn doch nicht zu einem schlechten Menschen.«*

*»Nein, natürlich nicht«,* hatte James ihr damals geantwortet und dabei gedacht, dass *er* insgeheim das schwarze Schaf ihrer Familie war. Zumindest, was die Meinung seiner Eltern anging.

Das war einer der Momente gewesen, in denen er ihr sein größtes Geheimnis hätte gestehen können, doch natürlich hatte er sich nicht getraut. Erst recht nicht nach diesen erneuten Kommentaren seiner Eltern. Zu groß war die Angst davor gewesen, sie für immer zu verlieren. Sie waren keine guten Menschen, klar, aber eben die einzige Familie, die er hatte. Die einzige, die er kannte.

»Sollen wir duschen gehen?«, fragte nun der junge Mann, der mit Noah flirtete, und riss James auf diese Weise aus seinen Gedanken. »Dann könnte ich dir mehr über meine Arbeit erzählen. Ich bin sehr ... beweglich.«

In diesem Moment weiteten sich James' Augen und er war bereits dabei, den Kopf zu drehen, als Noah sagte: »Danke für das Angebot, aber ich warte, bis du fertig bist. Mein Freund und ich müssen noch etwas wegen unserer Reise besprechen.« Mit einem Lächeln sah er zu James, der daraufhin steif nickte.

»Oh? Wie schade.« Der junge Mann warf James nun ebenfalls einen durchdringenden Blick zu. »Deinem Freund hätte ich auch einiges zu erzählen, aber wenn ihr nicht wollt ...«

Noah schüttelte den Kopf. »Sorry.«

Der Fremde zuckte mit den Achseln, nahm sich sein Handtuch aus dem Spind und ging sichtlich enttäuscht zum Duschraum. Sobald er fort war, stieß Noah ein Seufzen aus. »Das ist schon ein besonderes Exemplar. Ich wette, er steht auf die Gefahr, erwischt zu werden. In der Nacht oder am frühen Morgen könnte ich es ja verstehen, aber wir haben fast Mittag.«

»Passiert so etwas öfter?«, fragte ihn James mit großen Augen.

Noah lachte. »Du wärst überrascht. Die meisten sind vorsichtiger, doch One-Night-Stands in Fitnessstudios gibt es schon mal, ja. Ich selbst habe so etwas noch nie gemacht, aber einer meiner Freunde steht da besonders drauf.«

»Okay ...«, sagte James langsam und starrte in seinen Spind. So etwas war tatsächlich normal? Allmählich wusste er nicht mehr, was er denken sollte.

Als er neben sich eine Bewegung wahrnahm, sah er zu Noah, der inzwischen einen Schritt an ihn herangetreten war. »Zu viel?«, fragte dieser ihn. »Es ist nicht so, als würden *alle* schwulen Männer auf Sex in der Öffentlichkeit stehen. Ich tu's definitiv nicht und genauso geht es vielen anderen. So sind Menschen. Jeder hat einen anderen Geschmack. Glaub also nicht, du müsstest so offen wie der Kerl von eben flirten.«

James schenkte Noah ein Lächeln. »Danke, aber ich verstehe das. Mir ist nur mal wieder bewusst geworden, wie viel ich noch nicht weiß.« Mit einem Stirnrunzeln sah er Noah an. »Und du bist wirklich nicht an ihm interessiert? Ich ... ich könnte auf dich warten, wenn du doch ...« Nur mit Mühe unterdrückte James ein Stöhnen. Dieses Thema war ihm so verdammt unangenehm. Allerdings war ihm schlagartig bewusst geworden, dass Noah sich womöglich für ihn zurückhielt und deshalb das Angebot abgelehnt hatte.

Noah lachte. »Keine Chance. Er ist ja nicht einmal mein Typ. Da müsste schon jemand wie du kommen, damit ich auch nur mit dem Gedanken spiele, so etwas zu tun.« Grinsend begann er im Anschluss daran, seine Kleidung abzulegen.

James drehte sich mit rasendem Herzen fort. Trotz seiner Verlegenheit schlich sich ein Lächeln auf seine Lippen und in seinem Magen entstand eine wohlige Wärme. Die Komplimente von Noah waren schon schmeichelnd ... nach wie vor meinte er, der junge Mann sprach sie nur aus, um ihm mehr Selbstvertrauen zu geben, doch das änderte nichts daran, wie gerne James sie hörte.

## Kapitel 6

Nachdem Noah ebenfalls geduscht hatte, machten sie sich endlich über die Interstate 65 auf den Weg nach Nashville. Während James sie fuhr, sah sich Noah auf seinem Smartphone die Sehenswürdigkeiten an. Leider gab es davon nicht besonders viele. James hatte ihm zuvor erklärt, dass er sich keine riesigen Städte für seine Reise ausgesucht hatte, um nicht nur Touristen-Hotspots kennenzulernen. Noah verstand durchaus den Gedanken dahinter, aber das machte es schwieriger, interessante Ziele zu finden.

Was ihn jedoch mal wieder nicht enttäuschte, war das Nachtleben. »Viele Bars mit Live-Musik. Genau mein Ding! Und es gibt nicht nur Country … wenn die Menge davon auch wirklich gewaltig ist.«

»Gibt es etwas, das wir vorher machen können?«, fragte ihn James, während er die Augen fest auf die Straße gerichtet ließ.

Noah warf noch einmal einen Blick auf die Liste, die er gefunden hatte. »Hm, keine Ahnung. Was hattest du denn geplant?«

»Ursprünglich wollte ich mir ein paar Museen ansehen, aber was dich stattdessen interessieren könnte, wäre vielleicht der Markt. Es gibt dort nicht nur qualitativ hochwertiges Gemüse und Obst, sondern auch Kochkurse, Souvenirs und andere Sachen wie Kleidung oder Kunsthandwerk.«

Noah grinste. Den hatte er tatsächlich übersehen. »Klingt gut.«

So kamen sie planmäßig nach drei Stunden in Nashville an. James machte zunächst den Vorschlag, etwas essen zu gehen, damit sie sich von der Fahrt erholen konnten, doch

Noah schüttelte den Kopf. »Wir haben so lange gesessen, da kann es nicht schaden, sich die Beine zu vertreten. Außerdem bin ich jetzt wirklich neugierig auf diesen Markt. Dort kann man bestimmt auch etwas essen.«

Wenn Noah inzwischen eines über James gelernt hatte, dann, dass es nicht sonderlich schwer war, ihn von etwas zu überzeugen. So nickte dieser direkt und hielt auf dem großen Parkplatz des Farmer's Market. Als sie daraufhin den Weg zu dem riesigen Gebäude antraten, warf Noah ihm einen Seitenblick zu. »Allmählich verstehe ich, wie deine Ex-Frau dich dazu gebracht hat, sie zu heiraten.«

Sichtlich überrascht drehte James ihm den Kopf zu. »Wie meinst du das?«

»Du eckst nicht gerne an. Was ich dir auch vorschlage, du stimmst direkt zu. Selbst dann, wenn es gegen deine eigentlichen Pläne geht. Zum ersten Mal habe ich das gemerkt, als ich beschlossen habe, dass wir gemeinsam in Louisville ausgehen. Du dachtest die ganze Zeit, ich hätte von einer Gaybar geredet und, obwohl du noch nicht in eine gehen wolltest, hast du nichts dagegen gesagt.«

James wandte den Kopf ab und Noah meinte, er wirkte ein wenig ... eingeschnappt? Zumindest war es ersichtlich, dass er hier ein für James unliebsames Thema angesprochen hatte. »Ich mag Konflikte nicht sonderlich. Ist das so schlimm?«

»Wenn du dadurch in eine unangenehme Situation gedrängt wirst, dann ja. Ich meine, denk nur mal zurück an mein Angebot. Du hast es zwar abgelehnt, aber wenn ich zum Beispiel anfangen würde, mehr Druck auf dich auszuüben, was würdest du tun? Dabei bleiben oder doch eher nachgeben? Ob du nun dafür bereit bist oder nicht?«

Mit geweiteten Augen wandte James ihm den Kopf zu und die Antwort stand ihm auf das Gesicht geschrieben. So nickte Noah. »Siehst du? Denk mal darüber nach. Ich bin niemand, der wütend wird, wenn er ein Nein zu hören bekommt. Ich finde es eher frustrierend, wenn jemand keine eigene Meinung hat oder sie zumindest nie äußert. Du kannst also ruhig ehrlich sein. Sag es mir, wenn du etwas nicht willst.« Ein Lächeln breitete sich auf seinem Gesicht aus. »Und besonders natürlich, *wenn* du etwas willst ... oder jemanden.«

Noah musste in Zukunft vorsichtig sein, denn er genoss es inzwischen zu sehr, wenn sich dieses schwache Rot über James' Wangen zog. Es hatte etwas Aufregendes, diesen älteren, heißen Mann so in Verlegenheit zu bringen.

Aber immerhin schien er etwas mit seinen Worten zu erreichen, denn James nickte. »Dann achte ich in Zukunft darauf.«

So erfreulich seine Einsicht auch war, sobald Noah ein Gedanke kam, runzelte er die Stirn. »Du ... stimmst mir aber jetzt nicht nur zu, um einen Konflikt zu vermeiden, oder?«

Auf einmal zog sich ein Grinsen über James' Gesicht. »Wer weiß?«

Zunächst betrachtete Noah ihn erstaunt, doch dann lachte er auf. »Ich seh schon, das wird in Zukunft anstrengend mit uns.«

Sobald sie den Parkplatz hinter sich gelassen hatten, betraten sie die weite Halle des Nashville Farmer's Market. »Wahnsinn ... das ist ja noch viel größer, als ich dachte!«, meinte Noah sofort mit purer Begeisterung, als er die unzähligen Stände sah. Er entdeckte auch gleich einen Imbiss, an dem sie etwas essen konnten. »So viele Früchte ... wir müssen unbedingt etwas davon mitnehmen.«

»Solange es nicht zu viel ist … vergiss nicht, wir können im Bus nur schlecht Lebensmittel kühlen.«

Und damit fiel der glückliche Ausdruck auf Noahs Gesicht auch gleich wieder in sich zusammen. »Stimmt … dein Bus erinnert mich zu sehr an das Wohnmobil von meinem Vater. Deshalb vergesse ich das ständig.«

»Dein Vater hat ein Wohnmobil? Aber warum hast du dir das nicht ausgeliehen und bist damit losgezogen?«

Leicht verlegen warf Noah James einen Seitenblick zu. »Dann hätte ich ihn danach fragen müssen und … ich bin irgendwie aufgebrochen, ohne meinen Eltern vorher etwas davon zu sagen. Außerdem bin ich ein miserabler Fahrer.«

Auf der Stelle blieb James stehen, sah ihn mit großen Augen an. »Warte … aber sie wissen doch, wo du bist? Du kontaktierst sie regelmäßig?«

»Natürlich!«, meinte Noah rasch. »Ich habe sie sofort angerufen, sobald ich in der nächsten Stadt war. Ich wollte nur nicht …« Er stieß einen tiefen Atemzug aus. »Okay, ich wollte einem Streit aus dem Weg gehen. Ich meine, du hättest sehen sollen, wie überfürsorglich sie selbst nach der erfolgreichen Behandlung noch gewesen sind. Es war erdrückend. Wenn ich ihnen gesagt hätte, ich will auf einmal alleine durchs Land reisen, wären sie ausgeflippt.«

James verschränkte die Arme, betrachtete ihn missmutig. »Mit anderen Worten: Du bist genauso wie ich.«

»Fast. Ich sage schon, was ich denke, aber …« Noah drehte sich fort, fuhr sich mit einer Hand durchs Haar. »Ich bleibe nicht für den Streit, der folgt. Stattdessen laufe ich, so schnell ich kann, und hoffe, der Stunk erledigt sich von selbst.«

Breit grinsend sah er James daraufhin an, der seinerseits mit einem tiefen Seufzen den Kopf schüttelte und sagte: »Wir sind uns ähnlicher, als ich dachte.«

»Du hast es richtig erfasst!« Immer noch mit einem Lächeln auf den Lippen stellte sich Noah hinter James und schob ihn weiter den Gang entlang. »Und da wir außerdem die Begeisterung für gutes Essen teilen, lass uns endlich gehen! Die verteilen hier doch bestimmt Kostproben. Vielleicht werden wir davon schon so satt, dass wir uns das Mittagessen sparen.«

Er lag damit sogar richtig. Es gab zwar einige Standbesitzer, die direkt mit strengem Blick ablehnten, wenn sie nach einer Kostprobe gefragt wurden, doch viele waren allzu bereit, ihnen eine Kleinigkeit zu geben, sobald Noah sie mit seinem Welpenblick darum bat. So futterten sie sich durch unzählige Traubenarten, Käsesorten, verschiedene Fleischgerichte und Fruchtstücke.

Am Ende saßen sie vollgefressen auf einer Bank vor dem Markt und Noah warf mit einem Stöhnen den Kopf in den Nacken. »Ich kann nicht mehr. Nicht nur meine Füße bringen mich um, mein Magen ist sogar noch schlimmer dran.«

»Dafür, dass du Probleme mit der Verdauung haben sollst, hast du dich ganz schön durch die Stände gefuttert«, meinte James mit einem Lächeln, der im Gegensatz zu ihm längst nicht so gierig gewesen war.

»Gutem Essen konnte ich noch nie widerstehen. Die Qualität war wirklich klasse ... Sicher bereue ich das in ein paar Stunden.« Bei diesen Worten warf Noah einen Blick auf die große Einkaufstasche, die neben James auf der Bank stand. »Findest du doch auch, oder?«

Leicht verlegen grinste James. »Okay, ich habe auch übertrieben. Ich geb's zu. Wir werden das meiste davon bis heute Nacht vernichten müssen. Das ist dir hoffentlich klar.«

Erneut stöhnte Noah auf. »Ja, aber ... rede jetzt bitte nicht mehr vom Essen.«

Sie brauchten eine Stunde, um sich von ihrem ersten Rundgang zu erholen. Anschließend betraten sie noch einmal den Markt, um sich dieses Mal auf die Stände zu konzentrieren, an denen Kunsthandwerk angeboten wurde.

James, der offenbar nicht viel von Accessoires hielt, betrachtete die Sachen zwar interessiert, kaufte jedoch nichts. Noah fand allerdings ein Lederarmband, an dem er nicht vorbeigehen konnte. »Was soll ich sagen? Ich steh auf Leder«, meinte er mit einem Wackeln seiner Augenbrauen zu James, der daraufhin verlegen lächelte.

Nachdem sie sich sattgesehen hatten, gingen sie zum Bus zurück, fuhren ihn zum Rande eines Parks, wo sie an einem schattigen Plätzchen parkten und öffneten die Seitentüren weit. So ruhten sie sich aus, spielten hin und wieder Karten auf dem kleinen Tisch und verbrachten die Zeit bis zum Abend. Dabei bekam Noah zunächst den Eindruck, James wäre ein schlechter Pokerspieler, denn es war ausgesprochen leicht, seinem Gesicht abzulesen, wann immer er eine gute Hand hatte.

Auf diese Weise gewann Noah fast jedes Spiel und wäre aus der Sache mit einem ganzen Haufen Schokoriegel herausgekommen, wenn James nicht bei ihrem letzten Spiel alles gesetzt und mit einem Royal Flush gewonnen hätte.

Während dieser den Berg an Schokolade zu sich zog, sah Noah ihn mit großen Augen an. Er hatte mit einem Schlag alles verloren. »Das ... war sicher Zufall. Du hast nicht so getan, als wärst du ein schlechter Spieler, damit ich unvorsichtig werde und du am Ende richtig absahnen kannst, oder?«

Mit einem fetten Grinsen öffnete James die Verpackung von einem der Riegel. »Wer weiß? Ich meine, es könnte natürlich auch sein, dass ich in meiner Kindheit mitbekommen habe, wie mein Vater jeden Donnerstagabend mit seinen Freunden gespielt hat.«

»Du ... du ...« Stotternd warf Noah dramatisch die Hände in die Luft. »Ich bin sprachlos! Dabei habe ich dich bisher für absolut unschuldig gehalten«, sagte er empört und zeigte auf die Süßigkeiten. »Die teilst du aber mit mir.«

»Wenn du mich ganz lieb darum bittest, sicher.«

Noah schob seine Unterlippe vor, betrachtete ihn jedoch mit einem Schmunzeln. Er war keinesfalls jemand, der sich verarschen ließ, ohne sich dafür zu rächen. So lehnte er sich zu James vor, legte eine Hand auf seinen Oberschenkel und streichelte ihn sanft. »Willst du das wirklich? Ich habe eine ganz besondere Art, lieb um etwas zu bitten ...«

Augenblicklich verschwand das Grinsen von James' Lippen. Er schluckte hart, rutschte unruhig auf seinem Sitz herum. »Die hast du?«

»Oh, ja«, hauchte Noah. Er fuhr mit der Hand weiter nach oben. Obwohl es nur ein Scherz sein sollte, fing auch sein Herz heftiger zu schlagen an. Womöglich lag es an dem Blick, mit dem James ihn nun betrachtete. Er wirkte verlegen, aber zugleich neugierig, hatte die Augen halb geschlossen und war sichtlich angespannt. Es hätte nicht deutlicher sein können, dass in diesem Mann soeben zwei Seiten miteinander kämpften.

So zog Noah rasch seine Hand zurück und grinste stattdessen, um seine eigene Verlegenheit zu überspielen. »Aber das muss bis später warten. Bis dahin mache ich eben Diät.«

Sobald er ausgesprochen hatte, schien James sowohl erleichtert als auch enttäuscht zu sein. »Oh ... okay.« Erneut rutschte er auf seinem Sitz herum, wandte den Blick ab und Noah wurde schlagartig bewusst, dass er mit seiner Berührung wesentlich mehr als erwartet ausgelöst hatte.

Er schenkte James ein Lächeln. »Wir haben noch ein wenig Zeit, bis der Club öffnet. Ich geh einen Verdauungsspaziergang machen, in Ordnung?«

Pure Erleichterung zeichnete sich auf James' Gesicht ab. Zumindest fern des Pokertisches war es allzu offensichtlich, was er dachte. So verließ Noah rasch den Bus, schloss die Tür hinter sich und atmete tief ein.

James' Reaktion war überraschend gewesen. Er hatte damit gerechnet, der Mann würde regelrecht vor seiner Berührung fliehen. Stattdessen hätte er sich fast darauf eingelassen. War er womöglich weiter, als Noah erwartet hatte?

Allein der Gedanke daran machte es ihm gleich noch schwerer, den Bus hinter sich zu lassen. Es war merkwürdig ... all die Abenteuer, die er sich nach seiner Erkrankung gegönnt hatte, und es war ausgerechnet ein älterer Mann mit so gut wie keiner Erfahrung, der ihn am meisten reizte?

Gott ... wie sehr er sich in diesem Moment wünschte, weniger verantwortungsbewusst zu sein, zurückzugehen und James mit dem zu helfen, was seine forsche Hand bei ihm hervorgerufen hatte. Bisher hatte er noch keinen Blick auf seinen Schwanz werfen können, aber allein von dem ausgehend, was sich in seiner Hose abzeichnete, war er mehr als vielversprechend.

Rasch schüttelte Noah den Kopf, nahm einen tiefen Atemzug, steckte die Hände in die Taschen und ließ den Bus hinter sich. Zum Glück parkten sie im Schatten. Je weiter sie nach Südwesten gefahren waren, desto heißer war es geworden. Das milde Wetter in Chicago und Detroit der letzten Tage hatte ihn fast vergessen lassen, wie sich eine so drückende Hitze anfühlte ... und das, obwohl er in Texas aufgewachsen war.

Nun aber diese trockene Luft und dazu noch ein verboten heißer Mann, der ihn allein mit seiner Gegenwart in den Wahnsinn trieb ... es war fast, als wäre er wieder zu Hause. Der einzige Unterschied war, dass ihn hier kein klärendes Gespräch mit seinen Eltern erwartete und er die wütenden Blicke seiner Schwester nicht ertragen musste.

Besonders der letzte Gedanke vermieste ihm die Stimmung. Sie hatte zwar nichts dergleichen gesagt, aber die Art, wie sie ihn angesehen hatte, und dazu noch diese Schärfe in ihrer Stimme ... fast kam es Noah so vor, als wünschte sie sich, er hätte den Krebs nicht überlebt.

Sobald sich dieser Verdacht in seinen Gedanken geformt hatte, bildeten sich Tränen in seinen Augen, die er jedoch rasch fortwischte. Verdammt noch mal ... soeben hatte er sich noch über die gewaltige Anziehung gewundert, die James auf ihn ausübte und nun dieser Gedankensprung zu seiner Schwester?

Außerdem konnte es nicht stimmen. Vor dem Krebs hatten sie ein gutes Verhältnis gehabt. Nur aus Eifersucht würde sie sicher nicht so denken. Sie war nur ... verletzt. Genau wie er. Es war eine ähnliche Situation, wie sie vielen seiner Schützlinge widerfahren war. Einigen hatte ein klärendes Gespräch mit den Verwandten nicht geholfen, klar, aber es hatte auch solche Familien gegeben, die ihre scharfen Worte bereut hatten.

Als Noah mit diesem Gedanken den Kopf hob, bemerkte er, dass er das Ende einer Straße erreicht hatte. Überrascht sah er sich um. Bis jetzt hatte er überhaupt nicht darauf geachtet, wo er hingegangen war.

Rasch tastete Noah seine Hosentaschen ab, verzog anschließend das Gesicht. Natürlich ... sein Smartphone hatte er im Bus vergessen. Wie zum Teufel sollte er nun den Weg zurückfinden? Sein Orientierungssinn war mehr als dürftig. Genau deshalb hatte er kein Stück seiner Reise geplant. Seine Füße hatten ihn von selbst an interessante Orte getragen. Diese Taktik war jedoch schlecht, wenn er ein bestimmtes Ziel hatte und zum ersten Mal in einer neuen Stadt unterwegs war.

Zerstreut fuhr er sich durchs Haar, seufzte und musste sich damit abfinden, jemanden nach dem Weg zu dem nächstgelegenen Park zu fragen. Er war vielleicht zwanzig Minuten gelaufen. So weit weg konnte der Bus also nicht sein.

Er fand zum Glück auch recht schnell einen hilfreichen Passanten, doch da er trotz Anweisungen zunächst eine Abzweigung verpasste und in die komplett falsche Richtung gegangen war, kehrte er erst spät am Abend zum Bus zurück. Davor stand natürlich James mit besorgter Miene und hielt ihm sein Handy entgegen. »Ich wollte schon losfahren, um dich zu suchen. Alles in Ordnung? Hast du dich verlaufen?«

Noah verzog das Gesicht und hätte am liebsten gelogen, doch James würde seinen schlechten Orientierungssinn früher oder später ohnehin bemerken, daher erzählte er ihm die Wahrheit und wurde natürlich mit einem Grinsen belohnt.

»Das hätte mir nicht passieren können. Ich habe mich noch nie verlaufen«, meinte dieser mit einem Funkeln in den Augen und reckte die Nase in die Höhe.

»Und da bist du wahnsinnig stolz drauf, was?« Noah rollte mit den Augen, doch gleich darauf musste er schmunzeln. »Hast du meine Abwesenheit eigentlich ausgenutzt? Oder kannst du noch eine helfende Hand gebrauchen?«

Wie er erwartet hatte, verschwand der selbstgefällige Ausdruck sofort von James' Gesicht. Stattdessen schüttelte er den Kopf, drückte Noah sein Smartphone in die Hand und sagte: »Wenn du noch ausgehen willst, sollten wir los. Oder hat dir der verlängerte Ausflug die Lust darauf versaut?«

»Soll das ein Scherz sein? Jetzt brauche ich erst recht einen Mocktail und gute Musik.«

*Und etwas völlig anderes,* dachte Noah, während James ihm den Rücken zudrehte und er daher ungehindert seine Rückseite bewundern konnte. James' verschwitztes T-Shirt klebte inzwischen an seinen Muskeln. Dazu noch dieser Hintern, der seine Hose so vollkommen ausfüllte … hm, himmlisch.

Tief atmete Noah ein, schüttelte den Kopf. Eines war sicher: Lange würde er dieser Versuchung nicht widerstehen können und nun, wo er gemerkt hatte, dass James sich womöglich auf ein kleines Abenteuer einlassen würde … das machte die Enthaltsamkeit noch wesentlich schwerer.

## Kapitel 7

Am nächsten Tag standen sie beide erst spät auf. Noah bewegte sich, als wären seine Glieder aus Blei. James wunderte das nicht. Vermutlich hatte er einen Muskelkater von seinem Herumirren des gestrigen Abends. Zwar hatte er nicht weiter darüber gesprochen, doch James war aufgefallen, wie abgehetzt er gewesen war, sobald er endlich den Bus wieder gefunden hatte.

Allerdings fühlte auch er sich nicht besonders fit. Das lag nicht nur an den Cocktails, die ihm am vorherigen Abend überraschend zugesetzt hatten, sondern vor allem an den Sorgen, die er sich um Noah gemacht hatte. Obwohl er den Mann noch nicht lange kannte, war er in der kurzen Zeit ein guter Freund geworden. Dann nicht zu wissen, wo er in dieser fremden Stadt steckte und außerdem befürchten zu müssen, ihm könnte durch seine noch nicht allzu gute körperliche Verfassung etwas passiert sein ... Ja, der Abend war anstrengend gewesen.

So begnügte er sich mit einem eher dürftigen Training im Fitnessstudio. Im Anschluss daran duschten sie wie immer nacheinander. Als er allerdings mit einem Handtuch bekleidet zurück in den Umkleideraum ging, bemerkte er, dass Noahs Blicke um einiges ... intensiver waren? Zumindest brauchte er dieses Mal deutlich länger, um sich umzudrehen und James Privatsphäre zu geben, damit dieser sich anziehen konnte.

Anschließend verdrückten sie die Reste ihres Einkaufs von gestern und brachen zu ihrem nächsten Ziel auf: die kleine Stadt Hot Springs in Arkansas.

Auf dem Weg dorthin stieß Noah allerdings auf einmal einen Schrei aus, der James so überraschte, dass er einen

Schlenker mit dem Bus machte. »W-was ist los?«, fragte er nervös, warf Noah dabei einen raschen Seitenblick zu. Glücklicherweise waren sie im Moment alleine auf der Straße. »Du kannst nicht einfach so losschreien. Was ist, wenn ich einen Unfall baue?«

»Ja, sorry, tut mir leid. Es ist nur ...« Aus den Augenwinkeln sah James, wie Noah ihm sein Smartphone hinhielt. »Ich habe gerade unsere Route gecheckt und sie führt genau durch Memphis. *Memphis!* Sozusagen die Heimat von Elvis. Da müssen wir unbedingt Halt machen.«

James runzelte die Stirn. Ihm war ebenfalls aufgefallen, dass ihr Weg durch Memphis führte, aber er selbst hatte nicht einmal mit dem Gedanken gespielt, sich dort länger aufzuhalten. »Du bist also ein Elvis-Fan?«

»Wer nicht? Ich meine, das ist der King! Ich wollte schon immer mal dorthin. Vielleicht können wir Graceland besuchen ... oder das Studio, in dem er aufgenommen hat.« Noah machte ein paar rasche Bewegungen mit dem Finger auf seinem Smartphone. »Sun Studio, da ist es! Und Johnny Cash war da auch. Oh, wir müssen unbedingt dorthin. Können wir doch, oder?«

Da ihn die Art, wie er dies fragte, an die kleinen Neffen von Maya erinnerte, musste James grinsen. So redeten sie immer mit ihm, wenn sie ihn um ihre winzigen Finger wickeln wollten. Leider funktionierte die Taktik jedes Mal und, als James Noah einen flüchtigen Blick zuwarf, entdeckte er sogar den gleichen Ausdruck in seinen Augen.

Er stieß ein tiefes Seufzen aus. »In Nashville hast du mir noch gesagt, ich soll nicht immer zu allem Ja sagen.«

Auf diese Aussage hin verstummte Noah für einige Sekunden. »Schon, aber ... du musst ja nicht gerade *jetzt* damit anfangen, für dich selbst einzustehen, oder?«

Als er Noah mit gerunzelter Stirn einen weiteren flüchtigen Blick zuwarf, lag natürlich ein fettes Grinsen auf den Lippen des jüngeren Mannes. »Diesen Kampf habe ich bereits verloren, was?«, fragte James resigniert.

»Vielleicht? Aber es wird dir bestimmt gefallen. Man kann also nicht *wirklich* von verloren sprechen. Oh, und wir können einen Deal machen ... oder Kompromiss. Ja, Kompromiss ist das bessere Wort dafür. Also: Wenn wir auf unserer Reise irgendwohin kommen, wo du unbedingt den Tag verbringen willst, dann spiele ich mit. Ohne Diskussion.«

»Jetzt sind wir schon bei einem ganzen Tag? Ich dachte, nur ein paar Stunden vielleicht ...«

»Wir reden hier von Memphis ... *Memphis!*«, meinte Noah erneut, als wäre es eine unausgesprochene Regel, den Namen immer zweimal erwähnen zu müssen. »Ein paar Stunden würden nicht reichen. Außerdem ist das Nachtleben in einer solchen Stadt Pflicht. Keine Frage. Vielleicht gönne ich mir tatsächlich mal wieder ein Glas Alkohol.«

»Darfst du das denn?«

»Gestern hat mir die Fresserei nichts ausgemacht, daher denke ich, das wäre in Ordnung. Ich nehme ja schon länger keine Medikamente mehr. Also? Bitte?«

Erneut stieß James ein tiefes Seufzen aus. »Habe ich nicht schon Ja gesagt? Außerdem sind wir ohnehin aus dem Zeitplan raus. Ein Zwischenstopp schadet jetzt auch nicht mehr.«

Obwohl James nun wieder starr den Blick auf die Straße gerichtet hatte, spürte er regelrecht Noahs Strahlen neben sich. Manchmal wusste er nicht, an was er ihn mehr erinnerte: die Sonne oder eine Atombombe.

Nachdem Noah einige Minuten lang fröhlich murmelnd auf seinem Smartphone herumgescrollt hatte, fragte er James:

»Warum bist du überhaupt so entschlossen, einem Plan zu folgen? Gibt es irgendwo ein Event, das du nicht verpassen willst?«

»Nicht wirklich, aber ...« Mit gerunzelter Stirn dachte James kurz über seine Antwort nach. Regeln und Pläne hatten schon immer eine beruhigende Wirkung auf ihn gehabt. Sie brachten Struktur in sein Leben und gaben ihm das Gefühl, die Kontrolle zu haben. »Ich mag Pläne einfach«, antwortete er schließlich im Flüsterton. »Sie ... tun mir gut, denke ich.«

Noahs bohrenden Blicke starrten daraufhin regelrechte Löcher in seine Seite. »Ach ja? Dann sind wir, was das angeht, das genaue Gegenteil. Ich mag alles Chaotische und Überraschungen. Spontane Ausflüge, Reisen, Bekanntschaften ... ist es nicht viel aufregender, sich in etwas zu stürzen, von dem man nicht weiß, wohin es führt?«

»Ich finde das eher ... beängstigend.«

»Vielleicht, aber dafür weiß man, dass man am Leben ist.«

Gleich, nachdem er dies gesagt hatte, wurde Noah mit einem Mal sehr still. Zweifellos musste er an seine Krankheit zurückdenken. Zunächst spielte James mit dem Gedanken, ihn darauf anzusprechen, aber er wusste ja selbst, wie unangenehm es sein konnte, über gewisse Themen zu reden. So fragte er ihn stattdessen: »Also: Elvis. Weißt du viel über ihn?«

»So gut wie nichts«, meinte Noah mit einer plötzlichen und vor allem lauten Fröhlichkeit, die James genug überraschte, dass er fast noch einmal einen Schlenker mit dem Bus gefahren wäre.

»Mit einem Passagier wie dir muss man wirklich starke Nerven haben«, murmelte er daraufhin. »Aber wenn du so gut wie nichts über ihn weißt und eigentlich kein richtiger Fan bist, warum willst du dann unbedingt in Memphis Halt machen?«

»Weil das doch die perfekte Gelegenheit ist, etwas über ihn zu lernen. Ich meine, wir sind Amerikaner und Elvis gehört ganz klar zur amerikanischen Geschichte. Es ist praktisch unsere Bürgerpflicht, über ihn Bescheid zu wissen.« Noah machte eine kurze Pause und fügte dann mit einem hörbaren Grinsen in der Stimme hinzu: »Außerdem gibt es da bestimmt Clubs mit Rockabilly Flair. Du weißt schon, Kammfrisuren, ausgestellte Röcke, wahnsinnige Tanznummern ... das kann nur ein super Abend werden.«

»Es geht dir also tatsächlich wieder ums Ausgehen ... ich weiß ehrlich gesagt nicht, wie lange ich das noch durchhalte. Ich bin nicht mehr der Jüngste, weißt du?«, erwiderte James mit einem leichten Kopfschütteln.

Noah stieß ein Schnauben aus. »So viel älter als ich bist du nun auch wieder nicht. Wenn du Probleme hast, dann nur, weil du das Feiern nicht mehr gewöhnt bist. Ich meine, wann bist du vor dieser Reise das letzte Mal ausgegangen?«

»... zählt ein Abendessen mit meiner Noch-Ehefrau?«

»Nicht mal im Ansatz.«

»Dann ... ist es ungefähr zehn Jahre her«, meinte James so leise, dass er eigentlich hoffte, Noah würde ihn nicht verstehen, aber die aufgerissenen Augen, die er aus den Augenwinkeln sah, sagten ihm etwas anderes.

»Nicht dein Ernst! Aber ... du hast doch sicher Freunde.«

»Keine, mit denen man tanzen geht. Die haben alle Kinder und sind beruflich so eingespannt, dass höchstens mal Zeit für ein Feierabendbier bleibt. Bis zum frühen Morgen zu tanzen, das ist so gut wie unmöglich.« James zuckte mit den Achseln. »Es hat aber auch keinen von uns gestört. Ich zumindest habe es nicht vermisst.«

»Ist es das, was mich erwartet, sobald ich dein Alter erreiche? Ein Leben, das nur aus Arbeit, Essen und Schlafen besteht?«, fragte ihn Noah mit einer Fassungslosigkeit in der Stimme, die James etwas die Unterlippe vorziehen ließ.

»Danke, jetzt fühle ich mich noch älter, als ich bin. Außerdem ist es auch nicht so, als würde ich keine Hobbys haben.«

»Ach ja? Was machst du denn gerne?« Noah drehte sich ihm mit halbem Körper zu. »Darüber haben wir noch gar nicht gesprochen, fällt mir ein.«

»Ich ... mache Sport. Im Fitnessstudio. Manchmal gehe ich auch Joggen.«

»Und?«, fragte Noah etwas ungeduldig.

»Und ... ich lese gerne?«

Eine so erdrückende Stille legte sich in den Bus, dass James sogar der kalte Schweiß auf der Stirn ausbrach. Als er fühlte, wie sich Noahs Blicke in seinen Körper bohrten, stieß er ein frustriertes Stöhnen aus und rief: »Okay, ja, ich gebe es zu: Ich bin die langweiligste Person auf der Welt. Wie könnte ich das nicht sein? Meine Familie war gegen alles, was Spaß macht. Erst auf der Uni bin ich zum ersten Mal richtig ausgegangen und war dabei so überfordert, dass ich mich danach wochenlang nicht mehr getraut habe. Maya hat mir geholfen, lockerer zu werden, aber ... ich wurde nie der große Partygänger. Selbst jetzt noch kann ich meine Eltern hören, wie sie mir sagen, was für ein Teufelszeug Alkohol ist oder, wie viel Abstand man beim Tanzen halten soll.«

»Uff ... sie sind so Hardcore, hm?«, fragte Noah und da er sich ein wenig erschrocken anhörte, warf James ihm einen raschen Blick zu.

»Tut mir leid, dass ich laut geworden bin. Es ist nur ... wirklich frustrierend, an diese Zeit zurückzudenken. Ich habe so viel verpasst.«

»Das heißt nicht, dass du es nicht nachholen kannst. Wir können alles machen, was du verpasst hast. Es ist vielleicht nicht ganz die gleiche Erfahrung, aber es kann trotzdem schön sein.«

Ein schwaches Lächeln legte sich auf James' Lippen. »Aber das meiste, was ich verpasst habe, ist ...«

»Ich weiß und ich meine es ernst. Wir können absolut *alles* nachholen. Dafür musst du es aber erst einmal aussprechen. Du kannst das. Ich weiß es.«

James warf ihm erneut einen kurzen Blick zu und, da er merkte, dass er sich immer weniger auf das Fahren konzentrierte, fuhr er an den Straßenrand. Dort umfasste er mit kräftigem Griff das Lenkrad, starrte nach vorne und sagte: »Sex. Alles, was ich verpasst habe, hat zumindest entfernt mit Sex zu tun.«

»Und was genau?«

James sah Noah an. Es machte ihn schon etwas wütend, wie sehr dieser auf dem Thema herumritt, obwohl er wusste, wie schwer es James fiel, darüber zu sprechen, aber ... James wusste auch, es war zu seinem Besten. Er *musste* darüber reden. Schließlich hatte er seine Wünsche und Sehnsüchte viel zu lange für sich behalten. »Eng umschlungen tanzen ... heimliche Fummeleien im Schlafzimmer ... Herummachen in einem Auto irgendwo auf einem verlassenen Parkplatz ...« Sein Herz schlug schneller. Nicht nur, weil zumindest das letzte Szenario verdammt nahe an der jetzigen Situation war, sondern auch, weil ihm Noah auf einmal näherkam.

Dessen Hand lag plötzlich auf James Oberschenkel, fuhr langsam nach oben. »Gut?«, fragte Noah, kam seinem Gesicht dabei noch näher.

Obwohl die Klimaanlage lief, wurde James mit einem Mal unheimlich heiß. Er konnte kein Wort sagen, nickte daher nur und schloss die Augen, als Noahs Hand seinen Schritt erreichte und über die beginnende Beule strich.

Zudem spürte er Noahs Atem an seinem Hals. Als sein Herz bereits damit drohte, aus seiner Brust zu springen, raste auf einmal ein Lkw an ihnen vorbei, brachte den Bus zum Zittern und erinnerte ihn daran, wo sie waren. So verlassen die Straße im Moment auch war, es fuhren genug Autos vorbei, dass sie jederzeit entdeckt werden könnten.

»Wir können weitermachen«, flüsterte Noah ihm zu und als James ihn ansah, bemerkte er, dass auch sein Atem ihn nun in kurzen Stößen verließ, »aber dann sollten wir irgendwo an einer abgelegenen Straße halten. Dort, wo weniger los ist.« Er zog seine Hand zurück, streichelte stattdessen wieder über James' Oberschenkel. »Es ist aber auch in Ordnung, wenn du noch nicht dafür bereit bist. Wir können uns Zeit damit lassen, deine verpassten Erfahrungen nachzuholen.« Ein Grinsen legte sich auf sein Gesicht. »Besonders auf das Rummachen bin ich scharf. Das habe ich seit Jahren nicht mehr gemacht. Es ging immer gleich zur Sache.«

James schluckte hart. Nicht nur, weil Noah ein Verlangen in ihm auslöste, das er bisher noch nie gespürt hatte, sondern vor allem auch, weil er tatsächlich glaubte, bereit zu sein. Wäre der Lkw vorhin nicht an ihnen vorbeigefahren und Noah hätte weitergemacht ... ja, dann hätte sich James voll und ganz auf alles eingelassen, was ihm angeboten wurde. »Ich ... ich will es«, sagte er schließlich mit leiser Stimme. »Langsam, aber ... ich will es. Ich will *dich*.«

Ein glückliches Lächeln breitete sich auf Noahs Gesicht aus. Er streichelte noch einmal über James Oberschenkel und flüsterte anschließend: »Dann fahr los. Schnell.«

James schnappte nach Luft, fuhr zurück auf die Straße und nahm die erste Abzweigung, die zu einem Waldstück führte. Dort hielt er hinter einer kleinen Biegung. Mit erhitztem Gesicht sah er zu Noah, der ihn mit einem Grinsen fragte: »Kannst du deinen Sitz weiter nach hinten stellen?«

Verwirrt betrachtete James ihn, tat ihm jedoch den Gefallen. Sobald der Sitz so weit wie möglich zurückgestellt war, kletterte Noah umständlich zu James und, bevor dieser wusste, was geschah, saß er mit einem Bein an jeder Seite auf seinem Schoß.

»Genauso ungemütlich, wie ich es in Erinnerung habe«, murmelte Noah, während er offenbar versuchte, eine möglichst angenehme Position zu finden, obwohl sich das Lenkrad in seinen Rücken bohrte. Wenigstens war der Sitz breit genug, dass seine Knie einigermaßen auf dem Polster Platz fanden.

Mit wild rasendem Herz legte James die Hände auf Noahs Hüften, um ihn in Position zu halten. Dieser sah ihm nun mit einem Lächeln direkt in die Augen, was dafür sorgte, dass James der Atem stockte. Unter normalen Umständen sah er schon unheimlich gut aus, doch nun waren seine Wangen gerötet, er atmete schnell und ein aufgeregtes Glitzern lag in seinen Augen.

»Hey«, hauchte er ihm zu.

»Hey«, gab James leise zurück. Dabei fiel sein Blick auf Noahs Lippen, die sich in diesem Moment teilten und, bevor er wusste, was er tat, kam er ihnen näher.

Sobald sie einander berührten, war es für James, als würde eine kleine Explosion in seinem Kopf stattfinden. Als würden all die Sehnsüchte, die er über so viele Jahre unterdrückt hatte, mit einem Mal auf ihn hereinbrechen, die Kontrolle übernehmen und seine Fähigkeit zu denken abschalten. Er legte eine Hand auf Noahs Hinterkopf, um ihn dort zu halten, drückte die Zunge zwischen seine Lippen, fuhr mit der anderen Hand über seinen Hintern, zog ihn so näher an sich.

Noah stöhnte gegen seinen Mund, musste sich daraufhin kurz von ihm trennen, um nach Luft zu schnappen. »D-Du hast das tatsächlich noch nie gemacht? Nicht mit einem Mann?«

»So? Mit niemandem«, gab James mit heiserer Stimme zurück und begegnete seinen Lippen ein weiteres Mal.

Dieser Kuss schien Noah weniger zu überraschen, denn er erwiderte ihn sofort, küsste ihn hungrig und strich über James Hose, in der sich seine Erektion inzwischen unangenehm gegen den Stoff drückte.

Als sich Noah schon wieder von seinem Mund löste, stieß James ein missmutiges Brummen aus, doch Noah versuchte nur, genug Abstand zu gewinnen, damit er James' Hose öffnen konnte. Als er auf einmal den Reißverschluss nach unten gezogen hatte und die Finger um James' Glied legte, entfuhr diesem sofort ein Stöhnen. Es fühlte sich so unheimlich gut an ... zugleich spürte er auch wieder Noahs Atem auf seinem Gesicht, denn dieser näherte sich ihm für den nächsten Kuss.

»W-was ist mit dir?«, fragte James ihn und versuchte gleichzeitig, sich gewaltsam vom Kommen abzuhalten, denn Noahs Hand rieb sein Glied nun in einem verdammt schnellen Tempo. Nie zuvor war er so erregt gewesen.

»Später. Ein Schritt nach dem anderen«, flüsterte Noah ihm zu, küsste ihn.

Als er mit seiner Zunge spielte, James' Erektion hart umfasste und kräftig pumpte, war es bereits um diesen geschehen. Er stöhnte gegen Noahs Mund und kam so gewaltig, dass er Noah an sich zog. Er drückte das Gesicht gegen seine Schulter, atmete tief ein und aus, während sein Glied in Noahs Hand pulsierte.

Daraufhin lehnte er sich zurück, betrachtete Noah mit halb geschlossenen Augen. Dieser grinste, bewegte auf einmal die Hand zu seinen Lippen und leckte sich das Sperma von den Fingern. »Das war ein bisschen mehr als Rummachen. Bist du in Ordnung?«

James starrte ihn an. Er konnte nicht mehr klar denken. Zwar spürte er eine ungeheure Erleichterung, weil es ihm gelungen war, diesen wirklich wichtigen und längst überfälligen Schritt zu machen, aber er hörte sie auch schon wieder ... diese lauten Stimmen seiner Eltern in seinem Kopf, die ihm sagten, wie falsch es war, was sie da taten. *Fehlgeleitete Lust. Vom Teufel gesteuert.*

Rasch blickte er nach unten, war unfähig zu antworten. Noah schien dennoch zu wissen, was er nicht aussprechen konnte, denn er lehnte sich vor, umarmte ihn feste. »Selbst, wenn sie dich nicht akzeptieren sollten, ich werde es immer tun. Ich und viele andere Menschen. Vergiss das nicht.«

James nickte, zog ihn an sich. Noahs Wärme tat so gut ... sie schaffte es sogar, diese schrecklichen Gedanken ein wenig verstummen zu lassen. »Was ist nun mit dir?«, flüsterte er ihm zu, denn er spürte nach wie vor Noahs Härte an seinem Bauch. »Soll ich ... soll ich dir helfen?«

Langsam schüttelte Noah den Kopf. »Ich glaube, das ist jetzt nicht der richtige Zeitpunkt. Außerdem ... glaubst du, du kannst das bereits? Das Glied eines anderen Mannes berühren?«

Ein Ja lag ihm auf den Lippen, aber James war unfähig, es auszusprechen. Sie hatten gerade einen so großen Schritt gemacht und dort zog er die Grenze? Warum konnte er sich von

Noah berühren lassen, doch wenn er das Gleiche tun wollte, ging es nicht?

»Es ist okay«, meinte Noah und James fragte sich allmählich, wie oft er diese Worte noch auf ihrer Fahrt zu hören bekommen würde. »Wir haben Zeit. Außerdem kann ich mich selbst darum kümmern.« Ein Grinsen legte sich auf sein Gesicht. »Willst du mir dabei zusehen?«

James schluckte hart, doch er nickte fast augenblicklich und Noah öffnete mit einem frechen Funkeln in den Augen die Fahrertür. Daraufhin kletterte er umständlich von James, stellte sich vor den Bus und öffnete seine Hose. Da er von dem Wagen verdeckt wurde, würde ihn niemand sehen können, selbst dann nicht, wenn ein Passant um die Ecke biegen würde.

Er ließ die Hose zu Boden fallen, befreite sich daraufhin auch noch von seinen Boxershorts und nun sah James zum ersten Mal sein erregtes Glied. Es streckte sich ihm entgegen und etwas Feuchtes glänzte an seiner Spitze. »Nicht so groß wie deines, aber ich bin trotzdem stolz auf meine Länge.«

»K-Kannst du auch sein«, erwiderte James mit heiserer Stimme. Dabei war er unfähig, den Blick von Noahs Schwanz abzuwenden. Als dieser ihn dann mit der Hand umfasste und begann, ihn ebenso feste wie James' zu pumpen, wurde das Wegschauen noch unmöglicher. Als wäre er hypnotisiert sah er Noah zu, bemerkte dabei, wie sich dieser unter seinen Blicken immer schneller bewegte.

Sobald Noahs Atmung lauter wurde, wusste James, es würde nicht mehr lange dauern. In diesem Moment war er verdammt versucht, die Hand zu ihm auszustrecken und für ihn zu übernehmen, doch er konnte sich einfach nicht dazu bringen. So wahnsinnig heiß er Noah fand, so sehr er ihn auch wollte ... er konnte keinen weiteren Schritt auf ihn zugehen, ohne dabei gegen eine mentale Mauer zu stoßen, die ihn zurückhielt. Die scharfen Blicke und Worte echoten in James' Kopf, bekämpften sein Verlangen und ließen ihn bewegungslos zurück.

»Ich ... ich komme«, hauchte Noah, machte auf einmal einen Schritt auf ihn zu. Er legte eine Hand auf James' Hinterkopf, küsste ihn und drückte die Zunge dabei in seinen Mund. Kurz darauf kam er, stieß ein tiefes Stöhnen aus, das James für ihn schluckte und verspritzte sein Sperma über James' Hose.

»Tut mir leid«, meinte Noah daraufhin atemlos. »Das ... war nicht geplant. Ich musste dich nur unbedingt berühren.«

»Es ist okay«, entgegnete James und, da er Noahs bekannten Satz damit wiederholte, lächelte er. Eigentlich erwartete er nun wieder, diese Stimmen zu hören, und in den Fernen seines Unterbewusstseins nahm er auch ein empörtes Flüstern wahr, doch ein Blick in Noahs verlegenes Gesicht ließ sie verstummen. Nach wie vor waren seine Wangen leicht gerötet und auf seinen Lippen lag ein schwaches Lächeln.

James' Herz raste. Am liebsten hätte er ihn weiter geküsst, aber mit diesem Halt hatten sie ihr Glück bereits genug herausgefordert. Daher machten sie sich notdürftig sauber, zogen sich um und setzten ihre Fahrt fort, bevor sie doch noch jemand entdeckte. Eine Stille legte sich nach wenigen Minuten in den Wagen, die keineswegs unangenehm war, aber dennoch eine gewisse Spannung enthielt. Womöglich fragte sich Noah ebenso wie er, was das von eben zu bedeuten hatte. Oder war so etwas für ihn normal? Schließlich hatte er James von dem Türsteher erzählt, mit dem er zuvor einen One-Night-Stand gehabt hatte ... ganz zu schweigen davon, dass Noah ihm bereits kurz nach ihrem Kennenlernen vorgeschlagen hatte, James einige Dinge zu zeigen.

Tief atmete dieser ein. Ja, richtig. Er durfte jetzt keinesfalls den Fehler machen, mehr in Noah zu sehen als einen Freund und Reisegefährten. Allenfalls war er noch sein Coach, aber nicht mehr. Dieser Gedanke hatte sich James lediglich aufgedrängt, weil er soeben seine erste Erfahrung mit einem Mann gemacht hatte. Die Idee, Noah könnte womöglich mehr von ihm wollen, war ohnehin lächerlich. Schließlich war James über zehn Jahre älter als er.

So verdrängte er diesen Gedanken vollkommen und versuchte stattdessen, sich auf die Straße zu konzentrieren.

## Kapitel 8

Noah warf James nachdenkliche Blicke zu. War das eben zu viel gewesen? Hatte er sich zu sehr gehen lassen? James hatte den Eindruck gemacht, bereit zu sein. Nicht dazu, einen anderen Mann anzufassen, aber zumindest hatte er kein Problem damit gehabt, Noah zu küssen und von ihm berührt zu werden. Nichtsdestotrotz überschlugen sich vermutlich gerade seine Gedanken und er zerbrach sich den Kopf über eine Million Dinge.

Vor allem, weil er nicht der Typ für spontane Affären war. James plante immer im Voraus und brauchte eine gewisse Zeit, um sich auf eine neue Erfahrung vorzubereiten.

Zumindest in der Hinsicht hatte Noah ein schlechtes Gewissen. Ihn dann so zu überfallen, nur weil ... ja, warum? Weil er notgeil gewesen war? Weil James ihn heißer machte als jeder andere Mann, den er bisher in seinem Leben getroffen hatte? Weil er Noah bloß anlächeln musste und schon wollte dieser ihn gegen die nächste Wand drücken, seine Lippen für sich beanspruchen und die Hände über diesen trainierten Körper wandern lassen?

Ja, er hatte definitiv ein Problem. James brauchte Zeit und die musste er ihm geben, selbst dann, wenn seine Libido etwas völlig anderes im Sinn hatte.

Als sie wieder auf der Interstate waren und einige Kilometer hinter sich gelassen hatten, hielt er es nicht mehr aus. Er schielte zu James, der überraschend entspannt wirkte und fragte: »Es ist alles in Ordnung, oder? Ich weiß, es war zu früh. Eigentlich hatte ich gar nicht vor, so weit mit dir zu gehen. Ich dachte, es würde bei einigen Zungenküssen und etwas Fummelei bleiben, aber dann ...« Er biss sich auf die Unterlippe. Der bloße Gedanke daran, wie es sich angefühlt hatte, James zu küssen, trieb die Röte in sein Gesicht und eine gewisse Hitze in seinen Unterleib, die er im Moment wirklich nicht gebrauchen konnte.

Was war er? Ein verdammter Teenager, der durch die einfachsten Dinge scharf wurde? Wie würde sein Körper erst reagieren, wenn er daran dachte, wie gut sich James' harter Schwanz in seiner Hand ... rasch schüttelte er den Kopf, verdrängte den Gedanken vollkommen.

»Ich bin dämlich!«, stieß er schließlich aus, wobei James die Augen aufriss und beinahe schon wieder das Lenkrad verrissen hätte. Dieser Mann war eindeutig zu schreckhaft. »Sorry, aber es stimmt. Ich habe kein Maß. Das ist das Problem! Beim Essen, bei den Geschichten, die ich erzähle und natürlich auch beim Sex. Ich weiß nie, wann es genug ist, und dabei ist es so wichtig, dass du die Zeit bekommst, die du brauchst und-«

Er wurde durch lautes Gelächter unterbrochen. Verdutzt starrte Noah ihn an, öffnete dabei leicht den Mund. »W-was ist so witzig? Ich meine es ernst. Es tut mir wirklich-«

»*Du* bist witzig. Oder vielmehr: Dein ganzer Ausbruch ist es. Mir geht es gut, Noah.« James grinste. »Erstaunlich gut sogar. Ich meine, es war wirklich ... toll. Noch besser, als ich erwartet habe. Für mehr werde ich Zeit brauchen, aber was wir da getan haben, das hat sich gut angefühlt. Mehr als gut. Es fühlt sich an, als wäre mir eine Last von den Schultern gefallen.«

»Dann ... bereust du es also nicht?«, fragte Noah ihn erleichtert.

James schüttelte den Kopf. »Natürlich nicht. Das würde ich nur, wenn *du* es bereuen solltest.« Das Lächeln verschwand auf einmal von seinem Gesicht. »Ich meine, ich bin sicher nicht dein Typ. Mit jemandem in deinem Alter, der nicht so viel Ballast mit sich herumschleppt, hättest du mehr Spaß. Gerade jetzt, wo du deine Krankheit überstanden hast, solltest du dich austoben und das Leben richtig genießen. Stattdessen verbringst du die Zeit mit einem Kerl wie mir, der dir nicht das geben kann, was-«

»Ist das dein Ernst?«, unterbrach Noah ihn fassungslos. Nach all seinen Kommentaren, der Flirterei und einem der erotischsten Momente, die Noah jemals erlebt hatte, dachte James immer noch, er würde nicht auf ihn stehen? »Ich laufe fast schon mit einem Dauerständer in deiner Nähe herum!« An diesem Punkt riss James überrascht die Augen auf, doch Noah fuhr ungehindert fort. »Trotzdem denkst du ... ja, was genau? Dass ich dir nur einen Gefallen tun will? Dass ich das alles vielleicht sogar nur aus Mitleid mache?«

James, dessen Wangen nun deutlich gerötet waren, warf ihm einen raschen Blick zu. »Dann ... ist das nicht der Grund? Ich meine, ich habe schon mitbekommen, dass du mich nicht unattraktiv findest, aber ...«

Frustriert warf Noah die Hände in die Luft. »Nicht unattraktiv ... ich glaub's einfach nicht! Gott ... ich weiß, du hast wenig Erfahrung, aber das ist lächerlich. Ich meine, wie offensichtlich muss ich es noch machen, damit du verstehst, wie sehr ich mit dir schlafen will? Begreifst du es erst, wenn ich mich nackt vor dir bücke und mit dem Hintern wackle? Brauche ich ein Neonschild mit Pfeil? Eintritt hier? Ich will deinen Schwanz, James. Deutlicher kann ich es nicht machen.«

James war sprachlos. So viel war offensichtlich, da er wie ein Fisch immerzu den Mund öffnete und schloss, daraufhin hart schluckte und immer noch kein Wort herausbrachte.

Noah legte sich eine Hand über die Augen, atmete tief ein und sagte: »Zu viel, oder? Wie gesagt, was mein Mundwerk betrifft, habe ich auch kein Maß. Tut mir leid. Es ist nur frustrierend, dass du es nicht verstehst. Also noch mal zum Mitschreiben: Ich stehe auf dich. So richtig. Mehr als auf alle Männer, die ich bisher getroffen habe. Und ja, verdammt, ich sage es noch mal. Ich will mit dir schlafen. Unbedingt. Mehrmals und in verschiedenen Stellungen. Ganz zu schweigen von den Dingen, die ich jetzt im Moment noch gar nicht aussprechen kann, weil dich das dann mit Sicherheit überfordern würde. Also unterm Strich: Du liegst absolut falsch. Ich kann mir niemanden vorstellen, mit dem ich lieber zusammen wäre. Innerhalb des Schlafzimmers und außerhalb.«

»Du ... meinst das wirklich ernst?«

Verdattert starrte Noah ihn an. »All das und du fragst mich *noch mal*? Dabei habe ich dir längst gesagt, wie sehr schwule Männer auf dich stehen werden. Das schließt mich natürlich nicht aus.« Er schob die Unterlippe vor, verschränkte die Arme. »Jetzt will ich nichts mehr davon hören. Langsam glaube ich sowieso, du fischst nur nach Komplimenten. So schwer kann es nicht sein, das in deinen Dickschädel zu kriegen.«

James warf ihm einen deutlich unsicheren Seitenblick zu. »Okay, dann ... muss ich dir wohl glauben. Obwohl es mir schwerfällt.«

»Warum eigentlich?«, fragte Noah verwirrt. »Du kannst mir nicht erzählen, dass dich bisher niemand heiß fand. Sicher haben es auch einige Frauen bei dir versucht.«

»Schon, aber schauen Männer nicht nach anderen Dingen? Und vor allem wollen sich bestimmt die wenigsten mit jemandem wie mir herumschlagen, der keine Ahnung von nichts hat.«

»Du wärst überrascht. Es gibt eine Menge Arschlöcher da draußen, die gezielt nach Jungfrauen suchen. Sicher steht nicht jeder darauf, aber einige würde deine Unerfahrenheit so richtig anturnen.« Noah verzog das Gesicht. Sogleich musste er an seine erste sexuelle Erfahrung zurückdenken. Er hatte einem Typen vertraut, den er in einer Bar kennengelernt hatte, und der mieseste Sex seines Lebens war die Folge gewesen. Entgegen den vorherigen Versprechungen hatte der Typ sich überhaupt nicht um ihn geschert und sich nur um sich selbst gekümmert. Im Anschluss war Noah vorsichtiger mit der Wahl seiner Partner gewesen, doch die Nacht hing ihm immer noch nach. James sollte so etwas nicht passieren.

So lächelte er ihn an. »Nicht, dass es eine Rolle spielt. Nach der Sache von vorhin will ich erst recht dein Erster sein. Der Erste für so ziemlich alles.« Nun etwas verlegen sah er zu James auf. »Wenn du mich lässt, natürlich nur. Ich weiß, dass du auf mich stehst, aber das muss ja nicht bedeuten, dass du alles nur mit mir erleben willst. Wenn du dich mehr ausprobieren möchtest, kann ich das verstehen.«

James hatte den Blick nun starr auf die Straße gerichtet. Durch seinen leicht angespannten Hals und dem festen Griff, mit dem er das Lenkrad umklammert hielt, wirkte er äußerst verlegen und zunächst erwartete Noah keine Antwort, aber dann öffnete er doch noch den Mund. »Ich will es. Mit dir. Irgendwann ... vielleicht sogar sehr bald. Alles.«

Während sein Herz schneller zu schlagen begann, weiteten sich Noahs Augen. Er suchte nach den richtigen Worten, doch zum ersten Mal schien er derjenige zu sein, der sprachlos war. Stattdessen starrte er mit einem Lächeln auf seinen Schoß, fasste zu James herüber und legte eine Hand auf seinen Oberschenkel.

Kurz warf James ihm einen Seitenblick zu. »Bitte nicht weiter nach oben. Sonst baue ich doch noch einen Unfall.«

»Ich halte mich zurück. Fürs Erste.«

Und genau das würde ihm unheimlich schwerfallen. Wenigstens waren sie nun zu einer Stadt unterwegs, die er schon immer besuchen wollte, und ihn ablenken würde. Es dauerte noch ungefähr zwei Stunden, bis sie endlich die Stadtgrenze von Memphis überschritten und James den Bus auf dem Elvis Presley Boulevard parkte. Was nach einem kurzen Frischmachen auf der Herrentoilette eines Cafés folgte, waren Besuche mehrerer Museen und ein Einkaufsbummel in dem größten Souvenirshop, den Noah je gesehen hatte.

Nach drei Stunden wirkte James zum ersten Mal tatsächlich genervt, aber nachdem Noah sich eine Elvisperücke aufgesetzt und ihm seinen grauenhaften Hüftschwung gezeigt hatte, brachte er ihn damit doch wieder zum Lachen.

»Nur noch der Plattenladen und dann gehen wir etwas essen. Versprochen«, meinte Noah mit einem breiten Grinsen. Inzwischen war er mit drei Einkaufstaschen beladen. James hatte nichts gekauft, trug aber eine weitere Tasche für Noah.

»Hast du überhaupt einen Plattenspieler? So langsam frage ich mich, wie du bisher nur mit dem Rucksack ausgekommen bist.«

»Wären wir nicht mit dem Bus unterwegs, hätte ich längst nicht so viel gekauft. Es wird natürlich schwierig werden, wenn du mich irgendwann mal rauswirfst, aber-«

»Das wird nicht passieren«, unterbrach James ihn sofort. »Selbst, wenn du spontan entscheiden solltest, deine Reise zu beenden und unzählige Kilometer zwischen uns und deinem Zuhause liegen, würde ich dich noch dort absetzen.«

Verblüfft sah Noah ihn an. »Wirklich?« Das war ein verdammt heftiges Versprechen.

»Natürlich. Alleine schon für meinen Seelenfrieden. Sonst würde ich mir ununterbrochen Sorgen machen, dir könnte etwas auf dem Rückweg passieren.«

Noah wandte den Blick ab. Während der letzten zwei Jahre hatte es ihn unendlich genervt, wenn jemand ihm gegenüber überfürsorglich gewesen war. So von James behandelt zu werden, sorgte jedoch bloß für ein warmes Gefühl in seiner Brust, das er kaum verstand. »D-das Studio«, sagte er rasch und sah zu James auf. »Ich will unbedingt noch das Sun Studio sehen. Ich glaube, die Touren laufen nur bis zum Nachmittag. Wir sollten uns also mit dem Essen beeilen.«

»Mehr Elvis … super«, erwiderte James mit einem Seufzen, ergab sich jedoch seinem Schicksal und, nachdem sie sich in einem Imbiss mit Pommes und Burgern vollgestopft hatten, ging es direkt zum Studio.

Nach der Tour, bei der Noah nicht anders konnte, als sich eine Sonnenbrille im Elvis-Stil und einen überteuerten Aufnäher für seinen Rucksack zu kaufen, strahlte er James an. »Das war einer der besten Ausflüge meines Lebens. Ich weiß, das alles ist nicht wirklich dein Ding, daher … danke, dass du mitgespielt hast.«

»Nichts zu danken. Ich werde auf unserer Reise bestimmt noch in den Genuss kommen, dich mit etwas zu langweilen, das mich stattdessen interessiert. Fair ist fair.«

»Da ich mich für so ziemlich alles interessiere, wird das nicht leicht werden. Also: viel Glück!«

James stieß ein Seufzen aus, steckte die Hände in die Hosentaschen und lief neben Noah die Straße zu ihrem Bus hinunter. »Eines wüsste ich da schon. Wir machen eine Tour durch die größten Fitnessstudios des Landes. Also nicht nur FitKing, sondern auch andere Ketten. Viele bieten ein Probetraining an. Das wäre sicher interessant. Es soll einige neue Geräte geben. High-Tech-Laufbänder … Crosstrainer mit Bildschirm … Stepper … eben solche Teile, bei der man sich drinnen auf der Stelle bewegt. Das liebst du doch so.« Nun sah James ihn mit einem Grinsen an.

»Böse«, entgegnete Noah mit gespielter Fassungslosigkeit. »Das ist so ziemlich das Böswilligste, das mir je angedroht wurde. Ich bin fast versucht, doch noch diese überteuerte Tour durch die Graceland-Villa zu buchen.«

Ohne dabei das Lächeln von seinem Gesicht zu verlieren, sah James auf seine Armbanduhr. »Das schaffen wir nicht mehr. Die letzte Tour startet in fünf Minuten.«

Noah verschränkte die Arme. »Freu dich nicht zu früh. Ich kann dich immer noch dazu zwingen, morgen früh mit mir die Tour zu machen. Wir beide wissen, meinem Hundeblick hast du nichts entgegenzusetzen.«

Daraufhin schenkte James ihm ein charmantes Lächeln, das alle möglichen Dinge mit Noahs Magen anstellte. »Das ist wahr. Ich bin dir schutzlos ausgeliefert.«

Nachdem er ihn kurz angestarrt hatte, atmete Noah tief ein, richtete den Blick nach unten, schüttelte den Kopf und ging rasch an James vorbei. »Meine Nerven … keine Erfahrung? Hält ihn definitiv nicht davon ab, mich in den Wahnsinn zu treiben. So soll ich mich zurückhalten? Dann doch lieber die Fitnessstudios«, murmelte er so leise, dass James ihn über den Lärm der Straße hinweg hoffentlich nicht verstand.

Dieser sagte auch nichts dazu, aber ein wissendes Grinsen lag auf seinem Gesicht, das erst dann verschwand, als sie den Wagen erreichten. Dort verstauten sie Noahs Sachen und machten daraufhin an einem nahegelegenen Park Pause, bis der Abend angebrochen war.

Noah hatte für sie einen großen Club im Stil der 50er Jahre im Netz gefunden. Es gab sogar ein tanzendes Paar, das die Stimmung im Original-Look auf der Tanzfläche anheizte. Eine blonde Frau in einem ausgestellten pinken Rock wurde immerzu von ihrem Partner mit Kammfrisur herumgewirbelt. Zahlreiche Gäste standen um sie herum, jubelten ihnen zu und einige versuchten sich sogar selbst an den komplizierten Tanzeinlagen, allerdings mit mäßigem Erfolg.

»Ich würde dich ja zum Tanzen auffordern«, meinte Noah zu James mit einem Grinsen. »Aber ich glaube, wir würden das Ganze nicht ohne gebrochene Knochen überstehen.«

»Das ist ohnehin keine gute Idee. Du kriegst mich bestimmt nicht hoch.«

Zunächst starrte Noah ihn überrascht an, dann begann er zu lachen. Eines, was er schnell über James auf ihrer kurzen Reise gelernt hatte, war, dass der Mann trotz seiner zurückhaltenden Art einen erstaunlich guten Sinn für Humor besaß. Dafür musste er sich nur ein wenig entspannen.

Das schien im Moment der Fall zu sein, denn er betrachtete die Tänzer mit einem Lächeln und stimmte in den Applaus mit ein, als sie sich für eine Pause zurückzogen. Daraufhin füllte sich die Tanzfläche mit den normalen Gästen und der Sänger der Rock-Band ergriff auf der Bühne das Mikrofon. »Ich bin leider rechtlich dazu verpflichtet, Ihnen zu sagen, dass der Tender-Club keinerlei Verantwortung für gebrochene Knochen übernimmt, die infolge von übermütigen Tanzversuchen entstehen.« Nachdem einige gelacht hatten, fügte er ebenfalls mit einem Lachen hinzu: »Das ist mein Ernst, Leute. Feiert ausgelassen, aber achtet auf euch und die anderen Gäste. Wir hatten schon verirrte Füße, die in den Gesichtern von arglosen Tänzern gelandet sind. Unschöne Sache. Und jetzt: viel Spaß mit den besten Songs des Kings!«

Jubel ertönte und die Band begann erneut zu spielen. Noah und James begaben sich unterdessen zur Bar, wo Noah sich zum ersten Mal seit langem einen richtigen Cocktail bestellte. »Du wirst auf mich aufpassen müssen. Ich vertrage bestimmt nichts mehr.«

»Tue ich immer«, erwiderte James mit einem Grinsen, wodurch Noah erneut dieses merkwürdig flatternde Gefühl in seinem Magen verspürte. Ja, ihm gefiel es garantiert, wenn sich James um ihn kümmerte.

Daraufhin setzten sie sich auf eine rote, gut gepolsterte Sitzbank, die Noah an alte Diner erinnerte, und redeten ausgelassen, während sie gleichzeitig der Musik zuhörten. Vor allem ging es bei dem Gespräch um ihren Musikgeschmack. »Ich mag eigentlich alle schnellen Songs«, verkündete Noah. »Die Richtung interessiert mich nicht so sehr. Hauptsache ordentlich Tempo. Und bloß nicht traurig. Ich schätze, du bist eher mit klassischer Musik aufgewachsen?«

James nahm einen großen Schluck von seinem Bier, bevor er antwortete. »Wie hast du das nur erraten? Dass meine Eltern sehr konservativ sind, ist ja nichts Neues. So etwas wie Rockmusik war ihnen schon immer ein Dorn im Auge. Und ich will gar nicht mit Heavy Metal oder Rap anfangen ...« Ein Grinsen legte sich auf sein Gesicht. »Tatsächlich war ich von ersterem mal ein richtiger Fan. Nenn es eine rebellische Phase, wenn du willst.«

»Nicht dein Ernst!«, meinte Noah mit großen Augen. Dieses Geständnis war so unerwartet gekommen, dass er für den Bruchteil einer Sekunde sogar misstrauisch seinen Cocktail beäugte und glaubte, er wäre durch den einen Schluck bereits betrunken. »Ich kann mir ja vieles vorstellen, aber du und Heavy Metal? Niemals!«

»Es war auch verdammt schwer, das geheim zu halten. Ich habe mein Taschengeld gespart, alles von Led Zeppelin gekauft, das ich kriegen konnte, und es in meinem Zimmer versteckt. Sogar ein T-Shirt hatte ich, das ich mir erst angezogen habe, wenn ich mit meinen Freunden unterwegs war. Maya hat sich immer darüber lustig gemacht.«

»Du kennst Maya schon lange, hm?«, fragte Noah ihn mit einem winzigen Stich in seinem Herzen.

Überrascht betrachtete James ihn. »Seit der Highschool, ja. Sie war … oder vielmehr *ist* meine älteste Freundin.« Daraufhin stierte er auf den Tisch. »Gerade deshalb hätte ich mich nie auf die Hochzeit einlassen sollen. Ich wusste von ihren Gefühlen und war davon überzeugt, irgendwann würde ich mich ebenfalls in sie verlieben. Aber im Grunde war das nur eine Ausrede, mit der ich versucht habe, mich selbst davon zu überzeugen, dass ich … dass ich eben auf Frauen stehe. Sie hat das nicht verdient. Anstatt mit mir ihre Zeit zu verschwenden, hätte sie längst jemanden finden können, der sie glücklich macht.«

»Das kannst du nicht wissen. Vielleicht wäre sie auch an jemanden geraten, der sie mies behandelt hätte. Außerdem hatte sie die Wahl. Es ist ja nicht so, als hättest du ihr eine Pistole auf die Brust gesetzt. Sie war diejenige, die den Antrag gemacht hat, oder?«

»Schon, aber es war trotzdem nicht richtig von mir.« James nahm einen Schluck von seinem Bier und lehnte sich zurück. »Vielleicht sollte ich mich doch von ihren Brüdern verprügeln lassen. Verdient hätte ich es.«

Noah seufzte. »Meiner Meinung nach hätten eher deine Eltern die Prügel verdient. Sie und diese anderen konservativen Idioten, die meinen, sie könnten anderen vorschreiben, wie sie zu sein haben. Ich hoffe für sie, dass wir uns niemals begegnen.«

Auf einmal stieß James ein kurzes Lachen aus. »Du willst tatsächlich meine Eltern verprügeln?«

»Klar. Ich bin klein, aber schnell und stärker, als ich aussehe. Ein paar saftige Ohrfeigen und wer weiß, vielleicht kommen sie zur Vernunft.«

»Darauf würde ich nicht wetten, aber trotzdem danke für das Angebot«, meinte James grinsend und schien nun wieder um einiges fröhlicher zu sein als zuvor.

Sie führten ihre Unterhaltung fort, aber Noah stellte dabei schnell fest, dass ihm der Alkohol zu Kopf stieg. So brauchte er ungefähr zwei Stunden später frische Luft und wurde von James nach draußen geführt. Trotz des Schwindelgefühls bemerkte er, wie sanft James' Griff um seine Hüfte war. Er hielt ihn zwar aufrecht, schien aber sehr darauf zu achten, ihm nicht dabei wehzutun.

»Du bist ein viel zu guter Mensch, weißt du das?«, fragte ihn Noah mit einem Lallen in der Stimme und sog die frische Nachtluft ein. Sie half wenigstens etwas, seine Gedanken zu klären.

»Und du bist betrunken«, erwiderte James grinsend.

»Das macht es nicht weniger wahr.«

Sie bogen in die verlassene Seitenstraße ab, in der sie ihren Bus geparkt hatten. Da er sich nun um einiges besser fühlte, griff Noah nach James' Jacke und drückte ihn gegen die Häuserwand, bevor sie den Wagen erreichen konnten.

»Was wird das?«, fragte James ihn mit rauer Stimme, in der auch eine Spur von Neugier lag, sah sich jedoch kurz darauf nervös um.

»Ich denke, du kennst die Antwort auf diese Frage.« Noah stellte sich auf die Zehenspitzen, kam James' Lippen näher.

»Du bist betrunken«, wiederholte James, sah sich daraufhin noch einmal um, drückte ihn sanft von sich. »Außerdem könnte uns jederzeit jemand sehen.«

»Erstens bin ich nur etwas angesäuselt – es ist nicht so, als wüsste ich nicht, was ich tue – und zweitens ...« Er griff in James' Haar, streichelte dabei seinen Nacken und sah mit einem Lächeln, wie sein Gegenüber die zärtliche Berührung genoss. »Wir tun hier nichts Verbotenes, vergessen? Ich will nur einen Kuss.«

»Nur einen?«, fragte James, schlang dabei einen Arm um Noahs Hüften, zog ihn näher.

Noah zuckte mit den Achseln. »Oder zwei, oder drei ... wer zählt schon mit?«

Ganz sicher nicht James, denn der neigte nun den Kopf und beanspruchte Noahs Lippen für sich. Als er auch noch die Zunge in seinen Mund drückte, eine Hand zu seinem Hintern runterrutschen ließ und ihn an sich presste, stöhnte Noah genüsslich, versenkte die Finger in seinem Haar und atmete schwer.

Eine ferne Stimme in seinem Kopf sagte ihm, dass er es schon wieder übertrieb und einen Gang runterfahren musste, doch James drehte sich auf einmal mit ihm in seinen Armen um, drückte ihn stattdessen gegen die Wand. Als Noah auch noch seine beginnende Härte an seinem Bauch spürte, war es um ihn geschehen. Er ließ sich gehen, genoss es so sehr, James' Hände auf seinem Körper zu spüren, dass er sogar vergaß, wo sie waren.

Erst ein fernes Lachen und James' plötzliches Zurückweichen brachten ihn wieder in die Realität zurück. James hatte einen ganzen Satz nach hinten gemacht, bemühte sich nun krampfhaft darum, seine Haare zu glätten, als ein Pärchen lachend um die Ecke kam und sie erstaunt ansah.

Noah konnte nicht sagen, ob es ihre erhitzten Wangen, die zerknitterte Kleidung oder die geröteten Lippen waren, die sie verrieten, doch das Paar hastete an ihnen vorbei und kicherte, sobald es weiter weggegangen war.

Daraufhin sah Noah vorsichtig zu James, aber dieser hatte sich von ihm fortgedreht, die Hände auf den Hüften platziert und den Rücken leicht gebeugt, als wäre ihm schlecht. Diese Art von Reaktion kannte er bereits zu Genüge. Er hatte sie unzählige Male bei seinen Schützlingen gesehen. Die Scham verließ James geradezu in Wellen.

Zögernd machte Noah einen Schritt auf ihn zu. »Bist du in Ordnung? Es ... es ist nicht schlimm, was wir getan haben. Das war nur-«

»Nicht«, gab James mit angespannter Stimme zurück, ohne ihn anzusehen.

»Aber ich-«

»Ich sagte, ich will das nicht hören!«, rief James ein wenig zu laut, drehte sich dabei um und die Wut in seinem Blick ließ Noahs Atem stocken. Nicht, weil sie so gewaltig war, sondern weil er genau sehen konnte, James richtete sie nicht gegen ihn, sondern gegen sich selbst.

Reflexartig wollte er ihn berühren, entweder seine Hand nehmen oder ihn sogar umarmen, doch die Anspannung, die noch in jedem seiner Muskeln zu liegen schien, hielt Noah davon ab. Stattdessen machte er nur einen entschlossenen Schritt auf ihn zu und wies zum Bus, der nur wenige Meter von ihnen entfernt stand. »Setzen wir uns hinein. Es wird dir bestimmt besser gehen, wenn wir von der Straße runterkommen. Außerdem kann ich wirklich ein Glas Wasser gebrauchen. Du wahrscheinlich auch. Wir haben beide zu viel getrunken.«

James nickte zögernd und folgte ihm zum Bus.

## Kapitel 9

James hielt sein Glas Wasser fest umklammert, während er Noah gegenübersaß. Er hatte absolut recht. Sie hatten nichts Falsches getan. Es gab Millionen von Menschen, die sich auf der Straße küssten. Wenn ihre Hände auch ein wenig gewandert waren, es war nichts passiert, weswegen er ein schlechtes Gewissen haben musste. Warum also fühlte er sich so mies? Wieso konnte er Noah, der ihn mit einem besorgten Blick betrachtete, nicht einmal ansehen?

»Es tut mir leid«, sagte er schließlich. »Ich hätte dich nicht anschreien dürfen.«

Noah schüttelte den Kopf. »Ich hätte es besser wissen müssen. Du warst ganz klar noch nicht dazu bereit und doch habe ich dich dazu verführt, mitten auf der Straße ...« Er lehnte sich zurück, stieß ein Seufzen aus. »Ich könnte es jetzt auf den Alkohol schieben, aber nein. Ich habe es getan, weil ich es wollte. Weil ich *dich* wollte. Einen anderen Grund gibt es nicht.«

Und das war etwas, das James nach wie vor nicht verstand. Noah war ein junger, gut aussehender Mann, der mit seinem Charme sicher jeden haben könnte, den er wollte. Warum also er?

Beinahe hätte er ihm erneut diese Frage gestellt, doch da er Noahs letzte Antwort noch gut im Gedächtnis hatte, schloss er stattdessen wieder den Mund und trank endlich von seinem Glas. Erst als das lauwarme Wasser seine Kehle hinunterlief, wurde ihm bewusst, wie durstig er gewesen war. Er leerte es mit großen Schlucken und goss sich erneut ein.

»Du ... bist wirklich in Ordnung, oder?«, fragte ihn Noah und lehnte sich nun ein wenig vor.

Da er so besorgt wirkte, stellte James das Glas, das er zuvor zu seinen Lippen bewegt hatte, auf den Tisch und sah ihn an. »Ich hasse es«, flüsterte er. »Ich hasse diese ständigen Schuldgefühle. Ich hasse es, dass ich immer noch nicht so frei sein kann, wie ich will und ... und ich hasse vor allem diese Wut.« Er faltete die Hände, stützte seine Arme auf den Oberschenkeln ab, kam Noah auf diese Weise näher. »Ich mag es aber, dich zu küssen. Das und mehr. Sehr sogar«, flüsterte er Noah zu, sah ihm dabei tief in die Augen. »Davon bereue ich keine Sekunde.«

»Dann ist es in Ordnung, wenn ich das hier jetzt tue?« Noah fasste zu ihm hinüber und nahm seine Hand.

Die unschuldige Geste brachte James zum Schmunzeln. Er streichelte mit dem Daumen über Noahs Finger. »Natürlich.«

»Gut, denn mehr werde ich nicht tun. Nicht, bis du mich dazu aufforderst«, erwiderte Noah mit einem Grinsen. »Ich glaube, es muss das nächste Mal von dir ausgehen. Erst, wenn du das kannst, hast du diese Mauer überwunden.«

»Das könnte Monate dauern«, meinte James mit einem Seufzen. »Hältst du es so lange mit mir aus?«

»Wenn ich bis dahin wegen sexueller Frustration nicht draufgegangen bin, klar. Ich glaube aber nicht, dass es so lange dauert.« Noah drückte James' Hand feste, grinste ihn an. »Du siehst die Fortschritte, die du bisher gemacht hast, nur nicht selbst. Als du mich vorhin gegen die Wand gedrückt hast, hast du Initiative gezeigt. Da hat dich deine strenge Erziehung nicht davon abgehalten, deinen Gefühlen zu folgen, und ich denke, in Zukunft wird das noch häufiger passieren. Du musst nur etwas kleinere Schritte machen.« Er ließ auf einmal James' Hand los und hielt seine beiden eigenen hoch. »Und deshalb fasse ich dich nicht mehr an. Nicht, ohne darum gebeten zu werden. So hart es auch ist, ich behalte meine Finger bei mir.«

»Und wenn ich dir sage, du sollst das nicht mehr tun, dann ...«, fragte James ihn zaghaft.

»Dann tue ich alles, was du willst. Und ich meine *alles.*« Noah schenkte ihm ein schmutziges Grinsen, das augenblicklich James' Fantasie anfachte. »Du musst nur den ersten Schritt machen.«

Tatsächlich wollte ein Teil von ihm sofort darauf eingehen. Wahrscheinlich war es der rebellische, der damals die Led Zeppelin Sachen vor seinen Eltern versteckt hatte. Doch der Rest von ihm war leider sehr viel mächtiger. Im Moment zumindest noch. So schüttelte James rasch den Kopf. »Machen wir uns zum Schlafen fertig. Ich denke, wir können beide die Ruhe gebrauchen.«

Noah sah ihn etwas länger an, nickte dann. In dieser Nacht ließen sie noch mehr Abstand zwischen sich als sonst, aber James schielte immer wieder zu Noahs schlankerer Statur herüber, rutschte näher an ihn heran. Die Art, wie er atmete, verriet ihm, er war noch nicht eingeschlafen. »Es tut mir leid. Bei dieser Reise sollte es um dich gehen. Stattdessen musst du dich um einen alten Mann kümmern, der nicht über die Vergangenheit hinwegkommt.«

Noah stieß ein leises Seufzen aus, drehte sich um und mit einem Mal war seine Nase nur noch Millimeter von James' entfernt. Er wich jedoch nicht zurück, sondern lächelte. »Ich will dir nicht wieder und wieder sagen müssen, dass es mir nichts ausmacht. Im Gegenteil. Als ich alleine war, habe ich zu viel nachgedacht.« Er senkte den Blick ebenso wie seine Stimme, mit der er im Anschluss weitersprach. »Das Gleiche ist mir sofort passiert, als ich mich verlaufen hatte. Deshalb auch die Abenteuer mit Kerlen wie dem Türsteher in Chicago. Alleine muss ich ständig darüber nachdenken, dass ich vielleicht ...« Er stoppte abrupt, erinnerte James auf diese

Weise daran, wie er selbst seine Sätze abbrach, sobald er über für ihn unangenehme Themen zu sprechen versuchte. Lächelnd fuhr Noah daraufhin fort. »Ich bin schließlich auch mit einigem am Kämpfen. Es hat schon seinen Grund, warum ich es zu Hause nicht mehr ausgehalten habe und aufgebrochen bin.«

»Möchtest du darüber reden? Ich kann auch mal derjenige sein, der zuhört.«

»Irgendwann bestimmt, aber jetzt noch nicht.« Ein Schmunzeln legte sich auf Noahs Gesicht. »Wie wäre es mit einem Deal? Sobald wir am Grand Canyon sind, erzähle ich dir alles.«

»Das wäre in etwa drei Tagen«, erwiderte James, nachdem er kurz seinen Reiseplan im Kopf durchgegangen war.

»Wenn ich dir keine weiteren Abstecher aufzwinge, ja.«

»Du bist dann sicher dazu bereit?«

Noah streckte die Hand nach James aus, fuhr ihm so sanft durchs Haar, dass die Geste kaum als eine Berührung zählte. »Ich wäre sogar jetzt schon dazu bereit, mich voll und ganz vor dir zu entblößen«, flüsterte er.

Augenblicklich legte sich ein starkes Kribbeln in James' Magen. »Sinnbildlich, oder?«

»Wer weiß?« Kein Lächeln lag auf Noahs Lippen. Stattdessen betrachtete er James mit einem Blick, der ihm den Atem raubte.

Der rebellische Teil von James, der ihn nun mehr denn je an sich ziehen wollte, hätte beinahe den Kampf gewonnen, aber auf einmal drehte sich Noah ruckartig um.

»Schlaf jetzt. Wir wollen morgen nicht zu spät losfahren, oder?«

Da hatte er recht, doch trotz allem konnte James für lange Zeit nicht einschlafen. Zum einen wegen seiner Gedanken und zum anderen wegen seines rasenden Herzens.

## Kapitel 10

Am nächsten Morgen gähnte James unentwegt. Noah betrachtete ihn dabei mit einem Schmunzeln. Zwar hätte er sich am liebsten ein paar deftige Ohrfeigen für das Flirten vor dem Schlafengehen verpasst, doch es war auch ein niedlicher Anblick zu sehen, dass der ewig korrekte und routinierte James wie ein Zombie herumirrte.

In Memphis gab es keines ihrer Fitnessstudios und so mussten sie stattdessen mit ihrer Dusche bis zu ihrer Ankunft in Hot Springs warten. Sie frühstückten allerdings in einem nahegelegenen Café und machten sich wie am vorherigen Tag auf der Herrentoilette frisch. Nach zwei Tassen Kaffee wirkte James etwas munterer, doch er hatte offenbar vergessen, seine Haare zu richten, denn diese standen nach wie vor zu beiden Seiten ab.

Grinsend streckte Noah die Hand zu ihm aus, um sie zumindest ein wenig zu glätten, doch mit einem Mal wich James vor ihm zurück, sah sich panisch um. Mit einem leichten Stich in seinem Herzen ließ Noah von ihm ab. »Tut mir leid. Ich wollte nur ein paar deiner Strähnen richten. Du hast immer noch das Betthaar von heute Morgen.«

»Oh«, erwiderte James etwas kleinlaut, fuhr sich daraufhin durch die rebellischen Haare und nach einigen Versuchen gelang es ihm, sie einigermaßen in Form zu bringen. »Du hättest dich nicht entschuldigen müssen. Ich habe überreagiert.«

»Nein, es war mein Fehler. Ich hätte nicht … ich müsste es besser wissen.«

Stille.

Und zwar keine dieser angenehmen, bei denen man in Ruhe sein Frühstück genießen und jeder seinen eigenen Gedanken nachhängen konnte. Stattdessen war es eine Grabesstille, bei der sich jeder fragte, was zum Teufel man als Nächstes sagen konnte, um die Situation weniger unangenehm zu machen.

Noah verzog das Gesicht. Je länger sich die Stille hinzog, desto schlimmer wurde es. Schließlich sah er entschlossen auf und sagte: »Also ... Hot Springs. Arkansas. Wie lautet der Plan?«

James, der soeben einen Schluck von seinem Kaffee genommen hatte, betrachtete ihn überrascht. »Es ... gibt dort tatsächlich einiges zu tun. Einen Streichelzoo mit Alligatoren zum Beispiel und-«

»Ich kann *Alligatoren* streicheln?«, rief Noah auf einmal, richtete sich dabei ein wenig auf und plötzlich besaß er die gesamte Aufmerksamkeit des Cafés. Während sich seine Wangen erwärmten, räusperte er sich leicht und setzte sich rasch wieder.

»Nicht ... nicht direkt«, erwiderte James, der durch das Lachen, das er sichtlich unterdrückte, kaum ein Wort herausbrachte. »Es ... es ist ein Streichelzoo, in dem es eben auch eine Alligator-Farm gibt. Ich glaube nicht, dass man die Reptilien anfassen kann ... nun, vielleicht die Kleinen.«

»Es ist trotzdem verdammt cool!« Noah strahlte ihn an. »Nach deinem Heavy Metal Geständnis gestern hätte ich wahrscheinlich erwarten sollen, dass du auf so etwas stehst.«

James grinste. »Ja, ich wollte schon immer eine Schlange haben. Aber da ich ja nicht einmal einen Hund haben durfte, ging meine Chance da gegen null.«

»Maya stand da auch nicht drauf, hm?«

»Tatsächlich hat sie nichts gegen Schlangen, aber sie hätte es nicht übers Herz gebracht, dabei zuzusehen, wie kleine Mäuse verschlungen werden.«

»Uff, ja ... kein schöner Gedanke. Selbst dann nicht, wenn sie schon tot sind.« Dennoch sah Noah James kurz darauf wieder mit einem Grinsen an. »Aber du hast gesagt, es gibt noch mehr. Jetzt bin ich gespannt, mit was du eine Alligator-Farm toppen willst.«

»Ob es den Zoo toppt, kann ich nicht sagen, aber ich dachte mir, wir besuchen danach das Gangster Museum of America.« Da Noah daraufhin nichts sagte, sondern James nur mit leicht geöffnetem Mund anstarrte, schien dieser nervös zu werden, denn er meinte kurz darauf: »Wir können natürlich auch etwas anderes machen. Ich dachte nur, es wäre vielleicht interessant und-«

»Nein, nein. Es hört sich toll an, nur ... mir wird so langsam bewusst, wie falsch ich dich eingeschätzt habe.« Nun wieder mit einem Grinsen auf dem Gesicht lehnte sich Noah zurück. »Das wird super. Ich wette, sie haben eine riesige Ausstellung über Al Capone.«

»Ich glaube, das Museum ist nicht ganz so groß, wie du denkst und es erzählt vor allem Stadtgeschichte in Verbindung mit den größten Verbrechern der USA.«

»Na und? Ich freue mich trotzdem darauf«, erwiderte Noah und trank den Rest von seinem Tee. Vor allem war er froh, dass sie diese unerträgliche Stille überstanden hatten. Wenn er nur daran dachte, sie hätte die ganze Fahrt über anhalten können ... da streichelte er doch lieber einen ausgewachsenen Alligator!

Sobald sie mit ihrem Frühstück fertig waren, brachen sie endlich auf. Zunächst ging es auf der Interstate 40 in Richtung Westen weiter, anschließend würden sie auf den Highway wechseln. Eigentlich sollte die Fahrt ungefähr drei Stunden dauern, doch wegen einer Baustelle verzögerte sich ihre Ankunft in Hot Springs um etwa 30 Minuten.

Als sie endlich die Stadtgrenze überquerten, waren sie beide vollkommen verschwitzt. James steuerte daher direkt das Fitnessstudio an, in dem sie zunächst kalt duschen wollten. Er musste noch müder sein, als Noah geglaubt hatte, denn dieses Mal zog er sich ohne das geringste Zögern vor ihm aus und tapste mit einem Handtuch in der Hand zu den Duschen.

Mit wild klopfendem Herzen sah Noah ihm nach. Was sollte er nun tun? Immerhin war es ihm bis jetzt gelungen, den Blick starr auf seinen Spind gerichtet zu lassen, doch sicher würde diese Zurückhaltung nicht anhalten, wenn er James folgte.

Sollte er stattdessen auf ihn warten? Oder die Gelegenheit vielleicht sogar nutzen und endlich einen genaueren Blick auf diesen Traumkörper werfen?

Noah biss sich auf die Unterlippe. James' Schwanz hatte er nicht nur gesehen, er hatte ihn sogar bereits in der Hand gehabt. Was war also schon dabei? Es könnte sein, dass dies bloß eine weitere Mauer war, die James hinter sich gelassen hatte. Würde Noah ihm dann nicht eher schaden, wenn er seinen Mut nicht ehrte?

Es war, als würde ihm ein kleiner Teufel auf der Schulter sitzen ... und zwar ohne einen entsprechenden Gegenpart, denn von einem Engel fehlte jede Spur. Womöglich hatte Noah noch nie einen gehabt.

So drehte er sich entschlossen um und bewegte sich splitterfasernackt auf die Duschen zu, als James auf einmal triefend nass und nur mit einem Handtuch um die Hüften herauskam.

Noah erstarrte. Dieser Anblick ... James hatte eine Hand in seinem feuchten Haar, strich es nach hinten. Wassertropfen fielen dabei auf seine nackte Brust, perlten hinab. Er war keinesfalls so durchtrainiert wie die Models, die Noah für gewöhnlich anschmachtete, aber er besaß ein deutliches Sixpack, klar definierte Muskeln besonders an den Armen und wirkte dabei eben ... *echt.*

Echt und nah genug zum Anfassen, denn erst, als James genau vor Noah stand, schien ihm bewusst zu werden, was er tat. Er starrte in Noahs Augen.

Gleich darauf wanderte sein Blick nach unten und mit einem plötzlichen Ruck drehte er sich um. Dabei rutschte sein Handtuch ein wenig ab, was Noah einen zumindest flüchtigen Blick auf seinen wohlgeformten Hintern gewährte. »Tut mir leid. Ich wollte nicht ... ich habe nicht nachgedacht.«

»Oh, von mir wirst du keine Beschwerden hören«, antwortete Noah grinsend und betrachtete währenddessen eingehend James' ebenfalls recht trainierten Rücken. »Wenn du willst, kannst du noch einen Blick riskieren. Ich habe wahrscheinlich viel mehr gesehen als du. Es wäre nur fair und solange wir alleine sind ...«

»Das wäre nicht gut.«

»James, wirklich, es-«

»Noah, nicht.«

Da dieses Mal etwas endgültiges in James' Stimme lag und sich schon wieder diese unangenehme Stille ausbreitete, schloss Noah den Mund und ging rasch an ihm vorbei. Dabei ließ er es sich jedoch nicht nehmen, sich kurz vor dem Duschbereich noch einmal zu James umzudrehen.

Erst, als er sah, dass James' Augen mit einem dunklen Blick zu wandern begannen, verließ er den Umkleidebereich mit den Worten: »Fair ist fair« und besaß während seiner Dusche durchgehend ein Grinsen auf dem Gesicht.

Ganz schien er der Stille jedoch nicht zu entkommen, denn James war im Anschluss daran offenbar fest entschlossen, nicht mehr mit Noah zu reden, bis sie den Zoo erreichten. Erst als sie den Parkplatz verließen und vor dem Eingang standen, wandte er sich ihm wieder zu. »Es müsste gleich Fütterungszeit sein. Wenn wir Glück haben, sehen wir noch etwas davon.«

Und das hatten sie, denn gerade als sie vor dem Gehege standen, warf einer der Tierpfleger den Alligatoren Fleischstücke zu. »Ohne Schutzkleidung?«, fragte Noah James mit großen Augen, als die Alligatoren gierig nach dem Futter schnappten. »Wahnsinn.«

»Er wird wissen, was er tut.« James grinste. »Obwohl ich wenigstens Handschuhe tragen würde. Da geht bestimmt schon mal ein Finger bei verloren.«

So aufregend die Fütterung auch gewesen war, letztendlich machte Noah der Streichelzoo sogar noch mehr Spaß, denn eine der kleinen Ziegen, die auf einem Felsen stand, begann auf einmal, James' Cargoshorts anzufressen.

Während Noah unter Lachkrämpfen litt, bemühte sich James verzweifelt, der Ziege seine Hose aus dem Maul zu ziehen, ohne dabei den Hintern vor den zahlreichen Zoobesuchern zu entblößen.

Als auch noch eine Grundschulklasse das Gehege betrat, erbarmte sich Noah seiner jedoch und lenkte die Ziege mit Futter ab. Dennoch ließ er es sich nicht nehmen, James im Anschluss mit der Sache aufzuziehen. »Ich meine, die Ziege war nicht einmal ausgewachsen!«

James hatte die Unterlippe leicht vorgeschoben und die Hände in die Taschen seiner Shorts gesteckt. Seine Hose hatte den Vorfall einigermaßen unbeschadet überstanden. Lediglich ein paar winzige Löcher waren in dem Material zu erkennen. »Einer ihrer Zähne muss sich in dem Stoff verfangen haben. Ich wollte ihr doch nicht wehtun.«

Obwohl Noah es verdammt süß fand, dass James trotz seiner Panik an das Wohl der Ziege gedacht hatte, behielt er ein Grinsen auf dem Gesicht, während sie das Gelände durchquerten.

Da durch ihre Verspätung bereits der Mittag angebrochen war, aßen sie in dem Zoo noch eine Kleinigkeit. Leider durften an diesem Tag nur die Kinder die kleinen Alligatoren berühren. Daher machten sie sich nach dem Essen direkt auf den Weg zum Gangster-Museum.

»Es ist schon unfair«, murrte Noah. »Ich meine, ich befinde mich definitiv auf dem mentalen Stand eines achtjährigen. Was haben sie mir also voraus? Ich hätte mich sogar kleingemacht.«

»Was das angeht, hättest du dich nicht einmal besonders anstrengen müssen«, entgegnete James mit einem nach unten gerichteten Grinsen, woraufhin Noah ihm einen spielerischen Schubs verpasste, der dem größeren Mann jedoch nichts auszumachen schien.

Das war definitiv die Rache für den Ziegenvorfall gewesen. Dennoch legte sich kurz darauf wieder ein Schmunzeln auf Noahs Gesicht. Es war ... nett, so mit James zu reden. Fast erinnerte ihn diese ausgelassene Atmosphäre an seine eine Beziehung, die nicht katastrophal geendet hatte.

Dieser Gedanke sorgte jedoch für ein unangenehmes Drehen seines Magens und so verwarf er ihn sofort wieder. James war definitiv nicht bereit für eine feste Bindung und Noah wusste nicht, ob er selbst es überhaupt war. Dafür schleppten sie beide zu viel Ballast mit sich herum.

Nein, eine Freundschaft mit gelegentlichen Vorzügen wäre für sie die bessere Wahl. Vor allem, wenn man bedachte, dass sie in verschiedenen Teilen des Landes lebten. Noah hatte zumindest vor, am Ende seiner Reise nach Texas zurückzukehren.

Sobald sich dieser Gedanke in seinem Kopf geformt hatte, blieb er ruckartig stehen, starrte James an. »Was wirst du später eigentlich tun?«, fragte er ihn, bevor sein Verstand einsetzte und ihm sagte, dass genau diese Frage eine dämliche Idee war.

James runzelte die Stirn. »Wie meinst du das?«

Verzweifelt suchte Noah nach den richtigen Worten oder zumindest eine Möglichkeit, die Frage in eine andere Richtung zu lenken. Ihm fiel jedoch nichts ein und so entschied er sich stattdessen für Ehrlichkeit. »Du ... hast deine Frau verlassen und nicht einmal mehr eine Wohnung. Wenn deine Eltern dich tatsächlich nicht akzeptieren sollten, was würdest du tun? Trotzdem zurück nach Cleveland gehen?« Jedes Wort, das Noah in diesem Moment aussprach, hasste er zutiefst, denn er sah augenblicklich wieder diese Sorgen auf James' Gesicht.

Dennoch war es etwas, das er wissen musste. Hatte James einen Plan? Oder ignorierte dieser sonst jedwede Kleinigkeit durchdenkende Mensch eine mögliche Zukunft, in der er ohne seine Familie dastehen würde?

Er starrte Noah an, drehte sich von ihm fort. Ein paar andere Fußgänger überholten sie, warfen ihnen neugierige Blicke zu, bevor sie ihren Weg fortsetzten. James sprach erst, als sie außer Hörweite waren. »Ich ... habe natürlich darüber nachgedacht. Ich weiß ja, wie meine Chancen stehen. Nicht besonders gut.« Als er sich wieder zu Noah zurückdrehte, lag ein trauriges Lächeln auf seinen Lippen. »Was meinst du, warum ich mir noch keine neue Wohnung gesucht habe? Wenn wirklich das passiert, was ich denke, dann hält mich nichts mehr in Cleveland. Ich würde irgendwo neu anfangen. Ohne diesen ganzen Mist.«

In diesem Moment machte Noahs Herz einen hoffnungsvollen Hüpfer und dafür hasste er sich ganz besonders. Bedeutete das nicht, er *hoffte* sogar, James' Eltern wiesen ihn ab? Rasch schüttelte er den Kopf, machte einen Schritt auf James zu. Dem Verlangen, ihn zu berühren, widerstand er dieses Mal, doch er schenkte ihm ein aufmunterndes Lächeln. »Ich hoffe sehr, sie haben ein Einsehen. Wahrscheinlich wird es nicht sofort passieren, aber ... bestimmt irgendwann.« Kurz darauf runzelte er die Stirn. »Aber wenn dich dort nichts mehr hält, dann auch dein Job nicht? Du kommst mir wie ein erfolgreicher Mann vor.«

Augenblicklich stieß James ein Lachen aus. »Ich bin nur ein einfacher Datenanalyst. Meine Firma verspricht mir schon seit Jahren eine Beförderung, redet sich aber immer damit heraus, ich wäre nicht flexibel genug für einen höheren Posten.« Er schüttelte den Kopf. »Ich finde woanders einen Job. Vielleicht mache ich sogar etwas ganz anderes.«

»Wie ... ein eigenes Fitnessstudio zu eröffnen?«

James grinste. »In deinen Augen bin ich wirklich nur ein Fitnessfanatiker mit ungewöhnlichem Musikgeschmack und starren Reiseplänen, oder?«

»Nun, ich weiß auch, dass du sehr gut im Pokern bist, Schlangen und Hunde magst, gut küssen kannst und einen außergewöhnlich großen-«

»Noah ...«, meinte James drohend.

»... Oldtimer besitzt.« Noah grinste. »Dachtest du, ich würde etwas anderes sagen? Nun, eine Lüge wäre es nicht.« Zwar stöhnte James in diesem Moment auf, doch Noah redete weiter. »Im Grunde weiß ich damit bereits mehr über dich als über meinen besten Freund, was mir sagt, dass ich mit ihm in Zukunft auf jeden Fall über mehr als nur seinen zweifelhaften Männergeschmack reden muss.«

»Ach ja? Wer ist denn dein bester Freund?«, fragte ihn James interessiert.

»Gregory van Doorn, Mutter Niederländer, Vater Amerikaner. Ein absoluter Powerbottom, der dich mit Haut und Haaren verschlingen würde.« Noah betrachtete ihn ernst. »Falls du ihm jemals begegnen solltest, versteck dich hinter mir. Ich versuche dann, dich zu beschützen. Versprechen kann ich aber nichts. Er reagiert auf ältere heiße Männer wie ein Hund, der einen Knochen sieht.«

»Klingt ja wie ein echter Charakter ...«

»Du hast ja keine Ahnung. Wenn ich demnächst graue Haare bekommen sollte, gebe ich ihm die Schuld.«

Sie gingen weiter und Noah versuchte dabei, diese überraschend aufkeimende Hoffnung zu vergessen. Er wusste nicht einmal, wo das plötzlich herkam. Er *wollte* keine Beziehung. Nicht, wenn seine Zukunft so ungewiss war. Wie könnte er das jemandem wie James, der gerade erst anfing, sein Leben in Freiheit zu genießen, antun? Nein, eine solche Möglichkeit wollte er nicht einmal in Betracht ziehen.

Daraufhin lief er ein wenig hinter James, starrte immerzu dessen Rücken an und, obwohl er sich anstrengte, konnte er dieses neue Verlangen nicht ablegen.

## Kapitel 11

Noah war mit einem Mal sehr still geworden. James dachte zunächst, es läge an dem Museum, denn dieses war keinesfalls so aufregend, wie er es sich vorgestellt hatte. Nach einer Weile und einigen merkwürdigen Blicken, die Noah ihm zugeworfen hatte, war er sich jedoch so gut wie sicher, etwas anderes war das Problem.

Nachdem sie ihre Tour beendet hatten, blieben sie draußen vor dem Museum stehen und Noah suchte für sie einen Ort, an dem sie sich ausruhen konnten. »Ich denke, ich habe etwas«, meinte er nach weniger als einer Minute mit einem Lächeln zu James. »Da gibt es ein Waffle House hier ganz in der Nähe. Die haben auch Eis. Ich weiß ja nicht, wie es dir geht, aber ich könnte eines vertragen. Es ist heute verdammt heiß.«

James betrachtete ihn genau. Es lag wieder ein Lächeln auf seinem Gesicht, doch er hatte den Verdacht, Noah verbarg seine wahren Gefühle vor ihm. »Gute Idee«, meinte James, steckte die Hände in die Hosentaschen und sah zum Museum zurück. »Wie fandest du es eigentlich? Du schienst mir etwas abgelenkt zu sein.«

»Ach ja?« Ein überraschter Ausdruck legte sich auf Noahs Gesicht, bevor er schnell den Blick abwandte. »Ich bin nur müde. Das ständige Feiern macht sich bemerkbar. Dazu noch die Hitze und die lange Zeit im Auto jedes Mal. Ich brauche eine Pause.« Kurz darauf lächelte er James wieder an. »Aber das Museum war toll. Besonders diese ganzen alten Gegenstände. Du hast es wahrscheinlich schon bemerkt, weil ich deinen Bus so toll finde, aber ich stehe auf Vintage. Alte

Dinge haben ... Charakter. Eine Geschichte eben. Und natürlich sind Gangster generell cool. Besonders die vom alten Schlag.«

James öffnete den Mund, um etwas zu erwidern, doch bevor er das konnte, wurde er von einem lauten Schnauben unterbrochen. »Cool? Ist das dein Ernst?«

Ein älterer Mann in einer Polizeiuniform, der ein paar Schritte weiter gestanden hatte, ging auf sie zu. Das Abzeichen auf seinem Arm verriet James, dass es sich bei dem Fremden ausgerechnet um den Sheriff des Countys handelte. Sein Schnurrbart zuckte verärgert, während er sprach. »Hast du überhaupt eine Ahnung, wie viele Menschen die Verbrecher, denen in diesem Gebäude gehuldigt wird, umgebracht haben? Unzählige Männer, Frauen und sogar Kinder sind ihnen zum Opfer gefallen.« Erzürnt starrte der Sheriff das Schild des Museums an. »Dieser Ort ist mir schon lange ein Dorn im Auge. Er lehrt der Jugend genau die falschen Dinge. Man sollte ihn abreißen und etwas Vernünftiges daraus machen.«

James und Noah warfen sich verwirrte Blicke zu. Der Mann redete sich geradezu in Rage. »Er hat das nicht so gemeint«, begann James in einem Versuch, ihn zu beschwichtigen. »Es ist nicht so, als würde Noah Verbrecher toll finden. Vielmehr geht es ihm um die Geschichte.«

»Schwachsinn! Denkt ihr, ich würde nicht sehen, was mit der Jugend passiert? Diese ganzen ach so coolen Filme über Gesetzesbrecher, dazu die unzähligen Ballerspiele und von der Musik will ich erst gar nicht anfangen. Rapper, die damit prahlen, ein Gesetz nach dem anderen zu brechen. Es ist kein Wunder, dass die jüngeren Generationen so verdorben sind.«

James öffnete erneut den Mund, doch Noah legte eine Hand auf seinen Arm und trat vor. »Oh, bemüh dich erst gar nicht. Ihm geht es nicht wirklich um meinen Kommentar von eben. Er hat uns schon beobachtet, bevor ich überhaupt den

Mund geöffnet habe. Ich kenne Menschen wie ihn. Er versucht nur, seine Machtposition auszunutzen, und will uns provozieren. Das habe ich unzählige Male mit meinen Schützlingen erlebt. Es gibt dutzende Polizisten wie ihn.«

Ein tiefes Rot färbte nun das Gesicht des Mannes. Er knirschte mit den Zähnen, ballte die Hände zu Fäusten. »Was soll das bitte heißen, Junge? Allmählich finde ich dich wirklich verdächtig. Könnt ihr euch ausweisen? Ihr seid nicht von hier, oder?«

»Siehst du?«, meinte Noah mit einem Augenrollen zu James. »Er weiß genau, dass er kein Recht dazu hat, uns danach zu fragen, wenn kein Verbrechen oder auch nur ein begründeter Verdacht gegen uns vorliegt.«

»Oh, ich habe einen begründeten Verdacht. Niemand ist der Polizei grundlos so feindselig gegenüber. Wenn ihr keinen Ärger bekommen wollt, dann-«

Anstatt weiter mit dem Mann zu diskutieren, griff Noah nach James' Arm und zog ihn mit sich. »Das Waffle House liegt in dieser Richtung. Komm!«

Mit großen Augen ließ James sich mitziehen, starrte dabei jedoch immer wieder hinter sich zu dem wütenden Mann, der sie nun zähneknirschend verfolgte.

»War das eine gute Idee? Wäre es nicht einfacher gewesen, ihm unsere IDs zu zeigen?«

»Wie gesagt, ich kenne diese Sorte«, entgegnete Noah mit düsterer Miene. »Er hätte so lange nach einem Grund gesucht, uns etwas anzuhängen, bis einer von uns im Knast gelandet wäre.«

»So weit würde er gehen?«, fragte James. Seine eigenen Erfahrungen mit der Polizei waren bisher ausschließlich positiv gewesen, doch natürlich besaß Noah durch seine Arbeit als Sozialarbeiter einen ganz anderen Blickwinkel.

Noah nickte. »Viele Polizisten vorverurteilen die Jugendlichen, mit denen ich arbeite. Sie denken, nur, weil die Kinder einige Zeit lang auf der Straße gelebt haben, wäre jedes von ihnen ein Verbrecher. Dabei haben viele von ihnen nicht einmal gestohlen. Sie haben sich durchgeschlagen, indem sie gebettelt haben und ...« Traurig richtete er den Blick zu Boden. »Du kannst es dir vorstellen. Einige haben sich mit AIDS angesteckt. Es ist ... furchtbar. Und dann auch noch die Schikane der Polizei. Das haben sie nicht verdient.«

Zunächst sprachlos starrte James Noah an. Er wusste nicht, was er sagen sollte und konnte schließlich nur ein »das tut mir leid« herauspressen. Natürlich hatte er geahnt, dass Noahs Schützlinge kein leichtes Leben auf der Straße gehabt hatten, aber ... die Vorstellung, dass sie perversen Erwachsenen zum Opfer gefallen waren, war schwer zu ertragen.

Noah nickte. »Besonders in dem Distrikt, in dem ich häufig unterwegs gewesen bin, war es schlimm. Es gibt dort einen Beamten, mit dem ich mich ständig anlegen muss. Ein homophober Idiot, der ununterbrochen versucht, mich für irgendetwas dranzukriegen.« Er schüttelte den Kopf. »Aber zum Glück gibt es auch positive Beispiele. Einer seiner Kollegen hat sich ihm immer in den Weg gestellt und den Kids, die ich noch nicht von der Straße bekommen hatte, regelmäßig Essen vorbeigebracht. Das hat mein Vertrauen in die Polizei etwas verbessert, aber es muss auf jeden Fall was passieren. Zu viele nutzen ihre Position aus, um andere zu schikanieren. Einige sehen es sogar als eine Art Sport an. Es ist ... widerlich«

James nickte langsam. Mit dem Sheriff von eben schien Noah ebenfalls recht zu haben, denn er verfolgte sie bis ins Waffle House, wo er sich auf eine Sitzbank ganz in ihrer Nähe setzte. »Wirklich unglaublich ...«, flüsterte James Noah zu, der sich damit abzulenken schien, die Speisekarte zu inspizieren. »Als ob er nichts Besseres zu tun hätte.«

»Und das ist nicht mal der Schlimmste. Der Typ, von dem ich dir vorhin erzählt habe, hat mich einmal sogar festgenommen, obwohl ich ihm nur widersprochen habe. Er hat es 'Widerstand gegen die Staatsgewalt' genannt. Am Ende musste er mich gehen lassen, aber er ist nicht mal dafür bestraft worden.«

Gedankenversunken betrachtete James ihn. Nach wie vor konnte er das alles kaum glauben. War er mit mehr Respekt behandelt worden, weil er zum gehobenen Mittelstand gehörte? Allmählich wurde ihm bewusst, wie viel er noch über die Welt zu lernen hatte. In Cleveland war er in dieser sicheren kleinen Blase aufgewachsen. Wohin war er ansonsten schon gegangen? In den Skiurlaub mit Maya gefahren? Vielleicht mal auf eine all-inklusive Reise, auf der er im Grunde nur im Hotel und am Strand gewesen war? Nie hatte er sich die Zeit genommen, herauszufinden, wie andere Leute lebten. Besonders nicht die weniger begünstigten von ihnen.

»Du bist wahnsinnig stark«, meinte er mit einem Lächeln zu Noah, der ihn daraufhin überrascht ansah. »Es muss schwer sein, sich gegen jemanden zu stellen, der so viel mehr Macht besitzt und dich dazu zwingt, ständig auf der Hut zu sein.«

Mit leicht geweiteten Augen richtete Noah den Blick nach unten. »Das gehört eben zu meinem Beruf. Es ist ein fester Bestandteil meiner Arbeit, meine Schützlinge zu verteidigen. Das würde jeder andere an meiner Stelle auch tun.«

»Und doch gehört einiges an Stärke und Mut dazu. Ich meine, Männer wie er können dir wirklich schaden, oder nicht?«, fragte James mit einem Blick zu dem Sheriff, der der

Kellnerin soeben etwas zuflüsterte. »Ich glaube allmählich, du hast recht. Er will uns tatsächlich etwas anhängen.«

»Wäre nicht das erste Mal. Aber es ist nicht so, als wären wir wehrlos. Ich kenne das amerikanische Gesetz inzwischen genau. Sogar besser als viele Polizisten. Er kann nichts tun, ohne etwas gegen uns in der Hand zu haben. Während wir hier sind, sollten wir aufpassen, nicht einmal ein Kaugummipapier auf die Straße zu werfen, aber im Grunde hat er nichts, was er gegen uns verwenden kann.« Noah betrachtete ihn ernst. »Trotzdem sollten wir vielleicht überlegen, die Nacht nicht hier zu verbringen. Ich würde es ihm durchaus zutrauen, uns etwas unterzuschieben. Drogen, Waffen ... irgendetwas, um uns festzunageln.«

»So weit würde er gehen?«, fragte James ihn erstaunt.

»Und weiter. Wie gesagt, für viele von ihnen ist es ein Sport. Sie geben mit ihren Verhaftungen an und da die meisten von ihnen immer auf der Seite ihrer Kollegen stehen, ist es sehr schwer, die eigene Unschuld zu beweisen. Außerdem ist sein Stolz verletzt, weil er uns nicht einschüchtern konnte.«

James betrachtete ihn besorgt. »Dann hast du recht. Am besten essen wir etwas und danach verlassen wir die Stadt. Vielleicht finden wir auf dem Weg ein Motel. Es wäre schön, mal in einem richtigen Bett zu schlafen. Du hattest ja gesagt, du brauchst Erholung.«

Sobald er ausgesprochen hatte, weiteten sich Noahs Augen ein weiteres Mal. »Schon, aber das ist nicht nötig. Der Bus ist mehr als genug für mich. Bevor ich dich getroffen habe, habe ich sogar unter freiem Himmel auf einer Decke geschlafen, wenn mir das kleine Zelt zu stickig war. Mir macht das nichts aus.«

James schüttelte den Kopf. »Vielleicht, aber du erholst dich immer noch von einer schweren Krankheit. Ich vergesse das ständig. Eine Nacht in einem Motel wird uns beiden gut tun.« Ein Schmunzeln legte sich auf seine Lippen. »Vergiss nicht, ich bin ein alter Mann. Ewig kann ich auch nicht im Bus schlafen. Ein paar Übernachtungen in Motels waren fest eingeplant. Daher übernehme ich auch gerne das Zimmer, wenn es das Budget ist, das dir Sorgen bereitet.«

Eine leichte Röte legte sich nun auf Noahs Wangen. »Ich habe noch genug Geld. Außerdem will ich nicht von dir wie jemand angesehen werden, der krank ist.« Er senkte den Blick. »Davon habe ich zu Hause schon genug.«

Nachdenklich sah James ihn an. Richtig, er hatte ganz vergessen, dass das der eigentliche Grund für Noahs Reise war. Obwohl James inzwischen glaubte, es steckte noch etwas anderes dahinter. »Gut, dann behandele ich dich nicht mehr so. Aber auf die Übernachtung bestehe ich. Keine Diskussionen.«

Noah rollte mit den Augen. »Ja, Daddy.« Sobald er diese Worte ausgesprochen hatte, sah er rasch auf und lachte. »Sorry, ich meinte nicht Daddy im Sinne von ... du weißt schon.«

James runzelte die Stirn. »Im Sinne von ... was? Ich verstehe nicht ganz.«

Vor offensichtlicher Überraschung öffnete Noah den Mund, lachte kurz darauf wieder. »Ich vergesse ständig, wie wenig du weißt. Scheint so, als hätte ich dir einiges zu erklären. Aber am besten nicht hier«, meinte er mit einem Blick zu drei Männern, die an der Theke saßen und laut blöde Witze rissen. »Ein solches Gespräch führt man lieber an einem Ort, an dem man ungestört reden kann.«

James war zwar verwirrter denn je, doch er nickte. Kurz darauf kam die Kellnerin zu ihrem Tisch und sie bestellten sich zwei große Eisbecher sowie einen riesigen Teller mit Waffeln.

Dabei überraschte ihn Noah erneut mit seinem schier endlosen Appetit, denn von den Waffeln verdrückte er mühelos mehr als zwei Drittel. »Ich wachse noch«, meinte er mit einem Lächeln zu James, nachdem er sich den Mund vollgestopft hatte.

»Wohin? In die Breite?«, erwiderte dieser wie aus der Pistole geschossen.

Anstatt jedoch beleidigt zu sein, stieß Noah ein Lachen aus. »Wahrscheinlich, ja. Ich glaube, ein Wohlstandsbauch könnte mir sogar stehen. Wie nennt man das? Dad Bod?« Er grinste. »Für dich wäre das auch etwas. Ich stehe zwar auf deine Muskeln, aber so ein bisschen Speck auf den Rippen ... und wenn er noch dazu genau an den richtigen Stellen sitzt ...«

James grinste, sah sich daraufhin jedoch nervös um, denn das Lachen der Männer, die zuvor an der Theke gescherzt hatten, war auf einmal verstummt. Sie hatten ihnen nun die Köpfe zugedreht. Einer von ihnen, der ganz außen saß, ein kariertes Hemd und eine Baseball-Mütze trug, spie aus: »Verdammte Schwuchteln.«

Auf der Stelle erstarrte James. Jeder Muskel spannte sich an. Dieser angewiderte Ton ... wie oft hatte er derartige Worte aus den Mündern seiner Eltern gehört?

»Ignorier sie«, sagte hingegen Noah, der ihn nun besorgt betrachtete. »Was kümmert es uns schon, was sie denken?«

Er hatte recht. *Natürlich* hatte er das und doch ... James wurde dieses merkwürdige Ziehen in seinem Magen nicht los. Er hasste sich dafür. Sollte er nicht weiter sein? Diese Männer waren ihm vollkommen fremd. Sobald sie fertig gegessen hatten, würden sie diesen Ort verlassen und nie wieder zurückkehren. Dennoch hätte er sich am liebsten irgendwo verkrochen und vor den ablehnenden Blicken versteckt.

Als auf einmal etwas seine Hand berührte, sah James überrascht auf. Noah hatte sich zu ihm vorgelehnt und, verborgen von der Tischplatte, seine Hand gedrückt. »Babyschritte, schon vergessen? Du bist nicht allein. Ich gehe diesen Weg gemeinsam mit dir und wenn er zu steinig werden sollte, dann trage ich dich sogar.« Er reckte die Nase in die Luft. »Wie ich dir bereits sagte: Ich bin stärker, als ich aussehe.«

James lachte. »Das glaube ich dir sofort.« Trotz der Blicke, die nach wie vor Löcher in sie zu starren schienen, fühlte er sich augenblicklich besser. Er erwiderte das Drücken von Noahs Hand und löffelte den Eisbecher aus.

Noah schien den Wink mit dem Zaunpfahl zu verstehen. Er tat es ihm gleich, verdrückte ebenfalls sein Eis und den Rest von seiner Waffel. Kurz darauf bezahlten sie und standen zum Gehen auf.

»Ja, weg mit euch, ihr Scheißschwuchteln!«, keifte ihnen einer der Männer hinterher. »Wir wollen euch hier nicht!«

Noah drehte sich wütend zu ihm um, doch James hielt ihn mit einer Hand auf und wies mit einem Ruck seines Kopfes zu dem Sheriff, der inzwischen ebenfalls aufgestanden war. »Lass es lieber«, flüsterte er ihm zu.

»Hör auf deinen Schatz, Kleiner. Verzieht euch!«, spie ihnen der Mann an der Theke noch zu.

Zu James' Überraschung versuchte Noah plötzlich, an ihm vorbeizukommen, doch bevor er dem anderen Mann eine zweifellos kreative Beleidigung zuwerfen konnte, ging auf einmal die Kellnerin dazwischen. »Das reicht jetzt, Travis!«, rief sie dem Kerl am Tresen mit einem Funkeln in den Augen zu. »Wie oft soll ich dir noch sagen, dass du meine Gäste nicht beleidigen sollst? Muss ich noch mal mit deiner Mutter reden?« Sie drehte sich dem Sheriff zu. »Und was ist mit Ihnen? Gehört es nicht zu ihrer Arbeit, für Ordnung zu sorgen, Cromwell?«

'Cromwell' verzog jedoch keine Miene. »Er darf sagen, was er will, Margaret. Das ist nicht gegen das Gesetz.«

»Bullshit«, flüsterte Noah, drehte sich auf einmal mit einem Ruck um und zog James hinter sich her. »Danke für die Hilfe, Margaret. Die Waffeln waren köstlich!«

»Kein Problem und es tut mir wirklich leid!«, rief sie ihnen hinterher, aber Noah winkte nur ab und ging mit James hinaus.

An der frischen Luft steckte er sich mit einer solchen Wucht die Hände in die Hosentaschen, dass James einen Augenblick lang befürchtete, der Stoff würde dabei reißen. »Verdammte Arschlöcher ...«, murmelte Noah mit einem düsteren Blick. »Warum müssen Menschen so Scheiße sein, hm? Du hast es bereits schwer genug durch deine Eltern und dann kommen solche Intelligenzanalphabeten daher und ... und ... warum lachst du auf einmal?«

»Ich wusste nicht, warum du plötzlich so wütend geworden bist. Bis jetzt. Du hast dich für mich so aufgeregt. Danke.«

Noah betrachtete ihn verwirrt. »Manchmal bist du wirklich komisch. Das ist doch nichts, wofür du mir danken musst. Solche Menschen kotzen mich generell an.« Durch das Schaufenster warf er einen Blick in das Waffle House. »Wenigstens scheint der Sheriff aufgegeben zu haben. Er scherzt jetzt mit den anderen Idioten. Die haben sich gesucht und gefunden.«

»Dann lass uns verschwinden, bevor er doch noch auf die Idee kommt, uns zu verfolgen.«

Noah nickte und sie machten sich auf den Weg zum Bus. James fühlte sich nun, da sie diese Männer hinter sich gelassen hatten, um einiges besser, aber Noah wirkte immer noch deutlich mitgenommen. Er bewegte sich nur sehr langsam in der brütenden Hitze und allmählich fragte sich James, ob er womöglich doch erschöpfter war, als er ihm glauben machen wollte. Seine Erkrankung war zwar ein Jahr her, aber brauchte der Körper nicht mehr Zeit, um sich von dieser Tortur zu erholen? Dazu kamen das ständige Ausgehen, die langen Autofahrten und die Hitze, wie Noah bereits angemerkt hatte.

Ja, auf das Motelzimmer würde er bestehen. Nach einer solchen Konfrontation brauchten sie die Ruhe ohnehin. Obwohl ein heruntergekommenes Motel womöglich nicht genug wäre ...

»Wir sollten für die Nacht in ein richtiges Hotel gehen. So ein vornehmes mit Zimmerservice. Die Rechnung geht auf mich.«

Noah betrachtete ihn mit großen Augen und inzwischen fragte sich James, ob der Ausdruck womöglich festgefroren war. »Das kann ich nicht annehmen.«

»Warum nicht? Du tust eine Menge für mich. Vermutlich mehr, als du weißt. Was schadet es da schon, wenn ich dich ein wenig verwöhne?«

Mit gerunzelter Stirn öffnete Noah den Mund, klappte ihn daraufhin wieder zu. Ein kaum zu lesender Ausdruck lag auf seinem Gesicht. Schließlich nickte er, rieb sich deutlich verlegen den Nacken. »Okay, dann ... machen wir das. Ehrlich gesagt, nach der Sache von eben freue ich mich auf ein wenig Entspannung.« Er grinste auf einmal. »Aber ich bestehe auf ein Doppelbett. Eines von diesen richtig großen. Wir sind ohnehin daran gewöhnt, nebeneinander zu schlafen, und ich will sehen, wie du ein Zimmer für uns buchst.«

James verzog das Gesicht. Sollte er so etwa offener in der Öffentlichkeit werden? Sicher würde der Hotelangestellte keine Miene dabei verziehen, aber ... ihm brach bereits der Schweiß aus, wenn er nur daran dachte. »Ich habe nichts gegen ein Doppelbett, aber könntest du nicht ...?«

Mit einem Lächeln trat Noah auf ihn zu. »Du wolltest dich nicht mehr verstecken. Sieh das Buchen eines Zimmers als Level 1 an. Wenn du das schaffst, steigst du eine Stufe auf.«

Nachdenklich runzelte James die Stirn. Nun waren sie also Teil eines Rollenspiels? »Und das, was wir zuvor gemacht haben, war keine Level wert?«

Überrascht öffnete Noah zunächst den Mund, nickte anschließend. »Okay, stimmt. Dann bist du auf ... Level 5. Dir fehlen nur noch wenige Erfahrungspunkte für Level 6. Sobald du diese Quest beendet hast, erreichst du es.«

Ein Schmunzeln legte sich auf James' Gesicht. Er war nie ein richtiger Gamer gewesen, doch ein Freund in der Schule hatte ihm mal eine Handheld-Konsole geliehen. »Und wenn ich das 10. erreiche? Entwickle ich mich dann?«

Noah lachte. »So ein Spiel ist das hier nicht ... obwohl das gut sein kann.«

Daraufhin erwiderte James nichts, doch das Grinsen blieb auf seinem Gesicht, bis sie den Bus erreichten.

## Kapitel 12

Staunend sah sich Noah zwei Stunden später in dem großen Eingangsbereich um. James hatte ihm zwar ein luxuriöses Hotel versprochen, doch das hier war ganz klar übertrieben. Es lag in der Nähe der Stadt Mansfield und um sie herum gab es nichts als Natur und einen kleinen See.

Nicht, dass irgendetwas davon eine Rolle spielte. Sollten sie hier tatsächlich einchecken, würde er diese Mauern bestimmt nicht verlassen. Alles hier schrie geradezu purer Luxus. Es würde ihn nicht wundern, wenn in dem vornehmen Gebäude Berühmtheiten und einflussreiche Geschäftsleute ein und aus gingen. Das war es vermutlich auch, womit sie hier das meiste Geld verdienten: Konferenzen und Betriebsurlaube erfolgreicher Unternehmen. Ein Schild verriet ihm außerdem, dass dieser Laden sogar über einen Spa-Bereich verfügte.

Noahs Familie war zwar keinesfalls arm, insbesondere sein Onkel nicht, aber nicht mal im Familienurlaub war er in einer so schicken Unterkunft untergekommen. Bevor James, der bereits deutlich nervös wirkte, den Empfangstisch ansteuerte, zog Noah an seinem Shirt. »Ich nehme alles zurück«, meinte er und warf einem der Hotelmitarbeiter, dessen Uniform einem Smoking erstaunlich ähnlich sah, einen Blick zu. »Das hier ist zu viel. Ich dachte eigentlich eher an ein Hotel, das vielleicht ein bisschen vornehmer als ein Motel ist, aber nicht … *so*. Sollen wir uns nicht etwas suchen, das weniger Sterne hat? Allein eine Nacht wird ein kleines Vermögen kosten.«

James runzelte die Stirn. »Dann kann ich meine Quest nicht beenden.«

Noah stöhnte. Dass er trotz seiner Nervosität noch solche Witze reißen konnte ... »Ich meine das ernst. Mir ist nicht wohl bei dem Gedanken, dass du so viel Geld für mich ausgibst. Wenn wir wirklich hier übernachten müssen, dann lass mich wenigstens die Hälfte übernehmen.«

»Du hast es verdient. Lass mich nur machen«, erwiderte James und, bevor Noah ihn aufhalten konnte, lief er zum Empfang. »Guten Tag. Wir hätten gerne ein Zimmer mit Doppelbett.« Seine Stimme klang zwar etwas zögerlich, doch gefestigt und obwohl er James' Großzügigkeit eigentlich nicht annehmen wollte, konnte Noah nicht umhin, ein wenig Stolz für ihn zu empfinden.

»Für wie lange?«, fragte der Rezeptionist mit einer nasalen Stimme, ohne dabei die Miene zu verziehen.

»Zwei Nächte«, erwiderte James sofort und achtete nicht auf Noah, der inzwischen wieder mit geöffnetem Mund an seinem Arm zog. »Und das volle Programm des Spa-Bereichs, bitte«, fügte James außerdem nach einem kurzen Blick auf einen Flyer hinzu.

Nun starrte Noah ihn an wie ein Fisch ohne Wasser, doch falls sein Verhalten dem Rezeptionisten merkwürdig vorkam, so ließ dieser sich nichts anmerken. »Natürlich, Sir. Zahlen Sie mit Karte?«

James nickte, zog sein Portmonee heraus und der Betrag, den Noah auf dem Gerät sah, versetzte ihm fast einen Herzinfarkt. Der Krebs hatte ihm nicht den Garaus machen können, aber James' Großzügigkeit würde das ganz sicher!

»Du bist wahnsinnig«, flüsterte er ihm anschließend vor dem Aufzug zu. »Psychopath? Soziopath? Keine Ahnung, was du davon bist, aber eines der beiden ganz sicher.« Feste umklammerte er seinen Rucksack. Einer der Angestellten hatte ihn sogar nach oben tragen wollen, doch Noah hatte dies abgelehnt.

James grinste. »Ist es so schlimm, dass ich dir etwas Gutes tun will?«

»Im Grunde nicht, aber ... das ist fast schon Sugardaddy-Bereich.«

Mit einem stolzen Ausdruck auf dem Gesicht hob James den Zeigefinger. »Sugardaddy. Ein Mann, der eine Frau oder einen Mann finanziell aushält. Siehst du? Ich lerne.« Er grinste breit und Noah musste augenblicklich mit sich kämpfen.

Wie konnte er James auch böse sein, wenn er so unglaublich süß war? So schüttelte er mit einem tiefen Seufzen den Kopf. »Du bringst mich noch ins Grab. Außerdem ... wieso auf einmal zwei Nächte? Es war doch eigentlich nur eine geplant.«

James zuckte mit den Achseln. »Das Hotel sieht besser aus, als ich angenommen habe und ich bin auch ziemlich fertig von den Übernachtungen im Bus. Da kann es doch nicht schaden, wenigstens für zwei Tage zu entspannen, oder?«, fragte er und sie stiegen in den Aufzug, der gerade angekommen war.

»Außer natürlich, wir können uns nicht wieder umgewöhnen. Versteh mich nicht falsch, der Schlafbereich im Bus ist um einiges bequemer als man vermuten würde, aber ... ich wette, die Betten hier spielen in einer ganz anderen Liga.« Obwohl er sich nach wie vor wünschte, James würde nicht so viel Geld für ihn ausgeben, konnte Noah die Vorfreude nicht aus seiner Stimme halten.

»Du wirst es gleich testen können. Eine große Badewanne soll es auch geben.«

Noah betrachtete ihn mit einem Funkeln in den Augen. »War das etwa eine Einladung?«

Verlegen wandte James den Blick ab, fuhr sich durchs Haar. »Wer weiß? Warten wir ab, was während unseres Aufenthalts hier passiert.«

Augenblicklich legte sich ein aufgewühltes Gefühl in Noahs Magen. War das sein Ernst? *Oh*, er hoffte es. »Du hast tatsächlich aufgelevelt. Bedeutet das vielleicht, ich muss mich bald nicht mehr zurückhalten?«, fragte Noah, kam James näher, ohne ihn jedoch zu berühren.

James öffnete den Mund, doch gerade, als seine Lippen das erste Wort formten, ertönte der Gong des Aufzugs. »Unser Stockwerk. Ich bin schon gespannt auf unser Zimmer.« Rasch stieg James durch die sich noch öffnenden Türen und ließ den verdattert dreinblickenden Noah zurück.

»Verdammt mieses Timing«, flüsterte dieser dem Aufzug zu und trat in den Gang hinaus.

Ihr Zimmer lag ganz am Ende. James öffnete die Tür mit seiner Schlüsselkarte und, sobald sie hineingetreten waren, staunte Noah mit leicht geöffnetem Mund. »Das ist kein Hotelzimmer … das ist ein verdammtes Apartment!«, rief er und lag damit nicht einmal falsch, denn das einzige, was hier fehlte, war eine Küche.

Abgesehen von dem gigantischen Bett, auf dem locker vier Menschen Platz gefunden hätten, gab es eine Sitzecke mit Couch, zwei Sesseln und einem großen Fernseher. In einem Raum, der sich mit einer Schiebetür von dem Rest abtrennen ließ, stand ein riesiger Esszimmertisch und es gab sogar eine Bar, an der man auf zwei Hochstühlen sitzen konnte.

Mit einem Strahlen auf dem Gesicht lief Noah zu einer Tür, hinter der sich das ebenfalls großzügige Badezimmer befand. James hatte nicht gelogen. Es gab eine Wanne, die fast schon als ein kleiner Pool durchgehen würde.

Als er dann auch noch die Düsen an den Seiten sah, konnte Noah keine Sekunde länger widerstehen. Er ließ sie direkt volllaufen und zog sein Shirt aus. Sobald er ein leises Lachen hörte, drehte er den Kopf zur Tür. James stand mit verschränkten Armen an dem Rahmen angelehnt. »Du verlierst keine Zeit, oder?«

Anstatt ihm zu antworten, wies Noah zunächst mit beiden Händen und aufgerissenen Augen auf die Wanne. »Göttlich!«

James schüttelte den Kopf. »Dann muss der Zimmerservice wohl warten. Irgendetwas sagt mir nämlich, du wirst mindestens eine Stunde dadrin verbringen.«

»Kann ich nicht abstreiten«, erwiderte Noah mit einem Grinsen. Kurz darauf sah er zu der Wanne und wieder zu James. »Es ist mehr als genug Platz. Wir müssten uns nicht einmal berühren. Was sagst du? Damit könntest du dir sicher ein weiteres Level verdienen.«

James antwortete ihm nicht sofort. Wahrscheinlich hatte soeben wieder ein innerer Kampf begonnen, denn er wirkte sowohl versucht, als auch deutlich nervös. »Ich schätze … mit Badehose wäre keine Option?«

Noah schmunzelte. »Da ich bereits deinen großartigen Schwanz gesehen habe und eher durch Zufall auch den Rest deines Körpers: Nein, auf jeden Fall nicht. Du willst doch keinen Rückschritt machen, oder?«

»Das … wäre groß für mich, Noah«, meinte James zögerlich.

»Größer als mit mir rumzumachen oder ein Zimmer für zwei Männer zu buchen?«

Ohne darauf zu antworten, starrte James auf den glänzenden Boden des Badezimmers. »Irgendwie schon. Es kommt mir … noch intimer vor?«

»Aber das ist nicht alles, oder?«, fragte Noah, denn James' Blick erinnerte ihn an die Zeit seiner Krankheit. Als er es nicht geschafft hatte, alleine auf die Toilette zu gehen und er sich für seine Hilflosigkeit geschämt hatte. Es konnte natürlich nicht das Gleiche sein, doch die Art der Scham war ähnlich. »Schämst du dich für deinen Körper?« Das wäre ihm neu, würde aber zumindest einen Teil von James' Zurückhaltung erklären.

»Nicht direkt. Ich habe nur dieses Gefühl, nicht gut genug zu sein«, sagte James schließlich, überraschte Noah damit erneut. »Ich wurde in der Schule gehänselt, weil ich später als die anderen Jungs gewachsen war. Dazu kam ein eher mädchenhaftes Gesicht. Mein Vater hat sich für mich geschämt und mich in eine Art Bootcamp für Jugendliche gesteckt, aber anders als die anderen habe ich keine Fortschritte gemacht. Kurz danach hatte ich zum Glück einen Wachstumsschub, aber … ich konnte das alles nie vergessen. Nicht ganz. Dieses Gefühl, egal, was ich tue, nicht gut genug zu sein. Mich beweisen zu müssen und … den Vorstellungen der anderen gerecht zu werden. Deshalb plane ich alles und kann nichts dem Zufall überlassen.«

Nun konnte Noah nicht widerstehen. Er legte die Hände auf James' Unterarme, rieb über diese. »Aber du *bist* gut genug. Besser als das sogar. Nicht nur für mich, sondern für so ziemlich jeden Menschen auf der Welt.«

James betrachtete ihn mit einem Lächeln. »Das muss wohl stimmen. Zumindest fasst du mich schon wieder an, obwohl du gesagt hast, du würdest das nicht mehr tun.«

Noah schmunzelte. »Kannst du mir das verübeln? Unter normalen Umständen ist es schon schwer, die Finger bei mir zu behalten, aber wenn es dir auch noch schlecht geht … Ein gemeinsames Bad im Whirlpool könnte Wunder bewirken.«

»Noah …«, begann James zögerlich, betrachtete ihn unsicher.

»Ich will dich natürlich zu nichts zwingen. Deine Entscheidung.«

»Die Augen kann ich dir wohl nicht verbinden, oder?«

Augenblicklich schüttelte Noah den Kopf und schluckte dieses Mal den frechen Spruch hinunter, der ihm auf der Zunge lag. »Mit Sicherheit nicht. Und ich werde mich dieses Mal ordentlich sattsehen.« Er lächelte. »Du darfst natürlich auch. Und mehr. Wie gesagt: Ich bin für alles bereit, was du tun willst.«

Wieder begann James sichtbar mit sich zu kämpfen, doch dieses Mal war es offensichtlich, welche Seite gewann. Mit einem Mal atmete er tief ein, zog sich anschließend ebenfalls das T-Shirt über den Kopf und warf es zu Boden.

Grinsend sah Noah ihn an, öffnete dabei seine Hose und, ohne den Blick von James abzuwenden, zog er sie über seinen Hintern.

James tat es ihm gleich, entblößte somit vollkommen seinen Prachtkörper, der in der letzten Zeit so gut wie jede Sekunde von Noahs Gedanken einnahm. Nackt standen sie sich gegenüber und Noahs Finger zuckten regelrecht an seinen Seiten. Gott … er wollte ihn berühren. Die Hände über seine Muskeln gleiten lassen, James' Schwanz umfassen und ihn bis zu seiner vollen Größe reiben. Allein der Gedanke daran und dieser Anblick ließen ihn bereits hart werden.

Mit deutlich geröteten Wangen ging James allerdings an ihm vorbei, trat auf die Wanne zu und setzte einen ersten Fuß hinein. Das Wasser schien angenehm zu sein, denn gleich darauf ließ er sich nieder, stellte die Düsen an und verbarg auf diese Weise größtenteils seinen Körper vor Noahs Blicken.

Leicht enttäuscht runzelte dieser die Stirn und setzte sich James gegenüber. Er hatte nicht gelogen. Die Wanne war tatsächlich so groß, dass sie einander nicht berühren mussten. Noahs Füße waren James' jedoch verdammt nahe.

Während dieser mit immer noch rotem Gesicht die Augen geschlossen hatte, genoss Noah den Anblick, so gut er konnte. Trotz der Wasserstrahlen sah er hin und wieder James' Schwanz durch die sich ständig bewegende Wasseroberfläche.

Als er aufsah, begegnete er James' Blick, der ihn ebenso durchdringend betrachtete. Noah schluckte hart, umfasste feste den Rand der Wanne, um nicht doch noch der Versuchung zu erliegen, die Distanz zwischen ihnen zu überwinden und die Lippen auf James' zu legen. Sein Herz raste inzwischen so schnell, dass es wehtat.

»Habe ich hiermit ein neues Level erreicht?«, fragte James ihn mit rauer Stimme.

»Ich ... ich weiß nicht. Du bist recht schnell im Wasser abgetaucht«, erwiderte Noah atemlos.

Kurz wandte James den Blick ab. »Du hast gesagt ... du fasst mich nur an, wenn ich dich dazu auffordere.«

Noah nickte. Seine Ohren rauschten. »Nur dann, ja.«

»Dann tue ich das hiermit.« James streckte die Hand zu ihm aus und Noah war so schnell bei ihm, dass das Wasser überschwappte.

Er setzte sich rittlings auf James, spürte dabei, wie dessen harter Schwanz gegen seinen eigenen rieb, warf die Arme um seinen Hals und küsste ihn endlich. Gott ... er hatte das gebraucht! Das Gefühl, wie diese Zunge gegen seine eigene glitt, James ihn trotz seiner Unerfahrenheit an sich presste und er Noahs Mund so ausgiebig erkundete, als wollte er nie mehr damit aufhören.

James' Hand strich über Noahs Rücken bis zu seinem Hintern hinunter, packte feste zu und dadurch rieb sein Schwanz stärker gegen Noahs. Fast gleichzeitig wechselten die Düsen des Whirlpools, sorgten für zusätzliche Stimulation, die beide von ihnen aufstöhnen ließ.

Anschließend starrte James ihm in die Augen, rieb auf einmal über Noahs Loch. Er drückte keinen Finger hinein, zog jedoch kleine Kreise über den Ring aus Muskeln. »Ich ... ich habe inzwischen viel gelesen. Magst du ... das?«

Noch viel lieber würde Noah es mögen, wenn er James' harten Schwanz dort spüren würde, doch das sprach er nicht aus. Stattdessen setzte er die Lippen an James' Kinn und flüsterte: »Oh, ja ...«

James wirkte sowohl erleichtert als auch nervös. Er strich weiter über Noahs Eingang, drückte nun endlich sachte einen Finger hinein.

Noah sog scharf Luft ein, lehnte sich etwas zurück und umfasste James' Schwanz. Nach wie vor beeindruckte ihn die Länge und jede weitere Sekunde, während derer er nicht von ihm ausgefüllt wurde, kam einer Tortur für ihn gleich. Schwer atmend sah er James an und flüsterte: »Wenn du hiermit in mich eindringen willst, weißt du, was du vorher zu tun hast, oder?«

Mit leicht geweiteten Augen nickte James. »Ich ... ich habe in Memphis Gleitgel und Kondome gekauft, als du im Souvenirshop beschäftigt warst.«

Nach ihrem ersten Rummachen also. »Ich hätte wissen müssen, dass du dich vorbereiten würdest.« Noah streichelte James' Schwanz und flüsterte ihm zu: »Es wäre ein sehr großer Schritt. Vielleicht sogar der größte. Kannst du das wirklich schon?«

James öffnete den Mund, klappte ihn daraufhin wieder zu und wandte den Blick ab. Ah, ja. Noah hatte nichts anderes erwartet. Mit einem sanften Lächeln küsste er James' Lippen. »Ist schon okay. Ich wäre auch erstmal mit deinen Fingern zufrieden.« Er grinste. »Oder ... sollen wir die Rollen tauschen?«

Er strich nun mit seiner freien Hand ebenfalls über James' muskulösen Rücken, bis er seinen Hintern erreichte. Eigentlich hatte Noah sofortige Widerworte erwartet, doch stattdessen schlich sich wieder diese ihm bereits bekannte Neugier auf James' Gesicht. »Wäre das etwas, das du ... mit mir tun willst?«

Nun schlug Noahs Herz noch schneller. Männer, die größer und kräftiger waren als er, zu dominieren war etwas, auf das er schon immer gestanden hatte. »Wenn du mich lässt, auf jeden Fall.«

James schluckte sichtlich, doch sein Schwanz schien tatsächlich noch härter in Noahs Hand zu werden. »Aber erst ... willst du meine Finger?«

Noah lächelte. »Das Gleitgel ist in deiner Tasche?«

Zwar schnappte James hörbar nach Luft, doch er nickte und so stand Noah auf. Bevor er jedoch aus der Wanne stieg, blieb er für einen kurzen Moment vor James stehen, sodass sich sein Schwanz nun direkt vor seinem Gesicht befand. Eigentlich hatte er damit gerechnet, er würde den Blick abwenden, doch stattdessen starrte er ihn unverwandt an.

»Du kannst ihn anfassen, wenn du willst.«

James sah zu ihm auf, streckte die Hand aus und berührte Noahs Schaft so sanft, dass man das Gefühl mit dem Flügelschlag eines Schmetterlings vergleichen könnte, und doch genügte es, um ein leises Wimmern aus Noah hervorzulocken. Verdammt ... das Verlangen nach mehr brachte ihn beinahe um den Verstand. Am liebsten hätte er seine Härte gegen diese vollen Lippen gedrückt und um Einlass gebettelt. James' warmer Mund musste sich so verflucht gut um seinen Schwanz anfühlen ...

Doch daran war natürlich nicht zu denken. Wenn er das Glied eines anderen Mannes kaum mit der Hand berühren konnte, dann sicher nicht mit der Zunge.

Dennoch brauchte er wenigstens etwas von James in diesem Moment. »Kannst du ... ihn härter anfassen?«, fragte Noah atemlos.

James betrachtete ihn überrascht, nickte dann jedoch zögernd und umfasste ihn tatsächlich mit der ganzen Hand.

In diesem Moment musste sich Noah an seinen Schultern festhalten. »Es ist kaum zu fassen«, stöhnte er. »Ich habe so viel Erfahrung ... sogar ein Dreier war dabei. Warum machst du mich also heißer als alle anderen Männer in meinem Leben?«

»Das ... tue ich?«, fragte James und Noah hörte nicht nur Verblüffung, sondern auch eine Spur von Stolz in diesen Worten.

»Natürlich! Wie kann dir das immer noch nicht klar sein. Du fasst mich kaum an und ich komme beinahe.« Das war nicht einmal eine Übertreibung. James rieb ihn bloß sanft und doch spürte er seinen nahenden Orgasmus bereits.

Noah biss sich auf die Unterlippe, trat schließlich keuchend einen Schritt zurück. »Gleitgel«, flüsterte er. »Ich ... ich will durch deine Finger kommen.« Eigentlich lieber durch seinen gewaltigen Schwanz, doch er musste nehmen, was er kriegen konnte.

So stieg er aus der Wanne, verschwendete nicht einmal Zeit damit, sich abzutrocknen, und hinterließ somit eine feuchte Spur auf den Fliesen als auch auf dem Teppich des Schlafzimmers. Dort öffnete er James' Tasche, die inzwischen auf dem großen Bett stand und fand nach einigem Wühlen das Gleitgel. Die XL-Größe brachte ihn zum Schmunzeln. James hatte offenbar viel mit ihm vor ... das hoffte er zumindest, denn Noah würde ihn nun auf keinen Fall einem anderen Mann überlassen. Die ersten Erfahrungen, jede, die noch übrig war, sollte er mit ihm haben.

Rasch kehrte er ins Badezimmer zurück, stieg in die Wanne und reichte James die Flasche. Anschließend betrachtete er ihn mit einem Grinsen, drehte sich um, legte die Hände auf den Rand der Wanne und streckte James den Hintern entgegen. Das Wasser ging ihm noch bis zu den Knien doch der Rest war vollkommen vor James entblößt. »Bitte«, keuchte er ihm zu. Diese Situation war sicherlich mehr als ein Level wert, aber wenn James sie überwinden konnte, dann-

Noah stöhnte auf. Zunächst verstand er nicht, was passierte, doch dann wurde ihm bewusst, dass er James Lippen auf seinem Hintern spürte. Ungläubig drehte er den Kopf nach hinten, starrte den Mann an. Er hatte tatsächlich recht. James war aufgestanden, hatte das Gleitgel zur Seite gelegt und knetete nun nicht nur mit beiden Händen Noahs Hintern, sondern küsste ihn auch und fuhr sogar mit der Zunge über die empfindliche Haut.

»Tut mir leid«, keuchte James. »Ich weiß nicht, was in mich gefahren ist. Du bist ...« Sein Atem verließ ihn nun in schnellen Stößen und mitzubekommen, wie Noah offenbar genau die gleiche Wirkung auf ihn hatte, wie James auf ihn ... dadurch wollte er ihn nur noch mehr.

»Bitte ... Finger oder Schwanz, egal! Ich brauche dich in mir!«

James ließ kurz von ihm ab und beinahe hätte Noah protestiert, doch dann spürte er auf einmal das kühle Gel auf seiner erhitzten Haut. James hatte reichlich auf seinen Hintern geschüttet, verrieb es nun behutsam mit den Fingern und drückte anschließend endlich einen von ihnen in Noahs Loch.

Noah wimmerte. Eigentlich war James viel zu zärtlich, doch bereits die Tatsache, dass er ihn überhaupt auf diese Weise berührte, machte ihn wahnsinnig. Zaghaft bewegte er die Finger hinein und hinaus, suchte offenbar diesen einen Punkt, der Noah um den Verstand bringen würde.

Und auf einmal hatte er ihn gefunden. Ein Gefühl, als hätte ein elektrischer Schlag ihn getroffen, fuhr durch seinen Körper. Noah stöhnte auf, krallte sich an dem Rand der Wanne fest und es war alles, was er noch gebraucht hatte. Während sich seine Muskeln zusammenzogen, kam er endlich. Sein Glied pulsierte. Seine Ladung spritzte über den Rand der Wanne und auf die Fliesen davor. Dann entspannten sich seine Muskeln schlagartig, hinterließen ein wohliges Kribbeln.

Sobald die Welle vollkommen verebbt war, ließ James von ihm ab. Keuchend drehte sich Noah um, betrachtete ihn mit dunklen Augen. Nie hatte er einen erregteren Mann gesehen. James' Glied reckte sich ihm entgegen, schien sogar unter seinem Blick zu zucken. Noah wollte es so gerne berühren, wagte es ohne eine Aufforderung jedoch nicht. »Was soll ich jetzt für dich tun?«, fragte er im Flüsterton.

James' Augen öffneten sich ein wenig weiter. Anschließend stierte er zu Boden, schluckte hart und, als sich ihre Blicke noch einmal trafen, ballte er die Hände zu Fäusten. »Ich will ... ich will kommen. Durch dich.«

Noahs Herz machte einen kleinen Hüpfer. Er lächelte. »Egal wie?«

James wich seinem Blick aus, doch er nickte und augenblicklich leckte sich Noah über die Lippen. Da gab es etwas, das er im Grunde schon seit ihrer ersten Begegnung für James tun wollte ... »Setz dich auf den Rand der Wanne.«

James befolgte seinen Befehl sofort und Noah meinte, ihm regelrecht ansehen zu können, wie sehr sein Herz raste. Wie er zuvor umfasste James ebenfalls den Rand der Wanne mit festem Griff, sah überallhin nur nicht zu Noah.

Noah kniete sich hin, genoss dabei, wie die Düsen des Whirlpools seine nun überempfindliche Haut massierten. Sanft streichelte er James' Glied. Allein diese Berührung sorgte bereits dafür, dass er zusammenzuckte und ein heiseres Stöhnen seiner Kehle entwich. Es würde schnell gehen, dessen war sich Noah sicher.

So verlor er nicht viel Zeit, lehnte sich weiter nach vorne und umfuhr die Spitze des Glieds mit der Zunge. Augenblicklich zuckte James zusammen, unterdrückte ein Stöhnen und warf dabei den Kopf zurück. Noah sah ihn kurz an und, da keine Widerworte kamen, öffnete er die Lippen, um James' Glied vollständig aufzunehmen.

»N-Noah ...«, stöhnte James. Seine Hüften zuckten, als würde er am liebsten in Noahs warme Mundhöhle stoßen. Er hielt sich jedoch zurück, umfasste den Rand der Wanne fester.

Noah bewegte den Kopf so weit, wie er konnte, zog sich anschließend zurück und begann auf diese Weise ein Tempo, das James unentwegt zum Keuchen brachte. Es dauerte nicht lange und Noah bemerkte eine Veränderung in dem Mann. Sein Körper versteifte sich auf einmal, ein Ruck durchfuhr ihn, er stöhnte und ohne Warnung kam er in Noahs Mund.

Dieser schloss rasch die Lippen um sein Glied, schluckte James' Sperma und zog anschließend den Kopf mit einem Grinsen zurück. »Das war eine Menge«, sagte er, wischte sich mit dem Handrücken über die Lippen.

Schwer atmend betrachtete James ihn, öffnete den Mund, wandte sich dann aber von ihm ab.

Noah beunruhigte das. Er wirkte … beschämt. So, als würde er denken, sie hätten soeben etwas Schreckliches getan. »Alles okay?«

Zaghaft nickte James, schien jedoch unfähig dazu zu sein, ihn anzusehen. »Du hättest das aber nicht tun müssen. Deine Hand hätte mir gereicht.«

»Ich … wollte das aber schon lange. War es zu früh? Ich dachte, weil du nichts dagegen gesagt hast, wäre es für dich in Ordnung. Wenn ich damit falschlag, dann … tut es mir leid.« Die letzten Worte waren kaum mehr als ein Flüstern gewesen.

Sichtlich überrascht drehte James ihm den Kopf zu. »Nein, du kannst nichts dafür, dass ich mich so … so fühle.« Er richtete den Blick nach unten, zog eine Grimasse und wirkte frustrierter denn je. »Ich denke immer weniger, dass ich Zeit brauche. Ich werde mich wahrscheinlich so fühlen, bis … bis ich eines Tages über alles hinweg bin.«

Noah betrachtete ihn für eine kurze Weile und nickte. Wieder entstand eine merkwürdige Stille. Nicht so unangenehm wie die von zuvor, doch es lag eine gewisse Anspannung in der Luft. Noah hatte den Eindruck, als hätten sie sich noch etwas zu sagen, was jedoch keiner von ihnen auszusprechen wagte. Was das sein könnte, wusste er aber nicht. Er verspürte den heftigen Drang, James in seine Arme zu ziehen, doch bevor er auch nur mit dem Gedanken spielen konnte, stand dieser auf. »Ich … gehe und bestelle etwas beim Zimmerservice. Es wird bestimmt dauern. Lass dir also Zeit.«

Erneut nickte Noah, sah ihm hinterher und verstand währenddessen nicht, warum er dieses bedrückende Gefühl in seiner Brust verspürte.

## Kapitel 13

Als James das Badezimmer verließ, hatte sich Noahs bestürztes Gesicht in sein Gedächtnis eingebrannt. Am liebsten hätte er sich selbst für sein dämliches Verhalten ein paar kräftige Ohrfeigen verpasst. Noah hatte ihm erneut geholfen, eine hohe Mauer zu überwinden, und so hatte er es ihm gedankt?

Schlimmer noch, Noah hatte deswegen sogar ein schlechtes Gewissen bekommen, obwohl er natürlich nichts für James' Probleme konnte. Nein, für seine Reaktionen und die Unfähigkeit, sich selbst richtig einzuschätzen, war er ganz allein verantwortlich.

Wenigstens hatte die Sache *ein* Gutes: Er hatte eine wichtige Erkenntnis erlangt. Zeit half ihm nicht. Solange er auch wartete, diese Gedanken steckten fest in seinem Kopf und würden immer hervorkriechen, sobald er etwas tat, das seine Eltern oder die Kirche missbilligen würden.

Er war 42 Jahre alt, verdammt noch mal! Warum hatte er also immer noch das Gefühl, die Regeln seiner Kindheit befolgen zu müssen? Warum konnte er sich nicht gegen sie widersetzen, wie er es als Jugendlicher getan hatte, und das tun, was er so sehr wollte?

Damals war es ein aufregendes Spiel für ihn gewesen, heimlich die Led-Zeppelin-Sachen zu horten. Einmal hatte er sogar ein Konzert mit einem Freund besucht, ohne dass seine Eltern jemals etwas davon erfahren hatten. Keine dieser Aktionen hatte ihm ein schlechtes Gewissen eingebrockt. Vielmehr war er stolz darauf gewesen, sie ausgetrickst zu haben.

Warum also war es bei dieser Sache anders? Wegen seiner Religion?

James wusste nicht einmal, ob er tatsächlich gläubig war. Er war religiös aufgewachsen und, sicher, das Christentum war damals zu einem festen Bestandteil seines Lebens geworden. Gleichzeitig hatte er aber auch seit Jahren nicht mehr gebetet oder einen Gottesdienst besucht. Maya war ebenfalls Christin, doch sie hatte sich genauso wenig für die Kirche begeistern können. Im Grunde hatte James also diesen Teil seines Lebens bereits hinter sich gelassen.

Nur die Lehren eben nicht. Diese waren so fest in seinem Kopf verankert, dass er die Zeit mit Noah nach wie vor nicht richtig genießen konnte. Und das, obwohl dieser inzwischen so wichtig für ihn geworden war. Wie ein Licht in der Dunkelheit hatte er seinen Weg erleuchtet. Ohne ihn würde er sich so verloren fühlen ... so allein. Womöglich wäre er längst umgekehrt und zurück nach Hause gefahren. Seine Gegenwart machte jedoch alles besser. Er gab James den Mut, endlich für sich selbst einzustehen.

Dabei zeigte er ihm nicht nur vieles, sondern war vor allem eine emotionale Stütze, die unabdingbar für ihn geworden war. Nur deshalb hatte James dieses Hotel für ihn gebucht. Um sich zumindest ein wenig für alles zu bedanken.

Und doch hatte er sich vorhin so dämlich verhalten. Noah hatte ihm geholfen, einen weiteren wichtigen Schritt zu machen, und James hatte den Moment mit seiner Flucht verdorben.

Während er über all dies nachdachte, saß er in einem der Hotelbademäntel auf einem Stuhl, der vor dem kleinen Tisch am Fenster stand, und starrte die Speisekarte an, ohne jedoch nur ein Wort darauf richtig zu lesen.

Sobald er die Badezimmertür hörte, sah er auf und sein Herz machte einen kleinen Sprung. Wie er trug Noah nur einen Bademantel und war noch dabei, sich die Haare mit einem

Handtuch abzutrocknen. Allerdings war sein Mantel nur sehr locker um die Hüften gebunden, wodurch James einen fantastischen Blick auf seine nackte Brust hatte und der Frotteestoff mit jeder Bewegung von Noah drohte, den Blick vollends auf seinen Körper freizugeben. »Du hast noch nicht bestellt?«

»Ich ... kann mich nicht entscheiden«, log James, sah rasch zurück auf die Karte und versuchte nun, sich auf seine eigentliche Aufgabe zu konzentrieren. Die Gegenwart des jungen Mannes machte dies jedoch noch um einiges mühsamer als zuvor. »Gibt es etwas, worauf du Lust hast? Oder liegen dir die Waffeln noch schwer im Magen?«

Noah legte den Kopf schief, biss sich leicht auf die Unterlippe und James bereute sofort, ihn in der Wanne nicht öfter geküsst zu haben. »Tatsächlich habe ich schon wieder richtig Hunger. Haben sie was Italienisches? Hört sich vielleicht komisch an, aber irgendwie ist mir nach Pasta.«

»Bist du dir sicher? Du kannst bestellen, was du willst. Selbst Kaviar.«

Augenblicklich verzog Noah das Gesicht. »Fischeier? Ich verzichte. Obwohl ... Fisch eigentlich nicht schlecht wäre.« Er zuckte mit den Achseln. »Such du etwas aus. Ich mag ohnehin fast alles.«

James nickte und sah zurück auf die Karte. Am Ende entschied er sich für ein Pastagericht mit Sahnesoße und bestellte für Noah außerdem noch gebratenen Lachs. Er selbst aß nur die Pasta, hatte sich dafür jedoch eine Flasche Wein gegönnt.

Zu seiner Überraschung ließ Noah spät am Abend seine Cola stehen und goss sich ebenfalls ein Glas ein. »Wein ist in Maßen sogar gesund«, erklärte er James mit einem Grinsen.

James lächelte und bestellte ihnen kurz darauf noch eine zweite Flasche. Die unangenehme Stimmung von zuvor war auf diese Weise bald vergessen. Letztendlich lag Noah auf dem Bett, während sich James im Schneidersitz neben ihn gesetzt hatte. Da er immer noch nur den Bademantel trug, wunderte es ihn nicht, dass Noahs Augen zu wandern begannen.

Der junge Mann lächelte verschmitzt, stützte seinen Kopf mit der Hand ab. Eine leichte Röte lag auf seinen Wangen. »Hm, ich mag den Ausblick.«

Ein schummriges Gefühl legte sich sofort in James' Magen. »Ich auch«, erwiderte er mit leicht heiserer Stimme, ließ ebenfalls seine Augen über Noahs Körper gleiten. Dessen Bademantel war nun kaum noch an den Hüften zusammengebunden. Womöglich lag es an dem Wein, dass James nicht nur seine Bewunderung für Noahs Körper zugeben konnte, sondern auch etwas näher an ihn heran rutschte, den Kopf neigte und seine Lippen küsste. Das hatte er schon seit Stunden tun wollen. Jedes Mal, wenn Noah einen Schluck von seinem Glas genommen und sich den letzten Tropfen von den Lippen geleckt hatte.

Sie schmeckten immer noch schwach nach Rotwein und der Sahnesauce vom Abendessen. Noah stieß ein verlangendes »hm« aus, schmolz geradezu in den Kuss hinein und legte sich zurück auf das Kissen, während James mit leichtem Druck die Lippen gegen seine bewegte.

Dieser benutzte nicht seine Zunge, da er nicht die Absicht hatte, mehr zu tun als Noah zu küssen, doch seine Selbstbeherrschung litt, sobald Noahs Finger durch sein Haar fuhren und dieser über James' Lippen leckte. »Nicht«, flüsterte er ihm zu, lehnte sich zurück, um etwas Abstand zwischen sie zu bringen. »Das von heute Nachmittag war genug fürs Erste, denke ich.«

»Tut mir leid«, sagte Noah und sah zu James auf, als würde er trotz der Entschuldigung nichts lieber tun, als ihn wieder zu sich zu ziehen.

James rutschte noch weiter zurück, entwich auf diese Weise Noahs Griff und stieß ein leises Seufzen aus. »Versteh mich nicht falsch. Ich würde gerne, aber ... der Wein.«

»Ja ... der Wein.«

Offensichtlich hatte Noah ihn bereits durchschaut, doch James war ihm dankbar, dass er dennoch die Lüge akzeptierte. Wenigstens für den Moment war das für beide von ihnen einfacher. »Also ... einer deiner Schützlinge schreibt ein Buch über seine Erfahrungen?«, sprach James nun wieder das Thema an, über das sie vor dem Kuss gesprochen hatten.

Noah nickte und verschränkte die Arme hinter seinem Kopf. »Ja, und ich bin wahnsinnig stolz auf ihn. Er schreibt schon seit einer Ewigkeit. Nur so konnte er die Zeit überstehen, als er noch vor seiner Familie verbergen musste, dass er schwul ist. Inzwischen konnte er sich mit ihr aussprechen und sie haben jetzt ein ... nicht optimales Verhältnis, aber immerhin reden sie miteinander. Tatsächlich hat er den Mut, sein Manuskript zu veröffentlichen, gefunden, indem er das Buch gelesen hat, das ich dir geliehen habe.«

»Ah, richtig. Ich habe mal reingeschaut, als du dich verlaufen hattest.«

Augenblicklich verzog Noah das Gesicht. »Das musstest du jetzt wieder erwähnen, oder?«

James grinste. »Jedenfalls gefällt es mir bisher sehr gut. Du hattest Recht. Es spiegelt wider, wie ich mich im Moment fühle. Besonders die Art, wie der Autor die Scham des Jugendlichen beschreibt.« Tatsächlich hatte James während der Lektüre mehrmals hart schlucken müssen. Da er früher niemanden zum Reden gehabt hatte, war es ihm oft so vorgekommen, als wäre er der Einzige, der sich mit solchen Gedanken herumschlug. Er hatte sich isoliert gefühlt. Als wäre er weder ein Teil der einen noch der anderen Welt. Nur ein Mal war er mutig genug gewesen, im Internet nach Menschen mit ähnlichen Problemen zu suchen, doch er war nicht weit gekommen. Die Scham hatte ihn den Laptop zuklappen lassen, sobald er auch nur die ersten Sätze über die persönlichen Erfahrungen eines jungen Mannes gelesen hatte.

Anschließend hatte er sich noch schlechter gefühlt als zuvor. Nicht nur allein und unverstanden, sondern wie ein Versager, der nicht stark genug war, seiner streng katholischen Erziehung zu trotzen, um auch nur über Homosexualität im Internet zu lesen. Die ständige Angst, jemand könnte ihm auf einmal über die Schulter schauen oder sein Geheimnis auf andere Weise herausfinden, war ununterbrochen da gewesen.

Im Grunde fühlte er sich immer noch so schwach und allein. Nach so langer Zeit würde es sicher nicht leicht werden, zu begreifen, wie viele Menschen es dort draußen gab, denen es genauso ging wie ihm. »Wie vielen hast du eigentlich geholfen?«

»Einigen«, antwortete Noah, setzte sich auf und begab sich nun ebenfalls in den Schneidersitz. James' Blick wurde kurz von Noahs freiliegendem Oberschenkel angezogen, doch er richtete ihn sogleich wieder auf sein Gesicht. Dennoch grinste dieser, bevor er fortfuhr. »Unsere Organisation ist in mehreren Städten tätig. Ich habe zwar besonders einen Distrikt, um den ich mich kümmere, werde aber auch oft woandershin gerufen, wenn dort jemand meine Hilfe braucht. Zu den Härtefällen, meistens. Ich schätze, inzwischen habe ich mir einen gewissen Ruf verdient.«

»Kann ich verstehen. Du hilfst den Kids natürlich auf eine andere Weise als einem Erwachsenen wie mir, aber allein dieses Verständnis, das du besitzt, hilft sehr. Du bist ein guter Zuhörer.«

Noahs Lächeln wurde ein wenig schwächer. »Und leider ist das oft das Einzige, was ich tun kann. Bei den Familien, die wenigstens noch etwas offen sind, kann ich vermitteln, aber ... viele, die ihre Kinder auf die Straße geworfen haben, besitzen nach wie vor kein Einsehen. Ich frage mich dann immer, ob die Eltern sie überhaupt jemals geliebt haben. Andernfalls verstehe ich nicht, wie-« Er brach auf einmal ab, sah auf. »Tut mir leid. Das habe ich nicht so gemeint. Sicher ist es nicht so, dass es da gar keine Liebe gegeben hat. Und bei dir ist es bestimmt ohnehin anders.«

James starrte ihn an, schüttelte gleich darauf den Kopf. Liebe ... noch ein Thema, mit dem er Probleme hatte. Konnte er sich überhaupt daran erinnern, jemals von seinen Eltern umarmt worden zu sein? Sein Onkel und seine Tante waren ein wenig liebevoller und hatten ihn immer an sich gezogen, wenn sie zu Besuch gekommen waren. Was aber seine Eltern und Großeltern anging ... Handschläge und vielleicht ein Schulterklopfen, vielmehr hatte es da nicht gegeben. Wie bei James schienen sie eine Mauer um sich herum aufgebaut zu haben, die keiner von ihnen überwinden konnte.

»Liebe ist das falsche Wort für uns, denke ich«, sagte er schließlich leise, richtete den Blick nach unten. »Es war eher gegenseitiger Respekt. Aber so etwas wie innige Liebe wie bei den Familien im Fernsehen, das gab es bei uns nicht.«

»Wenn das wirklich stimmt, dann wundert es mich nicht, dass du ein Problem mit Nähe hast«, meinte Noah und rutschte nun an ihn heran. Bevor James auch nur die Chance hatte, den Mund aufzumachen, schloss er auf einmal die Arme um ihn, zog ihn zu sich. Da sie beide noch im Schneidersitz saßen, wurde es eine etwas ungelenke Umarmung über ihre

Beine hinweg, doch James schlang trotzdem einen Arm um ihn, drückte das Gesicht gegen Noahs Schulter.

»Du hast dir die Haare gewaschen«, sagte er, sobald ein paar Sekunden verstrichen waren und er den blumigen Geruch wahrnahm.

Noah lachte. »Ja, da gab es so eine kleine Flasche mit der einfachen Bezeichnung 'Shampoo'. Daran erkennst du die richtig geilen Hotels: abgefüllte Drogerieartikel, die im Preis inbegriffen sind.« Grinsend zog er sich zurück, um in James' Gesicht sehen zu können. »Ich verstehe allerdings nicht, warum sie unbedingt Rosenduft wählen mussten. Etwas Neutraleres, das mich nicht wie eine Großmutter mit Hut und pinker Handtasche riechen lässt, wäre meiner Meinung nach angebrachter gewesen.«

»Ich weiß nicht ... irgendwie passt der Duft zu dir.«

Misstrauisch zogen sich Noahs Augenbrauen zusammen. »Warum genau? Und ich würde über die Antwort gut nachdenken, denn meine Finger sind nicht weit von deinen Eiern entfernt«, meinte er und warf einen demonstrativen Blick auf die Hand, die nun auf James' Oberschenkel ruhte.

Grinsend sagte James: »Du hast eine ... blumige Persönlichkeit.«

Noah öffnete den Mund, hob den Zeigefinger, runzelte anschließend erneut nachdenklich die Stirn. »Ich bin mir nicht sicher, ob ich beleidigt bin oder nicht.«

»Nicht. Definitiv«, erwiderte James rasch nickend, wodurch Noah lachte.

»Okay. Du hast Glück, dass du genug Charme besitzt, um damit durchzukommen. Ich verstehe immer besser, warum sich deine Frau damals in dich verliebt ha-« Noah brach auf einmal ab, räusperte sich und zog nun auch die Hand von James' Oberschenkel zurück.

Als schon wieder diese komische Stille drohte, Überhand zu gewinnen, meinte James: »Jedenfalls ... danke. Für alles. Ohne dich hätte ich wahrscheinlich bereits in Louisville aufgegeben, wäre zurückgefahren und hätte mir eine fadenscheinige Ausrede einfallen lassen, warum meine Ehe in die Brüche gegangen ist.« Er lächelte. »Dank dir meine ich aber zumindest den Mut gefunden zu haben, mich meinen Eltern stellen zu können.«

Noah schüttelte den Kopf. »Ich habe gar nichts getan. Das bist alles du. Diese Kraft hat schon immer in dir gesteckt. Du musstest das nur erkennen. Ohne mich hätte es vielleicht ein bisschen länger gedauert, aber ich bin mir sicher, du hättest es auch alleine geschafft.«

»Das stimmt nicht. Ich bin nach wie vor so ... Ich weiß nicht, wie ich es ausdrücken soll.« James tippte sich an die Schläfe. »Es ist, als wäre da eine Sperre in meinem Kopf. Sobald ich über bestimmte Themen nachdenken will, komme ich nicht weiter. Aber wenn du bei mir bist, dann ist alles so viel leichter. Ich sehe dich, weiß genau, was für ein großartiger Mann du bist und für mich bist du perfekt. Obwohl ich gelernt habe, die Art, wie du lebst und das, was du mit mir tust, wäre falsch, muss ich dir nur in die Augen sehen und erkenne die Wahrheit. Du zeigst mir, wie gut und richtig jede Berührung, jeder Kuss von dir ist. Das ist der große Unterschied, den du ausmachst, Noah. Akzeptier also besser meinen Dank, denn jedes meiner Worte ist wahr.«

Noah betrachtete ihn mit riesigen Augen, biss sich auf die Unterlippe und richtete den Blick auf seinen Schoß. Sofort wollte James ihn wieder küssen, doch dieses Mal wäre es mit Sicherheit nicht nur bei einer kurzen Berührung ihrer Lippen geblieben. Stattdessen wollte er ihn an sich ziehen, die Hände über seinen Körper wandern lassen und ... James wusste nicht, was er sonst noch tun würde, doch es wäre so einige Ave Marias wert gewesen.

»Ich ... spüre den Wein ziemlich«, meinte James nun, versuchte damit, dieses Verlangen zu überspielen, und sah wieder zu Noah. »Sollen wir schlafen gehen? Morgen früh haben wir direkt einen Termin für das Spa. Volles Programm. Schlammbad, Massage, Maniküre, Pediküre, Thermalbad ... nicht unbedingt in dieser Reihenfolge, aber alles ist möglich und im Preis inbegriffen«, meinte er mit einem Grinsen zu Noah, dessen Augen sich erneut weiteten.

»Das ist ... viel zu übertrieben. Wie viel hast du dafür bezahlt?«

»Darüber musst du dir keine Gedanken machen. Schließlich habe ich erst mein Haus verkauft und außerdem eine Menge Geld gespart. Nimm es einfach an.«

»Leichter gesagt als getan«, erwiderte Noah mit einem Kopfschütteln. Daraufhin betrachtete er James mit einem Grinsen. »Allerdings bin ich schon neugierig ... So etwas habe ich noch nie gemacht.«

»Dann wird es Zeit. Ich war auf Betriebsreisen schon mal in Spas. Unser Chef steht auf Massagen und hat den besten Mitarbeitern hin und wieder eine volle Behandlung gegönnt.«

»Mit oder ohne Happy End?«

James betrachtete ihn mit einem Stirnrunzeln. »Wie meinst du das?«

Noahs Mund öffnete sich zu einem kleinen 'o'. »James, manchmal ist es etwas erschreckend, wie unschuldig du bist. Happy End Massagen sind ... nun, es sind schon *Massagen*, nur ist das Ziel mehr als bloße Entspannung. Außerdem konzentrieren sie sich besonders auf ein Körperteil.« Noah sah daraufhin zu James' Schoß.

Dieser brauchte einen Moment, doch dann war er derjenige, dessen Augen sich weit öffneten. »Oh.« Nun verstand er auch, warum seine Kollegen ständig über Happy Ends geredet hatten, sobald ihr Chef mit dieser Masseurin in einem der Räume verschwunden war. »Ich glaube, mein Chef betrügt seine Frau«, meinte er stirnrunzelnd, als er sich eine dieser Szenen zurück ins Gedächtnis rief und sich das breite Grinsen seines Chefs vorstellte.

Noah stieß ein Lachen aus, legte sich gleich darauf jedoch die Hand auf den Mund und sagte: »Sorry, das ist eigentlich nicht witzig, aber du solltest dein Gesicht sehen. Aha-Erlebnis, hm?«

»Kann man so sagen.« Als er erneut in Noahs Gesicht sah, auf dem nun dieses glückliche Lächeln lag, drehte sich James rasch von ihm fort. »Okay, schlafen. Morgen haben wir viel vor.«

»Und dabei dachte ich, es geht um Entspannung.« Trotz seiner Worte machte sich jedoch auch Noah fertig fürs Bett.

Sobald sie nur in Boxershorts gekleidet nebeneinanderlagen, warf James Noah einen Blick zu. Dieser hatte ihm den Rücken zugedreht, aber durch seine Atmung wusste James, er war noch nicht eingeschlafen. Die Matratze bot mehr als genug Platz für beide von ihnen und doch ... James verspürte auf einmal diesen ungeheuren Drang, Noah nahe zu sein.

Womöglich lag das an den Gedanken, die er zuvor gehabt hatte. Während der letzten Stunden war James erst richtig bewusst geworden, wie wichtig Noah für ihn war. Er bereicherte diese Reise auf eine Weise, die er sich nicht hatte vorstellen können. So rutschte er an ihn heran, schlang zaghaft die Arme um ihn und zog ihn an sich. Noah drehte ihm den Kopf zu. »Das kommt überraschend. Alles okay?«

James nickte gegen seine Schulter. »Ich wollte nur …« Er wusste nicht, wie er diesen Satz beenden sollte. Verzweifelt angelte er nach den richtigen Worten, doch er fand sie nicht.

Noah drehte sich jedoch leicht in seinen Armen, fasste mit einer Hand in sein Haar und strich durch dieses. »Schon okay. Ich bin immer fürs Kuscheln zu haben.« Er legte sich zurück auf die Seite, rutschte etwas nach hinten und lag nun so dicht an James, dass sich ihre Körper vollständig berührten.

Dieser atmete tief ein, steckte die Nase an Noahs Hals und war innerhalb von wenigen Minuten eingeschlafen.

## Kapitel 14

In dieser ersten Nacht im Hotel bewies James mal wieder seine ungeheure Fähigkeit, innerhalb von wenigen Minuten wegzudösen, während Noah dagegen nicht so viel Glück hatte.

Durch die Wärme von James' Körper sehnte er sich nur noch mehr danach, ihre Beziehung zu vertiefen. Er wollte James all das zeigen, was er verpasst hatte, und gleichzeitig verspürte er den Wunsch, noch so viel mehr zu tun, mehr für James zu *sein*. Nicht nur ein Freund oder Mentor ... kein Unterstützer oder Reisegefährte.

Sobald Noah diese Erkenntnis erlangte, krampfte sich etwas in seinem Magen zusammen. So nahe sie sich während dieser Reise auch gekommen waren, sie hatten nichts miteinander. Das durfte er nicht vergessen. Sie waren zu Freunden geworden, doch so deutlich es auch von Tag zu Tag für Noah wurde, wie viel James ihm bedeutete, etwas wie eine Beziehung war vollkommen unmöglich. Nicht nur wegen der Distanz zwischen ihrer Heimatstädte, sondern auch wegen Noahs ungewisser Zukunft.

Er hatte den Krebs überstanden, ja, aber für wie lange? Würde er wieder kommen? Könnte er James, der gerade erst dabei war, seine Freiheit zu erhalten, an sich binden, wenn ihn dadurch womöglich nur neuer Schmerz erwartete?

Die Antwort war eindeutig. Das hatte dieser Mann nicht verdient. So lange hatte er auf sein eigenes Glück verzichtet, nur um seinen Eltern zu gefallen. Nun hatte er einen Partner verdient, mit dem er richtig zusammen sein konnte. Jemanden, der über Jahre für ihn da wäre und vielleicht sogar mit ihm alt wurde.

Noah wusste nicht, ob er das konnte und selbst wenn, gab es noch bestimmt tausend andere Gründe, warum jemand anderes besser für ihn geeignet wäre.

So schluckte er dieses Verlangen ein für alle Mal hinunter, versuchte stattdessen für den Moment, das Gefühl von James' Körper an seinem zu genießen und nicht mehr an das zu denken, was nach dieser Reise kommen würde.

Dennoch schlief er erst spät ein und am nächsten Morgen drückte James mehrmals seine Sorge aus, weil sich Noah wie ein Zombie durch ihr Zimmer bewegte. Dieser wollte ihm natürlich nicht sagen, dass James' Nähe und seine komplizierten Gefühle Schuld an seinem Schlafmangel waren. Stattdessen platzierte er ein Lächeln auf sein Gesicht und meinte, er hätte sich bloß noch nicht an das Bett gewöhnt. Die Matratze im Bus wäre zwar ungemütlicher, fühlte sich aber schon fast wie ein Zuhause an.

Das war zumindest nicht gelogen. Auf dem riesigen Hotelbett lag es sich himmlisch, keine Frage, aber er bevorzugte den Liegeplatz im Bus. Es hatte einfach etwas ... Abenteuerliches, in dem Oldtimer zu schlafen und gleich am nächsten Tag wieder auf Tour zu gehen.

Diese Erklärung schien James zunächst zu reichen, doch Noah bemerkte, dass er dennoch ein wachsames Auge auf ihn behielt. So gönnte er sich zur Abwechslung mal einen Kaffee, um wie ein halbwegs normaler Mensch zu funktionieren, und ging anschließend mit James ins Spa.

Dort erwarteten ihn mehrere wohltuende Behandlungen. Nach einer Maniküre, Pediküre, Gesichts- und Ganzkörpermassage lag er schließlich neben James auf einer Liege im Ruhebereich und stieß einen langen Atemzug aus. »Himmlisch ... Muskeln in meinem Körper sind plötzlich entspannt, von denen ich noch nicht einmal wusste, dass ich sie habe.«

»War das wirklich deine erste Massage?«, fragte James ihn mit einem Lächeln.

Noah nickte. »Meine Eltern wollten mir immer mal wieder eine spendieren, um mich von der Behandlung zu erholen, aber ich habe mich die ganze Zeit über so schlecht gefühlt, dass ich jedes Mal nein gesagt habe. Wenn du todmüde bist und dir ständig die Seele aus dem Leib kotzen musst, ist das Letzte, was du willst, von einem wildfremden Menschen angetatscht zu werden. Jetzt wünschte ich mir fast, ich wäre darauf eingegangen. Zumindest an einem der besseren Tage.«

»Nun, wenigstens kannst du es jetzt. Sie haben sogar extra Massagen für Hände und Füße, wenn dir danach ist«, meinte James und sah währenddessen auf einen der Flyer, die neben ihnen auf einem Tisch lagen. »Halte dich bloß nicht zurück. Der Preis bleibt der gleiche. Egal, ob wir das Angebot nutzen oder nicht.«

»Hm, dann gehe ich vielleicht sogar darauf ein.« Obwohl ihm sofort wieder nach einer anderen Art von Entspannung war, sobald er zu James hinübersah. Er trug wieder einen Bademantel und dieses Mal zwar eine Badehose darunter, doch sein Oberkörper lag frei und bot so einen hervorragenden Blick auf seine Bauchmuskeln. Wenn sie alleine wären, hätte ihn der Anblick vermutlich genug gereizt, um aufzustehen und sich auf James' Beine zu setzen. Anschließend hätte er den Kopf geneigt, um ausgiebig über diese verlockenden Muskeln zu lecken, bis James ihn geradezu anbettelte, stattdessen seinen Schwanz zu bearbeiten.

Aber leider waren sie eben nicht die einzigen Gäste hier. Ein älterer Mann lag ihnen gegenüber und redete ausgelassen mit seiner Frau übers Golfen. Diese besaß dabei einen glasigen Blick, hörte ihm offensichtlich kaum zu. Außerdem wanderten ihre Augen genauso wie Noahs immer wieder zu James' Körper, als könnte sie es einfach nicht lassen.

Noah grinste. »Ich wusste, dass Frauen auf dich stehen«, flüsterte er James' zu.

»Ach ja? Wo hast du das denn jetzt her?«

»Intuition«, erwiderte Noah mit einem Schmunzeln. Wenn James nicht einmal bemerkte, wie eine ältere Dame ihn geradezu mit den Augen verschlang, würde der arme Bastard, der James als Erstes in einem Gay Club anmachte, bestimmt keinen leichten Job haben.

Da die Richtung, in die sich seine Gedanken soeben bewegten, nur wieder seine Laune trübte, sah er stattdessen zurück zu James und sagte: »Was ist noch mal unser nächstes Ziel? Wir fahren gleich morgen früh los, oder?«

Der Themenwechsel schien James zunächst zu überraschen, doch er fasste sich recht schnell und nickte. »Nach dem Frühstück, ja. Das eigentliche Ziel ist der Grand Canyon, aber da die Fahrt dorthin zu lange dauert, machen wir am besten in Albuquerque Halt.«

»Albuquerque, hm?« Wieder verknotete sich Noahs Magen. Dieses Mal allerdings nicht wegen seiner undurchsichtigen Gefühle, sondern weil dieser Name ein paar unschöne Erinnerungen weckte. »Muss das sein? Können wir nicht direkt durchfahren?«

»Das wären ca. 19 Stunden Fahrt. Wir müssten zumindest für die Nacht irgendwo halten. Nach Albuquerque brauchen wir ja bereits 13 Stunden und dort gibt es eines unserer Fitnessstudios. Das Einzige in dieser Gegend.«

»Dann … müssten wir uns also irgendwo ein Zimmer mieten, um uns frisch machen zu können, wenn wir dort nicht halten.«

James nickte. »Und da es immer wärmer wird, wäre so eine lange Fahrt ohnehin nicht angenehm. Hast du etwas gegen die Stadt? Ich meine, es macht mir nichts aus, noch mal ein Zimmer zu mieten, aber-«

Rasch schüttelte Noah den Kopf. »Nein, vergiss einfach, dass ich etwas gesagt habe. Es ist nur ... alter Teenagerkram. Mein Vater hat dort früher mal gearbeitet und ich habe nicht unbedingt die schönste Zeit in der Stadt erlebt. Im Grunde ... wurde ich zwangsgeoutet.«

James' Augen weiteten sich leicht. Von seinen bisherigen Erfahrungen ausgehend, konnte er sich bestimmt kaum etwas Furchtbareres vorstellen. »Das tut mir leid. War es sehr schlimm?«

Noah schenkte ihm ein schwaches Lächeln. »Nun, es ist nicht so, als hätte ich mir den Bullshit gefallen lassen. Tatsächlich habe ich auf diese Weise sogar meinen ersten Freund kennengelernt. Er hat mir geholfen, meine Peiniger zu verprügeln«, meinte Noah mit einem breiten Grinsen. Das war wenigstens eine schöne Erinnerung. »Erst eine Schlägerei auf dem Schulhof und anschließend Knutschen hinter der Sporthalle.«

»Du hast ihn kennengelernt und direkt mit ihm ...«

Noah zuckte mit den Achseln. »Ich wurde da zwar erst geoutet, aber das bedeutet nicht, dass ich keine Erfahrung hatte. Tatsächlich bin ich vorher mit einem gefälschten Ausweis in einem Club gewesen und ... na ja, sagen wir einfach, das erste Mal mit meinem Freund war um einiges schöner.«

James schüttelte langsam den Kopf. »Ich stelle immer wieder fest, wie verdammt mutig du bist. Alleine in einem Gay Club und das mit ... was? 15? 16?«

»16, ja, und es war nicht mutig, sondern verdammt dumm. Nur, weil mich dort jemand vor dem Eingang gesehen hat, bin ich überhaupt geoutet worden und dann habe ich auch noch eine der wichtigsten Erfahrungen, die man in seinem Leben machen kann, mit einem Kerl gehabt, der sich null für mein Wohl interessiert hat. Es gibt nichts, was ich mehr bereue.« Daraufhin schenkte Noah James ein Lächeln. »Vielleicht wünsche ich mir deshalb so sehr, dein Erster zu sein. Nicht nur, weil ich natürlich will, dass deine Erfahrung schön wird, sondern auch, weil ich weiß, dass du mich viel besser behandeln würdest als er damals. Es wäre so etwas wie ... eine Wiedergutmachung? Ich weiß nicht, wie ich es erklären soll.«

Auf der Stelle wandte James den Blick ab, doch es legte sich ein sanftes Lächeln auf sein Gesicht. »Ich würde dir auf jeden Fall nicht wehtun. Niemals. Ich, ähm, habe noch mehr recherchiert.«

Noah grinste. Das wusste er bereits. Erst an diesem Morgen hatte er gesehen, wie James heimlich auf seinem Smartphone Artikel gelesen hatte. Dabei war ihm die Scham deutlich anzusehen gewesen. Bisher dachte Noah, er hätte sich aus Neugier informiert, doch wenn James das für ihn getan hatte ... wenn er sich tatsächlich auf diese Weise auf das vorbereiten wollte, was sie zweifellos irgendwann gemeinsam tun würden ... »Weißt du, wenn das Ehepaar nicht hier wäre, würde ich dich jetzt besinnungslos küssen. Das und mehr ...«

James reagierte sofort so, wie Noah es erwartet hatte. Seine Augen weiteten sich, er warf ihm einen kurzen Blick zu, bevor er erneut wegschaute. »Dann ... willst du keine Massagen mehr?«

»Zumindest nicht von dem Personal hier.«

Mit leicht geöffnetem Mund betrachtete James ihn, schluckte einmal kurz hart und erhob sich rasch. Noah tat es ihm gleich. Nachdem sie sich in den Duschkabinen des Spas das Massageöl abgewaschen hatten, zogen sie sich an, gingen zum Aufzug und dort verschwendete Noah keine Zeit mehr. Er drückte James gegen die Wand, legte sofort die Lippen auf seine. Zunächst hatte er Widerstand erwartet, doch James schien gar nicht mehr daran zu denken, dass im Grunde in jedem Stockwerk die Türen aufgehen und sie jemand sehen konnte.

Glücklicherweise geschah das nicht und sie erreichten ungestört ihre Etage. Dort löste sich Noah widerwillig von James, nahm daraufhin seine Hand und zog ihn mit sich zu ihrem Zimmer. Nachdem James für sie die Tür geöffnet hatte, ging Noah vor, zog sich noch im Gehen das Shirt über den Kopf und warf es auf den Boden.

James folgte ihm atemlos, beobachtete Noah, wie er sich vor dem riesigen Bett vollkommen auszog. Erwartungsvoll drehte sich dieser daraufhin um, sah ihn mit erhobenen Augenbrauen an. Sofort bewegten sich James' Augen auf und ab, verweilten schließlich auf Noahs Schwanz, der noch unter seinem Blick wuchs. Halbhart streckte er sich James entgegen und Noah umfasste ihn, um ihn zu seiner vollen Härte zu reiben.

Währenddessen wirkte James jedoch reichlich unsicher. Er machte Anstalten, sich das Hemd aufzuknöpfen, doch seine Finger verweilten auf dem ersten Knopf.

»Zeit hilft dir nicht, hast du gestern gesagt«, meinte Noah leise und fügte daraufhin rasch hinzu, damit James nicht den falschen Eindruck bekam: »Wir können trotzdem warten, aber wenn du einen weiteren großen Schritt machen willst, dann bin ich zu allem bereit.«

»Zu allem«, wiederholte James leise, ohne die Worte jedoch wie eine Frage klingen zu lassen. Es war vielmehr eine Feststellung. So, als müsste er die Worte erst auf der Zunge spüren, um sie richtig begreifen zu können. »Ich ... weiß immer noch nicht, wie weit ich gehen kann, aber ich weiß inzwischen, was ich will: alles. Noah, ich will alles von dir.«

Einen Moment lang befürchtete Noah, sein Herz würde stehen bleiben. James besaß das wahnwitzige Talent, ihn mit seinen Worten genau dort zu treffen, wo er sie am meisten spürte. Er ging auf ihn zu, legte die Hände auf seine Brust und knüpfte James' Hemd für ihn auf. Sobald es bis zur Hälfte geöffnet war, stellte er sich auf die Zehenspitzen, küsste ihn.

»Ich will mehr als dein alles. Mehr, als du mir geben kannst und vermutlich auch mehr, als ich verdiene«, flüsterte er gegen James' Lippen.

»Das ist unmöglich.« James fuhr mit einer Hand durch Noahs Haar, zog seinen Kopf auf diese Weise zu sich. »Du verdienst ...«

»Alles?«

James schmunzelte, berührte ihn dabei mit seinen Lippen. »Nein, wirklich mehr als das.«

Noah verstand inzwischen nicht mehr, worüber sie redeten. Die Worte bildeten ein einziges Durcheinander in seinem Kopf. Längst konnte er nur noch daran denken, James aus diesen störenden Klamotten herauszubekommen und zu sehen, wie weit er nun zu gehen bereit war.

Er überraschte ihn schon mal dadurch, dass er die Hände auf Noahs Hüften legte, ihn auf diese Weise sanft in Richtung Bett drückte. Sobald Noahs Beine die Matratze berührten, fiel er nach hinten, blieb dort sitzen und starrte mit leicht geöffnetem Mund auf, während James langsam die übrigen Knöpfe seines Hemds öffnete, es auszog und auf den Boden fallen ließ. Als er dann auch noch seine Hose aufmachte, schluckte Noah hart, starrte auf die deutliche Beule und griff schließlich nach vorne. Sanft fasste er unter den Bund von James' Boxershorts, zog seine Erektion heraus und streichelte das Glied bis zu seiner vollen Härte.

James atmete schwer, betrachtete ihn dabei mit dunklen Augen, kam Noah jedoch etwas näher. Dieser wusste genau, was James wollte: Eine Wiederholung von gestern, allerdings ohne eine Flucht am Ende. Das konnte er deutlich seinem Blick ansehen. Er bedauerte genauso wie Noah, dass im Badezimmer am Ende seine Angst gesiegt hatte.

So leckte Noah zaghaft über James' Eichel und sah dabei zu ihm auf. Anschließend streichelte er sanft mit einer Hand seine Hoden, nahm sein Glied auf und begann, sich vor und zurück zu bewegen.

Es dauerte nicht lange, bis James schwer atmete. Er legte eine Hand auf Noahs Kopf, strich ihm durchs Haar und Noah wusste, er musste gerade sehr mit sich kämpfen, um nicht mit den Hüften vorzustoßen, denn diese zitterten vor Anstrengung.

»Ich ... Noah, ich ...«, keuchte James.

Noah ließ auf der Stelle von ihm ab, sah anschließend mit einem Grinsen zu ihm auf. »Wie willst du kommen?«

James schloss kurz die Augen, als wäre allein diese Frage bereits sein Untergang. Er atmete tief ein, schluckte hart. »Ich ... ich ... will ...«

Was er auch wollte, James konnte es nicht aussprechen. Augenblicklich wirkte er frustriert mit sich selbst. Er ballte die Hände zu Fäusten, drehte den Kopf zur Seite und seine Wangen färbten sich vor Scham.

Behutsam umfasste Noah eine seiner Fäuste, öffnete sie mit sanfter Gewalt und spielte anschließend mit James' Fingern. »Es ist okay. Legst du dich neben mich?«

Augenblicklich sah James ihn an, wirkte dabei neugierig. »Was hast du vor?«

Noah lächelte nur, zog ihn zu sich auf die Matratze. James kam seiner Bitte nach, legte sich neben ihn und drehte sich Noah mit ganzem Körper zu. Dieser rutschte näher an ihn heran, umfasste zunächst sein hartes Glied, legte es dann an James' und umschloss beide gleichzeitig mit den Fingern. Anschließend bewegte er rasch seine Hand, während James ihn mit großen Augen betrachtete. »Du kannst mir helfen, wenn du willst.«

Das wollte er offensichtlich, denn James verlor keine Sekunde, legte seine größere Hand auf Noahs und bewegte sich im gleichen Tempo. Es dauerte nicht lange, bis James' Orgasmus nahte und während er in Noahs Hand pulsierte, neigte dieser rasch den Kopf, um sein Stöhnen mit den Lippen zu schlucken.

Sobald dessen Orgasmus verebbt war, wollte Noah etwas weiter von ihm wegrutschen, um selbst an sich Hand anzulegen und die Sache zu beenden, doch James schlang auf einmal einen Arm um ihn, drückte ihn wieder an sich und umfasste Noahs Schwanz allein.

Während dieser ihn mit großen Augen betrachtete, bewegte James rasch seine Hand auf und ab. »D-Du musst das nicht tun«, keuchte Noah.

»Ich will es aber«, flüsterte James zurück, neigte den Kopf und küsste seine Lippen.

Noah stöhnte, doch keiner seiner Laute war zu hören, denn James schluckte jeden von ihnen. Nach nur wenigen Sekunden spürte er das vertraute Ziehen in seinem Unterleib. Während James' Zunge mit seiner spielte, kam Noah, versenkte rasch die Finger in James' Haar und küsste ihn so tief, wie er konnte.

Anschließend schnappten beide nach Luft, starrten in die Augen des jeweils anderen. Noahs Brust zog sich zusammen. James wirkte so ... zufrieden. Eine leichte Röte zierte sein Gesicht, er lächelte sanft und während er über seine

Hüfte streichelte, wurde Noah eine Sache schmerzhaft bewusst: So sehr er es auch abstritt, so sehr er auch versuchte, diese Gefühle zu unterdrücken, um nicht wieder verletzt zu werden ... um *James* nicht zu verletzen, so war er doch längst dabei, sich in diesen Mann zu verlieben. Unaufhaltsam.

## Kapitel 15

James atmete erleichtert auf. Anders als sonst schämte er sich dieses Mal nicht für das, was er mit Noah getan hatte. Stattdessen fühlte er sich geradezu ... erfüllt. So, als hätte er soeben etwas erhalten, was ihm bisher gefehlt hatte.

Er konnte es nicht lassen, über Noahs weiche Haut zu streicheln, genoss dabei jede noch so kleine Reaktion des Mannes. So zitterte dieser hin und wieder, strich ein wenig fester durch James' Haar und biss sich schon mal auf die Unterlippe, als würden ihm einige Worte auf der Zunge liegen, die er sich nicht auszusprechen traute.

James rutschte noch einmal näher an ihn heran, küsste Noah und sein Herz machte einige glückliche Sprünge, als dieser die Bewegung seiner Lippen zunächst zögerlich, doch dann leidenschaftlich erwiderte.

»Danke«, flüsterte James ihm zu, lehnte die Stirn an Noahs Schulter. »Du bist ... mein Anker. Ohne dich würde ich ... ich weiß nicht, was ich getan hätte.«

»Du wiederholst dich«, meinte Noah und James konnte ein Lächeln in seiner Stimme hören. »Es ist schon okay. Ich ... ich kann mir nicht einmal vorstellen, wie schwer das alles für dich sein muss.«

»So schwer ist es nicht. Zumindest nicht dieses Mal.« Er sah auf, starrte direkt in Noahs Augen und wollte ihn noch einmal küssen, doch dieser drehte plötzlich den Kopf fort.

»Wir sollten ins Bad gehen. Getrennt«, betonte Noah und James betrachtete ihn mit einem Stirnrunzeln.

Nur wenige Sekunden zuvor hatte er glücklich und zufrieden gewirkt. Warum war er nun auf einmal so distanziert? »Alles in Ordnung?«

Noah starrte ihn an, setzte sich auf und nickte. »Ja, natürlich. Ich bin nur müde und wenn du mich weiter so ansiehst, dann ... dann ...« Er räusperte sich. »Jedenfalls gehe ich duschen. Such du uns doch schon mal etwas zu essen aus. Es ist bald Mittag.«

James beobachtete mit gerunzelter Stirn, wie Noah im Bad verschwand. Mit diesem Verhalten erinnerte er ihn allzu sehr an sich selbst. Es musste etwas geben, worüber er nicht reden wollte. Etwas, das ihn vermutlich bereits länger beschäftigte und er sich noch nicht traute, anzusprechen.

Da James ihn nicht bedrängen wollte, sprach er Noah nicht direkt darauf an, doch im Laufe des Tages bestätigte sich seine Annahme, denn jedes Mal, wenn James versuchte, sich Noah anzunähern, zog sich dieser mit einer neuen Ausrede zurück.

Am späten Abend, als sie nebeneinander im Bett lagen und Noah ihm den Rücken zugedreht hatte, konnte James jedoch nicht länger warten. Er hatte das Gefühl, der junge Mann würde sich von ihm entfernen ... als wäre er dabei, eine Mauer um sich herum aufzubauen, damit James bloß nicht näher an ihn herankam. »Habe ich etwas Falsches gesagt oder getan?«, fragte er Noah im Flüsterton, rutschte dabei an ihn heran, ohne ihn jedoch zu berühren.

Dieser drehte sich sichtlich überrascht um, betrachtete James mit leicht geweiteten Augen. »Wie kommst du darauf?«

»Seit heute Mittag weichst du mir aus. Ich ... ich weiß, ich bin nicht gut in diesen Dingen. Wenn ich etwas getan haben sollte, das dich verletzt hat oder, was nicht in Ordnung war, dann tut es mir leid. Du musst es mir nur sagen.«

Noah schüttelte rasch den Kopf, fasste zu James und berührte seine Wange. Nachdem er ihm so lange ausgewichen war, fühlte es sich unheimlich gut an, wieder seine Hand zu spüren. »Tut mir leid. Ich habe nicht einmal gemerkt, was ich tue. Ich bin nur ...« Er verstummte kurz, schien neuen Mut zu sammeln, schüttelte dann sachte den Kopf. »Weißt du noch, wie ich dir gesagt habe, dass es da etwas gibt, worüber ich mit dir am Grand Canyon reden will? Mein Verhalten hat damit zu tun und es liegt nicht an dir. Überhaupt nicht. Es gibt etwas, womit ich zu kämpfen habe, und das ist schwer, in Worte zu fassen.«

Eindringlich musterte James ihn. »Und darüber willst du jetzt noch nicht reden?«

»Lass mir etwas Zeit, mich mental darauf vorzubereiten. Am Canyon erfährst du alles. Versprochen.«

Am liebsten hätte James weiter nachgefragt, denn Noah wirkte so unglücklich, während er diese Worte aussprach, doch wenn es eines gab, das er verstand, dann war es der Wunsch, ein unangenehmes Gespräch aufschieben zu können. So redete er nicht weiter davon und, als sich Noah erneut von ihm fort drehte, versuchte er, diese Tatsache nicht an sich heranzulassen.

Am folgenden Morgen spürte er jedoch immer noch eine gewisse Distanz und, obwohl er in diesem Hotel so viele Hürden überwunden hatte, verließ James es mit dem Gefühl, zumindest was seine Beziehung mit Noah betraf, einen Rückschritt gemacht zu haben.

Zudem blieb Noah auf ihrer Fahrt nach Albuquerque ungewöhnlich still. Da es nach einer Weile unangenehm wurde, versuchte James, die Stimmung mit Witzen und alten Geschichten über einen seiner verrückten Kollegen aufzuheitern, doch Noah hörte ihm kaum zu.

»Machst du dir Sorgen wegen unseres nächsten Ziels?«, fragte James ihn schließlich, nachdem Noah nur mit ein paar 'Hms' und 'Vielleichts' auf seine Gesprächsversuche reagiert hatte.

Dieses Mal schien er ihm zumindest zugehört zu haben, denn James sah aus den Augenwinkeln, dass Noah ihn anstarrte. »Nein … nicht wirklich. Daran hatte ich gar nicht mehr gedacht.«

»Ah, gut. Sonst hätte ich dir vorgeschlagen, dass wir woanders hinfahren. Ein weiteres Motelzimmer wäre kein großes Ding.«

Noah schüttelte den Kopf. »Der ganze Highschool-Quatsch hat doch längst keine Bedeutung mehr. Ich wette, der Großteil von den Arschlöchern hat bereits die Stadt verlassen. Zumindest haben sie früher immer davon geredet.«

»Dein Ex auch?«, fragte James ihn und warf ihm dabei einen neugierigen Seitenblick zu. Ein Teil von ihm hielt es für keine gute Idee, über Noahs Ex zu reden. Allerdings nicht, weil er dachte, es wäre ein schwieriges Thema. Mit so etwas würde Noah sicher zurechtkommen. Er war stattdessen derjenige, dem unwohl bei dem Thema war. Es war völlig normal, dass jemand wie Noah Beziehungen mit anderen Männern gehabt hatte und doch … James spürte eine unangenehme Enge in der Brust, sobald er daran dachte. Natürlich war ihm bewusst, was das zu bedeuten hatte. Er brauchte keine weitreichenden Erfahrungen, um diese Gefühle zu verstehen. Dennoch wischte er sie beiseite und weigerte sich, darüber nachzudenken. Noah und er waren nicht zusammen. Sie teilten vieles miteinander und waren zu Freunden geworden, aber mehr auch nicht. So schön die Zeit mit ihm war, das durfte er nicht vergessen.

Noah öffnete den Mund, antwortete jedoch nicht sofort auf seine Frage. Unangenehm schien ihm das Thema Ex allerdings nicht zu sein. Zumindest wirkte er entspannt, als er schließlich sprach. »Mike wollte in dem Geschäft von seinem Onkel anfangen. Der hat einen kleinen Hardware-Laden und dafür hat er sich schon immer begeistert. Ich denke daher nicht, dass er die Stadt verlassen hat.«

»Wir können ihn treffen, wenn du willst«, schlug James vor, obwohl er bereits bei dem Gedanken daran einen winzigen Stich in seinem Herzen spürte. Beinahe hätte er über sich selbst gelacht. Ein älterer Mann, der eifersüchtig auf die alte Beziehung eines jüngeren war, mit dem er nicht einmal eine offizielle Affäre hatte? Lächerlich. Wenn Noah davon wüsste, wäre er von ihm angewidert.

Dennoch empfand James eine gewisse Erleichterung, als Noah den Kopf schüttelte. »Das alles ist jetzt so lange her. Wir waren auch nur ein paar Monate zusammen. Die Zeit war schön mit ihm, aber ich will mich nicht in sein neues Leben einmischen. Solange wir ihm also nicht über den Weg laufen ...«

James nickte rasch. Albuquerque war nicht gerade klein. Es war äußerst unwahrscheinlich, dass sie diesen Mike rein zufällig auf der Straße trafen.

Berühmte letzte Worte, denn sobald sie am Rio Grande Nature State Park hielten, um sich nach der langen Fahrt ein wenig die Beine zu vertreten, rief ihnen jemand zu: »Noah? Bist du das wirklich?«

Als wäre er zu Stein erstarrt, hielt Noah, der gerade die Tür des Busses schließen wollte, inne. Er drehte sich um und lächelte den auf sie zukommenden Mann an.

James, der noch auf der anderen Seite des Wagens stand und sie über die Motorhaube hinweg ansah, verschränkte hingegen die Arme. Der Fremde war etwa in Noahs Alter, sportlich und hatte offenbar soeben seine Jogging-Runde beendet. Sein T-Shirt war fast vollständig durchnässt, klebte an seinem zweifellos durchtrainierten Körper. Eine Wasserflasche in der Hand haltend schenkte er Noah ein charmantes Lächeln.

»Ich kann es kaum glauben ... wie lange ist das jetzt her? 12 Jahre? Und du siehst noch fast genauso aus wie früher.«

Noah schmunzelte verschmitzt. »Ich weiß nicht, ob das ein Kompliment ist«, meinte er, ging jedoch auf den Mann zu und umarmte ihn trotz seines Zustandes. Augenblicklich spürte James wieder dieses Stechen in seiner Brust. »An deiner Routine scheint sich ebenfalls nichts geändert zu haben. Immer noch täglich am Joggen, Mike?«

»Irgendwie muss ich mich doch fit halten.« Mike sah zunächst zu ihrem Bus und dann zu James. »Ungewöhnlicher Wagen, den ihr da habt. Ist das der reiche Onkel, von dem du mir so viel erzählt hast?«

Noah schüttelte den Kopf. »Das ist mein Freund James«, begann er, korrigierte sich anschließend jedoch sofort. »*Ein* Freund, meine ich. Wir haben beide unabhängig voneinander eine Tour durch die Staaten begonnen und uns dabei kennengelernt. Seitdem sind wir zusammen unterwegs.«

»Ein Freund also ...« Etwas veränderte sich in Mikes Blick, während er James betrachtete. »Er ist um einiges älter als du, oder?«, fragte er und, ohne dabei auch nur seine Stimme zu senken, fügte er hinzu: »Sicher, dass du ihm vertrauen kannst? Es wäre nicht das erste Mal, dass ein älterer Mann dich ausnutzt.«

Augenblicklich ballte James die Hände zu Fäusten. Seine Augen verengten sich. Was bildete sich dieser Kerl eigentlich ein? Schlimm genug, dass er James wegen seines Alters verurteilte, er zweifelte zudem an Noahs Urteilsfähigkeit, nur weil er als Teenager einen Fehler gemacht hatte?

»James ist absolut vertrauenswürdig«, meinte Noah sofort ohne eine Spur von Ärger in der Stimme. »Ich sehe für dich vielleicht noch so aus wie damals, aber ich bin kein Kind mehr, Mike. Ich weiß sehr genau, wem ich vertrauen kann, und wem nicht.«

»Ich wollte dich nicht beleidigen«, erwiderte Mike sofort, sah anschließend zu James. »Keinen von euch. Noah ist mir nur nach wie vor sehr wichtig. Ich kann nicht anders, als mir Sorgen zu machen. Besonders, weil …« Er seufzte tief, strich sich durchs Haar und sah Noah an. »Wir sind zwar nicht in Kontakt geblieben, aber ehrlich gesagt, habe ich hin und wieder im Netz nachgeschaut, was du so treibst. Besonders, nachdem ich erfahren hatte, dass du Sozialarbeiter geworden bist. Ich weiß deshalb von deiner Krankheit.« Ein ernster Ausdruck legte sich auf Mikes Gesicht, als er Noah ansah. »Dir geht es gut? Ich weiß, du hast den Krebs überstanden, aber bist du wirklich schon fit für eine solche Reise?«

»Mir geht es gut, ja.« Ein verschmitztes Lächeln legte sich auf Noahs Gesicht. »Ich weiß allerdings nicht, wie ich es finde, dass du mich in den sozialen Medien stalkst. Und dann hast du noch nicht einmal eine Nachricht geschrieben …«

»Ich habe oft daran gedacht«, erwiderte Mike mit einem schwachen Grinsen. »Nur wusste ich nie, wie ich anfangen sollte, weil ich genau wusste, wie das aussehen würde. Ich schwöre, ich bin kein durchgeknallter Ex, der nach wie vor von dir besessen ist. Es ist nur, wie ich gesagt habe: Du bist mir wichtig und ich mache mir Sorgen.«

James, der den Austausch mit erhobenen Augenbrauen beobachtete, wusste nicht, ob er Mike glauben sollte – oder vielmehr wollte er ihm nicht glauben –, aber Noah lächelte. »Das weiß ich doch. Schon damals waren wir eher Freunde als ein richtiges Paar. Außerdem … habe ich dich ebenfalls hin und wieder gestalkt und weiß daher, dass du einen Freund hast.«

»Hattest«, korrigierte Mike ihn direkt und löschte damit sofort den Funken Hoffnung, der in James Brust entstanden war. »Wir haben uns vor zwei Wochen getrennt. Es hat einfach nicht mehr funktioniert. Liams Worte, nicht meine.«

»Tut mir leid, das zu hören. Ihr wart lange zusammen, oder?«

»Immerhin drei Jahre. Es hat aber schon seit Monaten gekriselt. Am Ende mussten wir uns eingestehen, dass die Beziehung keinen Sinn mehr macht. Ich hätte es gerne weiter versucht, aber er ... was soll's.« Mike warf James noch einmal einen Blick zu. »Und ihr zwei seid wirklich nur Freunde?«

Noah öffnete den Mund, sah dann jedoch zunächst zu James. Wahrscheinlich wollte er seine Zustimmung, bevor er Mike Genaueres über ihre Beziehung erzählte. So nickte dieser, damit Noah sagen konnte: »Wir sind ein wenig mehr als das. Nicht zusammen, aber ...« Er grinste. »Wir haben Spaß.«

»Dann ist er ein glücklicher Mann«, sagte Mike, sah dabei direkt in James' Augen und dieser erwiderte: »Du hast ja keine Ahnung.«

Auf der Stelle veränderte sich die gesamte Atmosphäre zwischen den beiden Männern. James spürte die Anspannung deutlich in der Luft und Noah schien es genauso zu gehen, denn er trat in Mikes Weg, sodass dieser stattdessen ihn ansehen musste. James erinnerte das daran, wie man den Blickkontakt von zwei Hunden, die aufeinander losgehen wollen, unterbrach, um sie zu beruhigen. Nicht gerade ein angenehmer Gedanke und doch zutreffend, denn am liebsten hätte er Mike angeknurrt, wenn nicht sogar gebissen.

»Also ... wie geht es dir eigentlich?«, fragte Noah Mike in einem offensichtlichen Versuch, das Thema zu wechseln. »Arbeitest du immer noch für deinen Onkel?«

»Nicht ganz. Du weißt ja, dass er schon älter ist. Da ich den Laden inzwischen gut im Griff habe, hat er sich letztes Jahr zur Ruhe gesetzt und ihn mir überlassen. Ich bin also nun der stolze Besitzer von 'FixIt Tools'«, meinte Mike mit einem selbstzufriedenen Grinsen.

James' Blick verfinsterte sich. Zweifellos dachte er, er könnte Noah damit beeindrucken, aber sicher fiel dieser nicht auf eine so armselige Taktik herein und würde-

»Wirklich? Das ist ja Wahnsinn! Du wolltest schon immer deinen eigenen Laden haben!«, meinte Noah mit Begeisterung und James starrte mit großen Augen seinen Hinterkopf an. »Läuft er gut?«

»Ich kann nicht klagen.« Mike reckte nun deutlich die Nase in die Luft, sah James über Noahs Schulter hinweg an und grinste. »Tatsächlich überlege ich, mir ein Haus zu kaufen. Das Geld habe ich längst dafür zusammen. Es muss nur noch die richtige Immobilie gefunden werden ... und vielleicht ein passender Partner, mit dem ich es teilen kann.«

Die Absicht hinter diesen Worten hätte nicht offensichtlicher sein können. Das schien auch Noah zu wissen, denn er meinte mit einem nervösen Lachen in der Stimme: »Ja, allein in einem großen Haus zu leben, wäre einsam. Aber du wirst sicher jemanden finden. Wenn ich mich nicht irre, warst du nie lange Single.«

»Das stimmt schon, aber die Zeit mit Liam hat mir verdeutlicht, wie sehr ich eine ernsthafte Beziehung brauche. Ich muss ... einen besonderen Menschen finden. Jemanden, mit dem ich für immer zusammenbleiben kann.« Als Mike diese Worte ausgesprochen hatte, sah er Noah direkt wieder an.

In dessen Schultern legte sich eine deutliche Anspannung, die James sofort bemerkte. Deshalb ging er endlich um den Bus herum, platzierte einen Arm um Noah und starrte Mike an. »Ich hoffe sehr für dich, dass du jemanden findest. Wenn du uns nun entschuldigen würdest? Die Fahrt war lang und Noah wird sich genau wie ich nach einer langen Dusche sehnen.«

»Oh ... sicher.« Eine hörbare Anspannung lag in Mikes Stimme. Als er Noah ansah, zwang er sich ein Lächeln auf das Gesicht, das seine Augen nicht erreichte. »Ihr verbringt doch bestimmt den restlichen Tag hier, oder? Wie wäre es, wenn wir uns heute Abend in unserem alten Club treffen? Das 'Mirage' ist noch genauso wie früher. Es wäre eine gewaltige Nostalgie-Bombe. Mary und Chris sind auch in der Stadt. Sicher werden sie mitgehen.«

James wünschte sich nichts sehnlicher, als dass Noah verneinte, doch dieser drehte sich um und betrachtete ihn mit einem Funkeln in den Augen. So stieß James ein Seufzen aus und nickte.

Noah lächelte. »Wir werden da sein.«

Daraufhin verabschiedete sich Mike, um seine Runde zu Ende zu laufen. »Tut mir leid«, meinte Noah zu James, sobald sein Ex weg war. »Er ist immer leicht eifersüchtig geworden. Ich hätte nicht gedacht, dass er so den Macho raushängen lässt, aber ein paar Dinge ändern sich wohl nie.«

James nickte. »Mary und Chris sind alte Freunde von dir?«

»Das kann man so sagen. Sie waren Mikes Freunde, bevor wir zusammen waren, und danach haben sie mich sozusagen adoptiert. Für ein paar Monate zumindest waren wir unzertrennlich. Zum Glück ... ohne sie hätte ich das Mobbing nicht überstanden.«

»Wir müssen nicht ausgehen, wenn du das nicht willst«, meinte James. »Sicher können wir deine Freunde irgendwo treffen, wo es privater ist.«

Noah schüttelte den Kopf. »Das Mirage ist ein Gay Club. Glaub mir, dort werden wir niemandem begegnen, der-« Er stoppte abrupt, sah James mit großen Augen an. »Oh, Mist, tut mir leid. Ich habe gar nicht daran gedacht, als ich zugesagt habe. Sicher willst du nicht dorthin gehen.«

James schüttelte den Kopf. »Denkst du wirklich, nach allem, was wir bisher getan haben, wäre ich noch nicht dafür bereit? Außerdem wird es die Erfahrung leichter machen, wenn wir mit mehreren dort sind. Dann kann ich mich erst mal umschauen, ohne … nun …«

»Von tausenden Kerlen angemacht zu werden, die sich mit Sicherheit gleich auf dich stürzen? Ja, ich verstehe schon, wie du das meinst.«

»Das wollte ich nicht sagen. Bestimmt gibt es nicht so viele, die … nun, interessiert wären.«

Noah seufzte. »Ich könnte dir jetzt widersprechen, aber wahrscheinlich wirst du mir ohnehin erst glauben, wenn es passiert.«

Damit ließen sie das Thema glücklicherweise fallen, drehten eine kleine Runde im Park, um etwas frische Luft zu schnappen, und machten sich anschließend auf den Weg ins Fitnessstudio. Dieses Mal gingen sie allerdings nicht getrennt duschen. Sie mussten nicht einmal darüber sprechen, sondern zogen sich direkt aus, warfen einander einen kurzen Blick zu und traten dann gemeinsam in den Duschbereich. Da sie alleine waren, nutzte Noah die Chance, stellte sich vor James und platzierte einen Kuss auf seine Lippen, während das Wasser auf sie niederprasselte.

»Sorry. Es war nur irgendwie heiß, wie du mit meinem Ex konkurriert hast.«

Augenblicklich legte sich eine unangenehme Wärme in James' Wangen. »Ich … will nicht wirklich mit ihm konkurrieren. Es war nur klar, dass er mich herausgefordert hat, und da habe ich … nun …«

»Ich verstehe schon«, sagte Noah, machte einen Schritt rückwärts und sofort war diese Distanz zurück, die James seit gestern spürte. »Du willst nichts von mir. Das ist mir klar. Also keine Sorge. Ich werde mir keine Hoffnungen machen oder so.«

James betrachtete ihn mit einem ungläubigen Blick. »Das habe ich nicht gemeint. Es ist nicht so, dass ich nicht … ich wollte nicht …« Er rangelte nach den richtigen Worten. Wie sollte er Noah auch klarmachen, dass er an ihn interessiert war, ohne dabei wie ein perverser alter Sack zu klingen? Ihm war klar, dass jemand wie Mike viel besser zu ihm passte. Dann so dreist zu sein und sich eine Beziehung mit ihm zu wünschen …

»Ich weiß schon«, meinte Noah noch einmal. »Wir zwei sind nicht kompatibel.« Er schenkte ihm ein schwaches Lächeln. »Ich meine, wir haben bisher vollkommen verschiedene Leben gelebt, andere Erfahrungen gemacht.«

»Und ich bin älter als du«, flüsterte James, doch augenblicklich schüttelte Noah den Kopf und betrachtete ihn mit einem verärgerten Ausdruck auf dem Gesicht.

»Wie oft muss ich dir noch sagen, dass mich das nicht stört? Gut, das Alter trägt dazu bei, dass wir nicht die gleichen Erfahrungen gemacht haben, aber verglichen mit allem anderen spielt es kaum eine Rolle. Es sind eher unsere … verschiedenen Lebensumstände und, was wir uns für die Zukunft wünschen. Ich meine, sei doch mal ehrlich, du bist niemand, der sich ausprobieren will. Am Anfang womöglich, aber am Ende willst du eine feste Beziehung und ich …«

»Du willst das nicht?«

Noah schüttelte den Kopf, doch James glaubte ihm kein Wort. Zu Beginn seiner Reise hatte er vielleicht gefeiert, dass er den Krebs überstanden hatte, aber so, wie er Noah inzwischen kannte, würde er nicht ewig so weitermachen wollen. Vielmehr glaubte James, er wünschte sich jemanden an seiner Seite.

Jemanden, der ihn unterstützte, wenn erneut schwierige Zeiten kamen.

Und genau das war es vermutlich, was Noah ihm am Grand Canyon anvertrauen wollte. Daher widersprach James ihm nicht, nickte nur und entdeckte gleich darauf eine gewisse Erleichterung auf Noahs Gesicht, aber gleichzeitig auch ein wenig Traurigkeit. »Schau uns an, nackt im Duschbereich eines Fitnessstudios und wir haben nichts Besseres zu tun, als über unsere Gefühle zu reden«, meinte Noah mit einem Grinsen.

Augenblicklich legte sich eine Wärme in James' Wangen. Er hatte vollkommen vergessen, wo sie waren. Nicht einmal das lauwarme Wasser hatte er noch auf seiner Haut gespürt. »Es ist aber auch merkwürdig passend«, erwiderte er, woraufhin Noah ihn perplex betrachtete. »Entblößter Körper, entblößte Gefühle.«

Noah stieß ein Lachen aus. Als sie jedoch Stimmen im Umkleideraum hörten, trat er rasch von James fort und, sich einander die Rücken zudrehend, wuschen sie sich endlich den hartnäckigen Schweiß von ihren Körpern.

Als sie das Studio wenige Minuten später verließen, kam es James so vor, als wären sie direkt in eine Sauna getreten. So flüchteten sie in das nächste Café, wo Noah einen besonders großen Eisbecher bestellte.

»Du bist dir ganz sicher, dass du einen empfindlichen Magen hast?«, fragte James ihn mit einem Lächeln, während Noah die Hälfte in einem unglaublichen Tempo verschlang. »Bisher sieht es nämlich überhaupt nicht danach aus.«

Noah grinste. »Tatsächlich scheint mein Magen inzwischen etwas robuster zu sein. Vielleicht esse ich auch bloß weniger Fastfood, seitdem ich dich kenne.«

»Wenn das weniger ist, möchte ich nicht wissen, wie viel Müll du vorher in dich reingestopft hast.«

Daraufhin zuckte Noah bloß mit den Schultern und tauchte seinen Löffel erneut in sein Eis. Da die Klimaanlage des Cafés den Aufenthalt so angenehm machte, bestellten sie sich noch jeweils ein Getränk und schindeten bis zum Abend Zeit. Erst, als ihnen die Kellnerin böse Blicke zuwarf, bezahlten sie ihre Rechnung und traten nach draußen.

Glücklicherweise war inzwischen eine kühle Brise aufgekommen, die ihren anschließenden Spaziergang durch die Straßen von Albuquerque angenehmer machte. Noah zeigte ihm, wo er früher gewohnt hatte und seine alte Schule.

»Es hat sich überhaupt nichts verändert«, meinte er kopfschüttelnd, stierte auf den Schulhof, der schon einmal bessere Tage gesehen hatte. Der Asphalt war an mehreren Stellen aufgebrochen, die wenigen Pflanzen und Bäume litten sichtlich unter der Hitze und ließen die Blätter hängen. Einige von ihnen waren vollkommen verwelkt. »Nein, warte, das Gebäude dort hinten ist neu.« Er grinste. »Sie haben wohl die Sporthalle abgerissen und neu gebaut. Ich wette, Mike war nicht glücklich darüber. Er hat es geliebt, mit mir zu schwänzen und dahinter zu verschwinden.«

Ein Muskel an James' Kiefer zuckte. Das Letzte, was er nun hören wollte, war, wie Noah mit einem anderen Mann rumgemacht hatte. Er sah zum Zaun, runzelte die Stirn. »Meinst du, es ist abgeschlossen?«

»Ich weiß genau, woran du denkst«, erwiderte Noah mit einem Grinsen. »Noch etwas, das du als Teenager nicht tun konntest, hm?«

Damit lag er zwar nicht unbedingt falsch, aber vor allem wollte James ihn seinen Exfreund vergessen lassen. So ging er zum Tor und rüttelte daran, doch natürlich ließ es nicht nach. »Warum gibt es überhaupt diesen Zaun?«, fragte er genervt.

»Ärger mit Vandalen«, antwortete Noah mit einem Grinsen. »Allerdings sieht auch der noch genauso aus wie früher. Und das bedeutet wahrscheinlich …« Er griff nach James' Arm, zog ihn mit sich runter vom Weg und halb um das Schulgelände herum.

Als er anschließend auch noch Anstalten machte, in einigen Büschen zu verschwinden, blieb James stehen. »Was genau wird das hier?«

»Vertrau mir und komm! Wir sind gleich da.«

Verwirrter denn je folgte er Noah durch die Büsche. Diese waren zum Glück nicht ganz so dicht, wie es zunächst den Anschein machte. Sie kamen vor dem hinteren Teil des Zaunes wieder heraus, wo Noah mit einem breiten Grinsen die Hände in die Hüften stemmte. »Ich wusste doch, sie haben es nicht repariert!«

James staunte nicht schlecht, denn genau vor ihnen war ein riesiges Loch in den Maschendraht geschnitten worden. Groß genug, damit eine kleine Person hindurchpasste. Da jedoch auch auf der anderen Seite Büsche standen, wunderte es ihn nicht, dass es niemandem aufgefallen war. »Sag mir nicht, dass du das gewesen bist …«

»Nicht ganz«, erwiderte Noah mit einem immerhin schuldbewussten Grinsen. »Mike hat sich eine von diesen großen Drahtscheren aus dem Laden von seinem Onkel geliehen und ich habe Schmiere gestanden. Chris und Mary wissen aber auch davon. Wir haben uns ein paarmal spät in der Nacht auf das Gelände geschlichen und einige nette Dinge auf den Asphalt geschrieben.«

Mit einem Zucken seiner Mundmuskeln meinte James daraufhin: »Noah, seid ihr die Vandalen gewesen, wegen denen der Zaun gebaut wurde?«

Noah lachte. »Sie wollten mir nicht erlauben, mit Mike auf dem Schulball zu tanzen. Kannst du es mir verübeln, dass ich Rache wollte?« Er zuckte mit den Schultern. »Wir wurden nie auf frischer Tat ertappt. Wann immer wir die Taschenlampe des Nachtwächters gesehen haben, sind wir wieder durch das Loch im Zaun verschwunden.« Er schüttelte den Kopf. »Ich kann nicht glauben, dass sie es immer noch nicht gefunden haben. Oder vielleicht haben sie es doch entdeckt, sich aber nicht die Mühe gemacht, es zu reparieren, weil ich kurz danach ohnehin von der Schule gegangen bin?«

»Ich dachte mir schon, dass du es im Gegensatz zu mir faustdick hinter den Ohren hattest, und doch habe ich dich unterschätzt«, meinte James mit einem Lachen.

»Genauso wie der Wächter und Hausmeister von damals. Jedes Mal, wenn er mich gesehen hat, hat er mir Beschimpfungen entgegengeworfen, aber er konnte natürlich nichts beweisen. Deswegen hat er am Ende sogar Ärger von meinem Vater bekommen, der sein Verhalten einmal mitbekommen hat. Der wusste nichts von meinen nächtlichen Ausflügen und hat die Anschuldigungen nicht geglaubt.« Noah stieß ein leises Seufzen aus. »Inzwischen tut mir der alte Brennington schon etwas leid. Er konnte ja nichts für die Entscheidung des Direktors.« Mit einem Mal runzelte Noah die Stirn. »Wenn ich aber so an seine Beschimpfungen zurückdenke ... viel besser war er auch nicht.« Breit grinsend nahm er James' Hand und zog ihn mit sich zum Zaun. Sobald sie auf der anderen Seite waren, mussten sie sich mit dem Rücken an den Maschendraht drängen, um an dem vorderen Busch vorbeizukommen.

»Und jetzt?«, fragte James ihn mit einem Funkeln in den Augen. Einmal davon abgesehen, dass er vor Noah keine homosexuellen Erfahrungen gesammelt hatte, war er zuvor in seinem Leben auch noch nie straffällig geworden. Das Schlimmste, was er je getan hatte, war, eine rote Ampel zu übersehen. Umso aufregender fand er diese Situation nun. »Ich glaube, du hast einen schlechten Einfluss auf mich.«

»Und dabei fange ich gerade erst an«, meinte Noah mit einem breiten Grinsen und drängte James auf einmal gegen die Wand der Sporthalle. »Es ist nicht genauso wie früher. Das Ding hier sieht viel moderner aus, aber ... das ändert nichts an meinem Plan!«

»Erst nur spontaner Hausfriedensbruch und nun hast du auf einmal einen Plan?«, fragte James stirnrunzelnd, legte jedoch die Hände auf Noahs Hüften.

»Hm, er formt sich noch, aber ich will dir auf jeden Fall einige meiner liebsten Orte hier zeigen. Die Stelle vor den Mülltonnen, wo Mike und ich meine Mobber verprügelt haben, das Footballfeld, wo wir uns hinter den Tribünen verdrückt haben, um mit Chris und Mary Dungeons & Dragons zu spielen, weil uns unser ach so tolles Team null interessiert hat, und natürlich ...« Er sah sich um, grinste dabei breit. »Den Platz meines ersten Handjobs.«

»Hier?«, fragte James mit großen Augen, denn obwohl der Ort durch die Pflanzen und die Halle einigermaßen abgeschirmt war, lag er doch sehr offen.

Noah zuckte mit den Achseln. »Die alte Halle hatte noch einen Anbau an der Seite, in der ein paar der Geräte untergebracht waren. Es war also etwas geschützter. Aber ... ja, Mike hat genau an dieser Stelle Hand angelegt und das werde ich niemals vergessen.«

Augenblicklich spürte James einen Stich in seiner Brust, doch er hatte nicht vor, gegen diesen Kerl zu verlieren, und so ließ er eine seiner Hände nach vorne wandern. »Hör endlich auf, über deinen Ex zu reden«, sagte er mit einem dunklen Blick und öffnete den Knopf von Noahs Hose.

## Kapitel 16

Mit großen Augen starrte Noah James an. War es nur Einbildung oder hörte er da tatsächlich echte Eifersucht in James' Stimme? Noch dazu war er nun dabei, Noahs Reißverschluss zu öffnen. »Ich ... was?«, fragte dieser verwirrt.

Es war schon überraschend gewesen, dass James seine Kommentare überhaupt etwas ausmachten, doch nun legte er auch noch die Hand auf seine beginnende Beule. Verwirrung oder nicht, Noahs Körper reagierte heftig auf James' Berührung. Er war nie jemand gewesen, der es besonders mochte, wenn sich der Partner besitzergreifend verhielt, doch bei James, der bisher immer so zurückhaltend gewesen war ... Gott, Noah liebte es. Er wollte diesem Mann wichtig sein! Er wollte so von ihm begehrt werden, dass Noah keinen anderen Mann mehr ansehen sollte.

»Du hast mich schon verstanden.« Ein kaum merkliches Knurren hatte sich in James' Stimme geschlichen. Er zog Noahs Boxershorts vorne weit genug nach unten, damit er sein Glied umfassen konnte.

Noah, der mit einem Schlag erregter war, als er es jemals für möglich gehalten hätte, biss sich auf die Unterlippe und legte widerwillig die Hand auf James' Brust. »W-Warte. Als ich dich hierhergebracht habe, dachte ich, wir knutschen vielleicht ein bisschen, aber das hier geht zu weit.« Nervös sah er sich um. »Es ist noch früh am Abend. Schüler werden mir nicht mehr treffen, aber manchmal sind um diese Zeit noch Lehrer auf dem Gelände. Jeder von ihnen hat einen eigenen Schlüssel für das Tor. Wir können also jederzeit erwischt werden. Ist ... ist dir das plötzlich egal?«

»Vielleicht ist es das«, erwiderte James und betrachtete ihn mit einem ungewöhnlich ernsten Blick. Er wirkte … begierig und entschlossen. Dann wandte er jedoch den Kopf ab, ließ seine Hände sinken. »Armselig, oder? Der alte, unerfahrene Mann wird eifersüchtig, weil sein jüngerer Reisegefährte über seinen Ex spricht.«

Ah. Damit hatte Noah also eine Bestätigung. Die Frage war nun, *warum* war James eifersüchtig? Weil er Noahs Aufmerksamkeit mit niemandem teilen wollte? War es eine Sache des Stolzes? Oder ging es ihm tatsächlich wie Noah und er war dabei, mehr für ihn als für einen Freund zu empfinden? »Absolut nichts ist daran armselig«, meinte er, vergaß diese doch sehr dringenden Fragen zunächst und legte eine Hand auf James' Nacken. Dort massierte er ihn, strich hin und wieder über seinen Haaransatz und brachte James auf diese Weise dazu, ihn anzusehen. »Ganz im Gegenteil. Ich finde es sogar …« Er schmunzelte, griff nach James' Hand und führte sie zu seinem nun harten Schwanz zurück.

James betrachtete ihn überrascht und bewies damit einmal mehr, dass er keine Ahnung hatte, wie sehr Noah auf ihn stand. »Du … hältst mich nicht für einen ekelhaften, alten Kerl, der dir nachsteigt und dich … besitzen will?«

Das kam so überraschend, dass Noah laut auflachen musste. »Ich halte dich für einen extrem heißen Kerl, der mich für sich haben will und das ist, zumindest in deinem Fall, wirklich, richtig …« Erneut biss er sich auf die Unterlippe, trat so nahe an James heran, dass sich ihre Körper vollständig berührten, stellte sich auf die Zehenspitzen und küsste ihn.

Von der Zurückhaltung, die James ansonsten doch so oft gezeigt hatte, war nichts mehr zu spüren. Stattdessen schlang er direkt die Arme um Noah, drückte ihn an sich und bewegte die Lippen gegen seine.

Noah presste mit den Hüften vor, erhielt so ein wenig Reibung, die seinen freiliegenden Schwanz nach mehr betteln ließ. Gott ... er musste das hier beenden. Am besten so schnell wie möglich, bevor sie doch noch erwischt wurden, aber ... dieser Mann war so verflucht ...

Er atmete tief ein, musste sämtliche Selbstbeherrschung, die er noch besaß, aufbringen, um James sachte von sich zu drücken. »Spätestens das müsste dir gezeigt haben, dass ich nicht das Geringste gegen deine Eifersucht habe, aber ... wir müssen wirklich aufhören, bevor noch-«

»Noah Brown?«

Augenblicklich erstarrte Noah gefühlt zu Eis. Diese kratzige, tiefe Stimme konnte nur einem gehören. Er richtete den Blick nach rechts, wo der alte Nachtwächter, Mitchell Brennington, mit hochrotem Gesicht und geballten Fäusten stand.

»Ich wusste es«, flüsterte der alte Mann. Er hatte während der vergangenen Jahre reichlich an Falten hinzugewonnen, doch die Ader, die an seinem Hals pulsierte, war noch genauso groß wie früher. »Nie hatte ich Beweise, aber jetzt, nach all den Jahren, bist du zum Ort deines Verbrechens zurückgekehrt, du perverser, kleiner-«

Noah reagierte so schnell, als hätte er seit Jahren für diesen Moment trainiert. Er packte seinen Schwanz ein, griff nach James' Hand, rief: »Lauf!« und zog ihn mit sich über den Schulhof.

James, der offenbar nicht mehr wusste, was gerade passierte, folgte Noah, rannte mit ihm bis zum Tor, das wie durch ein Wunder soeben von einem Lehrer mit drei dicken Büchern unter dem Arm geöffnet wurde.

»Schön Sie zu sehen, Mr. Finley. Physik war immer mein liebstes Fach!«, rief Noah dem Mann mit Hornbrille zu, der vor

Schreck die Bücher direkt auf seinen Fuß fallen ließ und aufschrie.

»Tut mir leid!«, rief Noah zurück, zog James mit sich durch das Tor und rannte mit ihm die Straße hinunter.

Er hielt erst drei Blocks entfernt, stemmte die Hände auf die Knie und sah zu seinem Komplizen, der nicht einmal aus der Puste zu sein schien, auf. »Du könntest wenigstens ein bisschen nach Luft schnappen«, meinte Noah. »So aus Solidarität.«

»Ich …« James fasste sich mit einem tiefen Seufzen ins Haar, schüttelte leicht den Kopf. »Noah, was ist soeben passiert?«

»Ich habe mir eine Anzeige wegen Hausfriedensbruchs eingehandelt, schätze ich. Deinen Namen haben sie nicht. Du bist also sicher, sofern du dich nicht von der Polizei erwischen lässt«, meinte Noah grinsend. Er richtete sich auf, streckte sich ausgelassen. »Wenigstens konnte ich Mr. Finley kurz sehen. Er ist furchtbar alt geworden, aber früher habe ich richtig für ihn geschwärmt. Er war dieser Typ heißer, etwas schusseliger Professor, wenn du verstehst.« Mit einem Grinsen sah er zu James, doch dieser wirkte nach wie vor verwirrt.

»Du lachst darüber?«, fragte er Noah schließlich und machte dabei den Eindruck, als würde er sich reichlich unwohl in seiner Haut fühlen.

Zunächst dachte Noah natürlich, er würde sich schämen, weil sie praktisch mit runtergelassenen Hosen ertappt worden waren – Noah zumindest –, aber dann sagte James: »Es tut mir leid. Wenn ich nicht so dämlich gewesen wäre, dann wären wir bestimmt nicht erwischt worden. Wenn du wegen mir jetzt Probleme bekommst …«

Noah betrachtete ihn überrascht, stieß anschließend ein Lachen aus. »Was für ein Blödsinn! Wenn, dann müsste *ich* mich entschuldigen. Schließlich habe ich dir den Weg dorthin gezeigt. Außerdem habe ich mich nicht gerade mit Händen und Füßen gegen deine Annäherung gewehrt. Wer weiß, wie weit wir gegangen wären, wenn der alte Hausmeister uns nicht erwischt hätte.« Immer noch mit einem Grinsen auf dem Gesicht legte er den Kopf schief. »Und es ist gar nicht so sicher, dass ich eine Anzeige bekomme. Mr. Finley hat mich immer gemocht und ohne seine Aussage kommt Brennington nicht weit. Schon damals hat er behauptet, mich nachts gesehen zu haben, obwohl es viel zu dunkel war, und nichts ist passiert.«

»Aber trotzdem! Ich ...«

Noah schüttelte den Kopf, nahm James' Hände und sagte: »Es ist eine gute Geschichte, die wir gleich meinen Freunden erzählen können. Sieh es einfach so.«

Ganz so zuversichtlich, wie sich Noah vor James gab, war er eigentlich nicht. Schließlich gab es zu Hause genug Polizisten, die nur darauf warteten, ihm etwas anzuhängen und eine Bewährungsstrafe wäre für sie wie ein Geschenk. Aber darüber wollte er jetzt nicht nachdenken. Er freute sich viel zu sehr auf den Abend mit seinen alten Freunden.

Als sie nach Albuquerque gefahren waren, hätte er nicht gedacht, den Aufenthalt genießen zu können. Nun, da er wieder hier war, wurde ihm allerdings bewusst, dass seine Zeit hier längst nicht so schlimm gewesen war, wie er in Erinnerung hatte. Stattdessen hatte er auch viel Gutes erlebt. Von dem Vandalismus, auf den er inzwischen nicht gerade stolz war, einmal abgesehen, hatte er hier Leute gefunden, die alles für ihn getan hätten.

Im Nachhinein konnte er nicht mehr sagen, warum der Kontakt mit ihnen abgebrochen war. Lag es an der Entfernung? Waren sie einfach nur zu beschäftigt mit ihren Leben gewesen, um sich regelmäßig zu melden? Jedenfalls konnte er es kaum erwarten, Mary und Chris wieder zu sehen.

»Ich frage mich, ob die beiden noch zusammen sind«, meinte er nachdenklich zu James, nachdem er ihm auf dem Weg zum Bus mehr über seine Freunde erzählt hatte. Chris war damals immer die Stimme der Vernunft gewesen, doch Mary hatte man zu allem überreden können und, da Chris schon damals in sie verliebt gewesen war, hatte er mitgemacht. Wenn vielleicht auch nur, um sie aus Schwierigkeiten herauszuhalten. »Alle dachten immer, sie wären die Ersten, die heiraten. Ich denke aber, ich wäre zu der Hochzeit eingeladen worden. Ob der Kontakt nun abgebrochen war oder nicht.«

»Es sind über zehn Jahre vergangen. In der Zeit kann viel passieren und gerade High-School-Lieben halten selten.«

Während James dies sagte, wirkte er leicht abwesend. »So wie bei deiner Frau und dir?«, fragte ihn Noah vorsichtig. James hatte lange nicht mehr über Maya geredet und das letzte, was Noah wollte, war, ihn an sein schlechtes Gewissen zu erinnern. Dennoch war er neugierig. Hatte James tatsächlich nie etwas für sie empfunden?

»Das mit uns war ... noch komplizierter«, meinte James mit einem schwachen Lächeln. »Im Nachhinein denke ich, Maya wollte genauso wenig wie ich so schnell heiraten. So wie meine Eltern haben sie ihre dazu gedrängt. Für sie waren wir die idealen amerikanischen Christen. Ich wusste die ganze Zeit, meine Familie würde nicht aufgeben, bis ich jemanden heirate und bei ihr war es genauso. Also haben wir uns dazu entschieden: Tun wir es einfach. Es war nicht romantisch oder besonders. Bloß eine nüchterne Entscheidung beim Abendessen. Das hätte wahrscheinlich der erste Hinweis sein sollen, dass wir einen Fehler machen, aber ... es war der leichteste Weg für uns.«

»Und sie war verliebt in dich, hm?«

James sah ihn an und nickte. »Ich war so dumm. Keine Ahnung von Liebe, verwirrt, frustriert und, anstatt das alles mit mir selbst auszumachen, habe ich sie mit in meine Probleme hineingezogen.«

»Hm, vielleicht, aber ihr wart beide erwachsen und, Druck von der Familie oder nicht, niemand wurde zu der Entscheidung gezwungen.« Da James dennoch deprimiert wirkte, drehte sich Noah ihm mit einem breiten Lächeln zu und sagte: »Aber vergessen wir das jetzt alles. Du wirst heute zum ersten Mal einen Schwulenclub besuchen«, meinte er aufgeregt, hatte dabei jedoch aus Rücksicht auf James seine Stimme gesenkt, damit ihn keiner der anderen Passanten hörte. »Bist du nervös?«

»Natürlich! Ich ... weiß nicht, wie ich mich verhalten soll.«

»So wie immer. Der einzige Unterschied zu anderen Clubs ist, dass du mehr Aufmerksamkeit erregen wirst, als du gewöhnt bist.«

»Was der Grund für meine Nervosität ist«, erwiderte James mit einem Zucken seiner Mundmuskeln.

Noah machte eine Bewegung mit seiner Hand, als würde er den Kommentar beiseite wischen wollen. »Es ist nicht so schlimm, wie du denkst. Ehrlich. Das Mirage ist ... Einstiegslevel, was Schwulenclubs betrifft. Es gibt keine Darkrooms, keine halbnackten Tänzer oder Stripper. Stattdessen haben sie sogar eine Kleiderordnung, die man einhalten muss, wenn man den Club betreten will. Keine besonders strenge, aber der Großteil der Haut muss bedeckt und es muss etwas vornehmer als Jeans und T-Shirt sein. Keine zerrissene Kleidung oder Muskelshirts also.« Er betrachtete James von oben bis unten. »Was hast du eigentlich so zum Ausgehen dabei? Bisher konnten wir ja immer unsere normalen Klamotten tragen.«

»Nicht besonders viel ... keinen Anzug oder so.«

Noah lachte. »Das wäre auch Overkill. Ein weißes Hemd und eine Stoffhose sind genug.«

So begaben sie sich zurück zum Bus und begannen damit, ihre Kleidung zu durchsuchen. Noah verzog das Gesicht, als er bemerkte, wie zerknittert das einzige Hemd in seinem Reiserucksack inzwischen war. Er hielt es James entgegen. »Meinst du, die Falten gehen als Fashionstatement durch? Drücken sie mein wildes Ich aus? Kritik an der Gesellschaft vielleicht?«

James antwortete ihm nicht, aber sein kaum unterdrücktes Lachen sprach Bände. Murrend versuchte Noah daraufhin, den Stoff mit den Händen zu glätten. Kurz darauf wurde er jedoch von James abgelenkt, der nun dabei war, sich sitzend im Bus umzuziehen. Während er abwesend immer wieder über die gleiche Stelle seines Hemdes strich, ließ Noah die Augen über James' Muskeln gleiten. Allein, wie sie sich bewegten, als er sich das Hemd überstreifte. Hach ... am liebsten würde er die Verabredung mit seinen Freunden vergessen, stattdessen mit James hierbleiben und ...

Nun, Noah begann, darüber nachzudenken, was er am liebsten mit ihm tun würde – oder vielmehr, was er sich wünschte, James würde mit *ihm* tun –, doch sobald sein Körper auf diese Gedanken reagierte, wandte er rasch den Blick ab und richtete sich wieder dem Hemd zu. Dieses besaß durch seine Unaufmerksamkeit nun noch mehr Falten als zuvor.

Frustriert riss er sich sein T-Shirt über den Kopf und streifte sich das Hemd über. »Es wird eh dunkel sein. Sicher fällt es niemandem auf.«

Als er dann seine Jeans auszog, bemerkte er, wie James dieses Mal derjenige war, der ihn beobachtete. Dieser grinste, sobald sich ihre Blicke trafen. »Niemand wird auf dein Hemd achten, Noah. *Wirklich* niemand.«

Noah drehte den Kopf fort, spürte dabei deutlich, wie ihm eine starke Wärme in die Wangen kroch. Verdammt … er bemühte sich so sehr, seine Gefühle zu vergessen, aber solche Kommentare machten es ihm schwer. Es war nicht fair. Dazu kam, dass sich James fertig umgezogen hatte, soeben seine Haare mit Hilfe eines kleinen Spiegels zurechtlegte und dabei aussah, als wäre er der heiße Hauptdarsteller eines Spionagefilms.

Dieses Mal überlegte Noah *wirklich*, die Verabredung abzusagen. Schließlich wollte er einen solchen Anblick mit Sicherheit nicht mit anderen teilen. Schon gar nicht mit den notgeilen schwulen Männern von Albuquerque, aber andererseits … sie waren nur für einen Tag hier und wann würde er schon die Gelegenheit haben, sich mit seiner alten Clique zu treffen?

»Ich bin zwiegespalten«, gestand er James schließlich. »Zum einen freue ich mich auf den Abend mit Mike und den anderen, aber … ich will auch hierbleiben und dir sofort wieder diese Klamotten vom Leib reißen.«

James schnappte sichtbar nach Luft und Noahs Herz schlug schneller. Wie war es überhaupt körperlich möglich, einen Menschen so sehr zu begehren? Ihm selbst fiel es nun schwer, zu atmen, und das lag sicher nicht nur an der stickigen Luft im Bus.

Nachdem sie sich einige Sekunden lang angestarrt hatten, räusperte sich James. Seinem Blick war anzusehen, dass er genau die gleichen Gedanken hegte, doch was er sagte, war: »Du würdest es bereuen, wenn du diese Gelegenheit heute nicht nutzt.«

Noah schluckte hart. Diese verdammte Rücksicht, die James mal wieder bewies, führte sicher nicht dazu, dass er ihn weniger wollte. Eher im Gegenteil. Tief seufzte er, schüttelte den Kopf. »Machen wir uns fertig, bevor wir den Bus heute Abend *wirklich* nicht mehr verlassen.« Er lehnte sich James zu, strich über den Kragen seines Hemdes und flüsterte: »Aber danach ... wenn wir zurück sind, dann gehöre ich dir. Mach mit mir, was du willst, denn wenn nicht ... dann werde ich wahnsinnig. Ich will dich so sehr.«

Dieses Mal schnappte James nicht nach Luft, aber er griff auf einmal nach Noahs Kopf, zog ihn zu sich und presste die Lippen auf seine. Der Kuss war grob und ungelenk, als hätte James mit einem Mal vergessen, wie man küsste, aber dafür so leidenschaftlich und ungestüm, dass er Noah den Atem damit raubte. Dieser war verdammt froh, auf einer Bank zu sitzen, denn andernfalls wären ihm die Knie weich geworden.

Hitze durchfuhr seinen Körper und er war bereits fest entschlossen, den Bus nie wieder zu verlassen, als James auf einmal von ihm abließ. »Tut mir leid«, wagte dieser dann auch noch zu sagen. »Ich konnte mich nicht zurückhalten.«

Noah blinzelte mehrmals schnell. »Den Begriff 'blaue Hoden' kennst du, oder?«

James grinste. Eine weitere Unverschämtheit! »So schlimm?«

»Du hast ja keine Ahnung.«

Daraufhin kämmte er sich rasch die Haare, damit sie so schnell wie möglich den verdammten Wagen verlassen konnten. Auf dem Weg zum Club liefen sie dicht nebeneinander, sodass sich immer wieder ihre Hände berührten, bis Noah schließlich den Finger testweise um James' hakte. Dieser wirkte überrascht, zog seine Hand jedoch nicht weg.

Wie Noah erwartet hatte, stand eine lange Schlange vor dem Mirage. Mike hatte ihm wenige Minuten zuvor geschrieben, dass er mit Chris und Mary früher am Club angekommen war und nun an ihrem alten Stammtisch wartete.

So stellten sie sich an und James, der sich nervös umsah, begann bereits die Aufmerksamkeit einiger Wartender zu erregen. Sobald Noah den hungrigen Ausdruck eines Mannes bemerkte, umarmte er James' Arm, drückte sich an ihn. »Damit du weißt, dass ich bei dir bin«, log er, da James ihm einen fragenden Blick zugeworfen hatte. Augenblicklich bekam er ein schlechtes Gewissen, aber was sollte er tun? Zulassen, dass sich ein 0850-Twink an ihn heranmachte? Niemals! Vor allem nicht, da sie einander bereits heiß auf das Ende des Abends gemacht hatten.

Um noch einen draufzusetzen, stellte sich Noah auf die Zehenspitzen, platzierte die Lippen auf James' Wange und flüsterte: »Ich kann es kaum erwarten, zu erfahren, was du heute Nacht mit mir anstellen wirst.«

## Kapitel 17

Eine unangenehme Hitze kroch sofort durch James' Körper. Er grinste Noah an, ohne jedoch zu wissen, was er dazu sagen sollte. Schließlich hatte er keine Ahnung. Gut, er wusste genau, was er mit Noah anstellen *wollte*, doch der Weg dorthin? Den Mut dafür finden? Binnen der letzten Tage war ein Knoten bei ihm geplatzt und er sah sich nun dazu fähig, wesentlich mehr mit Noah zu tun als zuvor, aber könnte er den bisher größten Schritt wagen? Aufs Ganze gehen? Von dieser anderen Hürde, die er erst nehmen musste, einmal abgesehen. Warum nur erschien es ihm so viel schwerer, diesen Club zu betreten, als jedes andere Hindernis zu überwinden?

Während die Schlange vor ihnen kürzer wurde, schlug sein Herz immer schneller. Nervös sah er sich um. Natürlich würde ihn hier niemand verurteilen und doch schlich sich wieder diese Furcht in seine Brust. Wenn es einen Ort gab, den seine Eltern ihr Leben lang verteufelt hatten, dann waren es Clubs wie dieser.

Mit jedem Schritt schien er größer zu werden, sich wie ein Monster bedrohlich vor ihm aufzutürmen. Die dunkle Fassade und das grelle blaue Licht des Neonschildes trugen noch zu diesem Bild bei und wenn Noah nicht so feste seinen Arm umklammern würde, wäre James womöglich geflüchtet. Hatte er sich geirrt? War er doch noch nicht bereit für diesen Schritt? Würde er es jemals sein?

»Wir können jederzeit wieder gehen, wenn du dich unwohl fühlst«, meinte Noah auf einmal und James betrachtete ihn überrascht. Vielleicht hatte er den Schweiß auf seiner Stirn bemerkt oder fühlte sogar sein rasendes Herz durch den eigenen Körper, den er an James presste, als würde sein Leben davon abhängen.

»Es ist schon okay«, erwiderte James schließlich mit einem tiefen Atemzug. »Entweder ich tue es jetzt oder nie.«

»Nie wäre auch in Ordnung. Das ist nun wirklich nichts, was du unbedingt machen musst«, meinte Noah und schielte zu einem jungen Mann, der etwas weiter hinten in der Schlange stand und James immer wieder Blicke zugeworfen hatte.

Das war immerhin ein Lichtblick: Noah ging es wie ihm. Er wollte James ebenfalls nicht zusammen mit anderen Männern sehen. Dennoch wünschte er sich, Noah würde seinen Körper nicht ganz so stark an ihn drücken, denn augenblicklich erinnerte sich James wieder an die Zeit im Bus und wollte nichts lieber tun, als dorthin zurückzugehen.

Zum Glück kam gleich darauf Bewegung in die Schlange und sie betraten endlich das Mirage. Dort sah sich Noah kurz um, lächelte, ließ James los, um stattdessen seine Hand zu nehmen, und ging auf einen der Tische zu, die vor der Tanzfläche standen.

Mike lachte gerade ausgelassen mit einem Mann und einer Frau, die zweifellos Mary und Chris sein mussten. Die Frau war etwas fülliger, hatte ein nettes Lächeln und ihre Augen leuchteten auf, sobald sie Noah erkannte.

Chris reagierte nicht anders. Der hagere Mann lächelte breit, zeigte dabei deutliche Grübchen und stand sofort auf, um Noah zu umarmen. »Es ist viel zu lange her! Du siehst gut aus dafür, dass ...«

»Dass ich fast gestorben wäre?«, fragte Noah ebenfalls mit einem Lächeln. Gleich darauf wurde er jedoch stattdessen von Mary in eine Umarmung gezogen, die um einiges fester ausfiel als die von Chris.

»Mach darüber keine Scherze«, sagte sie streng, trennte sich von ihm und auf einmal standen Tränen in ihren Augen. »Hast du eigentlich eine Ahnung, was für Sorgen wir uns gemacht haben? Sobald mir Mike von deiner Krankheit erzählt hat, wollte ich dir schreiben, aber da kam gerade die erlösende Nachricht, dass du in Remission bist.« Sie schüttelte den Kopf. »Danach kam es mir komisch vor. Ich wollte nicht, dass du denkst, ich hätte mich nur deswegen gemeldet. Es war blöd und selbstsüchtig. Tut mir leid.«

»Ist schon in Ordnung«, erwiderte Noah lächelnd. »Ich wäre wahrscheinlich ohnehin nicht glücklich darüber gewesen. Alle haben mich wegen meiner Krankheit wie ein rohes Ei behandelt. Wenn ihr euch deswegen nach so langer Zeit gemeldet hättet, dann …« Er rieb sich den Nacken. »Ja, mir hätte das bestimmt nicht gefallen.«

»Das hat Mike auch gesagt«, meinte Chris lächelnd. »Er kennt dich eben am besten.«

Ein unangenehmes Gefühl legte sich in James' Magen. Er machte einen Schritt nach vorne. »Ich bin James, Noahs Reisegefährte.«

»Oh, freut mich sehr«, meinte Chris lächelnd, schüttelte seine Hand und sah daraufhin zu Mike. »Er sieht gar nicht wie ein perverser alter Sack aus.«

»Mike«, sagte Noah drohend und der Ton seiner Stimme wies dabei erstaunliche Ähnlichkeit mit der von James' Mutter auf.

Mike zuckte mit den Achseln. »Das war natürlich nur ein Scherz.« Während er dies sagte, betrachtete er James allerdings mit einem wölfischen Grinsen.

Als spürte sie bereits die bissige Antwort, die auf James' Zunge lag, trat Mary vor. »Warum setzen wir uns nicht alle? Ich kann es kaum erwarten, von eurer Reise zu hören«, sagte sie zu Noah, der nickte.

Daraufhin bestellten sie sich etwas zu trinken und Noah erzählte ihnen, wie sie sich kennengelernt hatten.

»Du hättest vorsichtiger sein müssen«, meinte Chris stirnrunzelnd. »So, wie sich das anhört, hast du Glück gehabt, dass James kein Massenmörder ist.«

Mary nahm einen Schluck von ihrem Gin Tonic und zuckte mit den Achseln. »Noah ist eben nicht so ängstlich wie du. Er will Abenteuer erleben und nicht nur zu Hause rumsitzen.«

Auf der Stelle wurde die Stimmung zwischen den beiden um einige Grad kühler. Noah schenkte seinen Freunden ein schwaches Lächeln. »Ich wollte euch das schon die ganze Zeit über fragen, aber ... seid ihr eigentlich noch zusammen?«

Mary und Chris sahen sich an. Schließlich war es jedoch Mary, die ein Seufzen ausstieß und sagte: »Mal mehr, mal weniger. Wir hatten ein paar holprige Jahre.«

»Wir können nicht ohne einander, aber erst recht nicht miteinander«, fügte Chris mit einem Grinsen hinzu. »Du hast bestimmt erwartet, wir wären inzwischen verheiratet und hätten fünf Kinder, doch ... es sollte nicht sein.«

»Im Moment versuchen wir es wieder und haben uns sogar einen Paartherapeuten gesucht, aber wie ihr gerade bemerkt habt, könnte es besser laufen.«

Noah betrachtete sie mit einem missmutigen Blick. »Ich hätte gedacht, besonders ihr wärt dafür bestimmt, ewig zusammen zu bleiben. Ich meine, ihr ergänzt euch perfekt! Mary ist wild und für jeden Spaß zu haben, während Chris schon immer der Ruhepol der Gruppe war und uns auf den Boden zurückgeholt hat, wenn es sein musste.«

Mary lächelte schwach. »Vielleicht, aber wir sind keine Kinder mehr, Noah. Die Dinge haben sich geändert. *Wir* haben uns verändert. Unterschiede sind gut, aber sie sorgen auch für Konflikte. Besonders dann, wenn man verschiedene Vorstellungen von der Zukunft hat.«

»Aber das ist kein Thema für heute Abend!«, meinte Chris auf einmal rasch. »Wann haben wir schon mal die Gelegenheit, uns so zu treffen? Also: Erzähl doch mal ein bisschen von deiner Arbeit, Noah.«

So verbrachten sie die erste Stunde im Mirage. Was James dabei am meisten auffiel, war, wie normal hier alles wirkte. Noah hatte recht gehabt. Wenn man von der Tatsache absah, dass Männer teilweise eng umschlungen tanzten und sich auf der Tanzfläche küssten, war das hier ein Club wie jeder andere. Er wusste nicht, was er stattdessen erwartet hatte. Sex in der Öffentlichkeit? Blowjobs an jeder Ecke? Ein paar Hände wanderten ganz klar, doch es war längst kein Sündenpfuhl. Ließ sich ein Paar zu sehr gehen, ging sogleich die Security dazwischen und sorgte für Ordnung.

Und dabei hatte seine Mutter Schwulenclubs als den Vorhof zur Hölle bezeichnet. Ganz zu schweigen von dem schimpfenden Pastor, der jede Woche bei ihnen zum Abendessen gewesen war. Sie hatten ein Bild von Orten wie diesem gezeichnet, das, wie er nun feststellte, völlig überzogen gewesen war.

Anstatt einer 'Lasterhöhle' – noch so ein schönes Wort seiner Mutter –, der ihn zu sexuell ausufernden Handlungen verleiten wollte, hatte er hier einen Ort gefunden, der eher einer rettenden Oase glich. Die Atmosphäre war ausgelassen, niemand musste befürchten, wegen seiner Sexualität verurteilt zu werden, und zum ersten Mal hatte James das Gefühl, in der Öffentlichkeit er selbst sein zu können.

Zudem hatte sich Noahs Annahme, James könnte sich hier vor Männern nicht retten, glücklicherweise nicht bewahrheitet. Zwar hatte er einige interessierte Blicke bemerkt, doch entweder traute sich niemand an ihn heran, weil sie in einer Gruppe waren, oder ihr Interesse war nicht groß genug.

James war das nur recht. So nett das Gegenteil auch für sein Ego gewesen wäre, er war mehr als zufrieden damit, hier zu sitzen und mit Noahs Freunden zu reden. Mary und Chris zeigten sich auch schnell an ihm interessiert. Besonders, als sie erfuhren, dass James vor Noah nicht eine homosexuelle Erfahrung gesammelt hatte.

»Ist nicht wahr!«, hatte Mary mit großen Augen gesagt. »Aber ... wie hast du das ausgehalten? Das muss doch ein wahnsinniger Druck gewesen sein.«

»Wortwörtlich wahrscheinlich«, warf Mike ein und feixte James entgegen. »Schon irgendwie armselig, wenn ihr mich fragt. Sich über so viele Jahre zu verstecken, nur um der Familie zu gefallen ...«

Stille.

James ballte die Hände zu Fäusten, doch bevor er etwas sagen konnte, erhob sich Noah auf einmal. »Nimm das sofort zurück!«, rief er laut. Zum letzten Mal hatte James ihn so entrüstet gesehen, als er den homophoben Idioten in Hot Springs entgegengetreten war.

Überrascht starrte Mike ihn an. »Warum? Es ist die Wahrheit, oder nicht?«

»Du hast ja keine Ahnung. Du weißt nicht, wie schwer das Leben für Menschen ist, die in einem Haushalt aufgewachsen sind, wo ihnen Tag für Tag erzählt wird, etwas an ihnen wäre falsch. Du weißt nicht, was es bedeutet, mit der Angst leben zu müssen, geoutet zu werden und auf einmal ohne Familie und Freunde dazustehen! Deine Familie stand immer hinter dir. James musste ohne diese Sicherheit aufwachsen.«

Rasch wandte Mike den Blick ab. James meinte eine Spur von Scham auf seinem Gesicht zu erkennen, doch als er sprach, klang seine Stimme trotzig. »Wir reden hier von einem über 40-jährigen Mann, Noah, und nicht von einem deiner jungen Schützlinge. Außerdem leben wir nicht mehr in einer Zeit, in der man sich verstecken muss.«

»Du weißt nicht, wovon du-«, begann Noah, doch er stoppte, als James eine Hand auf seinen Unterarm legte.

»Lass gut sein. Er ist nur eifersüchtig und denkt nicht wirklich so. Wenn es nicht das gewesen wäre, hätte er sich etwas anderes gesucht, um mich schlecht zu reden.«

Während Mike so aussah, als hätte ihm jemand ins Gesicht geschlagen, lachte Chris auf. »Er hat dich voll durchschaut, Mann. Wir wissen doch alle, dass du Noah nie richtig vergessen konntest.«

Mike presste die Lippen aufeinander, zog seine Augenbrauen zusammen und stand mit einem solchen Ruck auf, dass sein Stuhl nach hinten schlitterte. »Ich geh mir noch einen Drink holen.« Damit bewegte er sich zur Bar.

Während sich Noah etwas peinlich berührt setzte, sah James, dass Mike von dem jungen Mann angesprochen wurde, der James zuvor am Eingang gemustert hatte. Plötzlich schlang Mike den Arm um die Hüften des Fremden und küsste ihn.

»Das ging ja schnell«, meinte James stirnrunzelnd.

Sobald Mary ebenfalls einen Blick auf die Szene geworfen hatte, stieß sie ein Seufzen aus. »Wie kindisch. Genauso hat er immer reagiert, wenn sich Noah mit ihm gestritten hat.«

James betrachtete sie überrascht. »Er hat ihn betrogen?«

Noah schüttelte den Kopf. »Wie ich dir schon mal gesagt habe: Wir waren immer eher Freunde als ein richtiges Paar. Es war eine … offene Beziehung.«

»Und genauso gesund, wie es klingt«, sagte Chris kopfschüttelnd. »Bei einer vollkommen gleichwertigen Beziehung ist das ja kein Problem, aber Mike wurde schon immer schnell eifersüchtig. Er selbst konnte mit so vielen Kerlen rummachen, wie er wollte, aber sobald jemand an Noah interessiert war, ist er durchgedreht.«

»Wir waren jung«, sagte Noah mit einem schwachen Lächeln. »Inzwischen ist er sicher anders. Ich meine, er war mit seinem Freund drei Jahre lang zusammen, oder nicht?«

Da sich Mary und Chris bedeutsame Blicke zuwarfen, ahnte James bereits, dass etwas nicht stimmte, bevor Mary den Mund öffnete. »Das war er, aber … wenn unsere Beziehung holprig war, dann ist Mike mit seinem Ex über metertiefe Schlaglöcher gefahren.«

»Mike hat uns nie erzählen wollen, warum er mit seinem Freund Probleme hatte, aber wo ich ihn jetzt wieder so sehe, kann ich es mir vorstellen«, schloss Chris.

»Oh.« Noah sah traurig zu Mike, der ganz ungeniert mit dem jungen Mann an der Bar rummachte. »Ehrlich gesagt, hatte ich mich schon gewundert. Ich konnte mir nicht vorstellen, dass er treu sein kann.«

»Und das war für dich in Ordnung?«, fragte James Noah, der im Gegenzug lächelte.

»Ich war auch nicht gerade unschuldig. Wir haben uns ausprobiert, wie man das eben so macht als Teenager. Okay, vielleicht etwas extremer als die meisten.«

James betrachtete ihn nachdenklich. Für ihn war das nach wie vor unvorstellbar. Er konnte nicht einmal im Ansatz begreifen, wie es Mike so leicht fallen konnte, einen wildfremden Mann zu küssen.

Obwohl ... er Noah auch noch nicht unbedingt lange kannte und praktisch bereits am ersten Tag nichts lieber getan hätte. Aber das war sicher etwas anderes als der Racheflirt, den Mike soeben abzog.

»Egal, du hast Besseres verdient.«

Noah lächelte ihn an, fasste unter dem Tisch nach James Bein und strich ihm übers Knie.

Währenddessen betrachteten Chris und Mary sie lächelnd. »Ihr scheint euch sehr gut zu verstehen«, meinte Mary mit einem Glitzern in den Augen. »Da läuft doch sicher mehr, oder? Ihr habt so eine gewisse Aura zusammen.«

James warf Noah einen Blick zu. Eine unangenehmere Frage hätte sie nicht stellen können. Nach wie vor hatten sie selbst keine Ahnung, wie sie ihre Beziehung definieren sollten. Wie also erklärte man das, was zwischen ihnen passierte, einer anderen Person?

Chris half ihnen allerdings, indem er Mary lächelnd eine Hand auf die Schulter legte. »Lass die beiden in Ruhe. Sie kennen sich wie lange? Knapp zwei Wochen?«

»Na und? Es gibt Menschen, die nach zwei Wochen bereits heiraten!«

Noah lachte laut auf. »Das werden wir sicher nicht tun. James' Scheidung ist noch nicht einmal durch. Außerdem würde ich Wochen brauchen, um einen guten Anzug zu finden.«

»Unsinn. Du würdest auch in einem Kartoffelsack gut aussehen.« Der Kommentar war James so rasch über die Lippen gegangen, dass er sich nicht aufhalten konnte. Peinlich berührt nahm er einen gewaltigen Schluck von seinem Bier und verschluckte sich dabei. Während er hustete, betrachtete Noah ihn mit großen Augen.

Mary hingegen wirkte, als hätte sie ihnen am liebsten ein Mikrofon unter die Nasen gehalten und nach jedem Detail ihrer Beziehung gefragt. Chris schob ihr allerdings sein kaum angerührtes Glas Gin zu und sagte: »Denk nicht einmal dran und trink.«

Sie wirkte zwar nicht zufrieden mit dieser Lösung, nahm jedoch das Glas und leerte es so schnell, dass es an einen Zaubertrick grenzte. Da James' Glas inzwischen ebenfalls leer war, stand er auf, um sich etwas Neues zu holen. Er fragte Noah zwar, ob er ihm etwas mitbringen sollte, doch dieser erhob sich. »Nicht nötig. Ich gehe lieber mit dir. Sonst endest du noch wie Mike.«

»Ich würde nie mit einem Mann rummachen, den ich nicht kenne«, erwiderte James empört, doch Noah lächelte.

»Vielleicht, aber du hast keine Ahnung, wie aggressiv manche Kerle hier sind.« Er trat an James heran. »Glaub mir, mit mir an deiner Seite rühren sie dich nicht an.« Noah legte eine Hand auf seine Brust, lächelte zu James auf.

Dieser schluckte hart. Noah schien vergessen zu haben, wo sie waren, denn Mary starrte sie über den Rand ihres Glases hinweg an und hatte offenbar nicht bemerkt, dass es längst leer war.

»Dann ... gemeinsam«, meinte James mit merkwürdig hoher Stimme. Er drehte sich um, ging zu der Stelle der Bar, die am weitesten von Mikes Rummachplatz entfernt lag und spürte dabei, wie Noah bei jedem Schritt seinen Körper berührte.

Der Gedanke daran, wie fest entschlossen er war, jeden anderen Mann von James fernzuhalten, brachte diesen zum Schmunzeln. »Wir hätten uns einen anderen Ort zum Ausgehen suchen sollen«, sagte er, nachdem er ihnen neue Getränke bestellt hatte und Noah ansah. »Schließlich will keiner von uns den anderen teilen.«

»Hm, nicht jeder kommt zum Rummachen mit Fremden her«, erwiderte Noah. »Paare gibt es hier ebenfalls. Sie genießen es, an einem Ort zu sein, an dem sie keine merkwürdigen Blicke befürchten müssen. Du doch auch, oder? Wenn ich draußen so mit dir geflirtet hätte wie gerade eben, dann hättest du mich sicher weggestoßen.«

»Früher vielleicht, ja, aber … ich denke, inzwischen nicht mehr. Es wäre mir sicher noch peinlich und ein Teil von mir würde sich schämen, aber … ich könnte dich nicht fortstoßen.«

Noah betrachtete ihn mit einem undurchdringlichen Blick. Er kam ihm näher, drückte sich wieder an ihn und flüsterte: »Sollen wir von hier verschwinden?«

»Was ist mit deinen Freunden?«, fragte James überrascht und bemühte sich, seine aufkeimende Nervosität nicht zu zeigen. Zudem sah er über Noahs Schulter hinweg, wie Mike zu ihnen sah und dabei wirkte, als würde er James am liebsten den Hals umdrehen. Den jungen Mann, mit dem er zuvor rumgemacht hatte, beachtete er kaum noch.

Noah schenkte ihm ein Lächeln. Er fasste mit der Hand in James' Haar. »Mike ist beschäftigt«, sagte er, da er diesem den Rücken zugekehrt hatte und seine stechenden Blicke nicht mitbekam, »und was die anderen beiden angeht … Mary verträgt nichts und hatte bereits zwei Drinks. Chris wird hingegen damit beschäftigt sein, sie davon abzuhalten, etwas anzustellen. Es wird uns also niemand vermissen.« Er stieß ein Seufzen aus. »Ich werde mich irgendwann mal ohne Mike mit ihnen treffen. Der geht mir inzwischen nur noch auf die Nerven.«

Das hörte James so gerne, dass er sich kurz umsah und anschließend den Kopf neigte, um Noah zu küssen. Selbst hier wagte er es nicht, den Kuss zu vertiefen, und trennte sich daher nach wenigen Sekunden von ihm, doch ein glückliches Lächeln lag nun auf Noahs Lippen.

»Du hättest dich gar nicht umsehen müssen«, meinte er. »Niemanden wird das hier stören.«

»Ich weiß, aber ... Macht der Gewohnheit. Außerdem war ich noch nie gut darin, in der Öffentlichkeit Zuneigung zu zeigen. Maya hätte ich nie vor anderen Menschen geküsst.«

Noah stellte sich auf die Zehenspitzen, kam seinen Lippen noch einmal näher und flüsterte: »Rede jetzt bloß nicht von deiner Ex.«

»Zu Befehl«, erwiderte James, schloss die Lücke zwischen ihnen und dieses Mal konnte er sich nicht zurückhalten. Er legte den Arm um Noahs Hüfte, zog ihn an sich.

Noah drückte die Zunge zwischen seine Lippen, seufzte dabei tief und versenkte die Finger in James' Haar. »Wir müssen gehen. Sofort!«, sagte Noah.

James nickte, bezahlte ihre Getränke und überließ diese Chris und Mary, die zwar zunächst enttäuscht zu sein schienen, sie jedoch im Anschluss angrinsten.

»Ich will nicht wissen, was die sich jetzt vorstellen«, meinte James mit düsterer Miene. Von Mike hatten sie nichts mehr gesehen. Wahrscheinlich hatte er sich mit dem Twink verdrückt.

»Und ich hoffe, es wird zur Realität«, erwiderte Noah.

James spürte eine deutliche Hitze in seinen Wangen. »Du ... willst es aber nicht wirklich im Bus tun, oder? Ich meine ... so richtig?« Augenblicklich stellte sich James vor, wie der Bulli hin und her schwankte. Allein der Gedanke war ihm so peinlich, dass er sich eine Hand vors Gesicht hielt. »Das wäre keine gute Idee.«

»Die Luft wäre dort auch zu stickig, wenn wir die Türen zu lassen. Aber irgendwo entfernt von der Stadt ... wo uns niemand hören oder sehen kann ...«

James war sprachlos. Auf einmal wurde er so nervös, dass er stehenblieb. »Du willst also wirklich, dass ich dich ...«

»Kein Druck«, erwiderte Noah beschwichtigend, schenkte ihm daraufhin ein verschmitztes Grinsen. »Aber alles andere haben wir bereits getan. Das ist der einzige Punkt auf der unsichtbaren Liste, den wir noch nicht abhaken konnten. Also, James, bist du dafür bereit, die letzte große Hürde zu überwinden?«

James starrte ihn an. Er wusste es nicht. Seit einigen Tagen hatte er kaum noch Scham verspürt. Stattdessen hatte er aber nun ein neues Problem. Er war viel zu nervös. Was, wenn er etwas falsch machte? Wenn er nicht gut genug war und es Noah nicht gefiel? Es war offensichtlich, dass dieser große Erwartungen hatte. Wenn James ihnen nicht gerecht wurde ... was dann? Wäre er enttäuscht genug, dass er nicht mehr von ihm angefasst werden wollte? Würde er vielleicht sogar die Reise beenden wollen?

Bisher hatten sie sich stets auf dieses Ziel zubewegt. Was, wenn es der einzige Grund war, warum Noah überhaupt mit ihm reisen wollte? Wenn nur die Neugier ihn noch hielt und er danach weiterzog?

»Du machst dir zu viele Gedanken«, meinte Noah. »Du musst mich nur ansehen und ich will nichts sehnlicher, als dass du mit mir schläfst. Was auch immer du mit mir tun willst, wie auch immer du mich anfassen möchtest ... glaub mir, ich werde es genießen.«

Er musste James' Gedanken gelesen haben. Dieser wandte nun den Blick ab. »Ich werde wahrscheinlich nicht wissen, was ich tue. Ich ... werde längst nicht so gut sein, wie die anderen Männer, mit denen du normalerweise schläfst.«

»Denkst du wirklich, das würde mich interessieren? Ich will nur ... mit dir zusammen sein. Außerdem waren meine bisherigen Partner nicht gerade Sexgötter.« Noah grinste. »Besonders nicht Mike.«

In diesem Moment gefiel es James nicht, dass schon wieder dieser Name gefallen war, doch gleichzeitig verspürte er eine gewisse Selbstzufriedenheit. »Ja, das kann ich mir vorstellen. Wie lange hat er durchgehalten? Drei Sekunden?«

Noah lachte. »Du kannst ihn wirklich nicht leiden, hm?«

»Er hat mir auch nicht besonders viele Gründe gegeben, ihn zu mögen.«

Lächelnd schüttelte Noah den Kopf. »Ich weiß, und das ist schade. Er ist längst nicht so schlimm, wie es im Moment den Anschein macht. Er ist nur ... immer noch verdammt kindisch. Ich hätte nie erwartet, dass er so eifersüchtig wird, obwohl wir die letzten Jahre nicht einmal miteinander gesprochen haben.«

»Er weiß eben, was er verloren hat. Würde er dich nicht zurückhaben wollen, wäre er ein Idiot.«

Noah sah zu ihm auf und einen kurzen Augenblick lang dachte James, er würde ihn mit Haut und Haaren verschlingen wollen. Dieser Blick war so ... verlangend. Sein Atem verließ ihn in raschen Stößen. Er griff nach James' Hand und zog ihn weiter zum Bus. Dort stiegen sie ein und mit rasendem Herzen fuhr James sie zu einem Feld außerhalb der Stadt. Am Rande eines kleinen Waldstücks, das eher eine Ansammlung von einzelnen Bäumen war, blieben sie stehen.

»Du ... bist dir sicher?«, fragte James und betrachtete Noah. Sein Herz raste inzwischen so schnell, er befürchtete, es könnte ihm jeden Moment aus der Brust springen.

»Bin ich. Wir können die Türen vom Bus offenlassen. Dann ist es kühl genug und niemand wird uns hier hören.«

James nickte, stieg jedoch noch nicht aus, sondern umfasste stattdessen mit klammen Händen das Lenkrad. Das war es also. Nach so vielen Jahren würde er endlich den Mut aufbringen, mit einem anderen Mann zu schlafen. So richtig.

Er wusste gar nicht, warum er so nervös war. Noah und er hatten bereits so viele Dinge getan ... das war nur ein weiterer Schritt. Und doch hatte er etwas Endgültiges. Er würde damit das Ziel seiner Reise erreichen ... eines davon zumindest.

Noah sagte nichts. Er blieb neben ihm sitzen und James spürte seinen Blick, doch er drängte ihn nicht. Wie immer ließ er ihm die Zeit, die er brauchte.

»Danke«, meinte James schließlich, sah ihn an. »Ich ... denke, ich bin bereit.«

Noah lächelte. Es war nicht sein amüsiertes Grinsen oder das verschmitzte Lächeln mit einem frechen Funkeln in den Augen, das er ihm schon mal zuwarf. Stattdessen war es einfach nur ... James fehlte das richtige Wort. Hinreißend? Liebenswürdig? Sein Herz klopfte schnell und gleichzeitig zog sich etwas in seiner Brust zusammen. Er griff nach Noahs Nacken, zog ihn zu sich und küsste ihn.

Noah machte ein verlangendes Geräusch gegen seine Lippen, legte eine Hand auf James' Oberarm und packte zu, als würde er sich an ihm festhalten müssen.

James griff mit der anderen Hand zu ihm rüber, streichelte über seinen Oberschenkel, bis er die deutliche Beule in Noahs Hose erreichte.

Nach Luft schnappend ließ Noah von ihm ab, starrte ihn wenige Sekunden lang mit dunklen Augen an und drehte sich um, um seine Tür zu öffnen. James tat es ihm gleich.

Wie Noah vorgeschlagen hatte, öffneten sie die Seitentüren des Busses sowie die Fenster vorne. Anschließend blieb Noah draußen stehen und öffnete langsam sein Hemd. Knopf für Knopf legte er seine Brust frei, strich daraufhin über sie nach unten, bis zu seiner Hose.

James schnappte nach Luft, als Noah auch diese öffnete und sie zu seinen Knien fallen ließ. Er war inzwischen so erregt, dass sich ein Zelt in seinen Boxershorts gebildet hatte. James ging auf ihn zu, zog den Bund nach unten und legte Noahs Glied frei. Er umfasste es, lehnte sich vor, küsste Noahs Lippen und drang mit der Zunge in seinen Mund ein.

Noah erwiderte den Kuss, seufzte dabei tief. Angetrieben von Noahs Reaktionen war James selbst trotz seiner Nervosität so hart, dass sich sein Glied schmerzhaft gegen die enge Hose drückte. Allerdings nicht mehr lange, denn Noahs Finger lagen kurz darauf auf seinem Reißverschluss.

Innerhalb weniger Sekunden hatte er seinen Schwanz befreit, streichelte ihn nun ebenfalls und starrte zu James auf. »Ich will dich in mir haben, okay?«

James schluckte hart. Er versuchte, eine passende Antwort zu formulieren, versagte aber dabei. Stattdessen drehte er sich um und zog eine Tasche unter dem Tisch im Bus hervor, wo sie Drogerie-Artikel und sonstige tägliche Gegenstände aufbewahrten. Kondome und Gleitgel hatte er ja bereits vor Ewigkeiten besorgt, doch nun, wo er beides in der Hand hielt, kam er sich mit einem Mal wieder vollkommen unvorbereitet und hilflos vor.

Noah trat allerdings an ihn heran, umarmte ihn von hinten und flüsterte: »Schon okay. Ich zeige dir, wie es geht.«

Immer noch unfähig, vernünftige Worte auszusprechen, nickte James und gab Noah das Gleitgel. Dieser zog sich nun auch noch die Boxershorts aus, warf sie zu seinen anderen Klamotten auf den dreckigen Boden und kletterte in den Bus.

Er kniete sich auf den Schlafplatz, gab etwas Gleitgel auf seine Finger und drang mit zwei von ihnen in sich ein. Anders als James in dem Badezimmer des Hotels war er dabei keinesfalls zaghaft. Rasch bewegte er sie hinein und hinaus, spreizte die Finger hin und wieder und machte dabei tiefe, verlangende Laute, die James direkt in seinem Unterleib spürte.

War es das, was Noah wollte? Sollte James ihn auf die gleiche Weise anfassen? Hart und unnachgiebig?

Während ihm das Herz bis zum Hals schlug, kletterte James zu Noah in den Bus und streichelte über seinen Hintern. Noah, der offenbar zu verstehen schien, ließ von sich ab. James strich zunächst über den Rand seines Eingangs, nahm damit etwas des Gleitgels auf und drang anschließend hart in Noah ein.

Dieser stöhnte auf, drückte dabei das Gesäß nach hinten, als würde er nach mehr verlangen. James erfüllte ihm den Wunsch, bewegte seine Finger rasch hinein und hinaus. Ihm begegnete keinerlei Widerstand. Noah nahm ihn jedes Mal auf, als würde sein Leben davon abhängen.

»Du willst mich wirklich, hm?«, flüsterte James ihm atemlos zu, denn Noah machte kehlige Laute, wie er sie noch nie gehört hatte.

»Scheiße, ja!«, rief Noah, brachte ihn damit zum Lachen. Als er sich daraufhin zu James umdrehte, verstarb es jedoch sofort. »Ich bin bereit … bitte.«

James öffnete leicht den Mund, drehte den Kopf fort und nickte. Er ließ von Noah ab und zog seine Boxershorts aus. Sein hartes Glied streckte sich Noah entgegen, zitterte ein wenig, ohne dass James es berührte. Gott, wie sehr er ihn wollte ... Die Lust war so allumfassend, er vergaß beinahe seine Nervosität.

Das wurde auch dadurch nicht besser, dass Noah sich auf einmal auf den Rücken legte und die Beine anwinkelte. »Ich denke, es ist besser, wenn wir uns in die Augen sehen können.«

James kletterte zu ihm auf die Matratze, doch er wusste dabei nicht, ob er ihm zustimmte. Zum einen würde es ihm mehr Sicherheit geben, aber zum anderen wäre es ihm auch peinlich, wenn Noah sah, was für ein Gesicht er beim Sex machte. Würde ihn das nicht abturnen? Vielleicht sogar anwidern?

Noah legte auf einmal die Hände auf seine Wangen. »Du denkst wieder zu viel nach. Lass es einfach passieren, ja?«

Zögernd nickte James. Er konnte ohnehin kaum noch an etwas anderes denken, als endlich in Noah einzudringen. Sein Herz schlug so hart und schnell in seiner Brust, er spürte es bis in die Ohren.

So verstummten seine Selbstzweifel allmählich. Er nahm sich eines der Kondome, riss die Verpackung auf und stülpte es über sein hartes Glied. Anschließend gab er zusätzliches Gleitgel darauf, umfasste seinen Schwanz und bewegte die Hand auf und ab, um das Gel gleichmäßig zu verteilen. Dann platzierte er sich mit rasendem Herzen an Noahs Eingang. Langsam stieß er mit den Hüften vor und Noah umarmte seinen Hals dabei.

Es war ein unglaubliches Gefühl, endlich in ihm zu sein. Noah war so heiß und eng um ihn herum, James musste innehalten, um nicht sofort zu kommen.

»Gut?«, fragte Noah ihn schwer atmend.

James lehnte sich zurück, um in sein Gesicht zu sehen. Er konnte kaum mehr tun, als zu nicken. Diese Antwort war allerdings eine pure Untertreibung, denn ... Gott, es war so viel besser, als er sich vorgestellt hatte! Niemals in seinem Leben war er erregter gewesen.

Lächelnd legte Noah eine Hand auf seinen Hinterkopf, zog ihn so zu sich. Der folgende Kuss war tief, lang und fast noch besser als das Gefühl, endlich in Noah zu sein. Es lagen so viele Emotionen in ihm, dass James nicht wusste, wie viel sein Herz davon ertragen würde.

Noah strich ihm durchs Haar, schloss dann auf einmal ein Bein um James und zog ihn näher zu sich. »Halte dich nicht zurück. Ich will es so hart wie möglich. Wenn du zu früh kommst, machen wir eine Pause und später weiter. Wir haben die ganze Nacht.«

So nett gemeint diese Worte auch waren, sie trugen nur zu James' Nervosität bei. Allerdings bewegte Noah plötzlich die Hüften in seine Richtung. James stöhnte auf. Seine gesamte Länge war nun in Noah. »Beweg dich«, flüsterte dieser ihm zu. »Ich brauche es ... bitte.«

James schnappte nach Luft und küsste ihn. Sobald er sich von ihm trennte, zog er die Hüften zurück, um anschließend hart vorzustoßen. Es war ... nun, die Erfahrung göttlich zu nennen, wäre noch eine Untertreibung gewesen. Zum wiederholten Male vergaß James seine Nervosität, vergrub sich immer und immer wieder in diesem Mann, achtete nur noch auf ihn und dieses kaum zu beschreibende Gefühl.

Noah stöhnte unter ihm. Er hielt mit einer Hand fest James Oberarm umklammert, legte die andere um seinen steifen Schwanz und bewegte diese schnell auf und ab. Als James besonders hart vorstieß, erzitterte auf einmal Noahs Körper. Er zog sich um James' Glied zusammen, verspritzte sein Sperma in so großen Schüben, dass fast seine gesamte Brust davon bedeckt wurde.

Erleichtert zu sehen, wie sehr Noah ihr erstes Mal genoss, bewegte sich James schneller, arbeitete nun seinem eigenen Orgasmus entgegen. Noah, der nach wie vor schwer atmete, lehnte sich vor, legte die Arme um seinen Hals und küsste James.

Diese vollen Lippen an seinen zu spüren und ein weiterer harter Stoß waren alles, was James noch gebraucht hatte. Er kam, warf dabei den Kopf zurück und vergaß für wenige Sekunden, wo er war. Anschließend küsste er Noah noch einmal langsam, während dieser ihm über den Rücken strich.

»Warum zum Teufel hattest du Zweifel?«, fragte er James mit einem breiten, zufrieden wirkenden Grinsen. »Das war … ich habe keine Worte.«

»Wenn es gut war, dann liegt das nur an dir«, flüsterte James zurück.

Zunächst starrte Noah ihm nur in die Augen, doch dann küssten sie einander wieder. Tatsächlich trennten sie sich nur, damit James sich kurz zurückziehen konnte, um das benutzte Kondom wegzuwerfen. Danach lagen sie sich in den Armen, küssten einander immer wieder, bis Noah schließlich die Augen zufielen.

Kein einziges Mal hatte James in dieser Nacht das penetrante Echo seiner strengen Erziehung gehört. Endlich war es verstummt.

## Kapitel 18

Als er am nächsten Morgen nach dem Aufwachen direkt in James' Gesicht sah, war Glück nicht das passende Wort für das, was Noah empfand. Es war nicht annähernd stark genug, um diese Enge in seiner Brust und das Flattern in seinem Magen zu beschreiben. James hatte die Arme locker um ihn gelegt und seine Lippen bewegten sich leicht, während er sanft atmete. Obwohl die Natur danach verlangte, dass er aufstand, wagte Noah nicht, sich zu bewegen. Das würde diesen Moment zerstören und dafür war er noch nicht bereit.

Das Schicksal meinte es jedoch nicht gut mit ihm, denn als hätte er seinen Blick gespürt, öffnete James auf einmal die Augen und lächelte ihn an. Verdammt ... Noah wusste nicht, wie viele von diesen Momenten er noch ertragen konnte. Er war gerade erst aufgewacht und schon klopfte ihm das Herz bis zum Hals.

»Guten Morgen«, flüsterte James ihm zu, streichelte zärtlich über Noahs nackte Hüfte und löste dabei eine Gänsehaut bei ihm aus.

»Guten ... guten Morgen«, erwiderte Noah heiser, lehnte sich daraufhin vor und presste das Gesicht gegen James' Brust.

»Was ist los?«

Da er eine Spur von Sorge in James' Stimme hörte, schüttelte Noah langsam den Kopf. »Nichts weiter. Vergiss es einfach.« Um James weiter zu beruhigen, platzierte er außerdem ein Lächeln auf sein Gesicht, bevor er aufsah. »Hey, wie wäre es, wenn wir aufstehen und uns ... nun, frisch machen. Ich fühle mich ziemlich unwohl.« Das war noch untertrieben. Er hatte sich gestern nur etwas mit Taschentüchern sauber gemacht und besonders seine Brust klebte nun unangenehm.

James nickte. »Sollen wir noch mal zurück zur Stadt fahren, um im Studio-«

»Nein«, sagte Noah sofort. »Ich will nicht riskieren, Mike zu begegnen. Der öffnet jetzt bald seinen Laden und, wenn er auch diese Angewohnheit nicht geändert hat, dann joggt er in der Nähe des Fitnessstudios. Am besten halten wir irgendwo an einem Rastplatz und machen Katzenwäsche.« Er richtete sich auf und streckte sich rüber zum Tisch, wo seine Armbanduhr lag. »Es ist noch früh am Morgen. Sicher ist dort jetzt kaum jemand.«

James nickte und beide standen auf. Noah wischte sich notdürftig mit einem Tuch über die Brust, das er in Mineralwasser getränkt hatte, und im Anschluss fuhren sie zu dem nächst gelegenen Rastplatz.

Zum Glück hatte Noah recht gehabt. Der einzige, der ihnen entgegenkam, war ein miesgelaunter Mann im mittleren Alter, der ihnen bloß ein 'Morgen' zuknurrte, um anschließend in der Schlafkabine seines Trucks zu verschwinden.

»Das wollte ich früher einmal werden«, meinte Noah, während er ihm hinterher sah, und räusperte sich kurz, denn sein Hals fühlte sich merkwürdig kratzig an. »Es hatte irgendwie immer etwas Romantisches für mich, das halbe Leben auf der Straße zu verbringen. Deshalb bin ich auch zu dieser Reise aufgebrochen. Dann habe ich erfahren, wie hart der Job ist und ... ja, Sozialarbeit liegt mir mehr. Die ist zwar ebenfalls hart, aber man ist nicht 7 Tage die Woche alleine auf Achse.«

»Klingt wie ein Traumjob für mich«, meinte James lachend. »Kein Boss, der dir ständig über die Schulter schaut.«

»Vielleicht, aber es ist verdammt schwer. Man muss immer auf die Straße aufpassen, wird angemeckert, wenn man zu spät kommt, obwohl man selten Schuld daran ist, muss in einer kleinen Schlafkabine schlafen ...«

»Also zumindest daran solltest du dich inzwischen gewöhnt haben.«

Lächelnd legte Noah die Hand auf James' Nacken. »Ich hatte aber auf unserer Reise immer nette Gesellschaft. Die hat der Trucker nicht.« Als ihm einfiel, wo sie waren, zog er rasch die Hand weg, doch James nahm sie und platzierte sie wieder auf seinen Nacken.

»Ist schon okay.«

»Es macht dir nichts mehr aus?«, fragte Noah stirnrunzelnd. »Von 0 auf 180, was?«

James schüttelte den Kopf. »An Orten, wo mehr los ist, wäre es mir noch unangenehm. So schnell werde ich das bestimmt nicht los. Hier ist es aber in Ordnung. Ich stehe dazu, was wir gestern getan haben ... und dazu, was wir noch tun werden?«

Es war mehr eine Frage als eine Aussage. Wie so oft während der letzten Stunden begann Noahs Herz zu rasen. »Wenn es nach mir geht, wird es da noch eine ganze Menge geben«, sagte er zu James mit einem Lächeln, das durch die offensichtliche Erleichterung des Mannes noch breiter wurde.

Daraufhin stockten sie ihre Vorräte für die weitere Fahrt auf und es ging endlich in Richtung Grand Canyon. »Sechs Stunden, hm?«, fragte Noah, während er die Strecke auf seinem Smartphone nachsah. »Wir sollten zwischendurch etwas essen. Ich sterbe inzwischen vor Hunger. Dieses eine Mal kann ich auch fahren, wenn du zu müde bist.« Er grinste. »Nach einer solchen Nacht wäre das nicht verwunderlich. Zwar kann ich dabei nicht unbedingt für die Sicherheit des Busses garantieren, geschweige denn für unsere, aber ich würde uns bestimmt näher ans Ziel bringen. Möglicherweise. Wahrscheinlich.«

»So sehr ich nach diesem beeindruckenden Vortrag auch an deine Fahrtauglichkeit glaube ... nein. Eine kurze Pause sollte reichen. Wenn ich mich nicht irre, müsste auf der Strecke irgendwo ein Diner liegen.«

Noah sah auf dem Smartphone nach und nickte. »Nach ungefähr drei Stunden, also geradezu perfekt.«

Damit stand der Plan. Sie drehten die Musik auf, redeten über alle möglichen Themen, bis schließlich Noahs wahrscheinliche Anzeige zur Sprache kam. »Vielleicht hätten wir lieber mit diesem ... Hausmeister, oder was er auch ist, reden sollen. Die Sache erklären«, meinte James, während er die Augen starr auf die Straße gerichtet ließ. Irgendwo weiter vorne musste ein Unfall passiert sein, denn sie kamen im Moment nur im Schritttempo voran.

Noah lachte auf. »Ich hätte ja gerne gesehen, wie du versuchst, dir eine vernünftige Erklärung einfallen zu lassen, warum mein Schwanz draußen war ... und auf meinem alten Schulhof auch noch. Um die Zeit sind zwar nie Schüler dort, aber einen guten Eindruck macht das definitiv nicht.«

»Es tut mir leid«, meinte James mit einem leisen Seufzen in der Stimme. »Ich weiß nicht, was in mich gefahren ist.«

»Ich sagte dir doch bereits, dass es in Ordnung ist. Wahrscheinlich wird gar nichts passieren. Ich wohne inzwischen in einem ganz anderen Zuständigkeitsbereich und die Polizisten in Albuquerque haben bestimmt keine Lust auf den Papierkram. Vielleicht glauben sie Brennington erst gar nicht.« Während Noah sprach, wurde sein Hals immer kratziger. Er räusperte sich, spürte daraufhin James' Blick.

»Hast du dich erkältet?«, fragte dieser. »Wir hätten gestern doch die Türen vom Bus zumachen sollen.«

Noah schüttelte den Kopf. »Keine Sorge. Ich habe mich bestimmt nur ein bisschen verkühlt. Das wird wieder weggehen.«

Tat es aber leider nicht. Als sie endlich das Diner erreichten, hämmerte auch noch Noahs Schädel. Da Koffein manchmal bei Kopfschmerzen half, trank er eine Tasse Kaffee. James wollte ihm auch etwas zu essen bestellen, doch Noah bekam keinen Bissen herunter.

»Vielleicht solltest du lieber zu einem Arzt gehen«, meinte James besorgt. »Du bist doch noch nicht richtig fit ...«

Noah schüttelte auf der Stelle den Kopf, hielt jedoch inne, als die Bewegung die Schmerzen verschlimmerte. »Es ist bloß eine kleine Erkältung. Nichts, weswegen man sich so aufregen muss.«

James betrachtete ihn weiterhin besorgt und bestand darauf, dass sie wenigstens in der nächsten Stadt eine Apotheke aufsuchten, um Noah ein Erkältungsmittel zu besorgen. Dagegen konnte dieser natürlich nichts sagen.

So machten sie in dem kleinen Ort Holbrook Halt und nachdem Noah seine Medizin genommen hatte, bestand James darauf, dass er sich ein wenig hinlegte. »Es sind nur noch drei Stunden bis zum Canyon. Wir kommen also früh genug an, um die Aussicht genießen zu können, bevor es dunkel wird.«

Noah nickte, legte sich auf den Schlafplatz und schloss die Augen. Eigentlich hatte er überhaupt nichts dagegen, noch etwas mehr Zeit bis zum Canyon zu haben. Schließlich hatte er das Versprechen, das er James gegeben hatte, nicht vergessen. Wie ein Damoklesschwert hing es über ihm und drohte, diese wunderschöne Reise zu beenden.

Noah hatte sich in James verliebt ... die gestrige Nacht hatte dies deutlicher denn je gemacht und gerade deshalb konnte er ihn nicht mit seiner ungewissen Zukunft belasten.

Das und ... er hatte Angst. Auf dieser Reise hatten sie so viel übereinander gelernt und doch gab es eine Sache, die Noah bisher nicht angesprochen hatte. Etwas, das ihn tief belastete und einen Schmerz in seiner Brust auslöste, wann immer er daran dachte.

Mit diesem Gedanken schlief er ein und als er aufwachte, waren seine Kopfschmerzen tatsächlich so gut wie weg. Er richtete sich auf, sah James auf der Bank vor dem Schlafbereich sitzen. Sobald Noah auf ihn zugekrochen war, sah er über James' Schulter, dass dieser das Buch las, das Noah ihm geliehen hatte.

»Gefällt es dir immer noch?«, fragte Noah, küsste kurz darauf James' Wange.

James war offenbar so vertieft in das Buch gewesen, dass er Noah erst jetzt bemerkte und überrascht ansah. »Es ... hat eine Wendung genommen, die ich nicht erwartet habe«, meinte James, runzelte daraufhin die Stirn. »Wie geht es dir? Hat die Medizin geholfen?«

»Ich denke schon. Zumindest die Kopfschmerzen sind fast weg. Aber zum Buch: Gefällt es dir nicht mehr?«

Ein schwaches Lächeln legte sich auf James' Gesicht. »Ich habe auf ein anderes Ende gehofft, aber das liegt wahrscheinlich daran, dass die Situation des Protagonisten meiner so ähnlich ist. Er ... hat mit seiner Familie brechen müssen. Mir passiert das hoffentlich nicht.«

»Er findet aber auch eine neue Familie«, erwiderte Noah mit sanfter Stimme. »Ich wünschte mir manchmal, alle würden dieses dumme 'Blut ist dicker als Wasser'-Geschwafel vergessen. Ja, die Familie ist für viele ein Sicherheitsnetz, aber eben nicht für jeden. Manchmal richtet sie auch Schaden an. Aber in dem Fall kann man stattdessen Menschen finden, die besser zu einem passen. Menschen, die dir in jeder Situation den Rücken stärken und dich nicht fallen lassen, nur weil du nicht ihren Vorstellungen entsprichst.« Noah umarmte James von hinten. »Was auch passiert, ich verspreche dir, du wirst jemanden haben, der für dich da ist. *Ich* werde für dich da sein ... solange ich kann.«

James legte die Hand auf Noahs Arm. Er sagte nichts, doch Noah spürte auch so seine Dankbarkeit.

Kurz darauf fuhren sie weiter. Da sie, solange es Noah noch nicht besonders gut ging, nicht viel laufen wollten, entschieden sie sich für den Mather Point als Ziel. Dieser Aussichtspunkt lag in unmittelbarer Nähe des Besucherzentrums, wo sie ihren Bus parken konnten. Daraufhin hatten sie einen etwa fünf Minuten langen Fußweg, für den sie allerdings zehn brauchten, denn James war so fasziniert von einem neugierigen Präriehund, dass er Hunderte Fotos mit seinem Smartphone machte. »Ist es nicht erstaunlich, wie wenig Angst er hat?«, fragte er Noah, der grinste.

»Wahrscheinlich wird er von den Besuchern gefüttert.«

Begeistert leuchteten James' Augen auf. In diesem Moment hatte er etwas von einem kleinen Jungen an Weihnachten. »Du meinst, ich kann-«

Noah hielt rasch eine Hand hoch, um seinen Begeisterungsausbruch zu stoppen. »Freu dich nicht zu früh. Das ist streng verboten. Außerdem haben wir ohnehin nichts dabei, was er essen könnte.«

James wirkte zunächst enttäuscht, machte dann jedoch weiter Fotos. In diesem Moment merkte man deutlich, wie wenig er bisher von der Welt gesehen hatte. Noah ließ ihn aber gerne machen. Nicht nur, weil sein Verhalten verdammt süß war, sondern auch, weil sie dem unangenehmsten Gespräch seines Lebens mit jedem Schritt zum Aussichtspunkt näherkamen.

Sobald sich James allerdings an dem Präriehund sattgesehen hatte, ging es weiter den Pfad entlang und sie erreichten endlich den Rand des Canyons. Dort vergaß Noah zunächst seine Furcht vor dem Gespräch, denn die Aussicht war atemberaubend. Fest umfasste er die Stangen des Geländers, spürte die frische Brise in seinem Haar und sah mit wild klopfendem Herzen in den Abgrund.

James überraschte ihn damit, dass er eine Hand auf seine Hüfte legte, denn sie waren längst nicht die einzigen Menschen hier. Außer ihnen bestaunten noch bestimmt 20 andere Touristen den Canyon. Sie waren allerdings so damit beschäftigt, Fotos zu machen und dabei auf ihre Handys zu starren, dass niemand sie beachtete.

»Du wirst mir schon fast ein bisschen zu mutig«, flüsterte Noah ihm mit einem Lächeln zu. »Was ist nur aus meinem schüchternen James geworden?«

»Wenn ich mich verändert habe, dann bist du daran schuld«, gab dieser zurück. Daraufhin betrachtete er ebenfalls die Aussicht. »Es ist atemberaubend, oder?«

Noah nickte, sah wieder zur Schlucht. »Sogar noch mehr, als ich erwartet habe. Es ist als ... würde mich etwas davon tief im Inneren berühren.«

»Ich verstehe, was du meinst. Unsere Probleme kommen uns immer so riesig vor, aber verglichen hiermit ... wir sind nichts als ein winziger Punkt auf dieser Welt.«

»Wie poetisch«, erwiderte Noah mit einem Lächeln, doch er musste ihm zustimmen. Ohne es zu wissen hatte er wahrscheinlich unterbewusst genau den richtigen Ort für ihr Gespräch ausgesucht. Wortlos betrachtete er noch eine Weile die Landschaft, bevor er erneut den Mund öffnete. »Wenn du dafür bereit bist, würde ich gerne mein Versprechen erfüllen.

Ich … will dir sagen, was mich während der letzten Tage so beschäftigt hat.«

James starrte ihn an und nickte. »Dann gehen wir am besten irgendwohin, wo es ruhiger ist.« In diesem Moment wirkte er so nervös, wie Noah sich fühlte.

Einige Meter vom Aussichtspunkt entfernt fanden sie eine Bank, in dessen Nähe sich keine Touristen befanden. James holte ihnen etwas zu trinken an einem Automaten und reichte Noah eine Dose Limonade. Dieser trank jedoch nicht davon. Während sich James neben ihm auf der Bank niederließ, starrte Noah die Dose an, drehte sie in seinen Händen. Er wusste nicht einmal, wie er anfangen sollte. Obwohl … doch, eigentlich wusste er es. Es war nur schwer, die Worte über die Lippen zu bringen.

»Du bedeutest mir viel«, begann er schließlich, ohne James anzusehen. »Als ich in deinen Bus gestiegen bin, habe ich nicht geahnt, wie … wie nahe wir uns kommen würden.« Er lächelte. »Oh, ich stand vom ersten Moment an auf dich. Genug, dass ich mit dem Gedanken gespielt habe, einem wildfremden Mann mitten auf der Interstate einen zu blasen.« Als er James daraufhin ansah, bemerkte er zufrieden die deutliche Röte, die sich auf seinem Gesicht ausbreitete. Er war mutiger geworden, aber zumindest diese liebenswerte Schüchternheit hatte er behalten.

»Ich … bin froh, dass du es nicht versucht hast. Wahrscheinlich wäre zu dem Zeitpunkt etwas in meinem Gehirn explodiert.«

Noah lachte und als er daraufhin fortfuhr, hatte er das Gefühl, die Worte leichter über die Lippen zu bekommen. »Jedenfalls wollte ich dich gleich, als ich dich zum ersten Mal sah. Doch natürlich musste ich geduldig sein und … das war manchmal alles andere als einfach. Ich denke aber, es hat sich gelohnt. Die gestrige Nacht war die schönste meines Lebens.« Nun sah er James an, denn dieser musste seinem Gesicht ansehen, dass Noah jedes Wort davon ehrlich meinte. »Ich mag dich, James. Vermutlich habe ich mich sogar in dich verliebt.«

Wie er erwartet hatte, starrte James ihn ungläubig an. Als dieser jedoch den Mund öffnete, hob Noah die Hand. »Bevor du antwortest, lass mich bitte zuerst noch etwas anderes sagen. Ich ... liebe dich, aber ich kann jederzeit wieder krank werden. Falls du also ähnlich empfindest, solltest du zunächst wissen, dass-«

»-jeder dritte Patient mit akuter myeloischer Leukämie einen Rückfall erleidet? Das weiß ich bereits. Ich wusste es schon kurz, nachdem du mir von deiner Krankheit erzählt hast.«

Noah starrte ihn an. James hatte es gewusst? Die ganze Zeit über? Mit einem tiefen Atemzug schüttelte Noah den Kopf. »Ich hätte wissen müssen, dass du nachschauen würdest. Ein Mann, der immer alles plant, würde sich natürlich über die Krankheit seines Reisegefährten informieren.«

»Tut mir leid, falls ich damit eine Grenze überschritten habe. Ich wollte eigentlich nur wissen, ob es Dinge gibt, über die ich Bescheid wissen sollte, falls dir etwas auf der Reise geschieht. Dabei bin ich auf die hohe Rückfallquote gestoßen. Bereits vorher hatte ich gehört, dass sie hoch sein soll, aber das ... hat mich schon ein wenig schockiert.«

Noah umklammerte die Dose in seinen Händen fest. »Und nicht abgeschreckt?« Er hatte es oft genug erlebt. Selbst Menschen, mit denen er kaum etwas zu tun hatte, verhielten sich ihm gegenüber anders, sobald sie von der Schwere seiner Krankheit erfuhren. Und James hatte sich nicht davon beeinflussen lassen?

»Warum sollte es?«, fragte dieser ihn erstaunt und bewies damit, wie wenig er Noahs Problem verstand.

»Weil Remission oft nur ein Aufschub und keine Heilung ist. Wenn andere Leute davon erfahren, dass der Krebs jederzeit wiederkommen kann, sehen sie mich anders an. Wie einen Pflegefall.« Noah lächelte traurig. »So etwas suchst du doch nicht, James. Du bist auf diese Reise aufgebrochen, nicht nur, weil du Zeit zum Nachdenken gebraucht hast, sondern auch, um erste Erfahrungen zu sammeln. *Glückliche* Erfahrungen«, betonte er.

»Natürlich habe ich nicht erwartet, jemanden wie dich zu treffen«, meinte James und Noah ließ den Kopf hängen, da er mit genau diesen Worten gerechnet hatte. Dann fuhr James allerdings fort. »Ich habe nicht erwartet, jemandem zu begegnen, der trotz eines so schweren Schicksals stark genug ist, alleine auf eine Reise aufzubrechen. Ich habe nicht erwartet, jemanden zu treffen, der, obwohl er genug eigene Probleme hat, sich so ins Zeug legt, mir mit meinen zu helfen. Und erst recht hätte ich niemals damit gerechnet, wie viel du mir nach bloß zwei Wochen bedeuten würdest.«

Noahs Kopf fuhr herum. Tränen bildeten sich in seinen Augen. »Was ... willst du damit sagen?«

»Ich denke, das weißt du bereits. Nach wie vor fällt es mir schwer, zu verstehen, wie jemand wie du Gefühle für mich haben kann, aber ... ich bin glücklich darüber, Noah. Wenn du also glaubst, ich wäre gut genug für dich, dann würde ich uns gerne eine Chance geben.«

Noah konnte kaum begreifen, was er da hörte. »Ich könnte wieder krank werden und sterben. Zu jeder Zeit. Und davor käme eine lange und harte Krebstherapie. Du müsstest dabei zusehen, wie ich schwächer werde, mich übergebe, ununterbrochen schlafe ...« Tränen liefen ihm nun über die

Wangen. Er versuchte, sie zurückzuhalten, aber er konnte es nicht. Die Erinnerungen und vor allem die Scham darüber, wie hilflos er gewesen war, machten dies unmöglich. »Vielleicht müsstest du mir sogar auf die Toilette helfen. Wenn ich überhaupt stark genug sein werde, um einen Teil der Behandlung zu Hause verbringen zu können. An so einer Beziehung ist nichts romantisch. Es wäre so verdammt schwer für dich und ich will dir das nicht antun. Das hast du nicht verdient. So viele Jahre hast du dich versteckt und eine Lüge gelebt, um anderen zu gefallen. Jetzt hast du es verdient, glücklich zu sein. Dein Leben zu leben.«

»Und mit dir hätte ich die Chance dazu«, meinte James mit überraschend fester Stimme. Er legte eine Hand auf Noahs Oberschenkel, streichelte sanft über diesen. Die Berührung hatte nichts Sexuelles. Es war eine einfache Geste, mit der er Noah zeigen wollte, dass er für ihn da war.

»Du verstehst es nicht!«, rief Noah frustriert, stellte die Dose neben sich auf die Bank, stand mit einem Ruck auf und nun sahen ein paar Leute vom Aussichtspunkt zu ihnen. Daraufhin senkte Noah den Ton seiner Stimme, doch er musste James begreiflich machen, dass eine Beziehung mit ihm unmöglich war. »Ich will dir das nicht antun! Du hast durch deine Ehe schon so viel Zeit verloren. Meinst du, ich will dir noch mehr davon stehlen?«

Nun stand James ebenfalls auf. »Wie kommst du nur auf so eine Idee? Jede Sekunde, die ich mit dir verbracht habe, war wie ein Geschenk. Warum sollte das anders sein, wenn du wieder krank wirst? Dadurch wirst du nicht zu einem anderen Menschen.«

»Natürlich werde ich das!« Noah drehte sich um, fasste sich ins Haar. »Du weißt nicht, was der Krebs mit meiner Persönlichkeit gemacht hat. Wegen der kleinsten Dinge bin ich wütend geworden. Ich habe sogar meine Mutter angeschrien, die mir nur helfen wollte. Alles nur, weil es mir peinlich war, wie hilflos ich gewesen bin. Weil ich Angst hatte. Das will ich nicht für dich. Ich will weder, dass du mich so siehst noch, dass du eine so schwere Zeit mit mir durchmachen musst.«

James kam ihm näher. »Wenn du mir einen anderen Grund genannt hättest, wegen dem wir nicht zusammen sein können, hätte ich den akzeptiert. Aber wenn du nur aus Rücksicht auf mich keine Beziehung willst, dann nein. Ich bin stark genug, um einen Rückfall mit dir durchzustehen. Nein, nicht nur einen. Hunderte, wenn es sein muss. Denn so schwer die Zeit auch wäre, du ahnst nicht, was mir deine Nähe bedeutet. Du weißt nicht, wie glücklich du mich machst. Als wir heute Morgen nebeneinander aufgewacht sind und uns angesehen haben, da ... da wollte ich nicht, dass der Moment endet. Ich wollte jeden Tag so aufwachen. Geht es dir nicht genauso?«

Noah öffnete den Mund, aber die Antwort kam ihm nicht über die Lippen. Jede Verneinung wäre eine Lüge gewesen. Ja, er wollte James. Auf jede mögliche Art! Aber ... es wäre unverantwortlich von ihm, eine Beziehung mit ihm einzugehen. James verdiente etwas Besseres als einen Partner, der ihn vielleicht schon in wenigen Jahren wieder verließ. Wenn er überhaupt so viel Zeit hätte ...

Sein Herz raste. Schweiß bildete sich auf seiner Stirn. Als die Panik ihn übermannte und er kaum noch atmen konnte, ballte Noah seine Hände zu Fäusten, drehte sich um und rannte los. Er hörte James' Stimme hinter sich, doch er blieb nicht stehen. Sein Weg führte ihn den Pfad entlang, an das Besucherzentrum vorbei und so weit weg von dem Aussichtspunkt, wie er nur konnte.

## Kapitel 19

James rannte Noah sofort hinterher, aber ein betrunkener Tourist, der von seiner schimpfenden Frau aufrechtgehalten wurde und dabei in seinen Weg stolperte, kostete ihn wertvolle Sekunden.

Fluchend setzte James seinen Weg fort, rannte in Richtung Besucherzentrum. Wie zum Teufel konnte Noah überhaupt so schnell sein? Bisher hatte er sich nur sportlich gezeigt, als er mit dem Hund zu Beginn ihrer Reise gespielt hatte. Zu jeder anderen Gelegenheit war er nach wenigen Minuten schnaufend stehengeblieben.

Am Zentrum sah sich James verzweifelt um. Noah war nirgendwo zu sehen. Nicht beim Bus, nicht im Gebäude oder in der unmittelbaren Umgebung. Daraufhin fragte er mehrere Besucher, doch keiner konnte sich an Noah erinnern.

Erst in diesem Moment fiel ihm ein, dass er sein Handy dabei haben musste. Rasch wählte James seine Nummer im Adressbuch aus, wartete gespannt, aber es meldete sich sofort die Mailbox. Frustriert legte er auf und, als wenn das helfen würde, wählte er die Nummer ein weiteres Mal, doch natürlich passierte das gleiche. So hinterließ James dieses Mal eine Nachricht. »Noah, es ist in Ordnung, wenn du Zeit für dich brauchst. Ich verstehe das. Sag mir nur bitte, wo du bist. Geht es dir gut? Hast du überhaupt Geld dabei? Melde dich, sobald du das hier hörst.«

Damit legte James auf, fuhr sich frustriert durch die Haare. Was war nun der richtige Schritt? Sollte er hier auf dem Parkplatz warten, bis Noah möglicherweise zurückkam? Oder weiter nach ihm suchen? Vielleicht sogar die Straßen mit dem

Bus abfahren? Weit konnte er nicht gekommen sein. Außerdem war er krank. Wenn er nun irgendwo zusammenbrach?

James schüttelte den Kopf. Gerade so eine Überfürsorglichkeit *hasste* Noah. War es dann nicht besser, am Bus auf ihn zu warten? Aber was, wenn er nicht zurückkam? Wenn er dachte, James würde nicht genug für ihn empfinden, um nach ihm zu suchen? Oder wenn ihm tatsächlich etwas passierte?

Es gab keine richtige Antwort für dieses Problem, aber James wusste zumindest eines: Er konnte nicht herumsitzen und nichts tun.

So ging er doch zum Bus zurück und fuhr los. Zunächst fuhr er die Straßen in der Nähe ab. Dabei fragte er die Besitzer eines Autos, das offenbar auf der Strecke zum Canyon liegengeblieben war, ob sie Noah gesehen hatten. Sie verneinten allerdings und, da es nicht lange dauerte, half James noch rasch dabei, das neue Rad aufzusetzen.

Diesen Weg konnte er also abhaken und das war ein Glück, denn hier musste Noah langkommen, wenn er ein Auto auf einer der vom Canyon wegführenden Straßen anhalten wollte. Sofern er in der kurzen Zeit also nicht bereits jemanden gefunden hatte, bei dem er mitfahren konnte, war seine Flucht vor James nicht für immer. Er brauchte nur etwas Zeit zum Nachdenken.

Allerdings machte James sich dennoch Sorgen. Von der Erkältung einmal abgesehen, war auch Noahs emotionaler Zustand nicht gut. Sie mussten unbedingt noch einmal über alles reden. James musste ihm klarmachen, dass er dazu bereit war, alles mit ihm durchzustehen, wenn er ihm nur eine Chance gab. Er musste ihm verdeutlichen, dass es vollkommen in Ordnung war, mit jemandem zusammen sein zu wollen, wenn die Zukunft auch ungewiss war.

Diese Gedanken schossen ihm unnachgiebig durch den Kopf, während er zurückfuhr, um stattdessen den anderen Weg zu nehmen. Dieser führte zu einem Hotel, in dem er ursprünglich mit Noah unterkommen wollte. Sie hatten zwar nicht darüber geredet, aber Noah hatte ja die Strecke auf seinem Smartphone kontrolliert. Vielleicht war ihm die Unterkunft aufgefallen und er hatte sich dorthin zurückgezogen?

Als James mit wild klopfendem Herzen auf dem Parkplatz hielt, hatte er sich schon fast von dieser Möglichkeit überzeugt, doch der Mann am Empfang meinte, niemanden gesehen zu haben, der auf die Beschreibung passte.

Enttäuscht buchte James dennoch ein Doppelzimmer für sie und verließ anschließend das Hotel, um zu einem zweiten Gebäude zu fahren. Auch da fragte er nach, ob jemand Noah gesehen hatte, doch wieder konnte sich keiner an ihn erinnern.

Danach suchte er weiter die Gegend ab, fragte ein paar andere Touristen. Dann, als er sich bei einem Ehepaar nach Noah erkundigte, das offenbar gerade von einer Wandertour zurückkam, erhielt er endlich die Antwort, die er hören wollte: »Da war tatsächlich so ein junger Mann auf der Straße.« Nachdenklich sah die Frau zu ihrem Mann. »Erinnerst du dich? Wir haben uns noch gewundert, warum er zwischen den Bäumen verschwunden ist.«

Der Mann zuckte mit den Achseln. »Ich dachte, er muss nur pullern.«

James' Herz sank ihm gefühlt in den Magen. Noah war von der Straße abgewichen? Warum? Wo wollte er hin?

Er fragte das Paar noch nach dem Standort, bekam eine erstaunlich genaue Beschreibung eines toten Baumes und fuhr zu der Stelle. Dort ließ er den Bus stehen und suchte auf dem Boden nach Fußspuren. Nach ungefähr 5 Minuten fand er tatsächlich welche auf dem sandigen Grund und folgte ihnen zwischen die Bäume. Leider verlor sich die Spur nach relativ kurzer Zeit. Allerdings befand sich auf der anderen Seite ein weiterer Aussichtspunkt. Wenn Noah tatsächlich nachdenken wollte, war er vielleicht dorthin aufgebrochen? Es gab zumindest kein anderes Ziel in dieser Gegend. Da gab es nur noch das Problem seines schlechten Orientierungssinns ... wenn er versehentlich vom Weg abgekommen war?

Kurzer Hand kehrte James um und fuhr mit dem Bus direkt zum Aussichtspunkt Yavapai Point. Hier fragte er wieder einige Leute nach Noah und tatsächlich: Ein Fotograf, der Fotos für einen Artikel machte, hatte ihn gesehen. »Ich habe sogar ein Foto von ihm. Er ist vor ein paar Minuten zu dem Wanderweg dort hinten aufgebrochen«, sagte er und zeigte ihm das Bild auf seiner Kamera. Das eigentliche Motiv schien der Beginn des Wanderweges zu sein, aber James erkannte deutlich Noahs Hinterkopf. »Er sah tot unglücklich aus.« Daraufhin musterte er James misstrauisch. »Doch nicht wegen Ihnen, oder?«

James schüttelte den Kopf. »Eher, weil er nicht richtig zuhören kann.« Da der Fotograf ihn nun noch skeptischer betrachtete, schenkte James ihm ein Lächeln. »Es ist alles in Ordnung, wirklich. Sie können gerne mitkommen, wenn Sie mir nicht glauben. Weit kann er nicht sein.«

Der Mann rümpfte allerdings die Nase. »Ach, schon gut. Aber zur Sicherheit ...« Er machte ein Foto von James. »Wenn 'ne Leiche am Rand des Canyons entdeckt wird, geht das direkt zur Polizei.« Damit verschwand er in Richtung Aussichtspunkt.

James sah ihm einen kurzen Augenblick lang hinterher, machte sich dann aber auf, um Noah zu folgen. Auf dem Weg kamen ihm mehrere Wanderer entgegen. Einer von ihnen sagte James, er müsste sich beeilen, weil es bald dunkel wurde, doch James nickte nur und eilte weiter.

Er war ungefähr zehn Minuten unterwegs, als er sah, wie eine offenbar besorgte Frau vor einer Bank stand. Sein Herz machte einen unangenehmen Sprung, als er Noah erkannte. Zusammengesackt saß er da und rührte sich nicht. »Oh, ein Glück!«, sagte die Wanderin, als James auf sie zukam. »Dem jungen Mann hier scheint es nicht gut zu gehen und ich wusste nicht, was ich tun soll. Ich hätte den Notruf gewählt, aber mein Akku ist leer.«

James nickte. »Keine Sorge. Er ist ein Freund von mir. Ich kümmere mich um ihn«, sagte er, wandte sich Noah zu. Dieser hatte die Augen geschlossen. Sein Atem verließ ihn in kurzen Stößen und seine Lippen zitterten dabei. »Noah, kannst du mich hören?«, fragte James mit sanfter Stimme, legte anschließend eine Hand auf seine Stirn. Sie war brennend heiß.

Noah schlug die Augen auf, sah ihn mit halbgeöffneten Lidern an. »Es tut mir leid. Ich hätte nicht weglaufen sollen. Ich ... ich bekam nur auf einmal so eine Angst.« Seine Stimme klang schwer und träge.

Durch diese Worte brach James' Herz ein wenig, doch er zwang sich ein Lächeln auf das Gesicht und strich Noah die schweißnassen Haare von der Stirn. »Ist schon in Ordnung. Ich würde dich gerne auf meinen Rücken nehmen. Kannst du dich an meinem Hals festhalten?«

Noah schüttelte leicht den Kopf. »N-nicht nötig. Ich kann laufen«, sagte er, schaffte es im Anschluss jedoch nicht, von der Bank aufzustehen. Sichtlich frustriert fiel er zurück.

»Sei einmal in deinem Leben vernünftig«, zischte James ihm zu, drehte sich anschließend vor der Bank um und ging in die Hocke, damit Noah auf seinen Rücken klettern konnte.

»Ich passe auf, dass er nicht fällt«, meinte die Wanderin freundlich und platzierte eine Hand auf Noahs Rücken. Auf diese Weise gingen sie den Weg zurück. Als sie endlich den

Parkplatz erreichten, half die Dame Noah noch von James' Rücken und in den Bus hinein, wo Noah auf dem Schlafplatz liegen blieb.

Anschließend bedankte sich James für die Hilfe. »Wir hatten wirklich Glück, dass Sie da waren.«

Sie winkte ab. »Ach was, kein Problem. Gute Besserung«, rief sie Noah noch zu und machte sich dann zu ihrem eigenen Wagen auf.

James kletterte zu Noah in den Bus, nahm eine ihrer Wasserflaschen und schüttete etwas davon vor dem Bus auf einen Lappen. Anschließend platzierte er ihn auf Noahs Stirn. Augenblicklich atmete dieser erleichtert auf. »Ich bringe dich jetzt ins Krankenhaus und ich will keine Widerworte hören.«

Es kamen auch keine, aber James war sich nicht sicher, ob Noah ihm tatsächlich nicht widersprechen wollte oder ihn erst gar nicht gehört hatte. Besorgt setzte er sich auf den Fahrersitz und fuhr vorsichtig los. Da Noah bewusstlos war, als sie ankamen, wurde er sofort von einem Arzt untersucht, der jedoch Entwarnung gab. »Sein Körper ist geschwächt, aber ein einfaches Erkältungsmittel, viel Flüssigkeit und vor allem Schlaf sollten genügen. Wegen seiner Vorgeschichte würde ich ihn aber gerne über Nacht hierbehalten und ein Blutbild machen. Unabhängig von dem Ergebnis sollte er so schnell wie möglich seinen Onkologen aufsuchen. Sein Immunsystem braucht Unterstützung.«

James bedankte sich und, sobald Noah ein Zimmer bekommen hatte, setzte er sich zu ihm ans Bett. Etwa zwei Stunden später brachte ihm eine Krankenschwester einen Kaffee. »Normalerweise erlauben wir nur Familienmitgliedern, über Nacht zu bleiben, aber Sie sind sicher verwandt, nicht wahr?«, fragte sie ihn mit einem Lächeln und Augenzwinkern.

James verstand den Wink sofort und nickte. »Ich bin der … Onkel?«

»Onkel«, meinte sie mit wesentlich festerer Stimme als er. »Lassen Sie es mich wissen, wenn Sie oder Ihr Neffe etwas brauchen sollten.«

Daraufhin bedankte sich James und sie verließ das Zimmer. Als er ein leises Stöhnen hörte, sah er rasch zu Noah, der träge die Augen öffnete. »Ich bin wenige Stunden bewusstlos und schon nutzt du die Chance, um mit der hübschen Krankenschwester zu flirten«, flüsterte er müde. Er hob die Hand, um sich offenbar ein paar Haare aus dem Gesicht zu streichen, bemerkte dann aber, dass er an einem Tropf hing.

James lächelte und übernahm die Aufgabe für ihn. Sanft strich er die schweißnassen Haare zurück. »Hübsche Krankenschwestern flirten eher mit mir. Muss mein unwiderstehlicher Charme sein.« Daraufhin wurde sein Blick ernst. »Wie fühlst du dich?«

»Sehr müde«, gab Noah zurück, drehte sich auf die Seite. »Du bleibst bei mir?« Seine Stimme klang überraschend schüchtern. Wie die eines kleinen Jungen, der bei den Eltern schlafen wollte. Vielleicht lag das aber auch nur an seiner Müdigkeit, denn Noah fielen schon wieder die Augen zu.

»Immer«, flüsterte James zurück, nahm seine Hand und beobachtete, wie Noahs Atmung ruhiger wurde.

## Kapitel 20

Als Noah am nächsten Morgen aufwachte, taten ihm sämtliche Glieder weh, doch wenigstens war ihm längst nicht mehr so heiß wie zuvor. Müde schlug er die Augen auf und sah, wie James neben ihm zum Fenster starrte. »Einen Penny für deine Gedanken.«

Sichtlich überrascht drehte James ihm den Kopf zu und lächelte. »Ich habe natürlich an dich gedacht. Wie geht es dir?«

Augenblicklich trat ein verschmitztes Grinsen auf Noahs Gesicht. »Nicht an die Krankenschwester, Onkel James?«

James stieß ein leises Fluchen aus, doch seine Lippen zuckten. »Du warst kaum ansprechbar, aber daran erinnerst du dich natürlich.«

»Das wichtigste bekomme ich immer mit.«

Kopfschüttelnd lächelte James, betrachtete ihn daraufhin jedoch ernst und fragte ein weiteres Mal: »Ehrlich jetzt, Noah, wie geht es dir?«

Noah wandte den Blick ab. »Wesentlich besser. Mir ist noch schwindelig, ich habe leichte Kopfschmerzen und etwas Temperatur, denke ich, aber kein Vergleich zu gestern.«

»Gut«, meinte James erleichtert. »Ich habe uns für drei Tage ein Zimmer in einem Hotel am Canyon gemietet. Wir hatten Glück, dass etwas frei war. Dort kannst du dich sicher besser ausruhen als hier oder im Bus.«

»Das wäre doch nicht nötig gewesen«, meinte Noah, aber James verschränkte die Arme.

»Das ist es.« Er grinste. »Hör auf deinen Onkel.«

Verblüfft starrte Noah James zunächst an, schüttelte dann wild den Kopf. »Sag so etwas bitte nie wieder. Besonders nicht, mit einem so verdammt charmanten Grinsen. Sonst kann ich meinem richtigen Onkel nicht mehr unter die Augen treten.«

James schmunzelte. »Dann reden wir eben über ein anderes Thema. Zum Beispiel den Grund, warum du weggelaufen bist.«

Auf der Stelle verzog Noah das Gesicht. Mit einem Mal war 'Onkel James' doch nicht mehr das unangenehmste Gesprächsthema, das er sich vorstellen konnte. »Muss das sein?«

»Wenn du dich fit genug fühlst, dann ja.«

Noah richtete den Blick nach unten. So gerne er James angeschwindelt hätte, er wollte ihm nicht noch mehr Sorgen bereiten, als dieser sich ohnehin schon machte. »Mir ... geht es gut genug. Und trotzdem will ich nicht darüber reden.«

»Du weißt aber, dass wir das müssen, oder?«

Weiterhin sah Noah ihn nicht an, doch er nickte. »Tut mir leid«, wiederholte er. »Ich habe mich gestern nicht wie ein Erwachsener verhalten. Stattdessen habe ich Panik bekommen und ... und ich bin weggelaufen. Wie ich es eben immer tue.«

»Du musst dich nicht dafür entschuldigen. Ich hätte das Thema sensibler angehen müssen. Aber jetzt hatte ich die ganze Nacht, um über dein Geständnis am Canyon nachzudenken und bei einem bin ich mir sicher: Es geht dir nicht nur darum, mich nicht belasten zu wollen. Du hast auch Angst.«

Noah betrachtete ihn mit einem schwachen Lächeln. »Ist das nicht klar? Mein Körper ist quasi eine tickende Zeitbombe.«

»Das meine ich nicht. Du hast nicht vor dem Tod Angst ... oder zumindest nicht nur. Das ist nicht der Grund, warum du keine Beziehung willst. Stattdessen hast du Angst, ich würde dich verlassen, wenn es schwierig wird. Du willst nicht verletzt werden.«

Noahs Augen weiteten sich. Rasch sah er auf und direkt in James' Gesicht. Er öffnete den Mund, brachte jedoch keinen Ton heraus. Woher zum Teufel wusste er das? Noah hatte die Sache mit keinem Wort auf ihrer Reise erwähnt. Wie könnte er auch, wenn er doch kaum darüber reden konnte. Zu tief saß der Schmerz noch in seiner Brust.

Kurz darauf fuhr James jedoch fort. »Noah, hattest du eine feste Beziehung, als du die Diagnose bekommen hast? Hat er dich deswegen verlassen?«

Noahs Finger verkrampften sich um seine Bettdecke. Noch ein Volltreffer. Allmählich wurde es ihm unheimlich, wie gut James ihn bereits kannte. Noahs Exfreund ... sie waren noch nicht lange zusammen gewesen – nur etwa ein halbes Jahr –, und doch hatte Ian ihm versprochen, ihm beizustehen. Dann hatte jedoch die Behandlung begonnen und damit die Probleme. »Ich wurde immer schwächer«, flüsterte Noah James zu. »Der Arzt hat mir kaum noch Chancen zugerechnet. Zunächst sagte Ian, er würde mir beistehen und das hat mir Kraft gegeben, aber dann ... hat er mich aufgegeben. Eines Tages war er einfach ... weg.« Tränen liefen über Noahs Wangen. »Das Einzige, was er zurückgelassen hat, war ein kurzer Brief, in dem stand, dass es ihm leidtat. Er ... war überfordert mit der Situation und konnte nicht damit umgehen. Ich wurde zu einer Last für ihn.«

»Das tut mir sehr leid«, meinte James, nahm eine Packung Taschentücher von dem kleinen Tisch neben Noahs Bett und reichte ihm diese. Sobald sich Noah mit einem Tuch die Nase geputzt hatte, fuhr er fort. »Es tut mir leid, dass du mit einem Jungen zusammen warst, der dich fallen gelassen hat, als es schwierig wurde. Das hast du nicht verdient«, sagte er und strich über Noahs Bein. Selbst durch die Bettdecke spürte Noah die Wärme seiner Hand. »Ich bin aber anders. Ich würde dich nicht einfach so im Stich lassen.«

Noah schüttelte den Kopf. »Das weißt du nicht!« Ian hatte etwas Ähnliches gesagt. So sehr hatte Noah ihm vertraut und doch ... »Nichts, was du darüber liest, kann dich darauf vorbereiten.«

»Dann erkläre es mir. Ich werde zumindest nicht akzeptieren, dass du uns nur deswegen keine Chance geben willst.« James lehnte sich zu ihm vor. »Du hast mir geholfen, einen großen Teil meiner Angst zu überwinden. Jetzt will ich dir mit deiner helfen.«

Noah sah auf, spürte bereits, wie seine Entschlossenheit ins Wanken geriet. Er wollte das so sehr ... er wollte James vertrauen, sich auf ihn verlassen und an ihn lehnen, wenn er tatsächlich einen Rückfall erleiden sollte. Aber wie könnte er das? Einmal war er bereits verletzt worden. Würde er ein zweites Mal überstehen? Und dann auch noch geschwächt von der Behandlung, die ihn erwarten würde? Allein dafür hätte er ja kaum die Kraft.

»Du könntest anfangen, mich mit anderen Augen zu sehen. Wenn ich einen Rückfall erleide, bedeutet das einen langen Krankenhausaufenthalt. Man muss verdammt aufpassen, dass ich nicht in Kontakt mit Viren oder Bakterien komme und ... und vielleicht könnten wir uns ewig nicht sehen. Beim ersten Mal hatte ich das Glück, einen Stammzellenspender zu finden, aber noch einmal klappt das womöglich nicht oder die Ärzte denken, das Risiko wäre zu groß. Dann bleibt nur die Chemotherapie und Medikamente. Nichts davon ist unbedingt erfolgversprechend. Du müsstest ständig damit rechnen, dass ich ...« Noahs Stimme brach. Sein Herz raste. Dieses Gespräch brachte viele unliebsame Erinnerungen mit sich. Die unzähligen Tage im Krankenhaus, die Infusionen, wie schlecht er manche Medikamente vertragen hatte, die Frustration und Angst davor, zu sterben …

»Ich werde dich nicht im Stich lassen. Egal, was passiert. Selbst, wenn wir es versuchen und es nicht mit uns klappt, würde ich dich nicht alleine lassen.« James nahm seine Hand, lehnte sich dabei noch weiter vor, sah ihm in die Augen. »Du siehst also, ich lasse mich nicht von dir wegstoßen. Du willst keine Beziehung? Gut, dann eben nicht, aber in dem Fall werde ich dir zumindest als Freund beistehen.«

»Das musst du nicht«, sagte Noah mit großen Augen. Er hatte mit vielem gerechnet, damit jedoch nicht.

»Natürlich muss ich das nicht, ich will es aber.«

Auf einmal liefen wieder Tränen über Noahs Wangen. Er kämpfte dagegen an, konnte sie jedoch nicht unterdrücken. »Warum willst du so viel für mich aufgeben? So viel opfern? Wir kennen uns doch gar nicht! Was sind schon zwei Wochen?«

»Für mich? Eine Ewigkeit. Mein Leben hat erst richtig angefangen, als ich dich getroffen habe.«

Noahs Brust zog sich so feste zusammen, dass ihm das Atmen schwerfiel. Er wollte etwas erwidern. Er wollte James sagen, dass er sich irrte, doch kein Wort kam ihm über die Lippen. James setzte sich zu ihm aufs Bett, zog ihn an sich und strich ihm über den Rücken. »Ich … ich habe so eine Angst«, schluchzte Noah schließlich gegen James' Brust, griff dabei in sein T-Shirt.

»Ich weiß. Jeder hätte das. Aber gerade deshalb solltest du die Menschen, denen du etwas bedeutest, nicht wegstoßen. Nicht mich und besonders nicht deine Familie.«

»Ich will aber keine Belastung für dich sein«, flüsterte Noah ihm zu, lehnte sich zurück und sah durch einen Tränenschleier in James' Gesicht.

»Es wäre eher eine Belastung für mich, wenn du mir nicht erlauben würdest, für dich da zu sein.« James lächelte. »Und hey, wir reden hier die ganze Zeit, als wäre es bereits beschlossene Sache, dass der Krebs zurückkommt. Genauso gut könnte es auch nie dazu kommen … oder aber sie entwickeln neue Medikamente, die dich vollständig heilen. Es gab da ein paar interessante Entdeckungen letztes Jahr.« Sein Gesicht wurde wieder ernst. »Aber wenn auch nicht, du kannst auf mich zählen. Allein in den vergangenen zwei Wochen bist du mir unheimlich wichtig geworden. Stell dir vor, wie es in ein paar Monaten oder in einem Jahr sein wird.«

Ein Schmunzeln legte sich auf Noahs Gesicht. »Dann hast du bestimmt die Schnauze voll von mir.«

»Darauf kannst du lange warten.«

Noah atmete tief ein. Vor nur wenigen Stunden hatte er entschieden, diese Sache zwischen ihnen, was immer es auch war, zu beenden. Aber nun schwankte seine Entschlossenheit mit jedem Wort von James mehr. »Was ist mit der Entfernung? Du willst doch nicht wirklich für mich umziehen?«

»Warum denn nicht? Ich habe schon lange mit dem Gedanken gespielt, Cleveland zu verlassen. Maya hat aber im Gegensatz zu mir einen Job, den sie liebt. Deshalb stand das bisher nicht zur Debatte. Ich muss natürlich erst noch mit meinen Eltern reden, aber da ich kein Happy End erwarte, hält mich dort nichts mehr.«

Noah schüttelte den Kopf. »Das ist doch verrückt.«

»Vielleicht, aber bevor ich dich getroffen habe, habe ich nie etwas Verrücktes getan. Es wird Zeit.«

Ihm fiel nichts mehr ein, was er noch dazu sagen konnte. Ein großer Teil von ihm fand nach wie vor, es wäre das Beste, wenn er James mit seiner ungewissen Zukunft nicht belastete. Da gab es allerdings auch diese andere Seite, die sich nichts sehnlicher wünschte, als ihn bei sich zu haben. Aber durfte er sich diesen Wunsch überhaupt erlauben? Wenn James doch bereits in seiner Ehe so viel Zeit verloren hatte?

»Du bist wirklich mit mir zufrieden?«, fragte ihn Noah und klang dabei unbeabsichtigt schüchtern. »Du willst dich nicht ausprobieren? Andere Männer treffen? Flirten?«

»Ich flirte mit dir. Nur einem Idioten würde das nicht genügen.«

Etwas flatterte in Noahs Magen. Entweder kam gerade sein Fieber mit voller Kraft zurück, oder er hatte sich einmal mehr in diesen Mann verliebt. Mit einem frechen Grinsen auf den Lippen lockte er James mit dem Zeigefinger zu sich. Dieser lächelte ebenfalls und lehnte sich vor, um seinen Lippen zu begegnen. Nach dem flüchtigen Kuss fragte er: »Ist das ein Ja?«

»Es ist ein Vielleicht«, flüsterte Noah zurück. Entschlossen sah er ihn an. »Wir sind beide erwachsen und wissen, dass es keine gute Idee ist, sich in eine Beziehung zu stürzen. Besonders nicht, wenn noch ein paar Probleme im Raum stehen.«

»Unsere Familien«, sagte James mit düsterem Blick und Noah nickte.

»Am besten schauen wir zuerst bei meinen vorbei. Ich bin ihnen eine Entschuldigung schuldig und außerdem will ich, dass sie dich kennenlernen.« Als James daraufhin alles andere als zuversichtlich wirkte, streckte Noah die Hand zu ihm aus, strich ihm durchs Haar. »Keine Sorge. Meine bisherigen Freunde waren nicht gerade Schwiegereltern-Material. Sie werden eher geschockt sein, dass ich auf einmal jemanden anschleppe, der so zuverlässig ist wie du.«

»Und älter ...«

Noah seufzte. »Das lässt dich nicht los, was? Midlife-Crisis? Du wirst den Bus nicht gegen einen Sportwagen eintauschen, oder? Das würde unseren nächsten Roadtrip gewaltig erschweren.«

»Den planst du schon?«, fragte James ihn mit einem beginnenden Grinsen.

»Klar. Es gibt so vieles, was wir noch nicht gesehen haben. Ich will nach New York, zum Weißen Haus, vielleicht nach Houston zur NASA und die riesigen Bäume im Yellowstone Nationalpark sehen. Womöglich sogar ganz das Land oder den Kontinent verlassen. Europa durchqueren. Schließlich ... weiß ich nicht, wie viel Zeit mir noch bleibt.«

»Hey, rede nicht so«, meinte James sofort. »Ich bin mir sicher, du hast unzählige Jahre vor dir.«

»Aber wenn nicht ... lieber nichts riskieren, oder? Kein Sportwagen?«

James lachte. »Stell mir die Frage noch mal, wenn ich die ersten Haare verliere. Ich meine, hattest du nicht gesagt, dein Vater hat ein Wohnmobil? Außerdem habe ich schon lange mit einem Mustang geliebäugelt.«

Noah stieß ein missmutiges Brummen aus. »In so ein Ding kriegst du mich mit Sicherheit nicht. Ich mag den Bus.«

»Daran werde ich dich erinnern, sobald wir die erste Panne haben.«

Noah grinste. Ihm lag bereits eine freche Antwort auf den Lippen, aber kurz darauf kam der Arzt herein und untersuchte ihn. Da sein Fieber genug gesunken und er wesentlich fitter war als gestern, wurde er entlassen, musste allerdings versprechen, sobald wie möglich bei seinem Onkologen vorbeizuschauen, um eine Kontrolluntersuchung machen zu lassen.

»Die Blutuntersuchung war unauffällig, aber wie ich bereits ihrem Part- ... ich meine, *Onkel*, erklärt habe, wäre es besser, sobald wie möglich einen richtigen Check-up machen zu lassen. Ihr Immunsystem muss gestärkt werden.«

Sobald der Arzt die Tür hinter sich geschlossen hatte, wandte sich Noah James zu. »Jeder in diesem Krankenhaus scheint zu wissen, dass wir nicht wirklich verwandt sind, Onkel James. Muss deine Fürsorglichkeit sein.«

»Dieses Mal hast *du* damit angefangen. Wenn du doch noch eine merkwürdige Vorliebe entwickeln solltest, ist das nicht meine Schuld.«

»Es wäre schon alleine deine Schuld, weil du so heiß bist, dass mir der Gedanke viel zu wenig ausmacht.«

Sie grinsten einander an, doch James begann kurz darauf, ihre Sachen zusammenzupacken, und verließ mit Noah das Krankenhaus. Dieser war noch ein wenig wackelig auf den Beinen, was sich besonders zeigte, als sie hinaus in den strahlenden Sonnenschein traten. Das plötzlich helle Licht gepaart mit der warmen Luft ließ ihn direkt zur Seite kippen.

Rasch legte James einen Arm um Noah, half ihm dabei, sich wieder aufzurichten. »Hey, Vorsicht. Soll ich dich lieber zum Bus tragen?«

Auf der Stelle spürte Noah eine Wärme, die nichts mit der Hitze zu tun hatte. »So weit kommt es noch.« Rasch schüttelte er den Kopf, stoppte jedoch, als ihm wieder schwindlig wurde. »Ich kann laufen, muss mich nur an den Unterschied zur Klimaanlage gewöhnen.«

James nickte, behielt jedoch den Arm um Noah und selbst, als einige Leute ihnen merkwürdige Blicke zuwarfen, nahm er ihn nicht fort. Sobald sie den Bus erreichten, legte sich ein Lächeln auf Noahs Lippen.

»Was ist denn so komisch?«, fragte ihn James.

»Ach, gar nichts. Ich bin nur froh, aus dem Krankenhaus raus zu sein. An solchen Orten habe ich genug Zeit verbracht.«

James wirkte skeptisch, stieg jedoch kurz darauf gemeinsam mit ihm in den Bus und fuhr sie direkt zum Hotel.

Dort befahl er Noah, sich wieder hinzulegen. »Du weißt, was der Arzt gesagt hat. Du brauchst Ruhe.«

»Ich bin noch nicht einmal müde«, entgegnete Noah, verdrehte dabei die Augen. Allmählich bekam er das Gefühl, James würde sich ausgezeichnet mit seiner Mutter verstehen. Dennoch befolgte er den Befehl, legte sich hin und zu seiner großen Schande schlief er innerhalb von wenigen Minuten ein.

Als er wieder aufwachte, war es stockfinster in dem Zimmer. Das einzige Licht kam von dem Fenster, vor dem James saß und auf den Parkplatz hinaussah. Es konnte nicht die Aussicht sein, die er bewunderte, denn diese war ausgesprochen trostlos. Stattdessen schien er tief in Gedanken zu sein. Sein Gesicht wurde von den Lampen draußen erhellt, was seinen attraktiven Zügen ein schwaches Leuchten verlieh.

Noah, dessen Herz sich auf einmal zusammenzog, stand auf. Dabei bemerkte er, dass ihm nach wie vor schwindelig war, aber sein Fieber weiter gesunken sein musste. Zumindest war ihm nicht mehr so warm und er hatte auch kaum geschwitzt.

Mit nackten Füßen schlich er auf James zu – vermutlich nicht die beste Idee in einem viel besuchten Hotelzimmer –, und überraschte ihn, indem er sich auf seinen Schoß setzte.

Dieser zuckte zusammen, legte jedoch sogleich die Arme um ihn, damit er nicht fiel. »Oh, hey. Ich habe dich gar nicht gehört.«

»Wie könntest du auch, wenn du so in Gedanken bist«, erwiderte Noah mit einem Lächeln. »Welche Eltern beschäftigen dich? Meine oder deine?«

James lachte, zog ihn näher und drehte anschließend wieder den Kopf zum Fenster. »Beide, ehrlich gesagt. Ich bin nervös wegen des Eindrucks, den ich auf deine machen werde und, was meine angeht … ich schätze, da ist die Sache offensichtlich.«

»Du bist dir tatsächlich sicher, dass sie dich nicht akzeptieren werden, hm?«

James lächelte traurig. »Du hast sie nicht gehört. Es musste nur irgendwo eine Regenbogenflagge zu sehen sein und schon hat mein Vater losgeschimpft. Meine Mutter war sogar noch schlimmer. Ihr Gesicht ist immer rot angelaufen und sie hat gesagt …« James seufzte tief, schüttelte den Kopf. »Sie meinte, Menschen wie wir hätten keinen Platz auf dieser Welt. Wenn die beiden schon so auf wildfremde Menschen reagieren, wie werden sie wohl ihren homosexuellen Sohn behandeln? Also ja, Noah, ich bin mir sicher. Bald werde ich mich nicht nur vor ihnen outen, sondern auch mit meiner Familie brechen.«

Noah öffnete den Mund, aber alles, was ihm einfiel, hätte nur wie eine bedeutungslose Phrase geklungen. So schlang er stattdessen die Arme um James' Hals und umarmte ihn.

»Wir sind auch Familie«, flüsterte er und James zog ihn fest an sich.

## Kapitel 21

Obwohl es Noah rasch besser ging, bestand James darauf, dass sie die vollen drei Tage am Canyon blieben. Zunächst hatte er Widerworte erwartet und Protest wegen seines überfürsorglichen Verhaltens, aber wenngleich Noah dies bei seinen Eltern hasste, schien es ihm bei James nichts auszumachen.

Tatsächlich zeigte er ihm während dieser drei Tage ungeniert seine verletzliche Seite. Sie redeten über seine Angst, darüber, wie sich seine Familie strikt geweigert hatte, auch nur über die Möglichkeit seines Todes zu sprechen und wie frustrierend für ihn die Zeit im Krankenhaus gewesen war.

James, der bisher wenig Erfahrung mit derlei schweren Themen hatte, hörte ihm hauptsächlich zu, schenkte Trost, wann immer Noah ihn brauchte, und versuchte anschließend, seine Gedanken in eine positivere Richtung zu lenken.

Am dritten Tag besuchten sie noch einmal den Canyon am Mather Point, wo sie dieses Mal Stunden verbrachten und die Aussicht richtig genossen. James sah sogar seinen kleinen pelzigen Freund wieder. Der Präriehund, der am Rande des Aussichtspunktes lauerte und sich ab und zu vorsichtig den Touristen zeigte, wirkte allerdings noch um einiges besser im Futter stehend als zuvor. Daher war es vermutlich nicht der Gleiche. Das hielt James aber nicht davon ab, Dutzende Bilder mit seinem Smartphone zu machen.

Schließlich brach der letzte Abend an. Da Noah an diesem Tag immer wieder seine Nähe gesucht hatte, wunderte es James nicht, als er zu den Fenstern ging, um die Vorhänge zuzuziehen. Anschließend drehte er sich um und lächelte ihn auf eine Weise an, die man nur als atemberaubend beschreiben konnte. »Ich bin nicht mehr krank«, meinte er und, bevor James etwas erwidern konnte, fügte er hinzu: »Das ist der letzte Tag im Hotel. Bei meinen Eltern wird sicher nichts laufen. Von daher ...«

James lagen natürlich ein paar Widerworte auf den Lippen – schließlich hatte sich Noah gerade erst erholt –, doch er konnte das Bedürfnis nach Nähe allzu gut nachempfinden. Er sehnte sich ebenfalls seit Tagen danach, ihn wieder auf diese Weise zu berühren. Nach ihrem Gespräch im Krankenhaus dachte er kaum noch an etwas anderes. Wenn Noah auch nicht direkt einer Beziehung zugestimmt hatte, war sein Vielleicht doch genug, um in James ein Verlangen zu wecken, das er nur auf eine Weise stillen konnte.

So dachte er erst gar nicht daran, Noah abzuweisen, als dieser auf ihn zuging, sich auf die Zehenspitzen stellte und ihn küsste. Die Berührung seiner Lippen sorgte sogleich für eine kleine Explosion in James' Kopf, die das Denken erschwerte. Er schlang die Arme um Noahs Körper, presste ihn an sich.

Der Kuss wurde tiefer. Noah lief rückwärts, stieß mit den Beinen gegen das Bett und fiel. Schwer atmend sah er zu James auf, der mit einem Grinsen langsam die Finger zu den Knöpfen seines Hemds bewegte und diese öffnete. Verdammt, er *liebte* es, wie Noah ihn ansah. Mit großen Augen, ungeduldig und so intensiv, als würde er ihn allein mit seinen Blicken verschlingen wollen.

In den stillen Momenten vor seinem Outing hätte James nie auch nur zu träumen gewagt, ein anderer Mann könnte ihn je so betrachten. Erst recht nicht jemand wie Noah und doch ... sie hatten einander gefunden.

Noah stützte sich mit den Unterarmen von der Matratze ab, betrachtete ihn auffordernd. Grinsend öffnete James nun seine Hose, ließ sie zu seinen Knöcheln fallen und zog sein hartes Glied heraus. Er starrte Noah an, fixierte dessen Lippen mit den Augen, wandte sich jedoch ab.

»Sag mir, was du willst«, hörte er Noahs Stimme flüstern.

Überrascht drehte sich James ihm zu. »Ich … kann nicht. Du hast dich gerade erst erholt.«

»Das ist das Einzige, was dich davon abhält?«

James zögerte zwar zunächst, denn ihm war die Antwort auf diese Frage selbst nicht vollkommen klar, aber dann nickte er. »Ja, ich schäme mich nicht mehr.«

»Okay, mir geht es gut. Also sag es.«

James öffnete den Mund. Leicht fiel es ihm nicht, doch die Zeiten, als er sich noch davon abgehalten hatte, das zu sagen, was er dachte, was er *wollte*, waren vorbei. »Ich … will, dass du meinen Schwanz mit den Lippen berührst.«

»Nur berühren?« Ein Schmunzeln lag nun auf Noahs Lippen.

James runzelte die Stirn. »Du genießt das, oder?«

»Schon ein bisschen«, gab Noah zu. Er rutschte bis zum Bettende vor, legte eine Hand auf James' Oberschenkel und strich nach oben. Währenddessen starrte er unentwegt James' Glied an. »Du hast keine Ahnung, wie scharf es mich macht, wenn du mir sagst, dass du mich willst … auf welche Art auch immer.«

Sprachlos sah James ihn an. Es war keinesfalls das erste Mal, dass Noah ihm mit seinen Worten den Wind aus den Segeln nahm, doch dieses Mal war etwas anders. Womöglich lag es daran, dass nun eine richtige Beziehung im Raum stand. James war nicht alleine mit seinen Gefühlen. Zum ersten Mal in seinem Leben gab es jemanden, der genauso empfand wie er. Diese Tatsache ließ sein Herz bereits höher schlagen und dann war es auch noch ein Mann wie Noah ... wem würde es da nicht schwer fallen, die Kontrolle zu behalten?

Er ballte seine Hände zu Fäusten und sofort wurde Noahs Grinsen breiter. »Sag es, James. Sag mir, dass du am liebsten meinen Kopf packen und in meinen Mund stoßen würdest, bis du kommst.«

James schnappte nach Luft. *Oh,* er wollte es ... und wie er das wollte! Das Einzige, was ihn davon abhielt, war, die Angst davor, Noah zu verletzen oder ihn zu verängstigen. Ihm selbst war es unheimlich, welche Gedanken er hegte, seitdem er Noah kannte. Wenn er sich also tatsächlich gehen ließ ... wie würde Noah reagieren?

Als dieser plötzlich die Zunge ausstreckte und über James' Eichel leckte, stieß dieser ein überraschtes Keuchen aus. »N-Noah ...«

»Was denn? Es nervt mich, dass du mich ständig behandelst, als wäre ich zerbrechlich.« Noah stand vom Bett auf und legte seine Kleidung ab. Anschließend setzte er sich nun vollkommen nackt vor James, streichelte sanft über dessen hartes Glied und brachte seinen Körper damit zum Erschaudern. »Glaub mir, wenn du auch nur die Hälfte von dem wüsstest, was ich bereits getan habe, wärst du nicht so zurückhaltend.«

Während er Noah anstarrte, verdunkelte sich James' Blick. »Ich will es gar nicht wissen«, meinte er, lehnte sich Noah zu und platzierte jeweils eine Hand neben ihn auf der Matratze. Nun war er seinem Gesicht so nahe, dass sich ihre Nasenspitzen beinahe berührten und mit einem zufriedenen Lächeln sah er, wie Noah hart schluckte. »Und nur um eines klarzustellen: Wenn wir zwei eine Beziehung haben, dann ist das etwas Festes. Ich bin nicht daran interessiert, dich mit jemandem zu teilen. Nicht einmal für eine Nacht.«

Nun mit einem Lächeln auf den Lippen schlang Noah die Arme um James' Hals. »Gut, denn ich will das auch nicht. Würde sich ein anderer Kerl an dich ranmachen, weiß ich nicht, was ich mit dem anstellen würde.«

»Dann sind wir zwei einer Meinung.« Mit einem Lächeln küsste James ihn, legte daraufhin eine Hand auf Noahs Brust und drückte ihn auf diese Weise mit dem Rücken auf die Matratze. Noah hob die Augenbrauen an, doch seine Arme lagen noch um James' Hals und so zog er ihn mit sich.

»Ich schätze mal, das bedeutet, der Blowjob ist für heute abgesagt?«

Ein Lachen verließ James' Lippen. »Warum redest du davon, als wäre es eine Veranstaltung?«

»Keine Ahnung, aber ich werde sie auf jeden Fall nicht auf Facebook ankündigen. Die ist nur für dich.«

»Das will ich auch hoffen.« James küsste Noahs Lippen erneut, strich ihm dabei über die nackte Brust. Als seine Finger einen von Noahs Nippeln streifte, entfloh diesem ein leises Wimmern.

»So empfindlich?«, flüsterte James ihm zu.

»Ich weiß auch nicht warum. Normalerweise fühle ich da kaum etwas, aber vielleicht ist meine Haut durch das Fieber der vergangenen Tage empfindlicher.«

James betrachtete ihn besorgt. »Es geht dir aber wirklich-« Er konnte nicht ausreden, denn Noah zog ihn auf einmal wieder zu sich runter, legte eine Hand auf seinen Hinterkopf und stieß die Zunge zwischen seine Lippen.

James machte ein überraschtes Hm-Geräusch, erwiderte den Kuss jedoch sofort und strich noch einmal über Noahs Nippel, was diesen dazu brachte, nach Luft zu schnappen.

Mit einem Grinsen fasste James daraufhin nach unten, umfasste Noahs hartes Glied, starrte ihm dabei in die Augen. Langsam rieb er es, beobachtete seine Reaktionen genau. Er wollte alles über ihn lernen. Was ihm besonders gefiel, seine liebsten Stellen, geheime Vorlieben ... er wollte diese Mann besser kennen, als er es selbst tat.

»Du bist viel zu gut dafür, dass du außer mir keine Erfahrung haben willst. Sicher, dass das nicht gelogen war?«, hauchte Noah ihm zu und als James mit dem Daumen auf seine Eichel drückte, griff er schmerzhaft in James' Haar.

»Ich denke, wir harmonieren nur gut miteinander.« James rieb Noahs Glied nun fester, woraufhin der Atem des jungen Mannes ihn in kurzen Stößen verließ.

Noah legte sich zurück und platzierte seinen Arm auf seinen Mund, unterdrückte damit die Laute, die er machte.

»Ich meine das ernst«, meinte James weiterhin mit einem Flüstern, rieb ihn schneller. »Wenn ich mit dir zusammen bin, weiß ich sofort, was du denkst. Ich muss dir nur in die Augen sehen und weiß, was du willst.«

»I-Im Moment ist das nicht gerade schwer«, erwiderte Noah, indem er kurz seinen Arm wegnahm. »Und du solltest aufhören. Ich ... ich komme gleich.«

James nickte. Ließ von Noah ab, rutschte dann jedoch seinen Körper hinunter. »Es gibt da eine Sache, die ich noch nicht getan habe.«

»Was meinst-«, begann Noah, doch als James auf einmal seinem Schwanz mit dem Mund näherkam, schnappte er nach Luft. »W-warte! Du willst wirklich-«

»Im Gegensatz zu dir werde ich noch nicht besonders gut sein«, meinte James und lächelte. »Versuche bitte trotzdem, es zu genießen.«

Damit betrachtete er Noahs Schwanz, strich mit seiner Hand einmal über den gesamten Schaft. Im Gegensatz zu seinem war er etwas dünner, hatte aber dennoch eine ordentliche Länge. Wie der Großteil von Noahs restlicher sonst so blasser Haut besaß auch er einen leicht rötlichen Ton. Bloß die Spitze war etwas dunkler und genau auf diese legte James nun testweise die Lippen.

Noah stöhnte sofort auf, verkrampfte die Finger um das Bettlaken. James leckte vorsichtig über seine Eichel, umkreiste sie mit der Zunge. Ein leicht salziger Geschmack explodierte auf dieser und er wurde noch intensiver durch den einnehmend herben Geruch, den er außerdem wahrnahm. Er war nicht unangenehm, schien aber sogleich eine gewisse Wirkung auf ihn zu haben, denn James' Herz raste augenblicklich schneller.

Zunächst zog er seinen Kopf zurück, ließ Noah jedoch nicht einmal Zeit, um Luft zu holen, denn gleich darauf setzte er die Zunge an seinen Schaft, leckte vorsichtig über die gesamte Länge. Er versuchte, sich daran zu erinnern, was Noah zuvor für ihn getan hatte, berührte mit sanften Fingern seine Hoden, streichelte über diese, während er die Zunge auf und ab bewegte.

»Oh ... oh Gott ...«

»Auf einmal gläubig?«, fragte James ihn mit einem Grinsen und glänzenden Lippen.

»Vielleicht werde ich es noch.«

James lachte, beugte jedoch gleich wieder den Kopf und ohne Vorwarnung nahm er Noahs Glied auf. Es passierte sofort. Noah stieß ein lautes Stöhnen aus. Er zuckte zusammen, seine Hüften erhoben sich leicht und auf einmal kam er in James' Mund. Dessen Augen weiteten sich und vor Überraschung konnte er nichts anderes tun, als zu schlucken.

Sobald die zähe Flüssigkeit seine Kehle herunterlief, ließ er rasch von Noah ab und hustete, schnappte gleichzeitig mit tränenden Augen nach Luft. »D-Das kam überraschend.«

»Das sollte ich sagen«, erwiderte Noah atemlos, richtete sich dann jedoch schweratmend auf und fügte hinzu: »Tut mir leid. Alles okay? Ich hätte dich normalerweise vorgewarnt, aber es kam so plötzlich und-«

James grinste. Er legte eine Hand auf Noahs Wange und küsste ihn. Der Gedanke daran, dass Noah sich nun selbst durch den Kuss schmecken musste, brachte sein Herz noch mehr zum Rasen. »Du brauchst bestimmt einen Moment, aber ...«

Grinsend richtete Noah sich auf, drückte stattdessen James auf die Matratze. »Schon gut. Kein Problem«, sagte er, rutschte etwas nach hinten und neigte den Kopf.

## Kapitel 22

»Sicher, dass ich ihn nicht in die Tasche packen und mitnehmen kann?«, fragte James Noah, während er Präriehund Perry in die niedlichen Knopfaugen starrte. Eigentlich hatte Noah dem putzigen Tierchen den Namen bloß als Scherz gegeben, doch James fand ihn offenbar ausgesprochen passend.

»Ganz sicher. Einmal davon abgesehen, dass du dich strafbar machen würdest, denke ich, Perry würde dir allein für den Versuch die Augen auskratzen.«

»Hm, schade.«

So ließ er seinen kleinen Freund traurig stehen und Noah ging mit ihm den Weg zum Besucherzentrum zurück. Sie hatten am frühen Morgen noch einmal den Canyon besucht, um sich von der Aussicht zu verabschieden.

Nun ging es aber direkt zu Noahs Eltern, was aufgrund der weiten Entfernung mindestens 15 Stunden Fahrt bedeutete. Allerdings wollten sie es vermeiden, sich Albuquerque zu nähern, und James wählte daher eine ländlichere Route aus. So brauchten sie stattdessen noch einmal eineinhalb Stunden mehr, machten jedoch am wunderschönen Cibola National Forest Halt.

Dort gefiel es Noah so gut, dass sie die Chance nutzten, mit der längsten Seilbahn der Welt den Sandia Peak hochzufahren. Da sie den Wind gewaltig unterschätzt hatten und Noah in seiner dünnen Jacke ein wenig zitterte, zog James seine aus, um sie ihm überzulegen.

Dankbar lächelte Noah ihn an. Er kam sich vor, als wäre er der Hauptdarsteller eines Liebesfilms. »Ist dir jetzt nicht kalt?«

»Ich hatte schon immer eine ungewöhnlich hohe Körpertemperatur. So schnell friere ich nicht.«

Obwohl er dies sagte, bemerkte Noah, als der Wind auffrischte, doch ein leichtes Zittern seiner Schultern. So lehnte er sich an ihn, um James wenigstens etwas seiner Wärme abzugeben. Er hatte extra nicht den Arm um ihn gelegt, da viele Leute in der Nähe waren, doch kurz darauf tat James dies von sich aus, was Noah zum Schmunzeln brachte. Wer hätte zu Beginn ihrer Reise schon gedacht, dass er so schnell seine Scheu ablegen würde?

»Du … schämst dich wirklich nicht mehr, oder?«

Sobald er diese Frage ausgesprochen hatte, betrachtete James ihn überrascht. »Wie könnte ich das? So glücklich wie mit dir bin ich noch nie gewesen.« Er starrte auf Albuquerque, das in der weiten Ferne lag. »Mir ist es egal, was andere Leute sagen. Diese Gefühle können nicht falsch sein. Sie sind zu schön.«

Noahs Herz begann zu rasen. Er verspürte sofort den unheimlichen Drang, James zu küssen, doch stattdessen schlang er einen Arm um seine Hüften, drückte sich an ihn und genoss die Aussicht.

Natürlich hatte er recht. Das, was er … nein, was sie beide empfanden, war zu intensiv, zu rein, um falsch zu sein. Daher fasste Noah in diesem Moment auch einen Entschluss.

»Ich … habe immer noch Angst«, sagte er zu James. »Ich will nie zu einer Last für dich werden. Nicht so, wie ich es für meine Eltern oder Ian geworden bin, aber … ich will dich auch nicht verlassen. Der Gedanke daran, ohne dich zu leben, der ist …« Er schüttelte den Kopf, konnte sich eine solche Zukunft nicht einmal mehr vorstellen. »Deshalb will ich es versuchen. Egal, wie es mit deinen oder meinen Eltern laufen wird.«

»Du wirst nie eine Last für mich sein, Noah«, sagte James. »Und ich will das auch. Vielleicht bin ich kein angemessener Partner für dich und es ist selbstsüchtig von mir, aber … ich denke, was wir haben, ist etwas ganz Besonderes. Es war Schicksal, als wir uns auf dieser Straße getroffen haben.« Er lächelte. »Wer weiß. Womöglich wären wir uns nie begegnet, wenn mein Bus zu Beginn der Reise nicht einen Stopp in der Werkstatt gebraucht hätte.«

»Oder wenn der LKW-Fahrer, der mich mitgenommen hat, nicht hätte umkehren müssen. Schon komisch, wie viele kleine Gegebenheiten zusammenkommen mussten, damit wir uns treffen, hm?«, fragte Noah. Zuvor hatte ihm das Schicksal übel mitgespielt, doch nun schien es ihm etwas zurückgegeben zu haben. Etwas wirklich Gutes.

Daraufhin genossen sie noch so lange die Aussicht, bis die letzte Fahrt der Seilbahn für den Tag angekündigt wurde. Unten im Bus verbrachten sie einige Stunden mit Poker, wobei James Noah bei jedem Spiel vernichtete.

»Du könntest mich wenigstens einmal gewinnen lassen«, maulte dieser, als er einen weiteren Haufen Kartoffelchips zu James rüberschieben musste.

»Damit wärst du zufrieden?«

»… nein«, gab Noah kleinlaut zu und stöhnte daraufhin, denn er hatte erneut ein besonders mieses Blatt gezogen. James hingegen lachte ihn ungeniert aus.

Am nächsten Morgen ging es direkt weiter nach Dallas. James musste nichts sagen. Noah bemerkte auch so, wie nervös er war. So legte er, als sie die Stadt erreichten und an einer Ampel hielten, eine Hand auf seinen Oberschenkel und drückte diesen aufmunternd. »Meine Eltern sind wirklich nette Menschen. Vielleicht skeptisch am Anfang, aber sobald sie merken, wie glücklich du mich machst, werden sie dich ohne weitere Fragen akzeptieren.«

»Ich hoffe, du hast recht. Es reicht schon, wenn ich von *meinen* Eltern verstoßen werde ...«

Daraufhin wusste Noah zunächst nicht, was er sagen sollte. Seine Angst und Frustration waren deutlich in James' Stimme zu hören. »Du weißt doch noch gar nicht, wie sie reagieren werden. Vielleicht überraschen sie dich«, meinte Noah und versuchte dabei, etwas Zuversicht in seine Worte zu legen.

James warf ihm nur einen raschen Seitenblick zu. »Ich weiß es«, sagte er mit einer solchen Überzeugung, dass Noah ihn am liebsten umarmt hätte. Das tat er dann auch, als sie ihr Ziel erreichten und auf der gegenüberliegenden Straßenseite seines Elternhauses hielten. »Es sieht schön aus«, konnte James noch zu dem kleinen Einfamilienhaus sagen, bevor Noah ihn in den Arm nahm.

»Meine Familie ist deine Familie«, sagte er und zog ihn mit sich zum Tor.

Vor dem Haus lag ein Vorgarten, um den sich seine Mutter seit ihrem Einzug vor 15 Jahren rigoros kümmerte. Die Rosen strahlten in verschiedenen Farben und Noah konnte sich bereits vorstellen, wie sein Vater mal wieder über ihren Wasserverbrauch meckerte, doch er wusste, insgeheim schätzte auch er dieses Hobby seiner Frau sehr. Zumindest konnte er es nicht lassen, als Hobbyfotograf zahlreiche Fotos von den Blumen zu knipsen. »Du hattest auch einen Garten, oder?«, fragte Noah James, als sie über die Gehwegplatten zur Haustür gingen. Sobald James genickt hatte, fuhr er fort. »Gut. Wenn du nicht wissen solltest, worüber du mit meiner Mutter reden kannst, Pflanzen sind immer ein gutes Thema.«

Sie blieben auf der Fußmatte stehen und als Noah die Türklingel betätigte, hörte er, wie James einen hörbaren Atemzug ausstieß. Er nahm seine Hand, drückte sie feste. Nur wenige Sekunden später wurde die Tür aufgerissen und seine Mutter starrte ihm in die Augen. Wie meistens trug sie bequeme Jeans sowie eine Bluse mit Blumenmuster. Ihr leicht gelocktes Haar war zu einem Knoten zusammengebunden und sobald ihre Augen auf Noah fielen, weiteten sich diese.

»Ich kann es nicht glauben«, flüsterte sie und zog ihn so gewaltsam in ihre Arme, dass Noah sich am Türrahmen festhalten musste, damit sie nicht zusammen umfielen.

»Mama, nicht so stürmisch.«

»Ach, shh! Von dir will ich nichts hören. Es ist ganz allein deine Schuld, dass ich dich so feste drücken muss. Weißt du eigentlich, was für Sorgen ich mir um dich gemacht habe?« Sie löste sich von ihm, legte anschließend die Hände auf seine Wangen. Sie hatten beinahe dieselbe Größe, aber da Noah ihr ein paar Zentimeter voraushatte, musste sie leicht nach oben schauen. »Du siehst blass aus. Trinkst du genug? Abgenommen hast du auch, denke ich. Ich *wusste* doch, dass du auf dieser schrecklichen Reise nicht genug essen würdest.«

Noah schenkte ihr ein schwaches Lächeln und sah anschließend zu James, der aussah, als würde er mit dem Hintergrund verschmelzen wollen. »Ich habe dir nicht zu viel versprochen, oder?«

»Oh, wer ist dein … Freund?«, fragte Noahs Mutter, betrachtete James von oben bis unten. Noah konnte es ihr nicht verdenken. Seine bisherigen Freunde waren alle eher Rockertypen mit Lederjacken und Motorrädern gewesen. Der ordentliche, zuverlässig wirkende James war da eine ganz andere Nummer.

Dieser deutete diesen Blick aber natürlich nicht so und wirkte daher, als würde er sich mächtig unwohl in seiner Haut fühlen. Dennoch streckte er die Hand zu ihr aus und sagte: »Ich bin James Wilson. Noah und ich haben uns auf der Reise getroffen.«

»Und wir sind zusammen«, verkündete Noah, woraufhin seine Mutter die Augen aufriss und mit einem verwirrten Ausdruck auf dem Gesicht James' Hand schüttelte.

»Oh, das ist ... überraschend.« Sie blinzelte einige Male rasch, setzte dann jedoch ein Lächeln auf ihr Gesicht. »Ich bin Grace und ... Sie müssen verzeihen. Sie sind nicht Noahs üblicher Typ und das hat mich etwas aus der Bahn geworfen.«

James nickte. »Ich hörte davon. Sie müssen sich aber keine Sorgen machen. Ich habe nur die besten Absichten, was Ihren Sohn betrifft.«

Noch einmal riss seine Mutter die Augen auf und sah von James zu Noah, der seinerseits mit den Schultern zuckte. Auch diese Aussage war ganz anders als die von seinen bisherigen Kerlen, die sie allesamt eher mit »Yo, Mama!« und Ähnlichem begrüßt hatten.

Damit betraten sie das Haus. »Dein Vater musste noch mal ins Büro«, meinte Noahs Mutter und Noah war insgeheim froh darüber. Es würde ihm um einiges leichter fallen, getrennt mit ihnen zu reden. Gemeinsam tendierten sie dazu, ein unerschütterliches Bündnis einzugehen, wann immer Noah etwas Falsches getan hatte.

Als er Geräusche von oben hörte, sah er die Treppe hinauf, doch er konnte nur noch sehen, wie jemand um die Ecke huschte. Traurig sah er der Gestalt nach. Das musste seine Schwester Lily sein. Sie war also immer noch schlecht auf ihn zu sprechen. Noah hatte eigentlich gehofft, sie würde sich mit ein wenig Abstand beruhigen, doch da hatte er sich offenbar geirrt.

»Ihr müsst müde sein«, sagte seine Mutter anschließend und nahm sofort ihren Mom-Modus ein, wie er und Lily es immer nannten, wenn sie das Bedürfnis hatte, sich um jemanden zu kümmern. »Und hungrig! Warum setzt ihr euch nicht ins Esszimmer und ich mache eine Kleinigkeit.«

»Das ist nicht nötig, Mom. Wir haben gegessen, kurz bevor wir gekommen sind. Etwas zu trinken wäre aber nicht schlecht.«

Sie starrte ihn einige Sekunden lang an, wobei ihre Augen über seine für sie zweifellos zu dünne Statur huschten, nickte und verschwand in der Küche. Noah hingegen führte James zum Esszimmer. Es war nur ein kleiner Raum, der durch zwei Schiebetüren von dem Wohnzimmer abgetrennt werden konnte.

»Ein wirklich schönes Haus«, wiederholte James steif, während er sich umsah.

Grinsend ging Noah auf ihn zu und legte die Arme um seinen Hals. »Immer noch nervös?«

James starrte ihn an, nickte langsam. »Mayas Eltern kannte ich bereits seit Jahren, als wir zusammenkamen. Das hier ist also ganz neu für mich.«

»Keine Sorge. Ich sagte doch, meine Eltern sind nett.«

»Ja, aber ...« James seufzte. »Ich will einfach nur einen guten Eindruck machen.«

Noah stellte sich auf die Zehenspitzen und küsste seine Lippen. »Mach mich glücklich und das tust du.«

»Oh«, hörte er kurz darauf von der Küchentür aus, wo seine Mutter mit zwei Tassen stand. »Entschuldigt bitte. Ich wusste nicht, dass ihr ...«

»Dass ihr … was? Es war nur ein flüchtiger Kuss, Mama. Es ist nicht so, als wollte ich hier mit ihm rummachen.«

Sie stieß ein Seufzen aus, das dem von James zuvor erstaunlich ähnlich klang. »Rede nicht so.« Daraufhin stellte sie die Tassen auf den Tisch. »Kaffee und Tee. Ich hoffe, Sie mögen Ihren stark?«, fragte sie James, der nickte.

»Natürlich. Vielen Dank.«

Sie starrte ihn an, als wäre er ein Tier im Zoo. »Es ist so merkwürdig. Noah hat noch nie jemanden mitgebracht, der tatsächlich Manieren besitzt.«

»Mama, rede bitte nicht so, als würde ich sonst nur Neandertaler anschleppen«, beschwerte sich Noah sofort, woraufhin sie lachte.

»Was denn? Es ist nicht meine Schuld, dass du einen schlechten Männergeschmack hast.«

Gemeinsam setzten sie sich an den Tisch und ein Gespräch begann, das Noah nur als Verhör bezeichnen konnte. Seine Mutter wollte alles über James wissen. Wie alt er war, wo er studiert hatte, welchen Beruf er ausübte … Als sie jedoch das Thema Scheidung ansprachen, wurde Noahs Mutter ungewöhnlich ernst.

»Sie hat es so einfach akzeptiert?«

»Sie meinte, sie wusste es bereits seit Jahren«, antwortete James steif. Es war offensichtlich, wie unangenehm ihm dieses Thema war, doch natürlich mussten sie darüber reden. »Ich kann selbst nicht glauben, dass sie mir verziehen hat. Wegen mir hat sie so viele Jahre verloren …«

»Nun, sie ist eine erwachsene Frau und du hast ihr nie vorgegaukelt, du würdest tatsächlich etwas für sie empfinden, oder?«, fragte Noahs Mutter und mit einem Lächeln stellte Noah fest, dass sie begonnen hatte, James zu duzen.

James schüttelte den Kopf. »Das habe ich gleich klargestellt. Wir wollten beide dem Druck unserer Eltern entgehen.«

Sie nickte langsam. »Damals war Homosexualität noch längst nicht so akzeptiert wie heute. Ich kann dir keinen Vorwurf machen, dass du das Gefühl hattest, dich verstecken zu müssen. Besonders mit solchen Eltern ...« Sie schüttelte den Kopf. »Du glaubst wirklich nicht, dass sie es akzeptieren werden?«

James nickte. »Ich bin mir ganz sicher. Wenn ich zurückfahre, dann, um mich zu verabschieden. Von ihnen und von meinem alten Leben.«

»Deine Absichten bezüglich Noah sind also echt?«, fragte sie.

Noah wollte sie schon unterbrechen und darauf bestehen, dass sie aufhörte, James wegen dieses Themas zu grillen, doch dieser kam ihm zuvor. »Absolut. Noah ist mir während unserer Reise unheimlich wichtig geworden. Er gibt mir ein Gefühl, das ich noch nie hatte. Kaum jemand in meiner Familie hat mir je richtig Zuneigung gezeigt. Maja hat es versucht, aber die Gefühle waren bei mir einfach nicht da. Mit Noah ist alles anders. Ich kann mir nicht einmal mehr vorstellen, ihn nicht in meiner Nähe zu haben. Er macht ... die Welt besser für mich. Anders kann ich es nicht beschreiben.«

»Oh«, seufzte Noahs Mutter verzückt und Noah hätte am liebsten das Gleiche getan. Ein Elternteil hatte James jedenfalls bereits von sich überzeugt.

Und wie der Zufall so spielte, öffnete sein Vater genau in dieser Minute die Haustür. »Ich bin zurück! Gott, du kannst dir das Chaos nicht vorstellen ... das System war komplett abgestürzt. Wir hätten beinahe die Daten der ganzen Woche verloren! Wenn die IT-Abteilung kein Backup gemacht-« In diesem Moment hatte er das Wohnzimmer durchquert und stand vor dem Esszimmer. Mit großen Augen starrte er zunächst James und dann Noah an. »Du bist zurück!« Er ließ seine Aktentasche zu Boden fallen und zog seinen Sohn, der soeben aufgestanden war, in die Arme. »Mach so etwas nie wieder! Wir wären fast gestorben vor Angst. Was alles hätte passieren können ... und dann meldest du dich auch noch kaum. Weißt du eigentlich, wie oft deine Mutter deswegen nicht schlafen konnte?«

Grinsend löste sich Noah von seinem Vater. »Es tut mir leid, aber ich musste das tun. Glaub mir, die Reise war die richtige Entscheidung. Schon alleine, weil ich ihn getroffen habe.« Damit drehte er sich zu James, der nun ebenfalls aufgestanden war, auf seinen Vater zuging und ihm die Hand reichte.

»Ich ... ich bin James. Es freut mich sehr.«

Noahs Vater starrte erst ihn an, dann Noahs Mutter, die ihm mit einem Lächeln zunickte und munter sagte: »Ich denke, er ist ein Guter.«

Mit einem Stirnrunzeln nahm Noahs Vater James' Hand und schüttelte sie. »Roger, angenehm. Sie sind also ... mit meinem Sohn zusammen? Darf ich fragen, wie alt Sie sind?«

»Dad ...«, begann Noah drohend, doch sein Vater sah ihn stur an.

»Was denn? Ich darf ja wohl nachfragen, wenn du plötzlich jemanden anschleppst, der so anders als dein üblicher Typ ist.«

»Ich bin 42«, antwortete James. »Und ich kann Ihre Vorbehalte verstehen. Mir selbst fällt es schwer, zu begreifen, wie ein toller Mann wie Noah ausgerechnet mich wählen konnte.«

»Hm, höflich sind Sie jedenfalls. Trotzdem weiß ich nicht recht ... 14 Jahre sind schon ein ziemlicher Unterschied.«

Noah betrachtete ihn mit einem Stirnrunzeln. »Zwischen dir und Mama liegen zehn Jahre«, meinte er, woraufhin sich sein Vater geniert räusperte.

»Das ist etwas *ganz* anderes.«

»Nein, nicht wirklich«, erwiderte Noah stur.

»Außerdem müssen wir deine Situation bedenken. Wenn du dich vielleicht nur in diese Beziehung stürzt, weil-«

»Dad«, sagte Noah mit leiser Stimme. »Kein Wort mehr davon.«

Augenblicklich wurde die Atmosphäre im Raum eisig. Noahs Mutter sah nervös von einem zum anderen, stand dann auf und huschte in die Küche, um für Noahs Vater ebenfalls eine Tasse Kaffee zu machen.

Nach einer kurzen Zeit des Schweigens öffnete Noahs Vater erneut den Mund. »Es tut mir leid. Ich wollte nicht sagen, dass deine Gefühle für ihn nicht echt sind. Es ist nur ... wenn Menschen eine verändernde Erfahrung machen, neigen sie dazu, nicht wirklich nachzudenken. Nach dem, was mit Ian passiert ist ... ich will nicht, dass du noch einmal so verletzt wirst.«

»Wird er nicht«, sagte James in dem Moment, als Noahs Mutter mit dem Kaffee in die Küche zurückkehrte. »Wir kennen uns zwar erst seit zwei Wochen, aber meine Gefühle für Noah sind echt. Da bestehen keinerlei Zweifel. Und natürlich haben wir über seine Krankheit und die Gefahr eines Rückfalls gesprochen. Ich versichere Ihnen, ich werde ihn nicht im Stich lassen. Egal, was passiert. Selbst dann nicht, wenn es mit uns doch nicht funktionieren sollte.«

»Das sagen Sie zwar, aber ...«

Noah, der inzwischen genug hatte, stieß ein tiefes Seufzen aus und sagte: »Dad, hast du den Bus draußen gesehen? Den Volkswagen? Er gehört James. Überwiegend originaler Zustand. Sicher lässt er dich mal fahren.«

Sein Vater starrte zuerst Noah an, dann James. Auf einmal breitete er die Arme aus und rief: »Willkommen in der Familie!«

Diese Reaktion lockerte die Stimmung gewaltig auf. Alle lachten, vergaßen zunächst die ernsteren Themen, die nach wie vor im Raum standen, setzten sich und sprachen stattdessen über Noah und James' Reise. »Der Canyon war auf jeden Fall das Highlight, aber die Seilbahnfahrt am Ende war auch großartig. Besonders, als James mir seine Jacke gegeben hat. Es war wie eine Szene aus diesen alten Liebesfilmen, die du so magst, Mom«, sagte Noah mit einem Grinsen, woraufhin sich James eine Hand auf die Augen legte.

»Das musstest du jetzt unbedingt sagen, oder?«

Noahs Mutter war allerdings entzückt. »Ein Gentleman auch noch? Wer hätte gedacht, dass du mal einen so guten Fang machen würdest?«

Ihr Gespräch dauerte noch über eine Stunde an. Anschließend meinte Noah zu James, dass er dringend eine Dusche benötigte, woraufhin dieser zustimmte. Auf seine Frage hin, ob er denn mit ihm gehen würde, begann er allerdings zu stottern.

»Noah, hör auf, deinen Freund vor uns in Verlegenheit zu bringen«, meinte seine Mutter tadelnd und schüttelte den Kopf.

»Kannst du es mir verdenken? Er ist so unheimlich süß.«

»Das mag sein, aber nimm etwas mehr Rücksicht.« Sie wandte sich anschließend an James. »Während er beschäftigt ist, finden wir sicher etwas, womit wir uns die Zeit vertreiben können, nicht wahr?«

Sobald James genickt hatte, ging Noah mit einem Lächeln die Treppe hinauf. Er hatte keinerlei Zweifel daran, dass seine Eltern James mit weiteren Fragen befeuern würden, aber da musste er durch. So unsicher er auch war, sicher würde er schon allein durch seine Ehrlichkeit jeden Test mit Bravour bestehen.

## Kapitel 23

Sobald Noah die Treppe nach oben gegangen war, gesellte sich noch sein Vater zu ihnen. In diesem Moment war James bewusst, nun würde das wahre Verhör beginnen. Es war undenkbar, dass sie ihn einfach so akzeptierten.

Noahs Mutter Grace betrachtete ihn zwar weiterhin mit einem Lächeln, doch Roger wurde augenblicklich ernst. »Nur, um sicherzugehen: Was genau hat Ihnen mein Sohn über seine Krankheit erzählt?«

»Alles, denke ich«, erwiderte James und dachte zurück an ihre Gespräche. »Es hat eine Zeit lang gedauert, bis er sich mir gegenüber geöffnet hat, aber im Nachhinein hat er mir alles gesagt. Ich weiß über die Schwere seiner Krebserkrankung Bescheid, über Ian, was für Vorwürfe er sich gemacht hat, weil er dachte, er wäre eine Last für Sie und sogar von den Wutausbrüchen hat er mir erzählt. Oh, und über die holprige Beziehung mit seiner Schwester hat er ebenfalls geredet.«

Noahs Vater warf seiner Frau einen kurzen Blick zu. »Dann muss Noah Ihnen wirklich vertrauen. Mit uns wollte er nie darüber reden. Über nichts davon. Er hat immer versucht, Witze zu machen und seine Krankheit herunterzuspielen. Sogar dann noch, als es ihm sehr schlecht ging. Nur ganz selten ist er zusammengebrochen und hat uns gesagt, wie er sich wirklich fühlt. Es war ... schwer. Für alle Beteiligten.«

Grace nickte. »Gerade deshalb braucht er jemanden, auf den er sich verlassen kann. James, deine Scheidung ist noch nicht einmal durch. Dazu kommt die Situation mit deinen Eltern. Bist du dir sicher, dass du ihm die Unterstützung geben kannst, die er benötigt? Selbst dann, wenn der Krebs eines Tages zurückkommt?« Sie betrachtete ihn traurig. »Während der ersten zwei Jahre ist ein Rückfall am wahrscheinlichsten. Das darfst du nicht vergessen.«

Auch darüber wusste James Bescheid. Nachdem er Noah näher gekommen war, hatte er noch einmal Berichte über seine Krankheit im Internet nachgelesen. Nun, wo er genauer darüber nachdachte, fiel ihm auf, wie lange er bereits für Noah da sein wollte. Sogar schon vor ihrer Zeit in dem Hotel. »Ich habe mich direkt über AML informiert, nachdem wir uns kennengelernt haben. Natürlich habe ich keine Erfahrung mit einer so schweren Krankheit und ich werde Ihre Hilfe benötigen, um ihn bestmöglich unterstützen zu können, aber ich bin mir sicher. Wir brauchen einander. Das ist während unserer Reise von Tag zu Tag deutlicher geworden.«

Noahs Vater seufzte. »Dann will ich nichts dagegen sagen. Am Ende des Tages ist es Noahs Entscheidung und ich muss zugeben, Sie machen bisher einen wirklich zuverlässigen Eindruck.« Er verschränkte die Arme. »Außerdem … wer sich so hervorragend um einen Oldtimer kümmern kann, für den ist die Unterstützung meines Sohnes sicherlich ein Klacks.«

Seine Frau betrachtete ihn mit großen Augen. »Ich dachte vorhin, es wäre ein Scherz gewesen, um die Stimmung aufzulockern, aber … hast du ihn etwa tatsächlich akzeptiert, weil er einen Wagen hat, der dir gefällt? Obsession hin oder her, das geht zu weit.«

»Der Wagen eines Mannes sagt viel über ihn aus«, erwiderte Noahs Vater mit einem Achselzucken, woraufhin James grinste.

»Allerdings. Und ich bin ein hervorragender Gärtner. Ihre Rosen und Begonien sind übrigens traumhaft«, sagte James mit der gleichen schmeichelnden Stimme, die er immer bei Noah benutzte.

Wie erwartet hatte sie bei ihr denselben Effekt. Graces Gesicht leuchtete auf der Stelle auf. »Willkommen in der Familie!«, sagte sie im selben Tonfall wie ihr Mann zuvor und dieser schüttelte lächelnd den Kopf.

Im Anschluss begleitete Noahs Vater James nach draußen, um ihm den Wagen zu zeigen. Dabei bemerkten die beiden Männer sofort, dass sie einiges gemeinsam hatten. Zwei linke Hände zum Beispiel, was sie allerdings nicht davon abhielt, weiter an Dingen herumschrauben zu wollen.

Auch mit Noahs Mutter lief es gut, denn sie fragte James zu dem neuen Beet, das sie anlegen wollte, und als dieser ihr ein paar hilfreiche Vorschläge machen konnte, war sie hoch erfreut. Offenbar hatte bisher niemand mit ihr über dieses Thema sprechen wollen.

Als Noah schließlich zurück nach unten kehrte, saßen die drei wieder am Esstisch und sprachen gerade über den nächsten Roadtrip, den James mit Noah machen wollte. »Was ist denn hier los? Ich bin knappe 30 Minuten weg und ihr habt James praktisch adoptiert?«

»Wie könnten wir auch nicht? Er ist ein Goldstück«, meinte Noahs Mutter mit einem breiten Lächeln.

James grinste ebenfalls, war aber angesichts des Kompliments verlegen. »So weit würde ich zwar nicht gehen, aber ich bin zumindest froh, dass Sie mich nicht gleich zum Teufel jagen wollen.«

»Ach, warum sollten wir? Roger und ich respektieren jede Entscheidung, die Noah trifft. Hin und wieder mit ein wenig Zähneknirschen, aber letztendlich ist es sein Leben und er weiß am besten, was gut für ihn ist. Obwohl er manchmal auch einen kleinen Schubs braucht.«

»Dem kann ich nicht widersprechen. Er kann sehr stur sein.«

Noah verzog das Gesicht, setzte sich aber, ohne Widerworte zu geben, und drückte unter dem Tisch James' Hand, was diesen zum Lächeln brachte. Er hatte sich zwar die ganze Zeit über zuversichtlich gegeben, doch James glaubte, Noah war dennoch erleichtert darüber, wie verständnisvoll seine Eltern waren.

»Oh, mir fällt übrigens ein ...«, begann Noahs Mutter, nachdem sich ihr Mann entschuldigt hatte, um noch einmal auf der Arbeit anzurufen. Nachdenklich legte sie einen Zeigefinger an ihre Wange. »Vor einigen Tagen gab es diesen merkwürdigen Anruf. Ich habe dir eine Nachricht dazu geschrieben, aber du hast bisher noch keine Erklärung gegeben. Also ... warum hat mich Marys Vater angerufen und mir gesagt, er hätte eine potentielle Anklage gegen dich aus der Welt schaffen müssen?«

»Das hat er getan?«, fragte Noah sie mit großen Augen. »Dazu hat er die Macht?«

»Nun, seitdem er Sheriff geworden ist, ja, aber wechsel jetzt nicht das Thema. Was hat es mit der Sache auf sich? Das war doch sicher ein Missverständnis, oder? Es kann unmöglich sein, dass mein Sohn unzüchtiges Verhalten auf einem Schulhof gezeigt hat.«

James' Wangen wurden mit einem Mal sehr warm. Er spürte Noahs flehentlichen Blick, doch so angestrengt er sich auch das Hirn zermarterte, ihm fiel nichts ein, um aus dieser Sache herauszukommen. Letztendlich betrachtete er Noah mit einem entschuldigenden Lächeln, während dieser stotternd zu einer Erklärung ansetzte. »Also zunächst einmal klingt das sehr viel schlimmer, als es eigentlich war. Wir waren am späten Abend dort, als längst keine Schüler mehr da waren. Selbst Lehrer sind um diese Zeit kaum noch dort. Außerdem waren wir in einer wirklich abgeschotteten Ecke und ... und ...« Er schien nicht weiter zu kommen. Immer wieder setzte Noah erneut zu einer Erklärung an, ohne jedoch dabei voranzukommen.

Als James nun auch den Blick von Noahs Mutter spürte, hatte er das Gefühl, ebenfalls etwas sagen zu müssen, wenn er nicht wollte, dass der gute erste Eindruck, den er zuvor auf sie gemacht hatte, vollkommen vernichtet wurde. »Also ... Noah hat recht. Es war wirklich längst nicht so schlimm, wie es klingt. Wir waren ... nun ...«

Zu seiner Erleichterung hob Noahs Mutter die Hand. »Schon gut. Ich glaube, ich will es gar nicht so genau wissen.« Anschließend wandte sie sich wieder an ihren Sohn. »Es ist dein Glück, dass dein Vater und ich in unserer Jugend ebenfalls einiges angestellt haben und das an Orten, die keinesfalls passend dafür waren. Jugendlichen Übermut könnt ihr zwar beide nicht mehr als Ausrede benutzen, aber ... Nun, Noah hat eine sehr schwere Zeit hinter sich und James hat ebenfalls so seine Probleme. Daher kann ich schon verstehen, dass ihr zwei euch dadurch anders verhalten habt, als ihr es normalerweise getan hättet.« Sie seufzte tief. »Was es aber natürlich nicht in Ordnung macht. Zum Glück habe ich deinem Vater nichts davon erzählt. Er ist längst nicht so offen wie ich.«

Noah grinste. »Danke für dein Verständnis. Es ist da auch wirklich nichts gelaufen. Wir waren vielleicht ein bisschen ... aufgewühlt, aber wir hatten nicht vor dort ... nun ja ...«

»Noah, ich muss wirklich nicht mehr hören. Halte dich aber lieber in naher Zukunft von Albuquerque fern. Laut Matt war dieser Hausmeister alles andere als erfreut darüber, dass es nicht zur Anklage kommt.«

»Ja, das habe ich mir irgendwie schon gedacht«, erwiderte Noah mit einem schwachen Lächeln.

Anschließend setzten sie sich in den Garten. Noahs Mutter ging zum Bäcker, um ihnen ein paar Stücke Kuchen zu kaufen und Noahs Vater wollte mit Noah unter vier Augen sprechen.

So blieb James alleine zurück, betrachtete die schönen Blumen und trank dabei von dem Tee, den Noah zuvor für ihn gemacht hatte. Als er aus den Augenwinkeln eine Bewegung sah, dachte er zunächst, Noah wäre zurückgekommen. Nachdem er jedoch den Kopf gedreht hatte, hielt dieser Eindruck nur eine winzige Sekunde länger an, denn die Person, die auf einmal vor ihm aufgetaucht war, konnte man nur als eine etwas jüngere weibliche Version von Noah bezeichnen. Sie hatte schulterlange Haare, beinahe dieselben Gesichtszüge wie er und sogar der verlegene Blick, den sie ihren Schuhen zuwarf, glich Noahs vollkommen.

»Ich … ähm … bin Lily, Noahs Schwester.«

»Ja, das dachte ich mir schon. Ihr seid einander wie aus dem Gesicht geschnitten.«

»Ich weiß. Das höre ich ständig.« Sie klang leicht genervt und verdrehte die Augen, ging dann jedoch auf ihn zu. Sobald sich James erhob, um ihre Hand zu schütteln, fuhr sie fort. »Du bist Noahs Neuer, oder? Ich habe nicht alles gehört, aber Mom und Dad waren im Verhör-Modus. Das war offensichtlich.«

James lächelte. »Ja, aber zum Glück waren sie nicht allzu streng mit mir. Hast du schon mit Noah geredet? Er hat von dir gesprochen, als wir unterwegs waren.«

»Oh.« Sofort sah sie wieder auf ihre Füße. »Was hat er gesagt?«

»Nur, dass die Zeit während seiner Krankheit auch für dich nicht leicht war. Er möchte sicher mit dir reden«, erwiderte James freundlich. Man sah Lily ihr schlechtes Gewissen deutlich an. Sie hatte die Hände hinter dem Rücken gefaltet, stierte nach wie vor nach unten, als wäre der Boden unheimlich interessant.

»Ich weiß und ich will auch, aber …« Genau wie Noah, wenn er verlegen war, biss sie sich auf die Unterlippe. »Ich weiß nicht, wie ich anfangen soll. Wir … verstehen uns nicht mehr so wie früher.«

James sagte dazu nichts, denn soeben war ein Schatten in der Terrassentür aufgetaucht. »Ich möchte gerne, dass sich das ändert«, sagte Noah und trat nach draußen. Er trug eine zusammengefaltete Tischdecke in den Händen. »Wir haben uns früher so gut verstanden. Ich will, dass es wieder so wird.«

Lily starrte ihn überrascht an, wandte den Blick erneut nach unten. »Dann hasst du mich nicht? Obwohl ich so ein Aas zu dir gewesen bin?«

»Du bist doch schon immer ein Aas gewesen. Ich bin dran gewöhnt.« Sobald Lily empört aufsah, lachte Noah und ging zum Tisch, um die Decke darauf auszubreiten. »Außerdem war es eben eine beschissene Zeit und ich kann dich verstehen. Unsere Eltern hatten nur noch meine Krankheit im Kopf. Jeden würde das stören. Ich mochte das ja auch nicht.«

Lily schüttelte nun wild den Kopf. James fragte sich derweil, ob es nicht angebracht wäre, sie allein zu lassen, doch er fand nicht den richtigen Zeitpunkt zur Flucht, denn Lily sprach bereits weiter. »Aber nicht jeder würde seinem kranken Bruder die Schuld geben. Du warst so schwach und ich hatte Angst, du würdest sterben. Trotzdem war ich so egoistisch und habe dir die Schuld dafür gegeben, dass Mom und Dad sich nur noch um dich kümmern. Wer tut so etwas?«

»Jemand, den die Situation überfordert«, sagte James beinahe automatisch und als beide ihn ansahen, hob er rasch die Hände. »Tut mir leid. Mich geht das alles nichts an. Soll ich lieber gehen und euch zwei alleine lassen? Damit ihr euch richtig aussprechen könnt?«

Noah schüttelte den Kopf und lächelte. »Nein, mit deinem Kommentar hattest du vollkommen recht.« Er sah Lily an. »Lass uns das alles vergessen und neu anfangen. Gerade jetzt, wo ich einen neuen Freund habe, werde ich deine Hilfe brauchen. Du wirst es nicht fassen, aber James versteht sich tatsächlich so gut mit unseren Alten, dass er sich bereits mit ihnen verbündet. Wenigstens einer in diesem Haus muss mir Rückendeckung geben.«

Lily lächelte. »Also ich weiß nicht … er wirkt sehr nett und es gibt so einige Situationen, in denen du es vertragen könntest, mal auf andere zu hören.«

Verdattert starrte Noah sie an. »Du auch noch? Dann ist jetzt die ganze Familie gegen mich?«

»Nur, wenn es um deine Gesundheit geht«, meinte auf einmal seine Mutter, die mit einem großen Paket in den Händen zur Tür hinaustrat und unmöglich den Grund für Noahs letzten Satz mitbekommen haben konnte. »Es gibt jede Menge Kuchen und Torte. Holt ihr bitte Geschirr aus der Küche?«, fragte sie Noah und Lily, die beide nickten und sofort aufbrachen.

James hingegen nahm ihr den überraschend schweren, eingepackten Kuchen ab und stellte ihn auf den Tisch, woraufhin sie ihn dankbar anlächelte. »Du bist ein Schatz.« Nachdenklich starrte sie auf das riesige Paket. »Vielleicht habe ich ein klein wenig übertrieben, aber man gewinnt ja nicht jeden Tag ein neues Familienmitglied dazu.«

»Danke«, sagte er mit heiserer Stimme. Als er ein merkwürdig warmes Gefühl in seiner Brust verspürte, schluckte er hart. Wie lange war er nun hier? Eine Stunde? Vielleicht zwei? Und doch hatten diese Menschen ihm gegenüber mehr Wärme gezeigt als seine Eltern in seinem gesamten Leben.

Noahs Mutter schien zu verstehen, denn sie legte ihm eine Hand auf den Rücken. »Schon gut. Ich kann mir nicht mal vorstellen, wie du dich fühlen musst, aber sei dir gewiss, was auch passiert, wir werden für dich da sein.«

James lächelte sie an. »Wirklich, ich ... danke«, wiederholte er noch einmal heiser.

In diesem Moment kam Noah mit seiner Schwester zurück. Grinsend stellte er das Geschirr auf den Tisch. »Ich habe etwas verpasst, oder?«, fragte er James, der den Kopf schüttelte.

»Nicht so wichtig. Deine Mutter ist nur eine wirklich tolle Person.«

»Oh, das weiß ich.«

Daraufhin aßen sie gemeinsam. Noah erzählte seiner Familie, dass sie planten, bald zu James' Eltern zu fahren. »Ich muss vorher noch einen Check-Up machen«, erklärte er James. »Dad hat schon den Termin gemacht. Wenn alles in Ordnung ist, können wir spätestens in einer Woche los, denke ich.«

James nickte steif. Insgeheim hatte er gehofft, etwas mehr Zeit zu haben. »Okay, das ... klingt gut.« Seine Nervosität musste in seiner Stimme zu hören sein, denn Noah nahm seine Hand unter dem Tisch.

»Ihr solltet im Jugendzentrum vorbeischauen, bevor ihr fahrt«, meinte Noahs Mutter. »Es wird James guttun, wenn er mit Jason und den anderen Kids reden kann.«

Noah nickte, wandte James daraufhin den Kopf zu. »Im Jugendzentrum kommen viele der Kids unter, die wir von der Straße geholt haben. Die jüngeren versuchen wir, so schnell wie möglich in Pflegefamilien unterzubringen, aber für die Älteren haben wir dort vorübergehende Schlafplätze eingerichtet. Es gibt außerdem alle möglichen Beschäftigungsmöglichkeiten für Kinder und Jugendliche der Stadt. Eine Spielhalle mit Billard,

Tischtennis und Dart, ein kleiner Sportplatz mit Basketballkörben und Events jede Woche. Freiwillige kümmern sich darum, dass alles seine Ordnung hat. Jason ist einer davon. Er ist gerade 18 geworden und der verantwortungsbewussteste junge Mann, den ich kenne.«

»Außerdem ziemlich süß und verdammt in Noah verknallt«, meinte Lily mit einem breiten Grinsen.

»Ach so?«, fragte James mit erhobenen Augenbrauen.

Noah schenkte ihm ein schwaches Lächeln. »Nun ... ja. Er hat nie wirklich versucht, mit mir zu flirten, aber es war offensichtlich. Jedenfalls ist er ähnlich wie du aufgewachsen. Extrem strenge christliche Eltern, die ihm die Luft zum Atmen nahmen. Irgendwann hat er es nicht mehr ausgehalten, sich geoutet und ... sein Vater hat ihn schwer verprügelt und dann rausgeworfen. Wir haben ihn später dank des Hinweises eines Obdachlosen gefunden, der schon mal von uns etwas zu essen bekommen hat. Anschließend hat es Wochen gedauert, bis er überhaupt nur mit uns reden wollte. Seine körperlichen Verletzungen waren schnell geheilt, nicht so aber seine psychischen. Erst, als er zufällig mitbekommen hat, dass ich schwul bin, hat er sich mir gegenüber geöffnet. Ich weiß nicht, ob er vorher Angst hatte, der Grund für seinen Rauswurf könnte ihm erneut Prügel einbringen oder er sich einfach generell geschämt hat. Er war damals 15.«

15 ... James schüttelte langsam den Kopf. Was konnte Eltern nur dazu bringen, so ihre eigenen Kinder zu behandeln? Wäre ihm das auch passiert, wenn er damals den Mut zu einem Coming-out gehabt hätte? Die offensichtliche Antwort schnürte ihm auf der Stelle die Kehle zu. »Und was habt ihr dann getan?«, fragte er ein wenig heiser.

»Das übliche Procedere. Zunächst die Polizei über den Fall informiert. Der Vater hat natürlich eine Anzeige bekommen. Zum einen wegen Körperverletzung, aber auch dafür, dass er einen Minderjährigen auf die Straße gesetzt hat. Trotz allem wollten die Eltern Jason nicht einmal sehen und er hatte solche Angst vor ihnen, dass er nicht im gleichen Raum mit ihnen sein konnte. Als Jasons Opa von der Sache Wind bekommen hat, hat er allerdings zugestimmt, ihn aufzunehmen, bis er sich selbst versorgen kann. Die Eltern mussten für den Unterhalt aufkommen, aber ansonsten haben sie nichts mehr miteinander zu tun. Zu dem Opa hat er dafür ein gutes Verhältnis.«

»Gut, dass er wenigstens einen Menschen in seiner Familie hat, auf den er sich verlassen kann.« Während James dies sagte, musste er an seinen Onkel denken. Er und seine Frau hatten ihn immer gut behandelt und im Gegensatz zu seinen Eltern etwas Zuneigung gezeigt. Würden sie noch mit ihm reden, wenn sie von seiner Homosexualität erfuhren? Sie waren nicht besonders religiös und hatten sich nie abfällig zu dem Thema geäußert, aber das musste nichts bedeuten.

Noah nickte. »Rede mit Jason«, sagte er mit einem Lächeln. »Ich denke, er wird dir zeigen können, dass du dir keine Sorgen um deine Zukunft machen musst. Abgesehen von seinem Opa hat er inzwischen viele Menschen gefunden, die praktisch zu seiner Familie geworden sind. Das kannst du ebenfalls.«

»Wir wären auf jeden Fall schon mal für dich da«, sagte nun auch Noahs Mutter..

»Klar. Vor allem, wenn ich eine Spritztour mit dem Bus machen kann«, fügte hingegen Noahs Vater hinzu, was ihm einen Tritt gegen das Schienbein von seiner Frau einbrachte. Dieser sollte offenbar längst nicht so stark ausfallen, denn als sie das schmerzverzerrte Gesicht ihres Mannes sah, entschuldigte sie sich sofort mit einem Lachen.

James schmunzelte. Hier, umgeben von diesen Leuten, empfand er tatsächlich kaum noch Angst. Sicher würde dieses Gefühl nicht ewig anhalten, doch in diesem wunderschönen Garten mit Menschen, die ihn akzeptierten, wie er war, verspürte er zumindest für den Moment wahren Frieden.

## Kapitel 24

Für Noah war es surreal, James auf einmal im Jugendzentrum stehen zu sehen. So, als würden zwei Welten aufeinandertreffen. Erstaunt sah sich sein Freund um und wer könnte es ihm verdenken? Die Räume hier waren weit besser ausgestattet als andere vergleichbare Einrichtungen.

»Wir haben einige sehr großzügige Investoren. Unter anderem meinen Onkel, der auch meine Reise finanziert hat.«

»Was macht dein Onkel eigentlich?«, fragte James mit hörbarem Erstaunen.

Ein Grinsen legte sich auf Noahs Gesicht, denn er konnte sich James' Überraschung bereits vorstellen, bevor er die Antwort aussprach. »Unterwäsche.«

Wie erwartet erhoben sich James' Augenbrauen. »Bitte was?«

Noah lachte. »Na ja, ihm gehört ein Wäschekonzern. Qualitätsunterwäsche für vergleichsweise wenig Geld. Klingt zunächst, als wäre es keine große Sache, aber er ist seit Jahren sehr erfolgreich und verkauft jetzt auch in Europa. Er scherzt oft, einen Teil seines Erfolgs hätte er mir zu verdanken, denn nach meinem Coming-out hat er eine LBGTQ-Serie gestaltet und den Erlös an Organisationen gespendet, die besonders homosexuelle Jugendliche unterstützen. Es war damals zwar nicht seine Absicht, aber die Aktion hat ihm reichlich Publicity in den sozialen Medien eingebracht.«

»Klingt wie ein toller Mann.«

»Das ist er. Ich werde dich ihm vorstellen, sobald er von seiner Geschäftsreise in Italien zurück ist. Aber jetzt sollst du erst einmal ein paar andere Leute kennenlernen.« Damit nahm er James' Hand und zog ihn mit sich in das Hauptgebäude des

Jugendzentrums. Dort stand Jason mal wieder hinter dem Tresen und brütete über einer Liste. »Schon wieder Zeit für Inventur?«

Sofort schaute Jason auf und strahlte ihn an. Wie immer sah er ausgesprochen gut aus. Er besaß ein charmantes Lächeln, eisblaue Augen und dazu ein gewisses Talent, sich auszudrücken. Noah konnte nicht erklären, was es war, doch etwas an seiner tiefen Stimme ließ ihn glauben, er wäre ein hervorragender Moderator oder Schauspieler. Jedenfalls konnte er sich ihn eines Tages gut auf der Bühne vorstellen. Im Moment arbeitete er allerdings nur als Kellner und half nebenbei als Betreuer im Zentrum aus. »Ich wusste nicht, dass du bereits zurück bist. Schöne Reise gehabt?« Er runzelte auf einmal die Stirn. »Du willst aber nicht wieder anfangen zu arbeiten, oder? Sicher musst du dich noch länger ausruhen.«

Noah lachte. »Ich glaube, ich habe mich für mein Leben genug ausgeruht.« Er wies auf James. »Jason, das ist James. Wir haben uns auf meiner Reise kennengelernt und sind nun zusammen.«

»Ach wirklich?« Jason gelang es nicht vollends, seine Enttäuschung zu verbergen, doch er setzte nach wenigen Sekunden ein Lächeln auf sein Gesicht und reichte James die Hand, die dieser schüttelte. »Du hast es vielleicht schon von anderen gehört, aber du bist nicht gerade Noahs üblicher Typ.«

James lächelte. »Davon hörte ich, ja.« Er sah sich um. »Es ist stiller, als ich vermutet habe.«

»Das liegt daran, dass Tom ein Basketballturnier organisiert hat. So ziemlich alle Kids sind draußen auf dem Platz ... Nun, die lautesten zumindest.«

Noah verzog das Gesicht. »Und Tom hat Aufsicht?«

»Nicht allein. Ich bin schließlich nicht lebensmüde. Carla hält ihn in Schach.«

»Ich schätze, dieser Tom ist nicht gerade die vertrauenswürdigste Person?«, fragte James Noah, der nachdenklich den Kopf schief legte.

»Nun, er kam vor zwei Jahren zu uns, ist so alt wie Jason und inzwischen um einiges erwachsener geworden, aber er hat immer mal wieder diese Ideen. Zum Beispiel hat er sich mal die Rollstühle von der Krankenstation 'geborgt' und wollte damit ein Wettrennen auf dem steilsten Hügel der Gegend machen. Er hat dabei einen von ihnen geschrottet und wäre fast überfahren worden.«

»Zu seiner Verteidigung muss ich sagen, dass er seit etwa einem Jahr relativ vernünftig gewesen ist«, warf Jason gnädigerweise ein, was jedoch Noah den Kopf schütteln ließ.

»Mit Betonung auf relativ. Du bist nicht streng genug mit dem Kerl.«

Ein schwaches Lächeln legte sich auf Jasons Lippen. »Was soll ich sagen? Ich habe eben etwas übrig für Draufgänger.«

»Verlieb dich bloß nicht in mich, JJ«, meinte auf einmal eine lachende Stimme vom Eingang her. Tom lehnte an dem Türrahmen, war vollkommen verschwitzt und seine Haare standen wild durcheinander. Anders als bei Jason lag kein freundliches Lächeln auf seinem Gesicht, sondern ein spitzbübischer Ausdruck, der Ärger versprach ... oder zumindest einen nahenden Streich. Noah hatte jedenfalls gelernt, ihn stets im Auge zu behalten. »Haben wir noch ein Kühlpack in der Gefriertruhe? Miranda hat mal wieder Probleme mit dem Knie.«

»Sie sollte doch nicht spielen«, meinte Jason kopfschüttelnd, verschwand daraufhin in dem Nebenraum und tauchte mit einem gefrorenen Gelbeutel wieder auf, den er Tom reichte.

»Ob du es glaubst oder nicht, das habe ich ihr auch gesagt, aber sie wollte unbedingt.« Toms Blick fiel auf Noah. »Soll ich den Kids sagen, dass du da bist? Wir haben dich frühestens in ein paar Wochen erwartet.«

Noah schüttelte den Kopf. »Lass sie fertig spielen. Ich wollte ohnehin erst mit Jason reden und meinen Freund herumführen.«

»Freund, hm?« Tom sah James von oben bis unten an, zeigte Noah daraufhin den Daumen nach oben. »Ist genehmigt. Wenigstens nicht so ein Spacko wie deine sonstigen Lover.«

»Erstens brauche ich nicht deine Genehmigung und zweitens benutzt dieses Wort nicht.«

»Lover?« Tom zuckte mit den Schultern. »Stecher dann halt. Bis später!« Und bevor Noah etwas erwidern konnte, war er durch die Tür nach draußen verschwunden.

»Er klingt ...«, begann James, doch Noah unterbrach ihn.

»Anstrengend? Verblödet? Wie eine echte Nervensäge? Das ist er, ja.«

»Wie wir ihn kennen und lieben«, sagte Jason, hob jedoch seine Hände hoch, sobald Noah ihm einen durchdringenden Blick zuwarf. »So habe ich das nicht gemeint. Ehrlich. Ich habe einen *guten* Geschmack. Gerade du solltest das wissen.«

»Ja ... schon.« Noah schüttelte den Kopf, denn er war sich nicht ganz sicher, ob er ihm glauben sollte, und streckte sich daraufhin ausgiebig. »Arg, nach jedem Gespräch mit Tom habe ich das Gefühl, er hätte mir sämtliche Energie geraubt.« Er sah James an. »Möchtest du erst die Räume hier sehen? Jason scheint ja beschäftigt zu sein.«

»Oh, das hier eilt nicht so. Es wurden nur ein paar neue Spenden angekündigt und da wir bereits genug Spielzeug haben, wollte ich den anderen Einrichtungen etwas abgeben.«

Jason lächelte. »Soll ich euch auf dem Rundgang begleiten? Dann werden wir bestimmt fertig, bevor das Turnier vorbei ist.«

Sie stimmten zu und fingen damit an, dass sie James die Küche und die Cafeteria zeigten. Währenddessen erklärte Noah Jason zudem den Grund für das Gespräch. Dieser hörte geduldig James' Geschichte zu.

»Es muss schwer gewesen sein, sich so lange zu verstecken«, meinte Jason im Anschluss. »Ich hätte es damals keine Sekunde länger ausgehalten.«

James verschränkte die Arme. »Es war vor allem dämlich von mir. Aus Angst habe ich so viel Zeit vergeudet ... nicht nur meine, sondern auch die meiner Frau. Und wofür? Um Leuten zu gefallen, die denken, Menschen wie wir dürften nicht existieren?«

»Sei nicht so hart zu dir«, erwiderte Jason. »Damals war es doch noch um einiges schwerer, sich zu outen. Außerdem ... glaube ich, meine Eltern waren sogar etwas weniger Hardcore als deine. Zumindest musste ich mir nicht ständig Predigen anhören. Sie haben sich abfällig über Homosexuelle geäußert, ja, aber ich hatte wenigstens noch die Hoffnung, es könnte bei mir anders sein. War es am Ende nicht.« Trotz seiner Worte lächelte er James an. »Aber von ihnen wegzukommen, war tatsächlich das Beste, was mir passieren konnte. Viele verstehen das wahrscheinlich nicht, aber nicht immer kommen Kinder und Eltern miteinander aus. Manchmal passt es einfach nicht und dann ist es besser, einen klaren Schnitt zu machen und woanders seine Familie zu suchen.«

Sie setzten ihren Rundgang fort und Noah sah mit einem Lächeln dabei zu, wie Jason James von seinem neuen Leben erzählte. Sicher war es die richtige Entscheidung, ihn hierher zu bringen. Sämtliche Angst würde Jason ihm natürlich nicht nehmen können, doch es war eine Sache, nur darüber zu reden, aber eine andere, tatsächlich zu sehen, wie jemand auch ohne seine eigentliche Familie zurechtkommen konnte. Für viele hier war Jason wegen seiner positiven Einstellung bereits eine wichtige Stütze geworden. Warum nicht auch für James? Das Alter spielte dabei keine große Rolle.

Sobald die Tour beendet war, gingen sie zu dem Sportplatz, wo offenbar gerade das letzte Spiel lief. Sie blieben etwas hinter den Tribünen stehen, damit die Jugendlichen sie noch nicht bemerkten. Als Noah sah, dass Tom selbst einer der Spieler war und gegen Kinder antrat, die ihm gerade einmal bis zur Brust reichten, verzog er allerdings das Gesicht. »Das ist nicht sein Ernst, oder?«

Jason schenkte ihm ein schwaches Lächeln. »Die Kinder mögen es, dass er sie wie Erwachsene behandelt.«

Noah rollte mit den Augen, bevor er ihn ansah. »Echt mal, was ist das mit dir und Tom? Du warst zwar schon immer netter zu ihm als wir anderen, aber früher hast du ihm wenigstens nicht alles einfach so durchgehen lassen.« Sobald ihm ein Gedanke kam, runzelte er die Stirn. »Warte ... vorhin habe ich es nicht ernst gemeint, aber jetzt ... läuft da doch was?«

»Nicht ... so wirklich.« Sichtlich verlegen rieb sich Jason den Nacken, sah Noah dabei nicht an. »Okay, da gab es diese Nacht. Tom hatte Geburtstag und hat mich gefragt, ob ich mit ihm feiern gehe. Ohne Alkohol, natürlich«, sagte er mit einem ernsten Blick zu Noah.

»Basierend auf deiner Entscheidung und nicht seiner, nehme ich an. Ich weiß von seinem gefälschten Ausweis ...«

Jason grinste. »Das will ich weder bestätigen noch verneinen. Jedenfalls waren wir aus, sind anschließend zu mir nach Hause und da habe ich ihm diesen kleinen Kuchen, den ich für ihn gebacken hatte, geschenkt. Daraufhin … hat er mich geküsst.«

Noahs Augen weiteten sich. »Aber ich dachte …«

»Dass er hetero ist? Ja, das dachte ich auch. Er meinte zu mir, er wäre nur neugierig und dann … hat er seine Neugier gestillt. Mit mir. Mehrmals.« Jason stieß daraufhin ein frustriert klingendes Geräusch aus, das Noah bisher noch nie so von ihm gehört hatte. »Nach dieser Nacht ist nichts mehr passiert, aber ich gebe es zu. Sie geht mir nicht mehr aus dem Kopf. *Er* geht mir nicht mehr aus dem Kopf.«

Noah verschränkte die Arme. »Dieser verdammte Idiot. Natürlich hat er keinen Gedanken an deine Gefühle verschwendet. Er interessiert sich nur für sich selbst.«

»Da irrst du dich«, sagte Jason kopfschüttelnd. »Nachdem du weg warst, mussten wir alle hier härter anpacken, um die Lücke, die du hinterlassen hast, zu schließen. Wir haben deshalb viel Zeit miteinander verbracht und ich habe eine ganz andere Seite von ihm kennengelernt. Ja, er ist impulsiv und denkt oft nicht über die Konsequenzen seines Handelns nach, aber er hat das Herz am rechten Fleck. Vor allem, wenn die jüngeren Kinder Probleme haben, gehen sie zuerst zu ihm. Sie vertrauen Tom.«

»Ja, weil er im Grunde einer von ihnen ist«, meinte Noah mit düsterer Miene.

Jason lächelte schwach. »Das stimmt zwar, aber er hat auch ein Talent dafür, Probleme zu lösen.«

In diesem Moment jubelten die Zuschauer des Spiels. Sie sahen zum Basketballfeld, wo Tom soeben die Fäuste in die Luft streckte und seinen Sieg feierte. Seine Mitspieler stellten sich um ihn herum, stimmten in den Jubel mit ein, während das andere Team niedergeschlagen nach Atem schnappte.

»Keine Sorge«, sagte Tom zu ihnen. »Das nächste Mal spiele ich bei euch mit. Dann machen *wir* die anderen fertig.« Das brachte ihm einige Buh-Rufe seiner jetzigen Teammitglieder ein, über die er aber nur laut lachte.

»Und man kann ihm schwer böse sein«, fügte Jason hinzu, als die Kinder auf dem Platz aufgeregt über das Spiel zu sprechen begannen. »Sollen wir ihnen jetzt sagen, dass du da bist?«

Mit einem Lächeln nickte Noah. Er wusste nicht so recht, was er von Jasons Gefühlen für Tom halten sollte, aber das Wiedersehen mit den Kindern vertrieb zunächst diese Gedanken. Sobald sie ihn entdeckten, wurde er von den Jugendlichen umrundet. Es gab so einige, die er noch nicht kannte, doch diese wurden ihm nach und nach vorgestellt. Anschließend gingen die Spieler duschen und es begaben sich alle in die Cafeteria.

»Eigentlich ist das Essen hauptsächlich für die Kinder, die vorübergehend im Zentrum unterkommen, aber es werden auch warme Mahlzeiten für einkommensschwache Familien angeboten und dreimal die Woche können andere Menschen hier essen gehen. Mit dem Erlös werden dann weitere Mahlzeiten finanziert«, erklärte er James. »Es gibt fast nur einfache Sachen wie Nudel- und Reisgerichte, aber Carla ist gelernte Köchin und deshalb schmeckt alles hier hervorragend.«

Davon konnte sich James kurz darauf selbst überzeugen und, obwohl sie es nicht beabsichtigt hatten, blieben sie bis zum Abend. Dabei stand James meist abseits und sah von der Ferne aus zu, wann immer einer der Jugendlichen zu Noah kam, um mit ihm zu reden.

Da James, abgesehen von Mayas Neffen, die beide noch sehr klein waren, nach eigener Aussage sonst nicht viel mit Kindern in seinem Leben zu tun gehabt hatte, fiel es ihm zunächst offensichtlich schwer, einen Draht zu den Jugendlichen zu finden. Erst, als sie alle in die Spielhalle gingen, konnte er punkten, denn abgesehen vom Pokern schien er auch ein Talent fürs Billardspiel zu besitzen. Jason, ihr bisher ungeschlagener Champion, trat gegen ihn an und James verlor zwar gegen Ende, doch er machte es verdammt knapp. Das beeindruckte die Kids so sehr, dass sie ihn sogleich nach Tipps fragten. Schließlich hatten sie seit Ewigkeiten versucht, Jason zu schlagen. Geduldig zeigte James ihnen seine besten Tricks und beantwortete die Fragen der Kinder.

Nachdem er eine Weile zugeschaut hatte, wurde Noah allerdings von Jason und Tom abgelenkt, die nun gemeinsam in einer Ecke standen. Tom schien ihn mit irgendetwas aufzuziehen, woraufhin Jason verlegen grinste.

»Du weißt auch nicht so recht, was du davon halten sollst, hm?«, fragte ihn Carla, die plötzlich neben ihm aufgetaucht war. Die zierliche Frau mit den Locken hatte schon immer ein Talent besessen, sich lautlos durch einen Raum zu bewegen. Mit 35 war sie älter als die anderen Helfer hier und für viele von ihnen wie eine große Schwester.

Da sie normalerweise nicht besonders aufmerksam in Liebesangelegenheiten war, betrachtete Noah sie überrascht. »Du weißt es?«

»Jason war noch nie gut darin, seine Gefühle zu verbergen. Ich habe sein seltsames Verhalten direkt am Tag nach Toms Geburtstag bemerkt und ihn darauf angesprochen.« Sie sah ihn an. »Daher ist es wirklich gut, dass du zurück bist. Ich denke, er hatte bereits die ganze Zeit über das Bedürfnis, mit dir über Tom zu reden, aber er wollte dich nicht mit dem Thema belasten.«

Noah rollte mit den Augen. »Typisch. Ich habe ihm hundertmal gesagt, er soll zu mir kommen, wenn er ein Problem hat. Wir sind praktisch Familie.«

»Eine ziemlich große sogar«, gab Carla mit einem Lächeln zurück. Daraufhin seufzte sie allerdings. »Ich habe natürlich auch versucht, mit Tom zu reden, aber der ist wie immer komplett ahnungslos. Die Möglichkeit, dass sich jemand mit einem großen Herzen wie Jason nach einer solchen Nacht tatsächlich in ihn verlieben könnte, existiert für ihn praktisch nicht. Er kann Sex und Liebe trennen, aber Jason ...«

Traurig nickte Noah. Tom war bei seinem gewalttätigen Vater aufgewachsen und hatte schnell gelernt, dass es von Vorteil sein konnte, sich gegen Gefühle abzuschotten. Er hatte ein paar Affären mit Mädchen in der Gegend gehabt und so ziemlich jede davon hatte mit einer Ohrfeige geendet, weil er Beziehungen nicht ernst nahm. »Es ist jetzt bereits einige Zeit vergangen«, meinte Noah langsam, als ihm ein Gedanke kam. »Hat Tom in der Zwischenzeit wieder etwas mit einem Mädchen angefangen?«

»Jetzt, wo du es sagst ... ich glaube nicht. Du meinst also ...?«

Noah lächelte und nickte. »Vielleicht sind Jasons Gefühle gar nicht so einseitig, wie wir denken.«

»Stellt sich nur die Frage, ob das gut für ihn ist oder nicht«, meinte Carla mit einem Seufzen. »Ich sage dir, diese Jungs verpassen mir graue Haare und dabei bin ich noch nicht einmal 40!«

Noah lachte, tätschelte ihr aufmunternd den Rücken und stellte sich anschließend zu James, der die Kids nach wie vor unterrichtete. »Was kannst du eigentlich nicht?«, fragte er ihn mit einem Lächeln, sobald die Kinder damit beschäftigt waren, das Gelernte auszuprobieren.

»Alles, was mit Handwerk zu tun hat. Mit Autos kenne ich mich einigermaßen aus, aber bei allem im Haus bin ich eine absolute Niete«, antwortete er, wie aus der Pistole geschossen.

Mit einem Schmunzeln auf den Lippen stellte sich Noah auf die Zehenspitzen und flüsterte ihm ins Ohr, sodass die aufgeregten Kids ihn nicht hörten: »Und dabei bist du so gut mit deinen Händen ...«

»Bin ich das?«, fragte James, zog ihn näher. Nach wie vor überraschte Noah seine kürzlich erlangte Offenheit, doch sie brachte ihn auch zum Schmunzeln.

»Ziemlich gut sogar.« Er küsste James' Kinn und seufzte. »Vielleicht sollten wir in einem Hotel unterkommen. Wenigstens für eine Nacht.« Verlegen sah er auf. »Ich will dir nahe sein.«

James lächelte und platzierte die Lippen auf Noahs Haupt. »Wir brechen ja bald zu meinen Eltern auf. Dann haben wir genug Zeit für uns. Erst solltest du dich auf die wichtigen Dinge konzentrieren. Wie zum Beispiel deine anstehende Untersuchung.«

»Sex *ist* wichtig«, grummelte Noah, aber James lachte daraufhin nur.

Wenig später verabschiedeten sie sich von allen und James fuhr sie nach Hause. Noahs Vorschlag, sie könnten sich doch eine ruhige Straße suchen, die Vorhänge des Busses zuziehen und die Stabilität des Fahrgestells noch einmal ausgiebig testen, quittierte James aber bloß mit einem müden Lächeln.

So gab Noah seinen Vorschlag auf ... allerdings nur, bis ihm zuhause einfiel, dass er James bisher noch gar nicht sein altes Zimmer gezeigt hatte. Dieser betrachtete ihn mit erhobenen Augenbrauen, doch er folgte ihm die Treppe hinauf und war keinesfalls überrascht, als Noah ihn in einen der Räume hineinzog. Dort schlug dieser die Tür zu, schloss ab und grinste James an.

»Irgendwie machst du mir Angst«, sagte dieser mit einem unsicheren Grinsen, aber er wich nicht zurück, als Noah an ihn herantrat.

Immer noch lächelnd stellte sich Noah auf die Zehenspitzen. Zwar murmelte James einige widerwillige Worte, aber da er Noah gleichzeitig das T-Shirt über den Kopf zog, konnte dieser ihn nicht sonderlich ernst nehmen.

Daraufhin schliefen sie zwar nicht richtig miteinander, doch sie machten auf Noahs Bett rum wie ein paar ungezogene Teenager, die ihren Eltern versichert hatten, sie würden nur zusammen lernen.

»So habe ich mich seit Jahren nicht mehr gefühlt«, meinte Noah, während seine Lippen von den unzähligen Küssen kribbelten und er mit dem Kopf auf James' Brust lag. »Es ist irgendwie aufregender, wenn du erwischt werden kannst.«

»Darf ich dich an die Sache mit deiner alten Schule erinnern? Lassen wir das lieber nicht zur Gewohnheit werden.«

»Hm, muss es auch nicht. Es ist immer aufregend, mit dir zusammen zu sein. Ob nun mit dem zusätzlichen Nervenkitzel oder nicht.«

Mit einem Lächeln legte James die Hand auf Noahs Hinterkopf, strich ihm durchs Haar. Zunächst schloss Noah genießerisch die Augen, doch die nächsten Worte von James ließ ihn sie wieder öffnen. »Wann ist dein Arzttermin?«

»Übermorgen«, antwortete Noah, drehte sich zurück auf seinen Rücken und bettete den Kopf auf einen Arm. »Ich ... habe ziemlich Schiss.«

James wandte sich ihm zu. Auch ohne ihn anzusehen, wusste Noah, dass ein besorgter Ausdruck auf seinem Gesicht lag. »Aber deine Blutwerte waren doch in Ordnung, oder?«

»Ja, aber allein an dem Blut sieht man das nicht. Man muss auch das Knochenmark testen.« Noah rollte mit den Augen. »Darauf freue ich mich schon besonders. Es ist nicht gerade die angenehmste Untersuchung.«

»Nun, ich kann dir das zwar nicht abnehmen, aber ich kann wenigstens bei dir sein und deine Hand halten.«

Noah lächelte ihn an. »Das musst du nicht. Das wurde schon oft bei mir gemacht. Es ist reine Routine und-«

»Ich habe gemeint, was ich zu dir gesagt habe«, unterbrach James ihn. »Krank oder nicht, ich werde dir beistehen.«

Noah öffnete den Mund, wusste jedoch nicht, was er sagen sollte. James schien ihn dennoch zu verstehen, rutschte näher an ihn heran und zog ihn in seine Arme. So schliefen sie ein und erwachten erst wieder am nächsten Morgen.

## Kapitel 25

Für James war es kaum zu begreifen, wie schnell er sich bei Noahs Eltern einlebte. Nach nur zwei Tagen behandelten sie ihn bereits, als wäre er ein fester Bestandteil ihrer Familie. Er arbeitete mit Noahs Mutter Grace im Garten, ging mit dem Vater Roger alte Autozeitschriften durch und redete sogar mit Lily über den Jungen, für den sie in ihrer Klasse schwärmte. Okay, was Letzteres anging, so hörte er ihr eigentlich nur zu, doch dass sie ihm überhaupt mit diesen Informationen vertraute, war für ihn ein Wunder.

Als er Noah darauf ansprach, lachte dieser. »Tja, meine Familie hat Übung. Meine Eltern haben oft die vorübergehende Pflege von Kindern übernommen. So hat auch meine Schwester gelernt, mit jedem schnell auszukommen. Du bist zwar ein etwas größeres Kind als üblich, aber sie behandeln dich nicht anders.«

James betrachtete ihn stirnrunzelnd. »Ich weiß nicht, ob ich mich darüber freuen soll. Ich bin ein Kind für sie?«

»Irgendwie schon. Eben wie ein weiterer Sohn. Du kannst dich also definitiv darüber freuen«, sagte Noah mit einem Grinsen. Als sein Blick jedoch auf den Kalender an der Wand fiel, trat erneut ein ernster Ausdruck auf sein Gesicht.

James wusste nur zu gut, warum. Heute stand die Untersuchung im Krankenhaus an. Er nahm Noahs Hand, zog ihn daran zu sich, sodass er ihn in den Arm nehmen konnte. »Hey, es wird sicher alles in Ordnung sein.«

»Das kannst du nicht wissen«, flüsterte Noah.

»Wissen nicht, aber fühlen. Denk daran, wie viel passieren musste, damit wir nun hier stehen. Und das alles nur, um am Ende wieder gegen diese beschissene Krankheit zu kämpfen? Ich glaube nicht.«

Noah löste sich von ihm, sah ihn mit großen Augen an. »James Henry Wilson, hast du soeben geflucht?«

James lachte. »Du hast dir tatsächlich meinen vollen Namen gemerkt? Den habe ich dir nur einmal gesagt.«

»Klar, aber ich behalte alles, was du mir über dich erzählst. Ganz besonders einen Namen, der so schön von der Zunge rollt. Du solltest *wirklich* ein Buch schreiben.«

»Über was? Einen hoffnungslosen Kerl, der einen gutaussehenden Anhalter mitnimmt?«, fragte James ihn grinsend.

Noah schüttelte sachte den Kopf. »Eher über einen feigen Mann, der auf eine Reise gegangen ist, um sich nicht mehr den Sorgen seiner Familie stellen zu müssen. Dabei trifft er diesen verdammt heißen älteren Fremden, der ihm sofort den Kopf verdreht und sie haben Sex an den ungewöhnlichsten Orten.«

»In diesem Fall müssen wir uns darauf einigen, uneinig zu sein«, erwiderte James mit einem Lächeln, schlang den Arm um Noah und zog ihn für einen Kuss zu sich. Ihre Lippen berührten sich schon fast, als mit einem Schwung die Küchentür aufging und Noahs Mutter hereinkam.

Sobald sie sah, in was für einer Position sie sich befanden, legte sie sich eine Hand auf die Augen und sagte: »Weitermachen, Jungs. Ich will bloß Wasser für die Blumen holen und bin überhaupt nicht da.« Blind tastete sie sich mit einer Hand zum Spülbecken vor, bis Noah sich von James löste.

»Ist schon gut, Mama. Schau, wo du hinläufst, bevor du noch fällst.«

Sie stieß ein Seufzen aus, nahm jedoch die Hand runter und stellte die kleine Gießkanne in die Spüle, um sie mit Wasser zu füllen. »Tut mir ehrlich leid. Ihr seid so süß zusammen, da wollte ich wirklich nicht stören.« Sie hob die volle Kanne heraus und sagte anschließend zu Noah: »Übrigens möchte dich dein Vater zu der Untersuchung begleiten. Ich weiß, James geht mit dir, aber er besteht darauf.« Sie schüttelte den Kopf. »Zum einen natürlich, weil er besorgt ist, doch ich denke, er will vor allem auch die Ausrede nutzen, um mit dem Bus fahren zu können.« Mit einem ernsten Ausdruck sah sie daraufhin zu James. »Was er auch tut, wie sehr er auch bettelt, lass ihn nicht ans Steuer.«

James runzelte die Stirn. »Wieso nicht? Der Bus ist leicht zu steuern.«

Noah schüttelte den Kopf. »Du kennst meinen Vater nicht. Er sieht vielleicht aus wie ein langweiliger Büroangestellter, aber sobald er hinter dem Lenkrad eines Wagens sitzt, der ihm richtig gefällt, wird er zum Raser.«

»Ach ja?« James schenkte ihm ein schwaches Lächeln. Das konnte er sich nicht vorstellen. Nicht nur, weil Noahs Vater tatsächlich wie ein sehr besonnener Mann wirkte, sondern auch, weil der Bulli nicht gerade ein Wagen war, mit dem man das Tempo austesten wollte.

Verständnisvoll tätschelte Noah ihm die Schulter. »Glaub es uns einfach. Du müsstest ihn mal mit dem Wohnmobil sehen.«

James nahm ihn beim Wort, doch als dann die Zeit zum Aufbruch kam, wurde es schwer, das Versprechen zu halten, denn Noahs Vater Roger nutzte alle möglichen Tricks, um ihn zu überzeugen.

»Ein *wirklich* schöner Wagen«, meinte er so an der ersten Ampel. »Mein eigener Bruder hatte einen ähnlichen und er hat mich nie ans Steuer von seinem gelassen. Daher war es schon immer mein Wunsch, so einen zu fahren. Oh, wenn ich das nur vor meinem Ableben tun könnte …«

»Dad, hör auf, so dramatisch zu tun und lass James in Ruhe. Wir wollen in einem Stück am Krankenhaus ankommen«, warf Noah ein und James war ihm dankbar dafür, doch Roger ließ sich nicht davon beirren.

»Er übertreibt«, meinte dieser zu James mit einem Lächeln. »Meine Familie ist etwas empfindlich, was Geschwindigkeit angeht, aber ich bin längst nicht so schlimm wie sie sagen.« Er lehnte sich James zu und flüsterte: »Wenn du als mein zukünftiger Schwiegersohn bei mir punkten willst, wäre das deine Chance. Wie ich schon mal erwähnt habe, sagt der Wagen eines Mannes viel über ihn aus. Wenn er sich gut fahren lässt, hätte ich nichts dagegen, euch meinen Segen für eine baldige Hochzeit zu geben. Noah ist ein wirklich guter Fang und-«

»Dad, wir sitzen keinen Meter weit auseinander. Ich höre jedes Wort«, unterbrach Noah ihn genervt.

Obwohl es schwer war, blieb James standhaft, doch selbst, als sie auf dem Parkplatz hielten, schimpfte Noah noch mit seinem Vater. »Ich kann nicht glauben, dass du mich wie ein Kamel für eine Spritztour verkaufen wolltest ...«

»Nur, weil ich bereits weiß, dass James ein guter Mann ist«, versicherte ihm sein Vater, aber der sehnsüchtige Blick, den er dem Bus zuwarf, ließ James doch ein wenig an die Aufrichtigkeit seiner Worte zweifeln. »Und wenn ich nur kurz über den Parkplatz fahre? Ihr müsst ja nicht mit drin sein.«

Noah seufzte und wandte sich anschließend an James. »Lass uns nach der Untersuchung einen leeren Platz suchen. Da kann ihm dann wenigstens nichts passieren ... nun, ihm und dem Bus.«

»Du redest, als wäre ich ein grauenvoller Fahrer«, beschwerte sich sein Vater sogleich, doch während sie auf den Eingang des Krankenhauses zugingen, befand sich ein gewisser Schwung in seinen Schritten.

Anschließend mussten sie fast eine Stunde warten, bis Noah an die Reihe kam. Während der Knochenmarkuntersuchung hielt James seine Hand. Noah beeindruckte ihn damit, wie gut er die Prozedur überstand. Seinem Gesicht war anzusehen, wie schmerzhaft und unangenehm die Entnahme trotz der örtlichen Betäubung war, doch er schenkte James ein gequältes Lächeln.

Das Ergebnis des einfachen Blutbildes erhielten sie bereits im Krankenhaus und wie zuvor am Canyon wies auch dieses keine Besonderheiten auf. Das Differentialblutbild und das Ergebnis der Knochenmarkuntersuchung würden jedoch ein bis zwei Tage dauern.

So gingen sie mit gemischten Gefühlen zurück zum Parkplatz und Noahs Vater schien sich zunächst zurückhalten zu wollen, doch als sie die Auffahrt hinter sich gelassen hatten, erklärte Noah James den Weg zu einem verlassenen Fabrikgelände. Dort stiegen sie aus und überließen Roger den Wagen.

Als dieser an ihnen vorbeifuhr und James sein aufgeregtes »Weee!« hörte, konnte er ein Lachen nicht unterdrücken. »Dein Vater ist ...«

»Wie ein kleines Kind?«, fragte Noah mit einem Seufzen.

James grinste. »Sehr sympathisch, wollte ich sagen.« Mit einem Lächeln auf den Lippen sah er den spannenden Lenkmanövern zu. »Du hast echt Glück. Meiner nimmt alles viel zu ernst. Man konnte nie mit ihm scherzen oder Spaß haben.«

»Wirklich nie?«, fragte Noah ihn erstaunt und James hörte seiner Stimme an, dass er sich so etwas schwer vorstellen konnte.

James nickte. »Er hat mir das Poker- und Billardspielen beigebracht. Ebenso andere Beschäftigungen, die Erwachsene machen, aber nichts, woran ein Kind Spaß gehabt hätte. Jedes Mal, wenn ich mich wie eines verhalten habe, hat er das missbilligt.« Und in diesem Moment traf ihn die Erkenntnis wie ein Schlag. Scharf sog er Luft ein, ballte seine Hände zu Fäusten. »Noah … von klein auf hatte ich nie eine Chance, oder? Ob nun schwul oder nicht, ich wäre nie gut genug für ihn gewesen.«

»Nein«, erwiderte Noah und James hörte seiner festen Stimme an, dass es nicht eine Antwort auf seine Frage war. »Er war als Vater nicht gut genug. Glaub bloß nicht, es wäre deine Schuld. Kein Kind, egal in welchem Alter, sollte sich so fühlen müssen, wenn es an seine Eltern denkt.« Er nahm James' Hand, öffnete sanft seine Faust und verband ihre Finger.

Als Noahs Vater wenige Minuten später vor ihnen hielt, besaß dieser einen wilden Ausdruck auf dem Gesicht. Seine Wangen waren gerötet und er lächelte breit. »Das war *großartig*! Ich fühle mich 20 Jahre jünger. Oh, wenn meine Frau mir doch nur erlauben würde, einen Sportwagen zu kaufen …«

»Du würdest keine Woche überleben«, meinte Noah mit einem Augenrollen, woraufhin James lachte.

Anschließend fuhr er sie nach Hause und dann begann die Wartezeit. James wusste dabei nicht, wer von ihnen am nervösesten war. Noahs Mutter ließ zweimal das Essen anbrennen, weil sie mit den Gedanken so woanders war. Als das Telefon klingelte, wäre Lily beim Hinuntereilen fast die Treppe runtergefallen, aber James, der ebenfalls zum Telefon gelaufen war, hatte sie gerade noch rechtzeitig auffangen können, bevor sie sich verletzte.

Noah hatte hingegen angefangen, auf seinen Nägeln herumzukauen. Da er das kein einziges Mal während ihrer Reise getan hatte, überraschte James diese Macke besonders. »Ja, das mache ich nur, wenn ich auf Ergebnisse warten muss. Hab ich mir irgendwie so angewöhnt. Du scheinst allerdings ruhiger zu sein, als ich dachte.«

»Da täuschst du dich«, erwiderte James. »Bei jedem Klingeln des Telefons bekomme ich fast einen Herzinfarkt.« Und das war noch nicht alles. Wenn man ihm tagsüber die Nervosität auch nicht ansah, bemerkte er sie nachts umso mehr. Normalerweise konnte James selbst unter den schlimmsten Umständen innerhalb von Sekunden einschlafen, doch diese zwei Nächte hatte er mit offenen Augen wachgelegen.

Erst am Nachmittag, zwei Tage nach der Knochenmarkentnahme, kam endlich der Anruf. Noahs Mutter war zuerst am Telefon. Der Rest der Familie stellte sich sogleich um sie herum und starrte sie hoffnungsvoll an.

Sie betrachtete einen nach dem anderen, hörte aufmerksam dem Arzt zu. Schließlich bildete sich ein Lächeln auf ihrem Gesicht und alle atmeten erleichtert auf. »Vielen Dank«, sagte sie, legte auf und strahlte. »Alles in bester Ordnung. Ein paar Blutwerte könnten besser sein, aber das ist nichts, was sich nicht mit besserer Ernährung klären lässt.« Daraufhin musterte sie Noah mit einem strengen Blick. »Dein Arzt war dabei sehr deutlich: Gesunde Ernährung, Sport und Erholung.«

»Schließen sich Sport und Erholung nicht gegenseitig aus?«, fragte Noah mit einem schwachen Lächeln, doch da der Blick seiner Mutter streng blieb, ließ er den Kopf hängen. »Gesunde Ernährung, Sport, Erholung. Zu Befehl, Chefin.«

»Umso besser, dass du seit neuestem eine Mitgliedschaft im Fitnessstudio hast«, meinte James mit einem Grinsen, woraufhin Noah ihn geradezu furchtsam betrachtete. »Ich sorge schon noch dafür, dass du das Laufband zu schätzen lernst.«

»Oh, Gott.«

Anschließend war die Stimmung um einiges ausgelassener. Anders als geplant verbrachten sie noch drei weitere

Tage in Dallas, damit sich Noah ausruhen konnte, und vertrieben sich am letzten Abend die Zeit mit Brettspielen.

Für Noahs Familie schien das Tradition zu sein, doch James hatte in seinem bisherigen Leben nicht einmal Monopoly mit seinen Eltern gespielt. Umso mehr Spaß hatte er an diesem Abend. Noah erklärte ihm die Regeln von jedem Spiel, aber am Ende konnte er doch nur im Poker gegen die anderen gewinnen.

Nichtsdestotrotz drängte sich ihm ein Gedanke auf, als er gemeinsam mit Noah in dessen Zimmer ging. »Das ... ist der schönste Tag meines Lebens«, sagte er zu dem jüngeren Mann, der zunächst die Stirn runzelte und dann lächelte.

»Wirklich? Wir haben doch gar nichts Besonderes getan.«

»Für mich war es besonders.« Er schloss die Tür und schlang die Arme um Noah. »Danke, dass du mir gezeigt hast, wie eine Familie zu sein hat. Ich denke, jetzt habe ich keine Angst mehr, mich meinen Eltern zu stellen.«

Noah erwiderte die Umarmung. »Es ist zwar nicht so, als hätte ich das absichtlich getan, aber ... gern geschehen.« Als er sich von James löste, runzelte er die Stirn. »Warte, wenn das hier der schönste Tag deines Lebens ist, was ist dann mit unserem ersten Mal?«

James grinste. »Das war die schönste *Nacht* meines Lebens«, meinte er, woraufhin Noah lachte.

»Gut gerettet.« Immer noch grinsend ging er zum Bett, ließ sich darauf nieder und lockte James mit seinem Zeigefinger zu sich. Dieser folgte dem Ruf lächelnd, beugte sich zu ihm und küsste sanft seine Lippen.

Sie bemühten sich, leise zu sein, doch am nächsten Morgen schien es Noahs Familie erstaunlich schwer zu fallen, ihnen in die Augen zu sehen.

Der peinliche Moment beim Frühstück war jedoch schnell vergessen, denn im Anschluss daran mussten sie sich beeilen. Leider wurde das Packen zum Problem, denn Noahs Mutter schien fest dazu entschlossen zu sein, ihnen den halben Haushalt mitzugeben.

»Mom, wir werden dieses Mal nur für ein paar Tage weg sein. Dafür braucht niemand 15 Tupperdosen. Geschweige denn das ganze Essen. Wir haben noch nicht einmal einen Kühlschrank.«

»Und wenn ihr doch fliegt? So viel teurer ist es nicht, es wäre sicherer und ihr wärt schneller wieder zurück.«

Noah schenkte ihr ein schwaches Lächeln. »Wir wollen unsere Reise so beenden, wie wir sie begonnen haben. Der Bus gehört dazu.«

Daraufhin schien sie sich geschlagen zu geben, denn sie nahm zumindest einen Teil der Taschen, die sie zum Wagen geschleppt hatte, wieder mit ins Haus.

»Sie macht sich nur Sorgen. Sei froh, dass du so eine Mutter hast«, meinte James zu ihm, sobald Noah ihn mit einem Kopfschütteln betrachtete.

»Das bin ich. Trotzdem ist es nicht immer so einfach. Sie kann genauso stur sein wie ich.«

»Hm, ja, dann ist das definitiv ein Problem«, erwiderte James mit einem Nicken, was ihm einen sanften Schlag von Noah gegen den Oberarm einbrachte. Grinsend stellte James die eine Tasche, die Noahs Mutter zurückgelassen hatte, in den Wagen.

Anschließend verabschiedeten sie sich von Noahs Eltern. Lily musste leider zu einem Sommerkurs, an dem sie während der Ferien teilnahm, um ihre Noten zu verbessern, weswegen sie ihr bereits am frühen Morgen Tschüss gesagt hatten.

Zu James' Überraschung wurde er von beiden Eltern umarmt. »Bring ihn mir ja heil wieder zurück«, sagte Noahs Vater mit strenger Miene und einem Schulterklopfen zu ihm.

James nickte natürlich mit einem Lächeln, gab ihm gerne das Versprechen und sah daraufhin zu Noahs Mutter, die nun vortrat. »Fahrt bitte vorsichtig und wenn irgendetwas sein sollte ... wenn ihr Probleme oder eine Panne oder sonst etwas haben solltet, dann-«

»Rufen wir den Abschleppdienst, die Polizei oder die Feuerwehr, wie das normale Menschen eben tun«, beendete Noah stur ihren Satz, verschränkte dabei die Arme.

Sie tat es ihm gleich und bewies dabei einmal mehr, wie sehr Noah nach seiner Mutter kam. »Meldet euch trotzdem bei uns. Die Stille während eines Großteils deiner Reise hat mich fast umgebracht.«

»Ich habe dir jeden dritten Tag geschrieben«, erwiderte Noah mürrisch.

»Ja, und während der Tage dazwischen habe ich mir ausgemalt, dass du irgendwo in der Gosse liegen könntest!« Seufzend schüttelte sie den Kopf. »Passt einfach auf euch auf.«

Noah öffnete zunächst den Mund, als würde er noch etwas darauf erwidern wollen, doch dann sah er offenbar ein, dass seine Widersprüche wenig Sinn machten, und klappte ihn wieder zu.

Anschließend konnten sie einsteigen. James lächelte Noah an, bis dieser den mürrischen Ausdruck endlich abgelegt hatte, startete den Motor und die neue Reise begann.

## Kapitel 26

Die ersten Stunden ihrer Fahrt waren weniger angespannt, als Noah erwartet hatte. James redete normal mit ihm, hatte allerdings manchmal einen Blick, als würden seine Gedanken abschweifen. Dann verstummte er einen Augenblick lang, fing sich kurz darauf jedoch wieder und sprach weiter, als wäre nichts gewesen. Noah machte das zwar Sorgen, doch letztendlich gab es nichts, was er sagen konnte, um James die Fahrt zu erleichtern. Er konnte lediglich für ihn da sein und ihm zuhören, falls er zu reden bereit war.

Dieses Mal machten sie keinen Zwischenstopp in einer Stadt. Stattdessen verbrachten sie auf halber Strecke die Nacht im Bus am Straßenrand, ließen es sich dabei aber nicht nehmen, noch einmal in Memphis, Nashville und Louisville vorbeizuschauen.

Die ersten beiden Städte durchquerten sie nur, doch in Louisville hielten sie kurz, um zu duschen und anschließend etwas zu essen. Als sie das Fitking betraten, kam direkt der Trainer mit seinem Klemmbrett auf Noah zu, der ihn bei seiner Anmeldung betreut hatte. »Ich wusste, Sie würden wiederkommen! Am besten ziehen Sie sich gleich um und ich erstelle Ihnen den besten Trainingsplan, den Sie sich vorstellen können.« Die Begeisterung fiel dem armen Mann leider direkt vom Gesicht, als Noah ihm ein entschuldigendes Grinsen zuwarf. »Wieder nur zum Duschen hier?«

Er klang so niedergeschlagen, dass Noah seine folgenden Worte ausgesprochen leidtaten. »Leider ja. Wir müssen gleich direkt weiter.«

»Oh.« Der muskelbepackte Trainer ließ traurig sein Klemmbrett sinken.

James schien er ebenfalls leidzutun, denn er sagte kurz darauf: »Aber wissen Sie was? Der Arzt hat Noah Sport verordnet und er erholt sich gerade von einer schweren Krankheit. Wenn Sie uns also einige Tipps aufschreiben könnten, wäre das sehr hilfreich.«

Sofort leuchtete das Gesicht des Mannes auf und er nickte rasch. Als er kurz darauf in seinem Büro verschwand, um verschiedene Materialien für Noah zusammenzusuchen, sah dieser ihm lächelnd hinterher. »Er ist schon irgendwie niedlich. Wie ein aufgeregter Hundewelpe.«

»Ach ja?«

Da Noah einen leicht genervten Unterton in James' Stimme wahrnahm, grinste er ihn an. »Keine Sorge. Du wirst immer mein Lieblingswelpe sein.«

Sofort zuckten James Lippen. »So siehst du mich?«

»Hin und wieder. Du kannst schon verdammt süß sein«, erwiderte Noah breit grinsend und er musste sich zurückhalten, denn am liebsten hätte er James in diesem Moment geküsst. Leider waren zurzeit aber eine Menge Leute im Fitnessstudio und so offen James auch geworden war, Noah hielt sich vorerst zurück. Schließlich waren dessen Nerven bereits zum Zerreißen angespannt und dazu wollte er nicht beitragen. Allerdings überraschte James ihn damit, dass er eine Hand auf Noahs Hüfte legte, als sie zum Umkleidebereich gingen, und das brachte Noah zum Schmunzeln.

So machten sie sich im Duschbereich frisch, nahmen im Anschluss dankbar das Material und einen vorläufigen Fitnessplan entgegen, den der Trainer in Rekordzeit für Noah erstellt hatte.

Danach gingen sie zu dem Park, in dem sie auch bei ihrem ersten Besuch gewesen waren, und verdrückten die Sandwiches von Noahs Mutter. Als hätten sie sich abgesprochen, trafen sie dabei sowohl den Hund Mika als auch dessen Besitzerin wieder. »Wir sollten unbedingt einen Hund adoptieren«, meinte Noah mit einem Lachen. Er hatte zuvor einige Minuten mit Mika gespielt und ließ sich nun zu James auf die Decke nieder.

»Davor brauchen wir eine Wohnung«, meinte James, doch Noah winkte ab.

»Die finden wir schnell, keine Sorge. Ich will ja nicht angeben, aber ich habe Beziehungen.«

»Beziehungen, hm? Dann habe ich ja einen richtig einflussreichen Freund.« James' Lächeln schwand und ein fast melancholisch wirkender Ausdruck trat auf sein Gesicht. »Es ist schön, über die Zukunft zu reden. Vielleicht sollte ich meinen Teil für den Verkauf des Hauses nehmen und wir suchen uns damit ein kleines Häuschen. Direkt in Dallas wäre es sicher zu teuer, aber außerhalb? Oder auch nur ein Apartment ... obwohl mir der Garten fehlen würde.«

Noah betrachtete ihn mit großen Augen. »Wäre das nicht etwas früh?«

James lächelte. »*Du* hast den potentiellen Familienzuwachs erwähnt, Noah. Außerdem: Warum Miete zahlen, wenn es anders geht? Und Bedenken, bereits zusammenzuziehen, hattest du auch nicht.«

Da hatte er zwar recht, doch es war ein so großer Schritt, dass Noah allein durch die Vorstellung schwindlig wurde. Das Zusammenziehen an sich machte ihm keine Sorgen, denn schließlich hatten sie auf der Reise nicht die geringsten Probleme gehabt, so eng aufeinander zu hocken. Sein Vorschlag, einen Hund zu adoptieren, hatte allerdings noch einen ganz anderen Grund gehabt. Falls seine Krankheit doch wiederkehren sollte und er den Kampf dieses Mal verlor, wollte er James nicht alleine zurücklassen. Sicher wäre Noahs Familie für ihn da, klar, aber er sollte nicht in eine leere Wohnung zurückkehren müssen.

Ein Haus verband Noah allerdings mit gemeinsam altwerden und daran wagte er noch nicht zu denken. Diese Hoffnung zuzulassen, wäre zu riskant, denn dann wäre die Enttäuschung und Angst bei einem Rückfall umso größer. »Schalten wir mal einen Gang runter, ja? Wir kennen uns erst seit knapp drei Wochen. Was, wenn es gar nicht funktioniert?«

»Glaubst du das denn?«

Sobald James diese Frage geäußert hatte, lag das Nein bereits auf Noahs Lippen. Es war merkwürdig, denn Vergleichbares hatte er nie mit seinen bisherigen Partnern gespürt. Als würden sie auf eine Weise harmonieren, die eine Trennung unmöglich machte, konnte Noah nicht einmal den Gedanken zulassen, je wieder ohne James zu sein. Dafür war das Leben mit ihm zu schön.

Da dieser ihn nun besorgt betrachtete, weil Noah ihm immer noch nicht geantwortet hatte, lächelte er. »Nein, tue ich nicht.« Er lehnte sich mit dem Rücken gegen den Baum, unter dem sie saßen, schloss die Augen. »Wir sollten uns aber trotzdem nicht zu weit aus dem Fenster lehnen. Niemand weiß, was passiert.«

»Es ist ja auch nicht so, als müssten wir so wichtige Entscheidungen sofort treffen. Ich muss ohnehin erst einmal eine Arbeit in Dallas finden.«

»Wir könnten sicher zunächst bei meinen Eltern wohnen. Meine Mutter würde das lieben und Dad … solange der Bus in seiner Nähe ist, ist er zufrieden.«

James lachte. »Er steht wirklich auf Oldtimer, hm? Seine Magazine drehten sich eher um modernere Wagen.«

Noah rollte mit den Augen. »Ja, ich glaube, du hast mit dem Bus eine alte Leidenschaft wiedererweckt. Er wurde sogar mal von dem Platz eines Oldtimer Treffens verwiesen, weil er es nicht lassen konnte, die Besitzer zu nerven. Danach hat er sich erst einmal von jedem Wagen ferngehalten, der älter als zehn Jahre war. Bis jetzt.«

»Dann bin ich deiner Familie eine Entschuldigung schuldig.« Grinsend sah James zum Ohio-River, doch dabei verschwand das Grinsen langsam von seinem Gesicht. »Ich wünschte, mein eigener Vater wäre etwas mehr wie deiner.«

Noah legte sofort die Hand auf seine, spielte mit ihren Fingern. »Wie ich dir bereits sagte, meine Familie ist auch deine. Egal, was passiert. Ich meine, wir waren nicht einmal eine Woche lang bei meinen Eltern und sie haben dich praktisch adoptiert. Sogar Lily liebt dich. Also keine Sorge. Wir sind für dich da.«

James lächelte. »Ich weiß und ich bin euch wahnsinnig dankbar dafür. Es ist trotzdem schade.«

Noah nickte, lehnte sich an ihn. So verweilten sie noch, bis der Schatten des Baumes, unter dem sie saßen, sich weitestgehend verzogen hatte. Anschließend packten sie ihre Sachen zusammen und gingen zum Bus zurück.

Mittlerweile raste Noahs Herz. Ihr nächster Halt war bereits das Haus von James' Eltern in Pittsburgh. Nach allem, was James ihm erzählt hatte, besaß auch er wenig Hoffnung auf ein vernünftiges Gespräch. Umso mehr fürchtete er sich vor einer extrem negativen Reaktion und wie schwer diese James verletzen würde.

»Es ist in Ordnung«, sagte James auf einmal zu ihm, als sie gerade die Stadtgrenze von Pittsburgh passiert hatten und an einer Ampel hielten. »Was auch geschieht, ich bin jetzt stark genug, es zu ertragen.«

Noah sagte nichts, legte jedoch eine Hand auf James' Oberschenkel und drückte diesen leicht. Als sie schließlich die

Straße erreichten, in der James' Eltern lebten, war die Gegend genauso, wie Noah sie sich vorgestellt hatte. Gepflegte Vorgärten, Einfamilienhäuser und jeder Grashalm saß an seinem Platz.

James hielt vor einem weißen Haus, dessen Vorgarten nur aus Wiese bestand. »Es ist vielleicht besser, wenn du hierbleibst. Sie könnten noch extremer reagieren, wenn ich einen Mann mitbringe.«

Noah starrte ihn an und augenblicklich sträubte sich alles in ihm dagegen. James würde sogleich das tun müssen, wovor er sich fast 30 Jahre lang gefürchtet hatte, und er sollte ihn dabei allein lassen? »Bist du dir sicher? Mir wäre es lieber, in deiner Nähe zu sein. Wenn du auch dafür bereit bist, es wird bestimmt nicht leicht.«

James lächelte. »Du *bist* bei mir. Es reicht mir, zu wissen, dass du hier im Bus auf mich wartest. Ehrlich, ich ... fühle mich besser dabei, denn ich kann dir nicht garantieren, dass mein Vater nicht versuchen würde, dich zu verletzen.«

Nun starrte Noah ihn mit großen Augen an und wollte ihn noch viel weniger alleine gehen lassen. »Aber ... würde er *dich* verletzen?«

»Falls er es versuchen sollte, kann ich mich wehren. Keine Sorge.«

Leider beruhigten Noah diese Worte nicht. Zunächst wollte er protestieren, doch dann sah er in James' Augen und wusste, es hatte keinen Zweck. Er war fest entschlossen, die Sache alleine durchzuziehen. »In Ordnung, aber wenn du mich brauchst, bin ich sofort da.«

James nickte mit einem Lächeln, lehnte sich ihm zu und küsste Noah zu dessen Überraschung. »Nur für den Weg«, flüsterte er, drehte sich um und, während Schmetterlinge in Noahs Magen zu tanzen begannen, stieg James aus.

## Kapitel 27

Während James auf sein Elternhaus zutrat, kam ihm der Weg wie der Gang zu seiner eigenen Beerdigung vor. Das kam der Sache wahrscheinlich sehr nahe, denn mit seinem Geständnis würde er höchstwahrscheinlich die Beziehung zu seiner Familie begraben.

Dennoch zögerte er nicht, als er vor der Haustür stehen blieb und die Klingel drückte. So lange war er vor diesem Moment geflüchtet ... nun war es Zeit, einen Schlussstrich zu ziehen.

Es dauerte nur wenige Sekunden, bis sich die Tür öffnete und seine Mutter ihn mit großen Augen betrachtete. Wie fast jeden Tag im Sommer trug sie ein einfarbiges Kleid, das ihr bis über die Knie reichte. Ihre kurzen braunen Haare waren mit mehr grauen Strähnen durchzogen, als James in Erinnerung hatte, und ihre schmalen Lippen formten ein überraschtes 'O'. »Du ... hättest nicht herkommen sollen. Nie wieder«, sagte sie und James' Herz fiel ihm gefühlt in den Magen.

Der raue, scharfe Ton ihrer Stimme ließ keinen Zweifel an dem, was passiert war. So lange hatte er sich vor diesem Moment gefürchtet und nun schien es so, als wäre ihm jemand zuvorgekommen. »Wer ... hat es euch gesagt?«, fragte James mit einem leichten Zittern in der Stimme.

Ein missbilligender Ausdruck legte sich auf ihr Gesicht. »Mayas Bruder, dieser furchtbare Jack. Obwohl er weiß, dass er hier nicht willkommen ist, war er vorgestern da und hat diese schlimmen Dinge über dich gesagt. Wir haben ihm natürlich nicht geglaubt, aber dein Vater ist zu euch nach Cleveland gefahren und da hat er durch das Fenster gesehen, dass euer Haus leer steht. Von da an kannten wir die Wahrheit.«

Jack? James konnte es kaum glauben. Mayas Bruder hasste ihn, klar, aber nie hätte er erwartet, von ihm zwangsgeoutet zu werden. Ein Teil von James wollte ihn dafür hassen. Warum hatte er nicht gewartet? Warum konnte er es nicht James überlassen und musste sich einmischen?

Am Ende wusste James jedoch, er hatte kein Recht darauf, wütend auf ihn zu sein. Schließlich hatte er seine Schwester verletzt. Das war eine unerschütterliche Tatsache. »Warum habt ihr nicht angerufen?«, fragte er seine Mutter mit leiser Stimme.

Ihre Lippen wurden schmaler. Sie öffnete ihren Mund und die nächsten Worte waren pures Gift für sein Herz. »Warum sollten wir? Wer will schon mit einer verdammten Schwuchtel reden?«

Während ihm die Luft zum Atmen wegblieb und ein schmerzhafter Stich seine Brust durchzog, starrte James sie an. Er hatte sich darauf vorbereitet, derartige Worte sogar erwartet, aber am Ende verletzten sie ihn doch. Es fühlte sich an, als wäre ein Teil von ihm soeben gestorben.

»Du hast nichts zu sagen? Keine Entschuldigung?«, spie sie ihm entgegen und für James war ihre scharfe Stimme wie ein Weckruf.

Er ballte seine Hände zu Fäusten, stellte sich gerader hin. Vor nur drei Wochen hätte er noch vor ihr gekuscht und die Wogen zu glätten versucht, aber das war Vergangenheit. Den kleinen Jungen, der seinen Eltern um jeden Preis gefallen wollte, gab es nicht mehr. »Es gibt nichts, wofür ich mich entschuldigen müsste«, erwiderte James trotz des Schmerzes, trotz der Leere in seiner Brust. »Nichts an mir ist falsch.«

»Alles an dir ist falsch. Dein Vater würde das Gleiche sagen, wenn er jetzt hier wäre. Du-«

James drehte sich um und ging. Tief atmete er ein und seine Mutter rief ihm etwas hinterher, doch er hörte ihre Worte kaum über das Blut, das in seinen Ohren rauschte. Das war vermutlich am besten so. Er unterdrückte seine Tränen, nahm tiefe Atemzüge, stellte seine Brust dabei raus.

Pride.

Zuvor hatte er nie richtig verstanden, was dieses Wort bedeutete, doch während er diese Frau hinter sich ließ, aufrecht ihre Beschimpfungen aushielt und stattdessen auf den Mann zuging, der ihm so unglaublich wichtig war, begriff er es endlich. Er war stolz darauf, wer er war, stolz darauf, wen er liebte und niemand, nicht einmal seine Familie, würde ihm dieses Gefühl je wieder nehmen.

Noah stieg aus, kam ihm entgegen und noch bevor James den Vorgarten verlassen hatte, warf er ihm die Arme um den Hals. Seine Wärme half James mehr, als Worte zu sagen vermochten, doch er konnte nicht hierbleiben. Keine Sekunde länger. »Ich muss weg. Lass uns gehen, Noah«, flüsterte James ihm zu.

»Ich fahre«, erwiderte Noah, nahm seine Hand und zog ihn zum Bus.

James protestierte nicht. Er setzte sich auf den Beifahrersitz und, sobald die Tür hinter ihm zuschlug, fielen doch noch die Tränen. Er warf einen Blick zurück zum Haus, aber seine Mutter war bereits verschwunden. So einfach war es ihr also gefallen, ihn aus ihrem Leben zu streichen.

Noah setzte sich auf den Fahrersitz und fuhr augenblicklich los. »Wo sollen wir hin? Zu einem Park oder so etwas?«

James schüttelte den Kopf. »Weg. Weg aus Pittsburgh. Ich will diese Stadt nie wieder sehen.« Er sah Noah an und nun, da die Entfernung zu seinem Elternhaus immer größer wurde, fiel ihm das Atmen ein wenig leichter. »Cleveland. Ich ... will dir das Haus von Maya und mir zeigen. Es ist bereits verkauft und ich habe keinen Schlüssel mehr, aber du sollst zumindest sehen, wo wir gewohnt haben. Vielleicht finden wir etwas Ähnliches in Texas. Etwas kleiner natürlich. Gemütlich eben.«

Noah nickte und James war ihm dankbar dafür, dass er ihn nicht fragte, was genau passiert war. Er musste die Sache erst einmal selbst verdauen. Jack ... er konnte es immer noch nicht fassen. Natürlich hatte er am längsten geahnt, dass James in Wirklichkeit nicht auf Frauen stand, und seine Wut war verständlich, aber ... nichtsdestotrotz schmerzte es, dass seine Eltern es ausgerechnet durch ihn erfahren hatten. Sie hätten nicht anders reagiert, wenn James es ihnen selbst gesagt hätte, da war er sich sicher, aber es war dennoch etwas sehr Persönliches, das ihm genommen worden war.

Erst, als sie die Stadt hinter sich gelassen hatten, erzählte James Noah, was passiert war. »So ein verdammtes Arschloch!«, stieß Noah sofort aus und umklammerte das Lenkrad fester. »Und deine Mutter erst! Ich halte ja nichts von Gewalt gegen Frauen oder sonst irgendjemandem, aber gerade eben? Da musste ich mich echt zurückhalten. Ihr Blick allein war so ... arg!«

Obwohl sich James nach wie vor elend fühlte, schlich sich ein Schmunzeln auf sein Gesicht. Er liebte es, wenn Noah sich für ihn einsetzte. Vielleicht lag es daran, dass er so wenige Menschen in seinem Leben hatte, die sich für ihn stark machten. »Es ist schon in Ordnung. Ich wusste ja, wie dieses Treffen enden würde. Das Einzige, was mich stört, ist ... dass ich es ihnen nicht selbst sagen konnte. Jetzt habe ich das Gefühl, als würde etwas fehlen. So als könnte ich keinen klaren Schnitt machen.«

»Vielleicht musst du das gar nicht.« Sobald James Noah überrascht ansah, fuhr dieser schnell fort. »Ich meine, nicht mit deiner ganzen Familie. Du hast mir doch von deinem Onkel und seiner Frau erzählt. Die, die weniger streng gläubig sind.«

»Gar nicht gläubig viel eher.«

Noah nickte. »Siehst du? Wer weiß, vielleicht akzeptieren sie dich und ich kann mir nicht vorstellen, dass deine Eltern ihnen von deiner Homosexualität erzählt haben. Wahrscheinlich werden sie es totschweigen, wie das Religionsfanatiker eben so tun.«

»Ich ... will mir lieber keine Hoffnungen machen und ich könnte es im Moment auch mit Sicherheit nicht übers Herz bringen, ihnen gegenüber zu treten, aber ... vielleicht rufe ich sie später an.«

»Gute Idee«, sagte Noah und nickte dabei. Anschließend runzelte er die Stirn, als er sich langsam einem Stoppschild näherte. »Das 'Stop' ist nur eine freundliche Aufforderung, oder? Man muss nicht *wirklich* halten, hm?«

James schenkte ihm ein schwaches Lächeln. »Weißt du was? Wie wäre es, wenn du am Straßenrand halten würdest und *ich* weiterfahre? Ich denke, ich habe mich gut genug erholt.«

»Bist du dir sicher? Es macht mir nichts aus, weiter zu fahren.«

»Mir aber«, flüsterte James kaum hörbar und auf Noahs Nachfrage hin entgegnete er nur, es wäre nicht so wichtig gewesen.

Als sie in Cleveland ankamen, war es bereits stockfinster. Da er die Nacht nicht im Bus verbringen wollte, buchte James für sie ein Hotelzimmer und Noah rief währenddessen seine Eltern an, um ihnen ein Update zu geben.

»Wow, ich habe meine Mutter noch nie so fluchen hören«, sagte er im Anschluss zu James. »Sie meinte, wenn sie kommen und deine Mutter für uns verprügeln soll, musst du es nur sagen.«

James lächelte. »Ihr seid wirklich verwandt.«

»Und keinesfalls so gewalttätig, wie es scheint, aber deine Eltern wissen definitiv, wie man das Blut zum Kochen bringt.« Daraufhin ging er auf James zu, legte ihm die Arme um den Hals. »Alles okay?«

»Noch nicht, aber das wird es sein«, versicherte James ihm und drückte Noah an sich.

Dieser strich ihm durchs Haar, massierte ihm den Nacken. »Wenn ich dich ablenken soll, musst du es nur sagen. Mir würde da so einiges einfallen.«

Was die Bedeutung dieser Worte anging, ließ Noahs Stimme keinerlei Zweifel zu und James spürte sofort ein aufgeregtes Kribbeln in seinem Magen, doch gleichzeitig war er so unheimlich erschöpft. Nicht nur emotional, sondern auch körperlich. »Ich würde wirklich gerne, aber … können wir heute Nacht nur schlafen? Ich will dir nahe sein. Für mehr bin ich einfach zu müde.«

»Natürlich«, erwiderte Noah sofort mit einem Lächeln. »Alles, was du willst.«

Diese Antwort erleichterte James ungemein. Ein Teil von ihm hatte immer noch das Gefühl, in Noahs Nähe stark tun zu müssen. Er wollte ihm beweisen, dass er, trotz der Furcht, die einen Großteil seines Lebens ausgemacht hatte, kein Feigling war, sondern jemand, auf den er sich verlassen konnte. In dieser Situation allerdings … da hatte er keine andere Wahl. Die Reaktion seiner Mutter, so erwartet sie auch gewesen war, hatte ihn verletzt und jetzt brauchte er Noah mehr denn je.

So machten sie sich gemeinsam fertig fürs Bett. Noah rutschte nah an ihn heran, schloss einen Arm um seine Mitte. Mit der freien Hand fuhr er ihm kurz darauf durchs Haar, lächelte dabei. »Möchtest du über irgendwas reden? Was wir morgen tun zum Beispiel?«

James rutschte nach unten, legte die Stirn an Noahs Brust und atmete tief ein. »Morgen werde ich erstmal kündigen. Anschließend zeige ich dir mein altes Haus und dann ... vielleicht die Sachen, die ich eingelagert habe? Ein paar Kisten können wir schon mitnehmen.« Er lächelte, sah zu Noah nach oben. »Das meiste habe ich Maya überlassen. Vor allem die Möbel. Der Rest besteht größtenteils aus meinen persönlichen Dingen. Die Led Zeppelin Sachen inbegriffen.«

»Du hast sie so lange aufbewahrt?«

»Ich dachte, eines Tages würde ich sie vielleicht ansehen und den Mut finden, etwas an meinem Leben zu verändern. Dazu kam es zwar nie, aber ... sie sind wie ein Symbol für meine versuchte Rebellion, schätze ich. Ich könnte sie nie wegwerfen.«

»Ich bin gespannt. Und kündigen willst du morgen auch ... du bist dir ganz sicher?«

James nickte. »In Texas gibt es keine Zweigstelle der Firma und ich habe mich ohnehin schon lange nicht mehr wohl dort gefühlt. Vielleicht mache ich etwas ganz anderes ...«

»Rede mit meinem Vater. Durch seine Arbeit kennt er eine Menge Leute und Firmen. Sicher fällt ihm etwas ein.«

»Das sind dann wohl die Beziehungen, von denen du geredet hast«, sagte James mit einem Lächeln und der Gedanke daran, bald Noahs Familie wiederzusehen, besserte seine Laune ungemein. »Ich freue mich schon, nach Texas zurückzukehren und all das hier hinter mir zu lassen.«

Noah lachte. »Bereite dich darauf vor, komplett von meiner Familie verhätschelt zu werden. Auf sehr offensichtliche Art von meiner Mutter und etwas dezentere von meinem Vater. Er wird wahrscheinlich Ausreden dafür finden, Zeit mit dir zu verbringen. Dich zum Golfen mitnehmen und so weiter.«

»Klingt gar nicht so schlecht. Ich ... denke, das kann ich gebrauchen.«

Daraufhin sah Noah ihn an. »Sicher, dass ich nichts tun kann, damit es dir *jetzt* besser geht?«

James stützte sich von der Matratze ab, lehnte sich ihm zu und küsste seine Lippen. »Das tust du bereits«, flüsterte er, legte seinen Kopf zurück und sah Noah einfach nur an. So verbrachten sie einige Minuten, bis ihnen die Augen zufielen.

Trotz des Schmerzes, den er erduldet hatte, spürte James in diesem Moment nur noch Noahs Wärme. Allmählich drifteten seine Gedanken ab, Schlaf empfing ihn und nichts, nicht einmal ein Flüstern, war in seinem Herzen von den giftigen Worten seiner Mutter zurückgeblieben.

Er war frei.

## Epilog

Sechs Monate vergingen wie im Flug. Das erste Weihnachtsfest zusammen mit Noahs Familie war etwas ganz Besonderes für James. Sie hatten diese Tradition, bei der jedes Familienmitglied eine Weihnachtskugel für den Baum bastelte. Als Noahs Mutter ihn fragte, warum James denn nichts gemacht hatte, war das für ihn das beste Geschenk gewesen. Sie hatten ihn die ganze Zeit über wie ein Mitglied ihrer Familie behandelt, klar, aber sogar in ihre Traditionen miteingebunden zu werden, das war unbeschreiblich für ihn.

Mit seinen eigenen Eltern hatte er keinen Kontakt mehr, doch es war ihm gelungen, noch in Cleveland seinen Onkel zu erreichen, und dieser hatte kein Problem mit seiner Homosexualität. Besser noch, er hatte sich für James bei seinen Eltern eingesetzt und inzwischen ebenfalls den Kontakt abgebrochen. Er und seine Frau würden ihn nächsten Monat in Dallas besuchen kommen.

Ein Haus hatten Noah und er noch nicht gefunden, doch es gab etwas Vielversprechendes in der Nähe von Noahs Eltern. Es überstieg ihr Budget bei weitem, aber James hatte einen lukrativen Job in einer Softwarefirma gefunden und suchte nun nach Möglichkeiten, ihnen diesen Wunsch zu erfüllen. Schließlich hatte er gesehen, wie Noahs Augen beim Durchlesen des Exposés geleuchtet hatten und ihn glücklich zu machen, stand inzwischen ganz oben auf James' Liste.

Nicht zuletzt deswegen freute er sich an Neujahr bereits auf Mitternacht. Zu Weihnachten war es nicht rechtzeitig angekommen, doch vor zwei Tagen hatte er Noahs eigentliches Weihnachtsgeschenk erhalten. Es war nicht leicht gewesen, es zu bekommen. Er hatte unzählige Telefonate geführt, nur um herauszufinden, wo es noch ein paar Exemplare gab, und letztendlich hatte er sogar Noahs besten Freund Gregory van Doorn um Hilfe bitten müssen.

Der konnte es zwar nicht lassen, unablässig mit James zu flirten, legte sich aber auch gerne für seinen Freund ins Zeug. Da er PR-Manager für Noahs Onkel war, besaß er zahlreiche Kontakte und hatte das gewünschte Objekt ausfindig machen können. James war es immer noch unbegreiflich, wie etwas eigentlich so Einfaches, so schwer zu bekommen sein konnte.

Nervös wartete er nun mit dem Rest der Familie draußen und versteckte das eingepackte Geschenk hinter seinem Rücken, während sie alle in dem geschmückten Garten standen und umgeben von Lichterketten rückwärts zählten.

»... 5 ... 4 ... 3 ... 2 ... 1 ... Frohes Neues!«

Alle jubelten, umarmten sich und zündeten Wunderkerzen an. Noah sah grinsend zu James auf, stellte sich auf die Zehenspitzen und gab ihm ihren ersten Neujahrskuss. »Auf dass das nächste Jahr noch besser wird als dieses.«

»Wir haben uns kennengelernt. Wie könnte es also?«, fragte ihn James.

Mit einem schwachen Lächeln auf den Lippen schüttelte Noah den Kopf und wollte sich gerade umdrehen, um wahrscheinlich dem Rest seiner Familie ein frohes Neujahr zu wünschen, als James nach seinem Arm griff.

»Warte. Es ... gibt da noch etwas, was ich dir geben wollte.« Erstaunt sah Noah ihn an und James holte das Geschenk hinter seinem Rücken hervor. Er hatte eine goldene Schleife um das weiße Papier gebunden. »Zu Weihnachten war es noch nicht da. Ich musste es in England bestellen und offenbar hing es beim Zoll fest. Gregory hat geholfen, es zu bekommen.« James konnte in diesem Moment nicht anders, als mit den Augen zu rollen. »Er ist zwar nervig, aber nützlich. Das muss ich zugeben.«

Noah nahm das Geschenk mit einem Lächeln entgegen. »Du wirst schon noch warm mit ihm werden. Das hat bei mir auch gedauert. Hoffentlich nicht so warm, wie er es gerne hätte, aber … ihr werdet euch verstehen.« Daraufhin tastete er die Ecken des Päckchens ab, runzelte die Stirn. »Es … ist ein Buch, oder?« Kaum länger als zwei Sekunden dauerte es, bis sich Erkenntnis auf Noahs Gesicht abzeichnete. Mit leicht geöffnetem Mund sah er zu James auf. »Warte … du hast doch nicht … aber ich habe ewig danach …« Als James daraufhin nur grinste, löste Noah die Schleife und riss das Geschenkpapier auseinander.

Es war eine Hardcover-Ausgabe des Buches 'Zum allerersten Mal', das er James und vielen seiner Schützlinge zum Lesen gegeben hatte. »Eine Erstausgabe«, meinte James und konnte den Stolz nicht aus seiner Stimme halten. Es war so verdammt schwer gewesen, es aufzutreiben. »Dieses ist nur für dich. Gregory und ich haben eine weitere, etwas neuere Ausgabe in Kanada aufgespürt, aber sie ist noch nicht angekommen. Frag mich nicht, was der Paketdienst treibt, wenn sogar eine Sendung aus Europa-« Weiter kam James nicht, denn Noah hatte mit einer Hand seinen Kopf zu sich runtergezogen und küsste ihn.

James machte ein überraschtes Geräusch gegen seine Lippen, doch dann erwiderte er den Kuss. Sobald sie sich voneinander gelöst hatten, lag ein breites Lächeln auf Noahs Gesicht. »Das ist das beste Geschenk, das ich jemals bekommen habe. Vielen Dank.«

»Du freust dich so sehr? Vielleicht sollte ich noch mehr Kopien auftreiben …«

Noah lachte und schlug das Buch auf. »Es ist so gut erhalten«, flüsterte er begeistert und einmal mehr hatte James das Gefühl, seine Anstrengungen wären diese Reaktion allemal wert gewesen. Der Eindruck verstärkte sich noch, als Noah das Buch schloss, um sich anschließend die erste Seite anzusehen. Wie erwartet klappte sein Mund auf.

James grinste. »Es war so schwer, ein Exemplar zu bekommen, dass ich den Autor direkt kontaktieren musste. Gregory kennt jemanden im Verlagsgeschäft, der mit seinem früheren Lektor gearbeitet hat. Wir mussten ihn mit Dutzenden Anrufen nerven, aber dann hat er endlich eingewilligt, den Autor für uns zu kontaktieren, und ihn nach einem Exemplar zu fragen.«

Noah schluckte hart, während er die Widmung las:

*»Für den jungen Mann, der immer ein offenes Ohr für andere parat hat. So schwer die Zeiten auch werden, mögen deine Träume fliegen lernen.«*

»Ich …«, begann Noah und, offenbar unfähig, auch nur ein weiteres Wort zu sagen, umarmte er James. »Ich weiß nicht, was ich sagen soll.«

»Zum allerersten Mal, hm? Passt zum Buchtitel.«

Lachend löste sich Noah von ihm, schlug James spielerisch mit der flachen Hand auf die Brust und sah anschließend mit einem breiten Lächeln das Buch an, als wäre es sein größter Schatz.

Kurz darauf wurden sie von Noahs Familie beansprucht, die ihnen ein frohes neues Jahr wünschen wollte und füllten die Feier mit Gesprächen über ihre Pläne.

Irgendwann fand sich James vor dem aufgestellten Buffettisch wieder und trank von einem Champagner-Glas, während er Noah grinsend dabei beobachtete, wie er seiner Mutter das Buch zeigte. Kurz darauf vibrierte James' Handy in seiner Hosentasche. Er nahm es heraus und sein Lächeln wurde noch breiter, als er sah, was für ein Foto Maya ihm geschickt hatte. Sie zog an Jacks Ohr, als wäre er ein ungezogener Junge und hatte dabei geschrieben: *»Sein guter Vorsatz für nächstes Jahr ist, nicht mehr so ein Riesenarsch zu sein. Frohes Neues, James. Ich hoffe, du wirst glücklich.«*

Mit einem Lächeln schrieb er rasch, dass er ihr das Gleiche wünschte, und steckte sein Smartphone zurück in seine Tasche. Jack hatte sich zwar nie bei ihm entschuldigt, aber James hatte ihm ohnehin längst verziehen. Diese ganzen negativen Gefühle, die er mit Pittsburgh und Cleveland verband, hatten nun keinen Platz mehr in seinem Leben.

Während Noah seiner Mutter die Widmung des Autors zeigte und James ihn dabei aus der Ferne beobachtete, trafen sich auf einmal ihre Blicke. Einen Moment lang schien die Zeit stillzustehen. Ein schelmisches Funkeln legte sich in Noahs Augen, das James inzwischen gut kannte. Er wartete, bis Grace mit Lily beschäftigt war, ließ anschließend sein leeres Glas auf dem Tisch stehen, ging auf Noah zu und umarmte ihn. »Sollen wir nach Hause fahren?«

Dieser küsste flüchtig seine Lippen und flüsterte dagegen: »Du liest schon wieder meine Gedanken.«

Da Noah nichts getrunken hatte, fuhr er dieses Mal den Bus nach Hause. Sie stolperten gemeinsam in das kleine Apartment am Rande von Dallas, das sie sich teilten, ließen dabei kaum voneinander ab. Sobald sie jedoch nur zwei Schritte in die Wohnung gemacht hatten, wurden sie auf einmal von einem großen, pelzigen Schatten überfallen. Ihr Golden Retriever Koko hatte sich auf sie gestürzt, schnupperte sie nacheinander ab und wedelte dabei so aufgeregt mit dem Schwanz, dass sich ihr ganzer Körper mit bewegte. Lachend nutzte James die Chance, als sie mit Noah beschäftigt war, um aufzustehen und einen Kauknochen aus einer Schublade zu holen.

Sobald Kokos Augen auf diesen gefallen waren, ließ sie von Noah ab, schnappte sich den Knochen und zog sich damit in ihr Körbchen neben der Couch im Wohnzimmer zurück.

»Gut gemacht«, meinte Noah, richtete sich auf und grinste. »Wir sind drei Stunden weg und sie verhält sich, als wären wir in den Krieg gezogen.«

James sagte nichts dazu, lehnte sich jedoch gegen den Türrahmen der Schlafzimmertür, lächelte Noah an und dieser schien zu verstehen. Er ging auf James zu, stellte sich auf die Zehenspitzen und küsste ihn.

James versenkte sofort die Finger in seinem Haar, zog ihn mit sich durch die Tür zum Bett. Dabei ließen sie nur voneinander ab, um hastig ihre Kleidung loszuwerden. Sobald sie nackt waren, kletterte Noah mit einem Lächeln aufs Bett und James folgte ihm sofort, stützte sich über Noah mit den Händen ab und küsste ihn.

»Knapp sechs Monate und ich fühle mich immer noch wie ein Teenager, wenn ich mit dir zusammen bin«, hauchte Noah James zu, während dieser seinen Hals küsste. Lachend drückte er ihn ein wenig von sich. »Das kitzelt.«

»Und doch liebst du es, wenn ich das tue«, erwiderte James flüsternd, strich mit der Hand über Noahs Brust und genoss das Keuchen, das er mit seiner Berührung hervorrief. Inzwischen wusste er genau, wie er Noah anfassen musste, um ihn innerhalb von Sekunden in den Wahnsinn zu treiben. Er kannte jeden Winkel seines schönen Körpers, jede geheime Vorliebe und auf die gleiche Weise hatte sich James selbst kennengelernt. Vieles hatte er mit Noah ausprobiert, doch am liebsten waren ihm immer noch Nächte wie diese, in denen sie einander einfach nur unendlich lange küssten, streichelten und eins miteinander wurden.

Als seine Hand weiter über Noahs Körper strich und James' Finger den Bauch seines Partners erreichten, spürte er die leichten Bauchmuskeln dort und grinste. Nicht nur innerhalb des Schlafzimmers hatte James Noah oft hart rangenommen, sondern auch vor allem im Fitnessstudio. Noah selbst bezeichnete das Training oft als eine Tortur, doch er war über die Monate deutlich fitter geworden und nur noch selten krank.

Ausdauer bewies er dabei nicht nur auf dem Laufband, das er nach wie vor hasste, sondern vor allem auch in Situationen wie diesen. So ließ er es sich nicht nehmen, James von sich zu stoßen, ihn auf seinen Rücken zu rollen und sich stattdessen auf ihn zu setzen. »Du bist mir zu langsam«, meinte Noah und lehnte sich zu ihm runter, um ihn zu küssen.

Er drang mit der Zunge in James' Mund ein, spielte so lange mit ihm, bis sie beide atemlos nach Luft schnappten. Anschließend lehnte er sich zum Nachttisch, wo bereits Gleitgel und Kondome bereitlagen. Letzteres nahm er zuerst, riss die Verpackung mit den Zähnen auf und rutschte James' Beine nach unten, um das Gummi über sein hartes Glied zu streifen.

James konnte ihm nur schwer atmend dabei zusehen. Er liebte es, wenn Noah die Kontrolle übernahm. Er selbst dachte zu viel nach und konnte sich selten gehen lassen, wenn er die Zügel in die Hand nahm. Noah jedoch war gut darin, einfach nur zu fühlen und James mit sich zu ziehen.

So schloss dieser die Augen. Sein Atem verließ ihn in raschen Stößen, während er spürte, wie Noah Gleitgel auf seinem Glied verteilte. Daraufhin bewegte sich die Matratze, als Noah die Hüften anhob, sich positionierte und flüsterte: »Sieh mich an.«

James befolgte den Befehl sofort, öffnete die Augen und wie unzählige Male zuvor, raubte ihm Noahs Anblick den Atem. Dessen Wangen waren leicht gerötet, die Lippen geöffnet und er betrachtete James, als wäre dieser seine gesamte Welt.

So bewegte er sich nach unten, stöhnte auf, als James' Glied langsam in ihn eindrang. Sobald es vollends in ihm vergraben war, lehnte sich Noah vor, küsste flüchtig James' Lippen und begann daraufhin ein Tempo, das ihnen erneut den Atem raubte.

James griff nach Noahs Hüften. Er setzte sich auf, umarmte Noah und stieß nach oben. Noah stöhnte auf, biss sogar in James' Schulter, doch der bemerkte es kaum, arbeitete nur noch seinem Orgasmus entgegen.

Noah fasste zwischen sie, umgriff sein Glied und rieb es so lange, bis er kam. Während er sich zitternd um James zusammenzog, fing dieser seine Lippen ein. Er küsste ihn hart, wurde von seinem eigenen Orgasmus übermannt und stieß dabei ein Stöhnen aus, das irgendwo tief aus seiner Kehle zu kommen schien.

Verschwitzt, aber glücklich sahen sich beide an, grinsten und küssten einander, als könnten sie nie wieder voneinander ablassen. »Was meinst du, wie lange Koko für ihren Knochen braucht? Haben wir Zeit für eine zweite Runde? Oder vielleicht auch drei?«, fragte Noah ihn leicht heiser.

James grinste. »Sie braucht Stunden für das Ding. Könnte knapp werden, aber ich denke, wir schaffen es.«

Und das taten sie. Nachdem Noah erschöpft in seinen Armen eingeschlafen war, schlich James heimlich aus dem Zimmer, um sich in der Küche ein Glas Wasser zu holen. Im Wohnzimmer sah er sein altes Led Zeppelin T-Shirt, das Noah inzwischen gerne zum Schlafen trug, auf einem Stuhl liegen und lächelte. Zudem stellte er fest, Koko hatte nicht einmal die

Hälfte ihres Kauknochens geschafft und war stattdessen mit der Schnauze darauf eingepennt.

Müde öffnete sie die Augen, als er an ihr vorbeischlich, doch James legte sich einen Finger an die Lippen, streichelte kurz über ihren Kopf und ging weiter.

Sobald er sich ein Glas Mineralwasser in der Küche eingeschüttet hatte, lehnte er sich gegen den Küchenschrank, trank und dabei fielen seine Augen auf den Tisch.

Noahs Testergebnisse der vorherigen Woche lagen neben dem Exposé des Hauses, für das sie sich interessierten. Letzteres war zerknittert, besaß inzwischen mehrere Kaffeeflecken und war offenbar von Noah hunderte Male durchgeblättert worden.

Während James die zusammengehefteten Blätter über den Rand seines Glases hinweg anstarrte, traf er eine Entscheidung. Gegen Mittag würde er Noahs Onkel anrufen und ihn um einen Kredit bitten. James würde anbieten, nebenbei für seine Firma zu arbeiten, wenn es sein musste. Hauptsache, er konnte Noah diesen einen Wunsch erfüllen.

Er nahm das Exposé in die Hand, besah sich das Haus mit dem schönen Vorgarten und stellte sich vor, wie sie mit Koko darin spielten. Kurz darauf huschten seine Augen noch einmal zum Tisch auf das erste Blatt von Noahs medizinischen Unterlagen. In großen Buchstaben hatte dieser das Wort »negativ« neben einem lachenden Smiley gekritzelt.

Ihr Leben war gut.

**Ende**

**Kontakt**

Lisa Hagemann, Wicker Heck 17, 44319 Dortmund

Facebook: https://www.facebook.com/francisca.dwaine

Printed by Amazon Italia Logistica S.r.l.
Torrazza Piemonte (TO), Italy

55087394R00186